Staread
星文文化

司南

神机卷

SHENJI JUAN

SI NAN

侧侧轻寒 著

长江出版社
CHANGJIANGPRESS

司南 神机卷

目录

神机卷

第一章

路过蜻蜓

一年。

三百六十五日。

四千三百八十个时辰。

三万五千零四十刻。

听到太医艰难吐出的“一年”结论之后，朱聿恒脑中第一时间闪过的，竟只有这些数字。

他将自己的手从太医的手指下收回，垂下眼整理自己的衣袖。

“你的意思是，本王只剩下，一年寿命了？”

他声音平淡，神情沉静到略微僵硬，仿佛刚刚被下了诊断的不是他，而是一个与他毫不相关的人。

太医院使魏延龄起身后退两步，跪伏于地，惶恐悲怆不敢抬头：“微臣……不敢妄自揣测，但殿下吉人自有天相，定能……定能安然渡过此劫。”

因为太过宏伟开阔而显得空荡的殿内，宦官宫女们早已被屏退，此时静得一点声息也无。

朱聿恒没有理会那些安慰自己的话。他坐在窗前，太过刺目的阳光从他的身后透进来，尘埃在光芒中静静飘浮，但随即隐入了阴暗中，再也不见踪迹。

就像他以后的人生，不知去向何处。

也不知过了多久，朱聿恒终于开了口。他语调尚算平稳，只是嗓子似被人掐紧，气息有些短促：“可有医治之法？”

“微臣……微臣死罪，微臣无能为力……”魏延龄将额头抵在金砖上，声音暗哑。

朱聿恒看见他的额头在地上磕得红肿，便站起身，一步步走到魏延龄面前，将他搀扶起来：“我自己的身体，我比你更清楚。其实本王心中也早有预感，生死有命，并非人力所能改变……魏院使不必苛责自己。此次召魏院使来，只是让我肯定此事而已。”

朱聿恒抬起手，慢慢地抚上自己的脖颈。

在那里，一条隐隐浮现的红色血痕，正从小腿蜿蜒而上，贯穿他的半侧身体，直没入咽喉。

奇经八脉中的阴维脉，自筑宾穴而起，一路经冲门、大横、期门至天突、廉泉，最终扼住他的喉口，如血线横锁，无从挣脱。

朱聿恒记得很清楚，这条血线的出现，是在一个半月前。

四月初八。

寻常的一日，天气阴霾欲雨，一早便感觉到闷湿。

他如常入宫，替当今圣上，也就是他的祖父处理公务。

自太祖废除中书省之后，皇帝便需每日亲自批改奏折，宵衣旰食，夙夜无暇。后来虽设殿阁大学士入宫咨政，但主要还是分理各地雪片似飞来的奏折。太子坐镇南京，是以北京日常政务，多交由皇太孙朱聿恒与大学士们商议处理，重要事宜再由朱聿恒呈报皇帝亲自裁夺。

四月庚子，和往常一样，事务冗繁。各部送过来的公文足有四五百份，饶是朱聿恒批阅速度极快，但等到处理完一切之后，也已是入夜时分。

天气阴沉，雷电交加，眼看就要下雨。

回文华殿的路上，朱聿恒正遇到从五军营巡视回来的皇帝。皇帝略有倦怠，但看见他后便振作了精神，停了车驾向他示意，说道：“聿儿，朕今日心情甚佳，你留下来陪朕用膳吧。”

民间有隔代亲的说法，其实皇家也一样。人人都知道，皇帝可以委派太子去镇守南京，但这个皇太孙却是自小就在身边抚养，连北伐出征都随军带着，片刻舍不得相离。

朱聿恒应了，简单向身边人交托了些事情，随着圣驾进了奉天门。

刚入宫门，忽听到轰然巨响，天空之中雷电大作。

朱聿恒在奉天门下抬头看去，宏伟壮阔的紫禁城笼罩在交织的紫色闪电之中，爆裂的火光照亮了整个天际，艳烈的光线在空中灼烧出刺目的痕迹。

三层玉石殿基之上的奉天殿，在紫色的夜空之下，沉静而肃穆，那巨大的十一开间大殿，如坐镇中央的玺印，万古不可动摇。

内宫监掌印太监蓟承明见状，立即说道："陛下，臣等奉命修造紫禁城，共近万房屋，无有如奉天殿雄伟牢固者。眼看暴雨欲来，陛下可进奉天殿内暂避。"

皇帝隔窗看了看面前广阔的丹陛，还未回答，在裂空的雷电之下，又有更加剧烈的声响传来——

是远远近近的雷电击落在宫城之内，大地都似在动摇。

"可，进奉天殿吧。"

听皇帝应了，众人忙将他从马车扶下，上了肩舆，沿着玉石台阶快步而上。

三大殿壮美无比，平日只在重大庆典之时开启使用。见皇帝来了，奉天殿的值班太监忙命打开大门，恭迎圣驾。

奉天殿上一次开启，还是在四个月之前，紫禁城落成大典时，百官朝贺于此。如今殿内久未开启，隐约有浮尘气息。

朱聿恒扶皇帝在殿上巨大的九龙案前坐下，耳边又听到一声巨响，这座本应稳如泰山的大殿，竟也隐隐震荡起来。

随驾的宦官奉上了热茶，皇帝端着茶盏，看向门外雷电交加的情形。

就在大殿正前方，几束巨大的亮紫色雷电正猛击在殿前镏金的铜龟铜鹤之上。一瞬间，那两座龟鹤爆出刺目金光，火花四溅。

蓟承明低声喝止几个瑟瑟发抖的小太监，令他们赶紧关门。

朱聿恒走到门口，站在檐下抬头看天空云层，然后听到了雷声之中的异常声响。

他一把按住了正在徐徐关闭的殿门，一步跨出门槛，警觉地抬头看向头顶。

巨大的梁柱，由铜制的十八盘金龙密密匝匝环绕，上面是稳固相接的横梁、层层绘彩的斗拱飞檐。檐下悬挂的巨大宫灯，此时正在风中急急横飞，险险将坠。

朱聿恒眯起双眼，扫到宫灯摇曳的影迹之外，檐后透出的一抹白影。

他一言不发，抬手抓过正在檐下休整的一个禁宫卫的弓箭，弯弓搭箭，拉满弓弦，在雷电劈下的一瞬，他手中箭矢直直射向斗拱之后，穿过那些繁复的结构，直射向那泄露出来的一角白色。

嚓的一声，那一片白色衣角被钉在了后方梁托之上。

朱聿恒正要叫人赶上去看看，但就在这短暂又嘈杂的一瞬间，爆裂的雷电急促响起，他自小养成的敏锐感觉，令他忽然之间脊背发麻——

有一种看不见又摸不着，却仿佛能卷起所有东西升腾而上的力量，将他的头发和罗衣下摆微微扯起，散在空中。

那吸力擦着他的肌肤向上涌动，带来轻微又异样的麻痒感，令人毛骨悚然。

朱聿恒站在大殿门口，看着自己向上飞扬的轻罗衣摆，听到了周围细微如蚊、春河冰消般的毕剥声。

那是大殿梁柱上，原本明亮绚丽的五色亮漆，正在纷纷开裂。

是那种诡异的力量，正如旋涡吸噬，似要将所有人扯入某一个看不见的死亡圈套之内。

呼吸停了半个瞬息，朱聿恒抛下那条梁上白影，转身飞扑进殿内，拉住皇帝的手，急促道："陛下，快走！"

戎马出身的皇帝反应亦是极快，他霍然站身，茶盏都不曾放回案上，便随着朱聿恒急奔出殿。

茶杯坠落于地，碎片与茶水一起飞溅。几乎与此同时，朱聿恒已经与皇帝一起迈出殿门。

左右台阶需要多绕两步，皇帝没有松开朱聿恒的手，带着他直接踩着中间玉石雕砌的云龙浮雕，急奔而下。

凹凸不平的石雕，本不是行走之处，两人几步迈下，到第二层殿基之时，殿内宦官才回过神，个个从殿内拥出，顺着台阶往下跑。

朱聿恒护住皇帝，送他下了第二层殿基的台阶后，转头看向后方。

紫色的巨雷击在宏伟无匹的殿宇之上，在刺目的光线之中，营建完成未足半年的奉天殿，前面的十二根楠木盘龙柱忽然同时燃起巨大火焰。

那火焰喷射向屋檐，他们从下面望去，就如柱上的金龙同时喷出烈火，吞噬了上面巨大的斗拱、粗大的横梁、灿烂的金色琉璃瓦。

火光炽烈，第一层殿基上还未逃出来的太监们，被猛烈喷出的火舌扑倒在台阶上，一个个带着火苗骨碌碌滚了下来，哀号声此起彼伏。

朱聿恒不敢停留，搀着皇帝奔下第三层殿基，两人在殿前宽阔的地上站定，回头再望去。

奉天殿和后面的华盖殿、谨身殿有连接的廊庑，这三座大殿都是落成不久，油漆鲜亮，此时火苗舔舐所到，各处顿时蔓延出大片火光，只听得密集尖锐的风火之声呼啸，三座殿宇几乎同时被包裹在了火舌之中，熊熊烈火势难遏制。

宫人们的惊呼声中，那被火焰吞噬的三大殿，在下一道雷电劈击过来之时，终于伴随着隆隆巨响，轰然倒塌。

剧烈的震动，让脚下的大地久久动荡，如同地震。

在三大殿焚烧倒下的这一刻，火旁众人都下意识地转身偏头，躲开那些横飞的灰烬和火星。

皇帝的脸色难看至极。他盯着面前那起火的殿宇，太阳穴上青筋暴突，在那愤怒之中，又有无法遏制的悲凉。

他营建了十五年的宏伟宫殿，以巨大楠木构建成广三十丈、深十五丈的奉天殿，只存在了半年不到，就此毁于祝融。

人力有时而穷。在天意面前，实在太过渺小。

天子不涉危局，在朱聿恒的劝说下，皇帝先行回宫，留下他指挥救火。侍卫与宦官们火速在旁边偏殿搜集水桶瓢盆等物，在金水河中就地舀水救火。内宫也紧急调集唧筒[1]，取水救火。

然而，如此巨大的宫殿，在起火后怎么可能依靠区区几桶水扑灭火势？朱聿恒率领众人登上殿基，勉强靠近汹汹火海，站在栏杆边便感觉到炽热逼迫。

等唧筒送到，一股股浇向火海的水，还未碰到火焰便哧哧连声地蒸腾成白气，恍若千万条诡异的白蛇向天狂舞。灼热的水汽激出无数炭灰烟烬，向周围四散喷发。

耳听众人又是一阵惊呼，是摇摇欲坠的一截墙角，被火烧得朽烂，在水浪的冲击下，向着朱聿恒这边倒塌下来。

众人四散逃逸，朱聿恒也下意识地连退数步，避开火星。

在灼热的风焰扑过身边的一刹那，他看见了，从火中飞出的一点灿烂金芒。

他在火场咫尺，反应极快，手臂一招，便将那一点灿烂夹在了双指之间。

是一只绢缎蜻蜓。

蜻蜓只有他小指长短，用墨蓝缎做身体，四片翅翼用极细的铜丝绷开，悬系在身体两侧。在此时的风火之势中，那四片透明薄纱翅翼被火星灼出破洞，不停微颤，如同一只活的蜻蜓要振翼飞去。

这样的东西，应该是一件女子的首饰。

1　唧筒：古代用以射水灭火的器具。

可这里是前朝大殿，天下威势极盛之处，又自元旦起便封闭未再开启，怎么会有这样的东西出现？

还没等他想明白，耳边轰然之声爆起——不再是外界的坍塌声，而是他剧烈的耳鸣，仿佛全世界都崩塌了下来。

他心口猛然巨震，整个身躯强烈地激荡抽搐起来。

随即，小腿上一点锐痛骤然爆发，经由腹部到左肋、心口、咽喉，似乎有一条灼热的火光迅疾延烧上来，从小腿至喉口，强烈剧痛，连呼吸都无以为继。

火光烈烈，呼声连连。在满宫的凄惶之中，朱聿恒以巨大的意志力，将火中飞出的蜻蜓塞进自己袖中，然后强行抑制自己近乎痉挛的半侧身体，用最小的幅度撞倒在栏杆之上，慢慢地滑倒，倚坐支撑在栏杆上。

如此混乱的时刻，人人都在关注那坍塌后尚在燃烧的大殿，并没有什么人注意到，痛苦战栗的皇太孙殿下，隐入了栏杆后。

他在漫天交织的雷电之中，映着不远处的熊熊火光，艰难地屈起脚，将裤管捋上去。

炽烈的电光照亮他的周身，他看见自己小腿筑宾穴上，一片殷红的血痕。那血痕自下而上如一条紫黑血箭，狰狞游走入皮下脉络，直向他的身躯冲上来。

伴随着他血脉中久久不息的那种剧痛，仿佛是一颗诡异的种子正扎根进他的身体，嗜血的根须在他的血脉之中延伸，无可遏制。

鲜妍明媚的初夏花影，在窗外的风中静静摇曳。深殿之内，静得落针可闻。

发病时可怕的一幕，留下的痕迹，尚在朱聿恒身上。

而他按着那条血痕，兀自感觉到那血脉抽搐的隐痛，不曾离去。

“殿下……”面前的太医院使魏延龄额头红肿，神情悲郁，老泪纵横。他颤巍巍地跪在朱聿恒面前，连连叩首：“微臣相信……太医院中人才济济，天下名医不计其数，只要殿下悉心寻访，苍天不负有心人，九州天下能人辈出，定有人能挽救殿下……”

“不，本王要你守口如瓶，不得对任何人提及此事。”朱聿恒缓缓地、深深地，吸了一口气，盯着魏延龄的眼睛，一字一顿说道，“若走漏一丝风声，你自当知道后果。”

魏延龄呆了呆，仰头看朱聿恒。

朱聿恒的面容略显苍白，因此而显出一种云石雕塑般的硬朗质地：“本王发病昏迷时，顺天府的太医们，已经诊断出正确结论了。本王，不需要其他解释。”

那一夜，三大殿被雷电焚毁，朱聿恒晕厥昏迷。

等他醒来，才知道自己倒地后，一直不省人事。太医们施了一昼夜金针，才终于将他救回来。

太医院使魏延龄当时奉命在外，替已经致仕的老臣诊治。皇帝命院中所有太医齐聚东宫会诊，副院使汇聚众人出具的医案，认为是皇太孙殿下连月来忙碌疲惫，加上受雷火惊悸，导致阴维脉受损，神志一时出岔。

“阴维脉主抑郁、入心脉，民间有癫痫病人便以此入手医治。殿下是突遇剧变，导致阴维脉受损，因此才人事不知，神志陷入昏迷，只要多加休养，便应无碍了。”

按照他阴维脉的受损情况，这一番解释似确有道理。皇帝担忧他的身体，让他免了日常的事务，在万岁山下宫苑中静养，又急召魏延龄赶回京替皇太孙诊治。

却不料，最终得到的，是这样的结果。

“本王是因为惊惧所以发了病，圣上也认为是这个原因。除此之外，没有其他解释。”朱聿恒说着，目光紧紧盯着面前的魏延龄，一字一顿问，“魏院使，你说，是不是？”

魏延龄与他对视片刻后，终于在他面前跪伏下去，低低地应道：“是，请殿下放心，老臣一定，不会泄露半个字。”

等到魏延龄退下，殿内便只剩得朱聿恒一个人。

在人前强行提起的那口气，忽然之间就泄了。

他神情恍惚，伸手拉开桌台的抽屉，将里面那只蜻蜓取了出来。

被火舌舔舐过的绢缎蜻蜓，翅膀卷曲残破，但下面极细的铜丝依旧坚固地撑开破败的翅翼。

它停在他的掌心之中，若不是翅膀残损，与真正的墨蓝蜻蜓毫无区别。当他呼吸稍重时，那四片残破的薄纱翅翼便在气流中不停微颤，仿佛要振翅飞去。

他曾查过宫中的记录，从没有出现过这样的饰物。而那一群汇聚于宫中的能工巧匠，也从没人制造出这般纤小又这般栩栩如生的蜻蜓。

它从何而来，为何会出现在起火燃烧的奉天殿之内？

它的主人是谁，谁能造出这种精巧近于妖物的东西？为什么在大殿坍塌的那一刻，它会从火中飞出来？

在抓住它的那一刻，他身上诡异的病情陡然发作，是巧合，还是必然？

朱聿恒握着这只蜻蜓，在阴暗深殿内徘徊，双脚在机械踱步中变得僵直，身体却如麻痹，丝毫不知疲累。

一年。

如果魏延龄所言不虚，或许这就是他如今拥有的，仅剩的人生。

等到这个时辰过去，就少了一个时辰。等到这一次太阳落山，就少了整整一天。

等到这一年过去，他便要永远沉入黑暗之中，被泥土消融了骨血。

可他要做的事情，还有那么多。他所要面对的一切，铺天盖地而来，仿佛要将他淹没。

他不知道自己游魂一样走了多久，直到手上刺痛，他才低头看去。

是手中的蜻蜓，已经被他捏破。那薄纱翅膀中的铜丝残破，戳破了他的皮肤，小小一点血珠从他的指缝间沁了出来。

这血色让他一时控制不住意识，像是火星灼烧了他的心智，他发了狠似的抓住这只刺破自己手指的蜻蜓，一下撕扯了开来。

谁知那两对薄纱翅膀不只是简单缝在墨蓝缎的蜻蜓身体上，蜻蜓内部有着精巧而细微的机窍，数十个细小无比的构件结合在一起，连接外面的翅膀。如今被他扯开，蜻蜓体内咬合的细小金属部件全都散落于地，轻微的叮叮声在死寂的殿内清晰可闻。

而蜻蜓那缝缀着两颗小小青金石的头更已脱离了身体，耷拉垂下，残破不堪。

朱聿恒将蜻蜓举到面前，看见已经空了一块的蜻蜓身体内，黑缎中塞着一个小小的纸卷。

这蜻蜓的身体不到小指一半粗细，谁知里面竟然还有这么多机窍。

朱聿恒怔了片刻，抬手将里面那个捻得小小的纸卷一点一点抽出来。

纸卷极薄，又在撕扯中被机栝刮破，已经有些残损。

朱聿恒极慢极慢地揭开纸头，缓缓展开。

南方之南，星之璨璨。

寥寥八字，写在小纸卷上，却是逸态横生。

写字之人学的是王右军书，而且颇得精髓。字迹虽小，却是间架停匀，清气横绝，让人仿佛能从这几个字中窥见璀璨的星空万里。

可惜纸卷残破，这几个极美的字也受损了。

朱聿恒不知道自己盯着这几个字看了多久，直到耳边传来脚步声，他抬头看见贴身宦官瀚泓快步进来，大脑才有了一丝模糊的意识。

瀚泓见他脸色这么难看，吃了一惊，忙问："殿下，您可是身体不适？"

朱聿恒没立即回答，低头将蜻蜓和纸卷放入抽屉中，才问："何事？"

"神机营提督诸葛嘉，奉圣上之命而来，正在外候见。"

朱聿恒"嗯"了一声，定了定神，抬手取过桌上的茶水，一口喝干。他放缓呼吸，松弛下自己的嗓子，命瀚泓将地上散落的零件一一捡拾起来，一个也不要漏掉。

神机营提督诸葛嘉站在厅前等候皇太孙驾临，清瘦的身躯即使穿着严整官服，依然透出一种绰约感。他年未而立，相貌柔美中带着些脂粉气，所以他这个提督当得十分郁闷。

按例，神机营中有两位提督，一位是皇帝派遣的内臣，一位是朝廷委派的武官。很多人第一眼看见面目姣好的诸葛嘉，都以为他是宫中派来的提督内臣，可其实他是靠着彪炳战功，或者说杀人如麻，当上提督武官的。

长期被当成太监的诸葛嘉，心理可能也因此扭曲了，操练起营中士兵来狠厉非常，神机营上下叫苦连天，却谁都不敢忤逆他。

朱聿恒曾与他共同随圣上北伐，两人自然相熟，随意见了礼后各自落座。

诸葛嘉抬头看见朱聿恒的脸色，在面前晨光中蒙着一层潋滟的光华，依旧是脱俗的风采，却似显苍白暗淡。

他想起这位殿下前几日因病昏厥，如今看来精神也不算太好，便长话短说："臣等奉圣上之命，调查三大殿起火一事，如今稍有眉目。微臣已将其中案情上禀圣上，圣上说，此事交由殿下全权负责，因此特来向殿下禀报。"

这次三大殿焚烧坍塌一事，朱聿恒身在现场，对当时情形巨细靡遗尽在眼中，因此皇帝也早已跟他说过，待他的身体好转后，再仔细查查此事。

朱聿恒问："此事由你营主持调查？工部、刑部和内宫监呢？"

"圣上钦定，此案由工部牵头，我营与王恭厂参与办案。只因在清理火场废墟时，有疑似硫黄火药燃烧后的残渣。而京中熟稔火药之事的，不外乎我们二部了，故此被调来帮手此案。"诸葛嘉解释道，"不过我营与王恭厂将火后废墟搜寻了个遍，发现以残渣推断，火药分量不过三二两，是内宫监的人大惊小怪，将雷火劈击的焦痕也认成火药痕迹了。"

朱聿恒也深以为然，当日起火原因虽然不明，却绝非火药爆炸的情形。

"这几日本王在此休养，也将起火时的情形一再回想，认为此次起火十分蹊跷。"

在心头翻来覆去了千百次的东西，虽掀起过惊涛骇浪，但此时朱聿恒说得缓慢而平淡，似不带任何情绪，“按理说，雷击屋顶，应是劈中高处一点燃烧，但本王却分明看到，那火似是从十二根梁柱上同时开始燃烧的。”

说到这，他顿了片刻。奉天殿十二条金龙盘在柱上一起喷火的场景历历在目，太过诡异骇人，现在的他回忆起来，还沉在那种惊心动魄之中。

诸葛嘉愕然：“这，殿下的意思是，三大殿并非毁于雷火，而是本身存在问题，以至于起火焚毁？”

“至少，奉天殿被雷击之后，片刻间便燃起如此大的火势，本王觉得，与常理不合。”朱聿恒说着，搁下茶碗抬眼看诸葛嘉，“蓟承明呢？他是内宫监掌印太监，监造三大殿也是他的分内事，让他带着宫建图册来见本王吧。”

“殿下有所不知，蓟承明来不了了。”诸葛嘉叹道，“此次火中遇难共二十三人，有一位便是蓟公公。”

朱聿恒倒是没预料到，叹息道：“蓟承明主持内宫监多年，迁都时本王亦与他颇有接触，是个能吏，此次殒身火海，是内廷的一大损失。”

“而且，蓟公公的死……颇有疑点。”诸葛嘉比画着手势，但终究还是放弃了，摇头道，“他死状颇为诡异，微臣一时不知如何对殿下描述，不若殿下实地看看，或许能有所得。”

朱聿恒略一思索，站起身道：“既然如此，待本王换件衣服，去三大殿走一趟吧。”

诸葛嘉忙道：“那微臣先去将现场清理一番，以便殿下查看。”

瀚泓自小跟着朱聿恒，知道他如今不喜别人触碰自己身躯，便让宫女们把衣服放下后就退出，随即自己也转身带上了殿门。

在空无一人的内殿，朱聿恒解开赤红的团龙罗衣，轻薄的夏日白色中衣下，透出蜿蜒细长的一条血痕，从他的颈部一直延伸向下，深入衣襟之内。

朱聿恒扯开中衣的衣襟，盯着等身铜镜中的自己，看着身躯上那条血红脉络，双手不由自主地紧握成拳。

在火海中出现的这条血痕，自筑宾穴而起，经府舍、期门、天突、廉泉，一路凝成血色红线，纵劈过他的右半身，狰狞骇人。

太医们说，这是血脉受损后留下的痕迹，只要服用活血化瘀的药物，过几日自然便会消退。可他却只看到，这赤红的诡异痕迹一日日加深，比毒蛇的芯子更为鲜艳可怖。

一年。

他所有不祥的预感，随着魏延龄的诊断，都已转成最坏的结果，落定在面前尘埃之中。

天下最好的名医，在宫中奉诏多年，早已懂得生存之道。但魏延龄明知此事非同小可，依旧选择将真相和盘托出，这只能说明一件事——

他的病只是暂时潜伏，再过不久，必定还会继续发作。

魏延龄是明明白白看到了他日后这一年的艰辛遭际，又担心皇帝会一再施压逼迫，强命他医治，才会赶在他第一次发作之时，将自己的无能为力和盘托出。

朱聿恒盯着这条缠身的血痕，眼神冰冷如刀。

但最终，他只是抓过架上衣饰，将锦缎华服披在身上，掩盖自己身上的致命伤痕。

玄色箭袖袍服被镶嵌了殷红珊瑚的革带紧紧束住，玄衣领口略高，拥住脖颈后又被珊瑚扣锁住。随着盘领扣轻微地“嗒”一声扣拢，遍体银灰色的祥云织纹遮没了所有痕迹。

朱聿恒定定地盯着镜中的自己，看了片刻。

锦带玉佩压住玄衣腰线，密织的云纹显出隐淡的华贵。他的身量颀长挺拔而绝不荏弱，除了神态略显疲惫，他依然是往日那个站在王朝顶端、意气风发的少年。

谁会相信，他只剩下，极为短暂的一段辰光。

就算是天下最有名的神医，谁又能保证，他不会诊断错误？

像是要抛弃镜中的自己般，朱聿恒用力一挥袖，转身大步离开阴凉的深殿，不管不顾地跨进了面前的日光之中。

随扈的龙骧卫已经候在宫门口，一起向他行礼。他略一颔首，快步下了台阶，翻身上马，马鞭自空中虚斜着重重劈下，率先冲了出去。

堪堪入夏的好天气中，马蹄的起落快捷无比。热风自两颊擦过，蒙蔽朱聿恒心智的惨白云翳蒸腾散开，一些残忍而坚硬的东西慢慢浮现，如冰雪消解后露出的荒芜大地，冰凉，黑暗，不可转移。

像是终于醒悟过来，他全身上下忽然一阵冰冷。

一年。

如果真的只剩这点时光，那么，即使他骑上最快的马，哪怕他是夸父，也无力追上这太阳，扳转中天。

过去了一日，便是少了一日。

过去了一年，便是一切终结之时。

冰凉寒气自朱聿恒的心口一点一点钻进去，然后顺着血液的流动，一寸一寸扩散至四肢百骸，到最后，他全身寒彻，僵直得连指尖都无法动弹一分一毫。

他纵马向着不可知的未来飞驰，胯下马太过神骏，竟将身后一群人都甩下了一小段距离。

万岁山就在紫禁城北面，但朱聿恒选择了绕护城河而走，毕竟他不便横穿后宫。

转过角楼，京城的百姓聚在护城河边买卖交易，讨价还价，一片喧闹。

红墙金瓦，人声鼎沸，天下最繁华热闹的地方，就在他的面前。

他仿佛终于醒转，勒住了马，僵直地立在河边等待着跟随自己的人。

冠盖满京华，于他却是穷途末路。朱聿恒抬起手，挡住了自己的双眼，挡住那闪烁在眼前的流水波光，也挡住面前的繁华世界。

越升越高的日头投下温热气息，树荫正在以肉眼可见的速度，缓慢缩短，让他无比深刻地感觉到，三百六十天，他的生命中，很快地，又要逝去一天。

而他站在这急速飞流而去的时间之中，无人可求告，无人可援助，甚至连将这个秘密说出口的可能性，都没有。

能容许他悲哀无措的时间，也只有这么短短一瞬。等到身后人追上来，他便再也无法容许自己的脸上，露出绝望与挣扎。

他放下捂住眼睛的手，深深呼吸着，直面眼前的世界。

于是，仿佛命中注定的，他看见了正蹲在河边，挑拣着渔民木桶中鲜鱼的那个女子。

看见了，她发间那一只绢缎蜻蜓。

这一刻，日光明媚，阳光映着波光笼罩在她的身上。她全身像是镀上了一层光晕，恍如金色阳光营造的一个虚妄梦境。

梦境的中心，虚妄聚焦的地方，是她发鬟上那只如同要振翼飞去的墨蓝蜻蜓。

绢缎的躯体，四片透明的薄纱翅翼，夏日的微风轻轻自她的脸颊边掠过，蜻蜓的翅翼便不停地微颤，在她的发间轻扇不已。

与那只从三大殿的火中飞出来的蜻蜓，一模一样。

他一动不动地坐在马上，死死盯着那个女子的背影，掌心沁出了冰冷的汗。

那猝不及防飞向他的蜻蜓，这戴着蜻蜓忽然降临在他人生中的女子，让朱聿恒想起他纵马在草原上，第一次跟随祖父上战场时，砍下迎面而来的敌人首级的那一刹那。

刀锋无声无息，他只觉得手腕上略有迟滞，刀光已经透出对方的脖颈。鲜血温热飞溅，那个素不相识的人就此消失在这个世界上。

一瞬间，是存活或者是死亡，擦肩而过，胜负立分。

诡谲的命运、迫在眉睫的死亡，却在不经意间让他窥见了一线生机。

恐惧而充满未知的期待。

像是不能承受这种巨大的激荡，缓了一口气，朱聿恒的目光从她发间的蜻蜓下移，然后，看向了她的那双手。

那是一双并不算好看的手。手指虽长，但对女人来说略显粗大了，上面还有不少陈年伤疤，大小不一，纵横交错。

她正蹲在那个渔夫的摊子前，伸手去捉桶中的鲜鱼。普通人捉鱼，一般捉鱼身，而她看准了一条肥鱼后，右手张开扎向鱼头，大拇指自鱼鳃中掐入，其余四指张开，制住鱼嘴和鱼头，将一条大鱼轻易便提了起来，手法既狠且稳。

那条鱼试图挣扎，可腮部被掐住，无力地蹦跶了两下便软了下来。

她拎着鱼示意渔民，说："就这条吧，帮我穿起来。"

她说话带着江南口音，声音既不清脆，亦不柔媚，略显沙哑低回，与朱聿恒听惯的宫女们的莺声燕语相去甚远。

她的头发只简单绾了一个低低小小的发髻，上面停着那只绢缎蜻蜓，在日光下青光幽然。

她穿着一件窄袖越罗黄衫，肌肤并不白皙，在阳光映照下如透亮的蜂蜜颜色，清澈而润泽。

她的右手腕上，戴着一只两寸宽的黑色臂环，上面镂雕细密花纹，镶嵌着各色珠玉，珍珠玛瑙青金石，既杂乱又耀眼。

渔夫拿过两根稻草，穿过鱼鳃，提起来给她。

她接过来，却又说："阿伯，你这样绑鱼可不行啊，没等提到家就死了，鱼会不新鲜的。"

说着，她又取了两三根稻草，单手几下搓成草绳，然后利索地掰开鱼嘴，将细草绳从鱼鳃穿出，引过鱼尾两下绑死。

整条鱼便被她绑成了一个半圆形，弓着鱼身大张着鱼鳃，看起来无比可怜。

"喏，以后阿伯你卖鱼就不用带桶了，捕到鱼后这样绑好堆在船舱里，偶尔给鱼洒洒水，我保你的鱼卖一两天绝不会死。”

渔民倒是不太相信：“姑娘，鱼离了水必死，你这法子能行吗？”

“鱼也和人一样，要呼吸才能活下去呀。这样绑鱼迫使鱼鳃张开，就算离了水也能张翕，阿伯你信我，下次试试看吧。”

她笑吟吟说着，脸颊微侧，似有拎着鱼回头的迹象。

朱聿恒悚然一惊，猛然回头避开她的目光，还未看清她的模样，就拨转了马头。

身后，随扈的人已经赶上来，候在他身后。

朱聿恒垂下眼睫，遮住了自己眼中的一切情绪，催促马匹，向着东南而去。

龙骧卫一行数十人，跟随在他的身后，自街心驰骋而过。

那个少女和其他人一样避立在道旁。等到一行人去得远了，她才噘起嘴，拍去马蹄扬在自己身上的微尘，在再度热闹起来的街边集市中，拎着鱼随意闲逛。

在拐向奉天门的那一刻，朱聿恒勒马回望，看向那个少女。

随侍在他身后的东宫副指挥使韦杭之，听到他低低地唤了一声：“杭之。”

韦杭之立即拨马上前，靠近了他等候吩咐。

他凝视着人群中时隐时现的身影，略微顿了顿，抬起马鞭，说：“穿黄衣服、拎着鱼的那个女子，本王想知道，关于她的事。”

韦杭之诧异地回头看向那个女子，心念电转。殿下虽已经二十岁了，但因为圣上的悉心栽培，一直奔波在顺天府和应天府之间。十四岁就监国的他对天下事了如指掌，可或许是因为一直站在权力的巅峰，让他过早看透了世事人情，迄今为止，似乎还从未见他对哪个姑娘产生过兴趣。

可人群中这个姑娘……韦杭之心中满怀不解，不明白殿下二十年来第一次产生兴趣的姑娘，为什么是这个模样，又为什么会在惊鸿一瞥的瞬间，让殿下注目。

但随即，韦杭之便收敛了心中错愕，低声应道：“是。”

再无片刻迟缓，朱聿恒率一众人直出城门，韦杭之独自下了马，招来沿途路上的暗卫，让他们不着痕迹地去查一查那个女子的身份。

那个女子……看起来很普通吧。

接到命令的每个人都忠实地去执行，也都不自禁这样想一想。

只是谁也不知道，交会时那短短的片刻，朱聿恒停在她身上那匆匆的一眼，将会如何改变九州天下，又会决定多少人的生死存亡。

第二章

南方之南

奉天门外，提督诸葛嘉正率众将官站在宫墙下，肃穆静候。

远远的，有一骑马溜溜达达地过来。诸葛嘉不动如山，他身后的众人却按捺不住，个个探头去看，低声询问前排的人："来了吗？"

"按时间来说，该是来了，但这样子，可不像啊……"毕竟，那位雷厉风行、律己和律人一样严厉的殿下，怎么会容许随扈的人这样惫懒？

等那匹马近了一些，众人看见马上人的脸，不觉嗤之以鼻："是那位花花太岁来了。"

顺天最著名的花花太岁卓晏，歪坐在马身上，一手红豆糕，一手握着竹筒喝渴水[1]，散漫又自在。

神机营官员都穿五色团花曳撒，可唯有这位卓大少，把曳撒改得格外紧身，这夏日的薄衣，每一寸都贴着肌肤，更显得他肩阔腰窄，身躯修长，简直不是来应差的，而是来炫耀自己身材的。

慢慢悠悠喝完了竹筒中的渴水，卓晏潇洒地一转身，正要下马，抬头就看见面前人人肃立、个个垂手，在诸葛嘉的带领下列队静待。他差点被口中的红豆糕噎住，赶紧滚下马，缩着身子挨到诸葛嘉身边，低声问："嘉嘉，咱神机营……不是来这

1　渴水：指解渴的果子露类饮料。

儿搜查痕迹的吗？怎么一大早全这么干站着呀？”

诸葛嘉横了他一眼，没理会他，继续面朝通衢。而旁边人听到“嘉嘉”二字，嘴角都是一抽。

这位相貌柔美的诸葛提督，操练起手下将士极为凶残，神机营上下无不畏为阎罗。可卓晏这个浑不吝[1]，敢搂着这个煞星的脖子叫嘉嘉，令全营上下听得都是肝儿颤。

“卓把牌。”诸葛嘉终于开了口，声音冰冷，“这是进宫当差，你怎么还是这副懒散习性？明日起请准时来点卯，迟到一步，以军法论处。”

“是是是。”身为中军把牌官的卓晏随口应着，一边从马身的锦袋中取出一把泥金扇，唰一下打开扇着风，一脸散漫，“整天扒焦土很无聊的啊，再说扒了快一两百担的灰烬了，火药灰加起来够造两个鞭炮吗？根本就不需要咱出马的呀！”

诸葛嘉没兴趣再理会他，卓晏见他那冷若冰霜的模样，也觉得无趣，便怏怏地要缩墙角凉快去，却闻东边六部巷口上蹄声响起，是数十匹快马正驰向此方。

对方从东边而来，背后的日光太过耀眼，卓晏一时竟看不清那群人的样子，只能眯起眼伸长脖子去看。

只见骑手们来得飞快，尤其是当先的那人，玄衣黑马，胯下马极为神骏，马上人骑术超卓。马蹄腾起烟尘，呼啦啦卷过青石铺设的道路，几个呼吸间，那人已经一马当先，来到神机营众人面前。

他一勒缰绳，在人立起来的马上打量着他们，目光在卓晏身上顿了顿。

卓晏仰头看去。这人飞扬凛冽而来，俯视他们的面容在日头逆光中不甚清楚，但只那显露出来的轮廓便已足以慑人。

卓晏甚至觉得，完全不关长相的事。是对方的气场太过强大无匹，导致他出现后，那照临万物的日光都仿佛为了他倾泻而下，臣服在他脚下，令所有人都不敢看清他。

不知怎么的，一种淡淡的畏惧涌上心头，优哉游哉混了二十年的卓晏，膝盖弯有点打战。

他心想，这可真不对劲，世上怎么会有人，只这么一打照面，便令人心折臣服。

而马上人却似乎并不在意自己的威慑力，在卓晏和他目光对上时，他甚至还朝卓晏点了一下头。

1　浑不吝：北京方言，形容什么都不在乎的样子。

和他凛冽的气场不太相配的，是他的年纪。二十来岁，锦衣怒马，面容极为清俊秀挺。他似乎情绪不太好，神情略有憔悴，但那一双眼睛，看着人时依旧如皎皎寒星，令人畏惧又神往。

不识时务的卓晏挺挺胸膛，笑着凑上前问："敢问兄台贵姓？小弟卓晏，是神机营中军把牌官。家严是应天府都指挥使卓寿，家祖乃是定远侯……"

这祖宗三代都掏出来的架势，令旁边的诸葛嘉不由得瞪了他一眼，神情错愕又带点玩味。

而对方在他这样辉煌的家世面前，依旧只略点了点头，便自马上跃下，将缰绳丢给身后追上来的侍从们，朝诸葛嘉一注目："诸葛提督久候了。"

他声音略沉，不紧不慢，即使因为急速奔袭而带上了些许沙哑，依旧有种慑人的掌控力。

诸葛嘉立即上来抱拳行军礼："属下不敢。"

被晾在一旁的卓晏有些郁闷。这人懂不懂啊，自己都掏光家底了，他却连个姓都不提。他便有些无奈地示意："那么……兄台贵姓？"

听他再度出声，对方终于有了回应，他一壁由诸葛嘉引着往奉天门内走，一壁说："阿晏，你好大的胆子，居然忘记我了？"

他身形挺拔颀长，走路的姿态舒展迅捷，眼神里有遮不住的锋锐，便如一头刚成年的雄狮，正收敛了利爪巡视自己的领地，似带戒备又不可侵犯。

卓晏十分确定肯定笃定，自己不可能见过他。毕竟，这样的人，纵然惊鸿一瞥，也定会过目不忘。

但见对方与自己一副熟稔态度，卓晏又迟疑起来，还在踌躇怎么开口圆一圆场，旁边诸葛嘉终于忍不住了，开口说："火场杂乱污秽，请殿下小心脚下，照微臣所带领的道路行走。"

"好，有劳诸葛提督。"他随口应道。

"殿下"，这两个字让卓晏"啊"了一声，他惊跳起来，瞪着面前人结结巴巴地问："皇……皇太孙殿下？"

见他终于想起来，朱聿恒才朝他扯了下唇角："本王还是平生第一次，被别人忘记。"

卓晏脚下一个趔趄，颜面抽搐地腹诽：可是，我们最后一次见面也是十几年前了吧……那时候我们都是小屁孩啊！

尊贵无匹的皇太孙，面对他这个幼年伙伴，却十分和气地和他叙起了旧："说起来，这些年我在顺天、你在应天，有十多年未曾见面了。你什么时候来顺天，又什么时候入神机营的？”

“这个……说实话吧，”卓晏苦着一张脸，讪讪道，“我这么懒散的人，要不是我爹逼着，我才不去神机营那种打打杀杀的地方。所以平常十天里有九天是告病在家的，还有一天来画个卯就走——今天就是准备来应付点卯的。”

“人各有志，既然你不喜欢这边，以后有机会，我将你调到更合适的地方去。”朱聿恒说完，沉吟了片刻，又道，“我听说这些年你在应天混迹烟花，得了个绰号叫‘花花太岁’，对风月场所十分熟悉？”

“呃……”卓晏挠挠下巴，不知道自己该露出骄傲的神情，还是应该羞愧一下。

“既然如此，我想向你打听件事。”朱聿恒的声音略低了一点，问，“前次有种蜻蜓簪子流入宫中，几位太妃颇为喜欢，我想采买一些孝敬老人家。”

卓晏顿时大感兴趣，笑道：“这个你找我就对了，北边市面上的簪子以蝴蝶、凤鸟为多，但江南那边流行的可就别致多了，蜻蜓、蝈蝈、蚂蚱，应有尽有。不知太妃们想要的，是哪一种？”

朱聿恒望着身旁红墙，说道：“是一种墨蓝色的绢缎蜻蜓，大约小指长短。蜻蜓翅翼由黑纱制成，用铜丝绷开，轻薄无比，可以随风抖动；蜻蜓眼睛为青金石制成。插在发间时，与活的蜻蜓一模一样。”

“这个……还真没见过。”卓晏抓抓头发，皱眉道，“我见过金的、玉的、木的，可按殿下所说的墨蓝色绢缎蜻蜓可从没有出现过。殿下您想啊，女子用饰物都是为了好看夺目，哪有人在黑发间用墨蓝色饰物的，这种东西势必没人买的。”

说到这里，卓晏再一想，可能太妃们年纪大了头发白了，倒是挺适合戴这样的饰物，又不敢说，只能干笑了一声：“总之，我一年见过的女孩子没有一千也有八百，这样的首饰，绝对没见过。”

那蜻蜓如此巧夺天工，必定让人过目难忘，既然卓晏没记忆，那必定是没见过了。朱聿恒点了点头，说：“那你替我留意下，若有寻到差不多的，拿几个给我瞧瞧。”

“是，我一定留意。”卓晏忙不迭应了。

说话间，众人进入奉天门。映入眼帘的再不是雄伟壮阔的三大殿，而是一片焦黑废墟。断壁残垣立在被烟火熏黑的殿基之上，在背后鲜红如血的宫墙映衬下，越显苍凉。

诸葛嘉陪着朱聿恒走上台阶，指向后殿尚还立着的半个墙角，说道：“殿下请看，清理废墟的宫人们，便是在那里发现蓟公公的。”

朱聿恒踩着满地熏黑破败的瓦砾与烧朽断裂的梁柱，走到墙角边一看，地上一块一尺四见方的金砖已经不见，露出下面地龙的坑道，向下一望，黑洞洞一片。

顺天府冬日严寒，滴水成冰，因此宫中各座宫殿下均设有地龙。只是，宫中的地龙坑道由厚重青砖砌成，地面又铺设极为厚重的金砖，在起火之时，蓟承明是如何在仓促之间打开这极为坚固的地龙坑道避险的，倒是令人意想不到。

诸葛嘉捡起洞旁四分五裂散落的几块石头，用力擦去上面烟熏的痕迹，露出里面莹白的玉石质地来："这本是陈设在内殿的'海内一统'玉雕，蓟公公督修宫城时，大约知道这块金砖下就是砌地龙的青砖接缝不严密之处，因此在起火之时，便推倒了旁边这座玉雕，重击向这块金砖，将它连同下面的青砖一同砸开，露出了一个藏身之处。”

朱聿恒自然见过这座玉雕，上面雕的是海浪拍山，足有一人高，重逾千斤，这砸向地面时，别说金砖，哪怕是青石板，恐怕都要被砸得四分五裂。

诸葛嘉回头看了看，示意卓晏跳下坑道。

穿着极为修身曳撒、身上还饰金佩玉的卓晏，委委屈屈地钻进坑道，蹲在地龙中晃亮了火折子。

地龙并不宽敞，他是中等身材，只能勉强容下他的身躯。

诸葛嘉指着下方道："殿下请看，奉天殿自元旦后便未再开启，宫中早已将地龙掏净，入口封闭，只要蓟公公沿着地龙往前爬，至少能躲到烟气熏蒸不到的地方。但奇怪的是，蓟公公面对眼前空荡荡的地龙，却一步都没有爬动，而是一直跪在这砸出来的坑洞之下，直到被活活烧死。”

蹲在地龙中举着火折子的卓晏顿时跳了起来，却忘了自己头上就是条石，顿时撞得龇牙咧嘴。

他揉着额头，惊骇地看着地上的瓦砾和炭屑。在破碎的金砖和玉石碎块中，分明印着烧结在地面上的两块黑乎乎的长形印记，显然就是蓟承明当日在火海中，跪在地上的双腿被烧成焦炭时留下的。

朱聿恒看着那两块痕迹，终于开口问："跪在坑道中？”

"是，当时内宫监都已知蓟公公进殿后便未曾出来，因此在清理瓦砾时也是多加注意，结果搜寻到了二十二具尸身，都不是他。直到外殿清理完，到内殿收拾时，才在墙角发现了这个坑洞，扒拉出了尸骨，确认蓟公公当时确实是这样的死状。”

朱聿恒上战场之时，见过的尸体不计其数，但看着那两块焦黑痕迹，也转开了眼去，不忍多看。

毕竟，他现在，有点难以直面死亡。更不敢想象，自己将会殒身于何时何地，又会留下怎样的，生命最后的痕迹。

他站起身，定了定神，才问：“如此死状，似与常理不合？”

“是，身在火场之中，烟熏火燎炙热逼人，蓟公公既已砸开地道，自然会下意识地顺着它往最里面爬，离洞口的火越远越好。”诸葛嘉肯定道，“可为何蓟公公跳入了这地龙之中，却跪在这块地方一动不动，以至于错过了逃生的唯一机会，活生生被烈火烧成了焦炭？”

沉吟片刻，朱聿恒又问：“蓟承明的尸骨，现在何处？”

“已被内宫监捡拾到骨灰坛子里了。说是尸骨，其实烧得只剩了几片渣子，再加上整个大殿的梁柱都烧朽了坍塌下来，将骨架也压平了，太监们只能连骨头带焦屑都捧进坛子去了。反倒是外殿的尸骨，还比较完整，好分辨些。”

他们在这边讨论着，而下面胆战心惊的卓晏，哭丧着脸蹲在地龙中，无聊地用火折子晃来晃去照着下面。

在光线之中，有一个怪异的东西，让卓晏下意识拿起来看了看。

是一块掌心大的弯月形木头，被火烧过之后已是彻底焦黑。奉天殿所用木材自然最为上等，木质坚韧，两个尖角虽然被烧得略有残缺，但大体还残存着原来的形状。

“月亮？这是干什么用的？”卓晏捏着它端详着，却发现上面刻着一个极浅的痕迹。

他便将这烧焦的新月拿到眼前，眯起眼仔细审视着。

“那是什么？”朱聿恒在上面注意到他的动静，问他。

“好像是一只蜻蜓。”卓晏答道。

蜻蜓。

朱聿恒心口陡然一震，目光移向那块木头。

卓晏见他关注，忙将焦木举高，呈到朱聿恒手中。

果然，在这块焦黑的千年榫上，浅浅刻着一个痕迹，并不明显，但仔细看，确实可以看得出来。

上面一个斜斜的“×”，下面一竖，宛然是一只蜻蜓。

诸葛嘉在朱聿恒身后看着，出言道：“这应是一个榫卯，为连接木材之物。这种两头弯弯上翘者，名为千年榫，因为形如弯月，又名新月榫。这种大小的榫卯，应当是横椽或者托梁上用的。”

朱聿恒问：“它有何独特之处，能号称千年？”

诸葛嘉指着上翘的两头，说道：“这种榫两头向上弯翘，一旦将榫头拍入双方榫槽之中，便会牢牢咬合。因为万物都有重量，被连接的木头亦会下坠压住这个榫，除非千百年后朽烂了，否则被连接的木头绝不可能松脱。”

朱聿恒反问：“照这么说，在屋顶坍塌之时，除非有一种力量，能将被千年榫结合的梁柱向上用力提起，才能自下而上地将它从千年榫的弯角中拔起？”

“是，否则这千年榫，必定会被坍塌的力量折断。”诸葛嘉用修长的五指做了个向上抓取的动作，疑惑道，“可这个千年榫，尽管边角稍有残缺，但，确确实实是完整的，没有折断的痕迹……奇怪，这世上又有谁能有这种巨力，将奉天殿的屋顶提起掀翻，让这千年榫完整脱出呢？”

朱聿恒没有回答，只因在这一瞬间，他眼前忽然闪过了那一晚的情形。

在他走出殿门口，向梁上那条白影射出一箭后，他看到，自己的发丝与衣服，全都被一种怪异的力量轻轻扯起，向着空中飘浮。

还有，大火刚刚燃起的刹那，他在第二层殿基上回头望去，十二根盘龙柱上烈火飞卷升腾，仿如十二条巨龙同时喷射出熊熊烈火。

似一种恐怖的力量，自下而上涌出地面；又似天降龙挂，倒吸地上万物，倾下了这样一场将三大殿毁于一旦的灾祸。

风卷起灰烬在他们周身弥漫，面前这块烧焦的千年榫似乎还散发着那夜的灼热气息。

朱聿恒只觉胸口憋闷，他强抑心神，从诸葛嘉手中取过那个千年榫，一边看着，一边绕过了后方的断垣，沿台阶向下方走去。

卓晏赶紧从地龙里爬出来，也不管身上锦衣蒙尘，随便拍了两下就快步追上了他们。

诸葛嘉见朱聿恒一直看着那个千年榫沉吟不语，便又道：“微臣想，或许是外面的木头没有中间榫卯木质坚硬，因此被烧得朽烂了，摔下来时粉碎散落，便只剩下了中间这个完整的千年榫。”

“嗯，也有这种可能。”朱聿恒端详着上面那个浅刻的标记，声音略带暗哑，“那么，这是什么标记，诸葛提督可知道？”

诸葛嘉面露迟疑之色，道：“这个……请殿下容微臣再调查几日。这东西或许是……木作匠人觉得参与修建三大殿是他毕生荣耀，因此想暗地留个标记，也未可知。”

朱聿恒摇了摇头，只沉默地将千年榫横了过来，放在眼前看了看那个模糊刻痕。

这只蜻蜓，与火中飞出的那一只，是否有何关系？

“我倒认为……”朱聿恒缓缓说道，“如果是匠人有意为之，不至于刻得如此凌乱仓促。你有没有想过，除了匠人之外，这掉在地龙中的东西，还有一个人也能接触到？”

诸葛嘉大惊失色，脱口而出：“殿下的意思，这是蓟承明临死前，刻下的印记？”

朱聿恒没有回答，只将千年榫递还给了他，说：“让内宫监的人好好查一查，蓟承明生前接触过的东西，有没有与这标记相符的。”

候在阶下的小太监，赶紧舀起大铜缸中的水，让朱聿恒洗去手上的灰烬。

诸葛嘉低下头，目光正落在朱聿恒的那双手上。

澄澈的水流过他的手背与十指，那修长的手指如同白玉冻在琉璃中，在淡淡日光下莹然生辉，不可直视。

这位殿下的手，当真举世罕见。

诸葛嘉正在恍神间，朱聿恒已经接过巾子擦干了手，问：“既然是五部合查此案，那么其他部门的人呢？”

诸葛嘉四下看了看，一指谨身殿废墟中一条伛偻的身躯，说：“那位就是王恭厂的卞存安卞公公，只是这人脾气古怪，微臣与他亦不太熟。”

卓晏一听，撒腿跑到台阶边笼手对着那边大喊：“卞公公，皇太孙殿下驾临！”

那条人影没理会这边的喊话，依旧伏在焦黑废墟中撮土。烧黑坍塌的废墟如阿鼻地狱，这位卞存安居然能趴在火场废墟中如此细致撮土，着实令人佩服。

卓晏又喊了两声，那卞存安终于听到了，直起身看了看这边，拱手朝着朱聿恒行了一礼，也不过来拜见，很快就物我两忘地继续刮焦土去了。

朱聿恒打量这个卞存安，见他四十不到的年纪，穿着件颜色褪暗又沾满灰迹的姜黄色曳撒，皮肤黧黑又灰头土脸的，但那专心致志盯着手中活计的样子，令那矮小枯瘦的身躯颇有种倔傲的气质。

“那便不要打扰卞公公了。”朱聿恒示意龙骧卫们整顿起身，“你们若有什么发现，随时知照本王。”

“是。”诸葛嘉应了，又命人奉上一个托盘，向朱聿恒禀告道，“此次我营新研发了一种小火铳，由中军坐营武臣与拙巧阁联手研制。这种小火铳精致小巧，更可拆解折叠。殿下若有兴趣，用以日常傍身再好不过。”

他这倒是投其所好，朱聿恒对新奇强力的武器确有兴趣，便欣然接过。

小火铳入手沉重，是精铁所铸，前方是中空的管身，后方是略微隆起的药室。火铳通体镀银，更以错金法在铳身上镶嵌出龙虎纹饰，精美异常。

朱聿恒打开火门和药室看了看，诸葛嘉正想要教他如何拆解，但见他已经将小火铳收好了，说："等我有空了，自行折叠拆解试试吧。"

诸葛嘉知道这种小事断然难不倒这位殿下，便只送上了一小袋适配这支小火铳的弹丸和火药。

"这般方便携带的东西，不知道是否可以批量制造？"

"此物机栝微小，准头难以调控，是以制造极难，目前一共只有三支面世。"诸葛嘉解释道，"如今拙巧阁那边的人也说难再多造了，殿下若需要，怕是还要再等等。"

"无妨，等你有了大量制造的眉目，再告知我便是。"朱聿恒翻身上马，走了两步后，又回头指了指那个千年榫，说："诸葛提督，或许你可以查一查，这世上有没有什么力量，能托举重物拔地而起，脱离这千年之榫？"

诸葛嘉面露犹疑之色，仰头看向马上的朱聿恒，却见他神色慎重，绝非轻言，便恭谨垂手，应道："是，微臣定会用心细查。"

龙骧卫随扈，朱聿恒刚出午门，韦杭之已经在城门口等待他了。

朱聿恒也不问话，与他到了户部衙门后，便看起了紧急调来的卷宗。

本朝户籍管理极严，寻常生面孔在城内出现，必然遭受多次盘查。一个肤色微黑、不似出生在京城的女子，要在顺天居住，一定会有路引。就算她自己不来衙门报备，各街坊里长也会记录在案，按月汇报到户部衙门。

普天之下，莫非王土。只要出现在本朝的土地上，她就必然会处于他的视野之中。

不到半个时辰，送来的午膳尚且温热，他想要寻找的人，已经出现了。

短松胡同水井头，六间房东起第三间，三月十八日赁予一女子。寓居女客自称阿南，年可十八许，身长五尺二寸，肤色微黑。自言从南方而来，寻亲未遇临时落脚。孤身一人，并无亲眷。日常或在街衢闲逛，偶有荒诞形态，大约南方蛮荒不识礼数，但并无逾越律法之举。

自南方而来，名叫阿南。

短短数言的奏报，写在各坊市的例行奏报上，夹在黄册之中，平平常常。可朱聿恒盯着这张简简单单的纸，看了许久。

南方之南，星之璨璨。

直到凝滞的呼吸让胸口憋闷，他才将这页抽出放在一边，抬头问侍立在旁的韦杭之："既是租赁的房屋，房东何在？"

韦杭之回答道："属下已经传唤他了，现在外面候着。"

朱聿恒点头示意，于是片刻后，房东便穿着一身浆洗得板正的细布长衫，站在了他面前。

虽不知道朱聿恒的身份，但毕竟第一次来衙门，又见他气度绝非凡人，老头诚惶诚恐，连手脚都不知道怎么放。

"老人家坐吧。"朱聿恒将那页抽出来的纸按在手边，等韦杭之出去了，才问，"租赁了你房屋的那个阿南姑娘，你可知道来历？"

老头忙点头："是三月十八来的，老朽上报过里长，一切情况确实相符。"

"她为何孤身一人来顺天，日常行为如何？"

"阿南姑娘是拿着广州府出具的海客路引来的。老朽听说，她原是海边人，因意外坠海折了手脚，所以来应天投靠亲戚，顺便治病。但年深日久，亲戚寻不到了，便先租了老朽的房子住着。这些天她确有去巷口魏院使那边医治过几次手脚，不过她当初来租赁房子的时候，我看她手脚灵便，也没什么太大问题的模样。"

"是海外归客吗？"自三宝太监下西洋之后，海外时有客商往来，但这样孤身一人的女海客，倒是闻所未闻。"除此之外，她可有什么奇异举止吗？"

"这……"房东努力想着，惶惑道，"这位姑娘日常三教九流什么人都结交，我们这短松胡同近胭脂胡同，她竟与那边的姑娘混得十分熟悉，这……算吗？"

朱聿恒摇摇头，问："其他呢？"

"其他……虽然一个姑娘家独居一个小院，胆子太大了些，但她性子倒挺大方爽朗的，日常确实看不出有什么怪异……"

朱聿恒等了片刻，见他再说不出什么来，便淡淡说道："老人家，你既然进了衙门，想必知道轻重。"

老人悚然而惊，赶紧躬身道："是，老朽一定守口如瓶，出了这个门，就不会记得贵人所问的任何事。"

朱聿恒抬手示意他可以离开了。

室内只剩下他一个人，坐在案前，凝视着那张写了寥寥数行的册页。

阿南。南方之南的南。

日头已经西斜，时间流逝得如此之快。斜斜穿进窗棂的日光，渐渐照到了他的手指。

仿佛被沸水烫到，他的手猛然收紧，然后，像是下定了决心，他骤然起身，将那张纸折好塞入袖袋中，向外走去。

韦杭之如影随形，跟在他的身后。朱聿恒大步出门，翻身上马。

见殿下上马，就地休整的龙骧卫忙急着站起身，想要跟随。然而朱聿恒却只勒住马回身看他们，马鞭自空中虚斜着重重劈下，示意他们不许上前。

所有人都立即住了动作，不敢再跟随这位殿下。

朱聿恒居高临下喝令道："所有人在此待命，没有本王允许，不得擅自窥测行踪！"

眼看他只带着韦杭之，一骑快马绝尘而去，消失在街道尽头，护卫们只能徒然望着马蹄扬起的尘土，心中苦闷无比——当年殿下随圣上北伐，连圣上都没法阻止他孤军深入敌军后方。如今像他们这些小虾米，又有谁敢螳臂当车，阻拦这位殿下？

他们唯一能做的，也只是在心里暗自祈求，希望殿下快去快回，不要引起宫中的注意。

立朝六十年，如今正值盛世。刚刚整修落成的顺天府，崭新整齐，人家林立。

夏日午后，行人寥落，唯有朱聿恒与韦杭之两骑快马驰过。

胭脂胡同外倚在墙角边等待生意的几个姑娘，抬头看见马上人的模样后，都是精神一振，个个摆出娇媚姿态，朝他们轻笑招手。

朱聿恒勒住马缰，低声对韦杭之道："你去前边虎坊桥等我，我稍后就来。"

韦杭之震惊了，他看看那几个姑娘又看看皇太孙殿下，虽觉得难以启齿，但还是道："殿下，这……圣上一再叮嘱属下，要时刻保护殿下安危……"

"这边能有什么安危，去！"朱聿恒说着，抬手抽了韦杭之的马一鞭子，催促他的马飞奔而去。

几个姑娘欢喜不已，抢着要帮他系马，他却并未瞥她们一眼，催促马步，径自穿过胡同而去，直奔旁边的短松胡同，只留给她们马蹄扬起的些微尘土。

几个姑娘颓然放松了身躯，靠在墙上嗑着瓜子抱怨，直到后面又从巷子中转出条高挑的身影，她们才再度兴奋起来，挥着帕子大喊："阿南，阿南，快来这边！"

阿南。

这一声呼唤让已经拐往短松胡同的朱聿恒顿住了马。他回过头，在柳荫的遮掩下，看向那几个女子。

前方快步走来的，正是他早上在闹市中惊鸿一瞥的女子。

她身量颀长，穿着淡黄的窄袖衫子，头发随意绾了个小髻，上面依然插着那只墨蓝绢缎蜻蜓——原本颜色深暗的墨蓝缎，在日光下泛着灿烂的紫色光华，是以让朱聿恒远远便看到了。

那潋滟的光彩，让他的眼睛变得暗沉。他将马系在路边树上，悄无声息地用道旁密密匝匝的垂柳掩饰身形，向着那边走去。

只听得姑娘们笑道："阿南，来吃瓜子，刚炒好的。"

"真的，还冒热气呢！"阿南的声音略低哑，和一群娇滴滴的姑娘们迥异，一下子便可辨认出来。她手中正握着一把莲蓬，笑吟吟给她们抛了几个，又抓了把瓜子嗑着，满意地点点头，"哇，刘大娘炒的吧，火候刚好，我能嗑两斤！"

朱聿恒隐在垂柳之后，冷冷打量着那个阿南。

其实她五官颇为明艳，只是时下士人追捧的是雪肤花貌柔弱美人，她那双滴溜溜的杏眼就显得凌厉了些；高挺的鼻梁也不带半分温婉气；浓如燕翅的眉毛并未如其他人般绞得纤细；蜜糖色的肌肤也不够白皙。尤其与胭脂胡同的这些娇柔的莺莺燕燕站在一起，大相径庭。

"两斤？哎，阿南你矜持点嘛。"穿红衣的姑娘剥着莲蓬，笑道，"你看你，身量这么高，又不肯好好梳妆打扮，这走路虎虎生风的样子，那天让我们姐妹以为是男人来了，白白害我们做许多俏媚眼！"

"哪有虎虎生风，你们这样形容一个十八九岁的姑娘，良心过得去吗？"阿南直接往街边条石一坐，荡着一双天足，姿态毫不端庄。

红衣姑娘教导她说："喏，先把你的脚裹一裹嘛，好歹走路的姿势得摇曳多姿吧，不然你这样子怎么嫁得出去哦？"

"我从南方蛮夷之地来，不裹脚的。"阿南满不在乎地晃着自己的脚，笑道，"再说了，我有喜欢的人啦，他敢不娶我试试？"

"骗人吧，整天就见你一个人独来独往的。"一群姑娘嘻嘻笑着，无情地揭发她，"而且你这双眼睛，遇见清俊的男人就放光，总要多看两眼，比我们还不怕羞。"

阿南笑道："真奇怪，平时路上看见好看的花花草草也总要多看一眼，怎么街上有好看的人，我就不能多看了？我刚才买莲蓬，都要挑几个齐整漂亮的呢。"

"啧啧，这理直气壮。"姑娘们笑成一团。

其中一人想起什么，对阿南说道："讲到好看呢，刚刚过去那个男人长得是真好，一路骑马过来，所有的姐妹都招呼他，可惜他理都不理，真是气人。"

"气人是气人，可好看也是真好看呀。年少矜贵，鲜衣怒马，咱们在顺天府混了这么久，何曾见过这样的少年郎？"另一个黄衫姑娘挥扇笑道，"哎，阿南，你可以跟去看看，保不准以后就没兴趣看其他人了。"

"有这么好看的人？"阿南剥着莲蓬好奇地问，"他去哪儿了？"

几个姑娘的手一齐往短松胡同一指："喏，那边。"

一直静立在垂柳之后的朱聿恒，沉心静气听她们东拉西扯了这么久，才惊觉她们说的有可能就是自己。

眼看阿南拍拍裙子，站起身真的向他这边走来，他下意识地背转身，见身后就是一家酒肆，便闪身进内。

街边酒肆，里面一片吵吵嚷嚷，有人喝酒划拳起哄，一股市井气息。

当垆的老板娘一看见朱聿恒的模样，立即就快走几步，赶在他前面拉开了一扇透镂祥云蝙蝠的屏风，殷勤笑道："公子请雅间坐。喝什么酒？是一个人还是约了人会面？"

"最烈的酒。"他只给了她四个字。

老板娘快手快脚把酒送进去，刚掩上门，阿南就从门口进来了。

打眼一瞧，店内依然是坊间那群大叔阿伯们，阿南挑挑眉，这哪有什么格外出色的人物？

老板娘支颐靠在柜台上对着她笑："阿南，你一大姑娘，怎么老往我们酒肆钻？"

"无聊嘛，除了你这边，我能上哪儿消磨去？"阿南指指柜台上的牌子，让老板娘给她来一盏木樨金橙子泡茶。

她一双眼睛在店内扫了一圈，朝老板娘笑道："其实是外间几位姐妹指引我来看景致的。"

"你们这群犯嫌的姑娘家。"老板娘给她一个白眼，利落地调好茶水，朝着屏风隔开的雅间努努嘴，脸上挂起了意味深长的笑。

阿南就这么端着茶杯，施施然向那雅间走了过去。

雅间外陈设着雕镂流云五蝠的木屏风，从空隙中可以看出里面坐了个穿玄色越罗直身的男人，但那脸却刚好被大片流云挡住了，一点模样都未曾泄露。

阿南有点遗憾地放低目光，就看见了他那双手。

木樨金橙的香气暗暗袭来，在这样嘈杂喧闹的酒肆中，阿南一瞬间有些许恍惚，移不开目光。

那双手被窗外透进来的阳光照得莹白生晕，十指修长得有些过分，修得极为干净的指甲泛着粉白的光泽，指骨瘦而不显，微凸的骨节显得这双手充满力度。

当他的手指伸展开，就拥有最为优美的弧线，从指尖到手背，显露出来的线条如塞北起伏连绵草原平阔，舒缓自如。当他的手指弯曲紧握，便如江南远山近水峰峦群聚，线条清峭。

而这双手屈伸张握时，又绝不拖泥带水，每一下动作都毫不迟疑，稳准快中带着一种充满自信的强硬力度。甚至因为太过决绝快速，使得他的动作显出一种迷幻的节奏感，让看见他的人便有一种想法，觉得这双手的主人，足以掌控世间一切大小事务、难易局面，永不落空。

就像在沼泽里看见一朵纯白莲花绽放，阿南就这么端着茶杯拿着莲蓬，在喧嚣的酒肆之中，透过屏风的空隙，驻足凝视着他的手，久久无法回神。

他其实是在拆解拼装一样东西。一根手掌长的镀银圆筒，装搭好后，前方是中空的管身，后方是略微隆起的药室，连接的把手上，缠绕着鹿皮。

普通人肯定看不出这是什么。但阿南的手慢慢地碰了一下自己右手腕上那个镶嵌各色宝石的臂环，感觉它还纹丝不动地约束在自己腕上，才安心地轻扬起唇角来。

一支可拆解的小火铳。

这个长着特别迷人一双手的男人，在这种鱼龙混杂的小酒肆，把一支小火铳拆了又装，装了又拆，这是无聊到什么程度了……

不，仔细一看的话，他的手虽然很稳定，但偶尔凝滞的动作，让她看出了迟疑的意味。

这个人，不是在排遣无聊，而是借着拆解火铳，用机械的动作，来驱逐内心的紧张与惶惑。

这个习惯，和她当年真像。

只不过，这把可拆解折叠的火铳，她偏偏就是这世上为数不多知晓的人，因为，她是参与研制的人之一。

“是拙巧阁的人，又来找我了？”阿南微微一笑，计算了一下角度，然后走到了楼梯边，从后方几个雕镂出来的洞口中，企图看清里面那个男人的容颜。

但从斜后方的角度看，只能望到他的半侧面。

他的侧面线条清俊凌厉，窗外日光穿棂而来，自他耳后灿烂照耀，使得他半侧的面容明暗分明，摄人心魄。

即使还没看清他的长相，但阿南已经在心里想，这张脸，可真对得起这双手。

想想也是啊，混在胭脂胡同的那群姑娘，全顺天府的公子哥儿该见了千儿八百个，可这种凛然超卓的人物，哪是寻常可以见到的？

一滴茶水溅在她的手背上，木樨甜腻的香气和橙子清冽的气息混杂在一起，让她忽然觉得心里沉了沉。

一时之间，她不想知道他具体的模样了。

反正，她的心里，已经有了最好看的那一个人。

无论她看见什么样的人，她总是拿来和心里的他比一比，然后发现那个最独特的地方，依然是那个人的，永远不可转移。

就算她看遍了世间所有好看的男人，那又怎么样，其实都没有意义。

所以她默然笑了笑，不声不响就转过身体，坐在了楼梯下的一个小角落里，拳起双腿，剥着莲蓬喝自己的茶。

老板娘给她端了一碟蚕豆来，一边瞥着雅间那边，问："看到了？怎么样？"

阿南趴在桌上，懒洋洋地说："还可以。"

"只是还可以？"老板娘嗤笑，掐着腰正要说什么，一转头瞥见门口进来一个熟客，忙堆笑迎了上去："李二哥，你可是好久没来了，最近在哪儿发财呀？"

"发个屁的财！三月刚在五城兵马司谋了份火丁[1]的职位，上月就被调去宫里救火，结果差点没断送在那里。"李二哥是个中年汉子，骂骂咧咧地取下网巾，给一众熟人看自己被烧秃了的头发，嚷着自己这次真是死里逃生，非要众人请他喝酒。

众人赶紧喊老板娘上酒，要给李二哥去去晦气。

李二哥喝酒跟喝水似的，放下碗却咧嘴笑了，说："晦气是真晦气，不过运气也不算差到家，你们猜我在宫里救火，是谁指挥的？当今皇太孙啊！"

"皇太孙"这三个字一出来，酒肆里众人顿时就来了精神，赶紧追问："李二你哪来的好运气？咱们活了几十年，可连七品以上的大老爷都没见过！"

也有人嚼舌："好家伙！火海险地，皇太孙也去？"

"去！不但去了，还亲自到殿基近旁指挥我们救火。咱这群人都是临时被调集的，第一次进那种地方，能不怕吗？不瞒各位，我当时看见这么大的皇宫，这么凶的火势，吓得脚都软了！但皇太孙往我们面前一站，我们上百人立马心就安定了。

1 火丁：相当于古代消防员。

各方队伍被他指挥得纹丝不乱，他站在火海前那气度，那架势，真叫人心折！”

“那皇太孙长什么模样，你赶紧给我们形容下？”

“说到皇太孙，那长相可不得了！只见他身材魁梧，天姿丰伟，站在火海前就似一根定海神针，金光耀眼，闪闪发亮……”

周围人一听就不对劲，纷纷斥责：“少胡扯了，说实话！”

李二自己也笑了：“说实话，那个火海之中烟尘滚滚，我眼睛都睁不开，哪看得清模样？模模糊糊只见最高的台阶上站着一条人影，个子比身边人都高出一个头，不动不说话也格外威严，那样子……总之我嘴笨，说不出，就是一看绝非凡人了！”

阿南剥着蚕豆，忍不住笑了出来：“李叔，你看见个位高权重的人就这样。得亏是皇太孙呢，要是当时皇帝亲临，你是不是看一眼就飞升了？”

李二抓抓头，和众人一起大笑出来。

酒肆内有个穿着件破道袍的老秀才捻须说道：“可惜啊，听说圣孙在这次救火中生病了，大概是被热气侵了圣体，不知如今好些了没有？”

又有人插嘴说：“那必定早就没事了，当今圣上不是早说皇太孙是‘他日太平天子’吗？这可是要为天下开太平盛世的未来天子，必定是身体康健，万寿无疆了！”

在笑声中，那酸秀才又摇头晃脑道：“难道‘好圣孙’是平白无故说的？端的是文武双全，机敏异常，把天下所有人都比下去了才叫‘好圣孙’啊！圣上文韬武略，太子仁厚淳正，又有圣孙天纵英才，我朝盛世已开，万民福祉不尽矣！”

“刘秀才你说话这一套一套的，怎么胡子都白了还没中举？”老板娘忍不住在垆边发问。

又是一片热闹笑语，气氛热烈的众人开始讲起皇太孙出生时，当时还是王爷的圣上梦见太祖将一个大圭赏赐给他，并说：“传世之孙，永世其昌。”等圣上醒来后，正值皇太孙呱呱坠地。

三年后圣上登基，而这位皇太孙殿下，也没有辜负祖父的期待，长成了朝臣们交口称赞的“好圣孙”。他十三岁受封皇太孙，十四岁代父祖监国，十五岁跟随圣上北伐，亲历战阵。去年迁都顺天，因为圣上忙于政事，太子肥胖多疾，也是由他牵头主持迁都事宜，把这举国大事完成得干净漂亮，令所有人都心服口服。

“这可是迁都啊！咱们十几二十岁的时候，搬个家都茫然失措呢，人家轻轻松松就迁了个都！这能是普通人吗？”

谈到这位皇太孙，大家都不由自主地愉快起来，老板娘的酒都多卖了三五升。

唯有被屏风隔开的雅间，依旧一丝声音也无，里面的人似乎也没有出来凑热闹的打算。

阿南撑着下巴，看着里面那双手。

他已经停止了拆卸火铳，将它装好后摆在面前，并未离开。

在众人的笑语和关于皇太孙的那些传言之中，他静静地坐着，没有出声也没有动弹，唯有那极好看的一双手，搁在桌上，越收越紧。那停匀的骨节几乎泛白，呈现出轻微的青色来。

阿南剥了颗豆子丢在口中，心想，看来那位让天下归心的皇太孙，也不是人人都喜欢他嘛。

比如说这双手的主人，比如说，她。

眼看天色渐晚，那个男人也没有出雅间的意思，阿南便起身去付账。

老板娘看见她低侧的鬓发，“咦”了一声，说：“阿南，你戴的这个蜻蜓可真好看，就跟真的一样，哪儿买的？”

“还是阿姐你有眼光，其他人都嫌太素，说要花啊、蝴蝶啊才好看。”阿南轻轻晃一下头，任由蜻蜓在自己发间展翅欲飞，笑道，“本来是一对，后来送了别人一只。”

老板娘恍然大悟：“哦，原来是定情信物！”

阿南只笑了笑，没再说什么。

第三章

天命神机

黄昏灿烂的晚霞，映照得整个顺天城殷红明亮。

阿南生活习惯不太好，也不回家做饭，在街边吃起了烤鹌鹑和糯米圆子，就当晚餐了。

尾随她至此的朱聿恒站在石墙后，静静等待着。迥异于平静的外表，他的心思很乱，不知道该如何对付这个阿南。

若有可能，他不想惊动任何人，若能悄悄将这件事解决掉，那将是最好的。

毕竟，他的命运，不属于他自己。

祖父曾经属意的太子，并不是他的父亲。在勇悍的二皇子和机敏的三皇子对比下，朱聿恒的父亲虽稳重端方，但肥胖臃肿又有心疾、足疾，尚武喜功的皇帝着实不喜欢这个大儿子。甚至，他曾当众对二皇子说，你兄长身体不好，以后天下之事，你要多加努力。

皇位之争，残忍过世间所有。只需皇帝一念，父亲会失势，母亲会流落，他的弟妹会全部葬送在东宫之中。

所以这二十年，朱聿恒一步步走来，负担沉重，艰难无比。然而在这超出负荷的压力之下，因为天生的骄傲，他却执意努力，做得比所有人期待的，还要更出色、更完美。

他是父母的希望，也是朝廷的期望。东宫一切的安定平衡都着落在他的肩上，经不起半分折损。

所以——朱聿恒伫立在黑茫茫的穷途末路之前，深长地呼吸着，心头却比冰雪还要冰凉清明——他不能死。

他的父母需要他，他的弟妹需要他。他一定要活得很好，才能保住东宫这看起来尊贵极致的一切。

就算只剩下一年，他也必将直面这一切，扫除面前所有障碍。

阿南慢悠悠地吃完晚餐，起身沿着高墙往短松胡同行去。

即将夜禁了，街上行人寥落。她拐入巷道，两旁的高高院墙遮挡住了夕阳余晖，阴暗笼罩在她的身上，竟像是一拐弯就入了夜。

阿南脚步轻快，在走到巷子口的时候，还扯了一朵野花，拈在手中嗅了嗅，心情很好地哼着小调。

朱聿恒目送她进了家门，站在路口树下静静等了一会儿。

四下寂静无人，她家的阁楼窗口亮起了灯。

朱聿恒伸手入怀，将诸葛嘉今日送的那柄小火铳取出，“咔嗒”一声拉开，填好火药，装好火绳，握在右手中。

他的左手笼在袖中，紧紧握着第一次北伐时，祖父赐给他的短剑“龙吟”。

一瞬间，他又觉得有些可笑。

一间平平无奇的屋子，一个街坊四邻都证实独居的女子，有什么必要值得他这样如临大敌?

于是他放开了那柄火铳，隐着龙吟，在昏黑下来的夜色中，翻进了她的院墙。

这是六开间的连厦中的第三间，左右墙连接着邻居，只在各家院子中间用一人高的院墙围住自家院落。

小院不过两丈见方，进去就是堂屋。堂屋内除了一张几案两张圈椅外，空空如也，一片寂静。

朱聿恒抬头看向二楼，考虑着是直接闯进她的闺房，还是将她引到楼下来。

还没等他决定，楼梯口亮起了一点微光。

是阿南提着一盏灯，从楼上下来了。

前堂一览无余，朱聿恒下意识地闪身，避到了后堂。被木板隔开的后堂，立着六个高大柜子，依次排列在屋内。

此时他也顾不上思量这奇怪的格局，快步躲到了一个柜子后。

黑暗中，灯光在堂屋停了停，移向后堂而来。

她出现在门口，明亮的灯光流泻在她周身，但毕竟无法照出各个柜子后面的情形。

朱聿恒靠在柜子上，听她在门口低声笑问："是不是你呀，邻居家的小猫咪？敢偷偷进入我的地盘，我可不会放过你哦。"

在此时的暗夜中，她低沉清冷的嗓音，气息拖得悠缓，如同耳语般温存。

朱聿恒屏住了呼吸，面前的黑暗凝固一般死寂。

"啧啧，叫你出来还不听，真是不乖。"她说着，再停了片刻，便将手中的灯轻轻一转，那上面的罩子如同莲花般旋转着关闭。

灯光骤然熄灭，周围顿时陷入黑暗之中。

在一片黑暗中，阿南把灯搁在旁边桌上，然后抬起双手，"啪啪"拍了两下手掌。

随着她的掌声，天花板上忽然有细微的光屑散下，笼罩住了整个后堂。

朱聿恒错愕地抬眼看去，黑暗中，那些发着光的微尘均匀地静静散落，如同降下一屋细薄的雪花，恬静无比。

静闭的室内，微尘半浮半沉，因为太过轻微，飘落的速度也慢得令人诧异，仿佛那些光屑可以永远悬浮在半空中一般。

他一动不动地望着面前这如梦似幻的诡异场景，屏息静气。

而她也并不急躁，静静等待在黑暗中。

许久，朱聿恒终于忍耐不住，用袖子捂住口鼻，轻轻呼了一口气。

那薄雾一般的微尘中，因此出现了极其细微的一条波纹。被搅乱的荧荧微光，自他藏身的第二个柜子后，向着前方微微荡去。

但就是这么微小的一缕荧光，呈现在周围的黑暗中，便十分鲜明。

阿南抬起左手，手指滑过右手臂环上一颗靛青的宝石，疾挥而出。

一道新月般的弧光自她的臂环中急速滑出，在黑暗中闪了一闪，向着光屑轻微波动的地方，旋转着飞了过去。

新月带着弯转的弧度，在空中拐了一个弯，向着柜子后斜斜飞了进去。

只听得"铮"一声轻响，朱聿恒万万没想到，她射出的那弯新月，竟折拐入柜子后方，射入了他的肩头。

骤然受袭，肩膀剧痛，饶是他竭力忍耐，压抑的低呼还是自他口中泄露了出来。

他挥臂以龙吟去斩那弯新月，新月脱离他的肩头后，带着流光迅疾缩回，轻微地"咔"一声，带着他的鲜血，缩回了她的臂环之中。

阿南抬手取过旁边的灯，“嚓”一下转开灯罩。罩子上自带的火石迸出火星，再度点燃了灯焰。

她提着灯，一步一步向着第二个柜子走去。

朱聿恒强忍肩头剧痛，却无法忍耐自己的呼吸。空中的荧光变得紊乱无比，一波一波自柜子后往前翻涌，如波澜缭乱。

他靠在柜子上，握紧龙吟，等待着她过来的那一瞬。

阿南的脚步，随着灯光渐渐近了。然而她走到柜子边，却停了下来。

只听得“嚓嚓”两声轻响，她右手一挥，一条流动的光线自臂环中射出，在前侧的柜脚上转了一转，便立即缩回。

然后她抬起脚，狠狠踹在柜子上。

整个柜子顿时向后方倒了下去，原来刚刚流光那一闪，靠向朱聿恒那侧的柜脚已经被她射出的线斩断。

柜子后，本就已经受伤的朱聿恒，被倾倒的柜子再度砸中。

幸好朱聿恒反应极快，将倒下的柜子一把掀翻，连退数步，免于被柜子压倒在地。但也因此他的伤口被剧烈动作撕裂，鲜血迸出，湿了半肩。

他急促的喘息声，让阿南微微笑了出来。

她手中提着的灯照亮了她的容颜，脸颊上唇角愉快微扬，一双眸子深黑透亮得令人心惊，就像一对黑色宝石浸润在冰水中，射出寒月般的光华。

“真可惜啊，你的身量怎么会这么高？我算准了要割你脖子的，结果只伤到了肩膀。”她声音轻缓，脚步轻捷，就像一只猫，轻轻巧巧地向着朱聿恒走来，“你是什么人？来我家中做什么？”

朱聿恒不再答话，伸手从腰间取出火铳，对准了她。

阿南还未看清是什么，但隐约折光让她立即察觉到那是金属器具，可能是一件武器。她果断一挥手，将手中的灯向他狠狠砸了过去，同时闪身避到了一个柜子后面。

朱聿恒反应也是极其迅速，她砸过去的提灯瞬间被他反踢了回来，摔在她的面前，油花四溅，地上顿时升腾起两三朵火苗。

他不再躲避，谨慎而小心地慢慢向她藏身的柜子靠近。

而躲在柜子后的阿南早已调试好了自己的臂环，她的手指搭在了臂环上小小的一颗黄玉上。

弥漫的光屑已经落地，时明时暗的火苗照得屋内影迹扭曲，暗潮涌动。

就在距离柜子仅有三尺之遥时，朱聿恒踏出了一大步，斜身向着她扑来。

阿南抬起右手挡在了面前，手指一动，臂环中有弥漫的光喷射而出——是一张网，用极细的金属丝编织而成，暗淡的火光下，恍如一蓬金光笼罩住朱聿恒全身，随后立即收紧。

朱聿恒的上半身被笼罩在网中，却在她收网的一刹那，将右手的武器对准了她，晃亮了左手的火折子。

“解开。”他冷冷说道，火铳口从网孔中突出，直指向面前的阿南，而他的火折子即将进入火门。

“这东西……我好怕啊……”阿南站在他的面前，并未收回手中的网，看着他手中巴掌长的小火铳，脸上满是玩味。

朱聿恒隐在黑暗中的面容上，一双眼睛锋利而冰冷：“解开。”

“好吧，不过我劝你最好不要动手哦。”阿南抬手一挥，笼罩在他身上的网顿时收缩撤走，“你可知道，拙巧阁替神机营做这小铳的时候，是谁攻克了最难的一步，让它可以在折叠收缩的同时，填充火药的药室依旧严密封锁？”

拙巧阁——朱聿恒迅速在记忆中翻出了这个名称——诸葛嘉将这支小铳献给他的时候曾说过，这是由中军坐营武臣与拙巧阁联手研制的。

他心念电转，不答反问：“是你？”

“当然是我啦。而且悄悄告诉你一个小秘密，因为我并不想替姓傅的做事，所以这小火铳的药室虽然严密，可强度是不够的。试射可能没问题，但后面就无法再严密闭锁承压了。你用过几次了？千万别点火，随时会炸膛的。”她慢慢地扯着细网，捏成指甲盖大小一坨，重新塞回了臂环中，问，“还有，你能这么早就拿到这东西，是拙巧阁的，还是神机营的人？”

他没有理会，手中小铳依旧稳稳地指向她，锋利如刀的目光看向她发间的蜻蜓：“跟我走。”

阿南挑挑眉：“不信我说的？”

朱聿恒含糊地说道：“我对你……还有鬓边的蜻蜓，有点兴趣。”

“哦，是吗？”阿南含笑抬手，抚上了自己鬓边的蜻蜓，然后取了下来，“这个？”

蜻蜓装在一支细钗上，她双指轻按，蜻蜓与下方的钗身顿时分裂开来。在淡薄的火光中，蜻蜓颤动的翅翼如要振翅飞去。

唯一令人诧异的是，这只完好的蜻蜓尾巴上，有一条细细的金线，短短一截自体内拖出体外。

他的目光一瞬不瞬地盯着她，声音低沉而有力：“卸掉臂环，跟我走。”

“好啊，那你先把蜻蜓拿走。”她唇角微微一扬，左手轻拈蜻蜓身体，一手把尾部的金线扯住，轻轻一拉，“接好了哦，不要眨眼。”

只听到轻微的“嗡”一声，蜻蜓的翅膀立即挥起，脱离了她的双手，展翅飞向了空中。

在即将燃烧殆尽的火苗暗光映照下，蜻蜓在他们头顶映着火光飞翔旋舞，一派舒展自然的姿态，飘摇轻逸，久久盘旋。

它薄纱的翅膀画出轻微的金线轨迹，在他们之间掠过，那曲线简直令人着迷。

恍如一场幻觉。

他的目光不由得跟着这只飞翔的蜻蜓，从阿南身上移开，看向斜上方。

就在这一瞬，阿南当即转身，飞扑着撞向旁边的墙壁，将墙上一条绳索一拉。

她一动，朱聿恒手上也随之“砰”一声巨响，火光冒出，赫然已经发射出了火铳。

然而，阿南刚刚说的话，是对的。

就在火药被点燃的一刹那，弹丸并未从枪管中飞出，小铳炸膛了。

巨大的冲击让朱聿恒的火铳脱手飞出，猛砸在了墙角。而他整个人被震得连退数步，后背重重抵上了墙壁。

就在此时，天花板上的翻板打开，上面有大桶的水没头没脑朝他倾泻而下。

他下意识地紧闭上眼，抬手挡在自己脸前。

而阿南转过身，右手轻挥，臂环中新月般的流光再次闪动，向着他疾射而去。

那锋利的刃口，飞速旋转着，眼看就要割开他的喉口。

地上的火苗，终于被水花激起的气流卷灭。

最后光芒一闪即逝的瞬间，照亮了朱聿恒挡在脸上的那双手。

这双她一眼难忘的手，被炸膛的火铳震得流了血，莹白的手背上，被水冲洗成淡珊瑚色的几道血痕，却让他这双手有了更加触目惊心的冲击感。

这新月一旋一转后，世上就再也没有这样完美的、合乎她所有梦想的一双手了。

这念头如同闪电一般，在她的心中掠过。

脑子还没反应过来，手已经下意识做出了反应。

她收束了臂环。

新月在朱聿恒的下颔轻微地一闪即收，锋利的锐口只在他的下巴上划了小小一道口子，便飞速回归了她的臂环之中。如同鸽子千里跋涉终于回到自己的小窝，轻微的“嗒”一声，镶嵌回属于它的那道小小缝隙，严丝合缝。

朱聿恒自然知道，自己在生死之间，已经走了一个来回。

他怔了一下，慢慢地放下手，静静看着她，并不说话。

而阿南在黑暗中扬起手。那只蜻蜓终于停止了在空中的旋舞，随着舒缓下来的气流，静静落在她的掌心。

她将它重新安装至钗头，插回自己发上，说："你走吧。"

朱聿恒站在黑暗中，任由残存的水滴落在他的身上。他用一双深黑得几不可见底的眸子盯着她，声音喑哑地问："为什么？"

"不为什么。趁我没改变主意，你快走吧。"阿南提起灯，打了个哈欠，"要是你有良心的话，帮我收拾好屋子。"

朱聿恒并没有良心。

他抛下阿南狼藉的屋子，骑快马到虎坊桥。一直在这里等待的韦杭之，看见皇太孙殿下如此狼狈地到来，震惊惶惑不已。

而朱聿恒唯一一句话就是——

"把诸葛嘉叫过来。"

临近午夜，急促的马蹄声嗒嗒响在街上，踏破顺天府的夜禁。

神机营提督诸葛嘉，率七十二骑精锐直入顺天。

韦杭之已候在城门之内，看见他们到来，便打了个手势，示意他们跟着自己走。

松明子照亮了黑夜的街衢巷陌，被马蹄和火光惊动的百姓有几个胆大的，偷偷开一条窗缝张望一眼，便立即将窗户紧闭，落好窗闩。

"是神机营的人，好像领头的还是那位诸葛提督！"

这位凶名赫赫的神机营提督，纵马直奔短松胡同而去。

七十二名精锐在巷口下马，团团围住六间平平无奇的连厦，各自备好火铳，装药实弹。大部分人拿着短铳、长铳，另外有四个身材魁伟的提着碗口铳，就地寻找支架，将碗大的铳口对准房门。

韦杭之看这架势不妙，便压低声音对诸葛嘉说道："殿下的意思，他要活口，务必。"

诸葛嘉点头，吩咐下去，碗口铳先不动，仅作威慑，其余长短铳依旧荷实，对准门窗不准挪移。

"好吵……"阿南嘟囔着，扯过被子捂住自己的头。

那个没良心的男人离开后，阿南苦哈哈清理好屋子，刚刚躺下，还没来得及进入梦乡，就被吵醒了。

但随即，她就清醒了，一把掀开被子，凝神静听外面的声响。

马蹄声由远及近，直奔短松胡同而来。很快，她家前后门都传来了呐喊声，火把的光隐隐透进窗缝来。

阿南跳下床，赤脚跑到窗前，稍稍推开一条窗缝向外张望。

她租赁的房子与隔壁五户人家连在一起，外边数十人马将连栋的人家一律围住，但那些人的目光，都落在中间这一间——也就是她住的房子上。

阿南皱起眉头，想起那个潜入自己家的男人，不由得郁闷至极："小没良心的……你是朝廷哪只鹰犬？我都放过你了，你居然还叫这么多人来杀我？"

再一想，她就更郁闷了——不能早点来吗？早知道还有一场大闹，她为什么要累死累活收拾屋子？

松明子照亮了黑夜的巷陌，也照亮了围困短松胡同的那群人。

青蓝布甲白铜钉，每个人的腰间都带着火铳、锡壶和短刀。

阿南的目光落在领头的那人身上。火光投在他的面容上，凤眼薄唇，肌肤苍白，清秀中透着一股狠戾，正是南直隶神机营提督诸葛嘉。

阿南不由得苦笑出来："啧啧……不得了不得了，我何德何能，值得这位诸葛提督大驾光临啊？"

像这种大人物，深更半夜率众来擒拿她这样一个孤身女子，真是太看得起她了。

而且他居然连攻城略地时用的碗口铳都拿出来，对准她窗口了！阿南思索着，抬手抓过梳妆台上的蜻蜓钗子看了看，皱起了眉头。

还没等她理出头绪，隔壁传来"嗷"的一声尖叫，随后就是重重摔倒的声音。大概是邻家那位年迈的阿婆受不住刺激，吓晕过去了。

这声响仿佛是揭开了序幕，被围住的其他几家，老弱妇孺们纷纷哭喊出来。毕竟，深更半夜一睁眼，看见碗口大的火铳就架在自己家门外，谁能承受得住这种心理压力？

在周围一片鬼哭狼嚎的声响中，阿南淡定地用蜻蜓钗绾好头发，合拢了窗缝，落好窗闩。

屋外诸葛嘉一挥手，旁边一个壮汉站了出来，声如洪钟地大喊："屋内所有人，统统出来，不许携带任何东西！否则，格杀勿论！"

旁边几户人家赶紧抱起孩子、扶着老人，踉跄出了门，远远逃出了短松胡同。

唯有中间阿南所住的那一间，悄无声息，连灯火都不曾亮起。

扛碗口铳的人避开一条路，让其余人携带短刀与火铳进入屋内。但那碗口大的铳口始终对准阿南的屋子，火绳也依旧在黑暗中无声无息地亮着。

诸葛嘉看向各处埋伏，所有人握拳表示准备完毕。

一声呼哨响起。扛着木桩的两个彪形大汉率先撞破了大门，墙头上的人同时轻捷地翻入院墙，破开前堂大门涌入。布置在后院的人也一起跃入，闯进后堂。

松明子照亮了堂屋所有角落，里面空无一人。

诸葛嘉迈入院内，环顾四周。一个士卒将耳朵贴在板壁上听了听，确认了声响后，踹开东厢房的门。

漆黑的屋内，有一道白色人影快速闪过，衣衫下摆一晃，就隐入了角落之中。

火把的光随即照入，众人涌进屋内待要抓捕，却看见屋内空无一人，墙角只立着一个博古架，紧贴着墙壁，根本不可能藏人。

诸葛嘉示意士卒们慢慢靠近，他们将博古架从上至下敲击了一遍，确认没有任何机关手脚之后，才将架子挪开。

墙角一显露出来，众人就看见了悬缩在墙角的一件白色衣衫，被黑线拉着，长长一条悬垂在那里。原来黑线连接在门上，线上用活结系上衣服，等他们一开门，衣服便滑进了博古架后，让他们以为屋内有人藏在了后面。

持火把的一个士卒忍不住问："对方这样做的目的何在？"

诸葛嘉还未回答，伏在檐下的阿南忍不住轻笑出声，说："当然是为了把你们引到这间屋内呀。"

她声音不大，语调轻松愉快，和当下这紧张的气氛简直格格不入。

神机营所有卫士齐齐打开铳上火门，点燃火绳，呈包围守护阵型将诸葛嘉护在中间，铳口对准了上方各处。

长长的火绳缓慢地燃烧着，被夹在每一个士卒的手指中。只要有需要，火绳立即便可塞入火门，引发一排乱射。

"这么多火铳，好吓人哦！"阿南笑语盈盈，却并不现身，"我劝你们还是赶紧走吧，这样大家都能好好的，平安回家不好吗？"

"需要保平安的人，是你吧？"诸葛嘉沉声道，"现在屋内屋外对准你的，一共有五十柄火铳、十柄连珠铳、四架碗口铳。只要我一声令下，所有的火药弹丸会全部打在你的身上。劝你不要负隅顽抗，躲躲藏藏没有用，立即给我现身！"

"哎呀，你们一群大男人半夜闯入我闺房，人家可是未出阁的大姑娘，羞都羞死了，怎么敢现身？”她语带笑意，似在调戏诸葛嘉。

诸葛嘉脸色阴沉，缓缓抬起右手，又竭力控制住自己，不要挥下去。

毕竟，殿下要的，是活口。

见诸葛嘉不动，潜藏在檐角的阿南笑了一笑，瞥了窗外那群正用各式火铳对准自己小屋的人，同情地“啧啧”了两声：“准头和杀伤力这么差的东西，诸葛提督，你争点气，好好改进改进再拿出来对敌吧。”

说完，她并不对他们发动攻势，只向外一挥手。一线流光直射斜对面的高墙，她拉紧臂环一收一放，火光中只见一个身影掠过短松胡同，没入了黑夜之中。

如夜枭横渡，一闪即逝。

纵然门外有零落的一两个人仓促放了火铳，但也根本来不及对准她的身影，也不知射向了何处。

只听到她的笑语渐渐远去：“听我一句劝，真的不要动我的屋子，赶紧走吧！”

声音渐远，小院内外只剩下一片死寂。

诸葛嘉顿了片刻，缓缓放下自己的手，深吸一口气道：“先撤出去。”

众人依旧呈戒备姿势，一群人警惕地举着火铳，慢慢向着门口移去。走了不到三步，抬头关注上方的一人忽然失声“啊”了出来。

众人抬头看去，一条小小的黑影正从梁间蹿过，迅捷无比。

不知是谁的手下意识一动，手中点燃的火绳霎时进入火门，轰的一声，火铳击发，直射向那道黑影。

只听得“喵”的凄厉一声，黑影已经跃上了屋梁，原来是一只猫。

仿佛被火铳震动，梁间忽然簌簌落下大片的粉尘，迅速笼罩了整个屋内，如同白色的雾气弥漫，所有人被包围在内。

众人先是个个捂住口鼻，以为是毒烟。但随即发现，那些没完没了落下的粉尘，似乎只是普通的面粉。眼看面粉越落越多，弥漫了满屋，众人都下意识地去拍头发衣服，口中抱怨。

唯有诸葛嘉脑中一闪念，顿觉额头冰凉。门被前面的人堵着，他第一时间向窗口扑去，同时大吼：“灭掉火把，快跑……”

话音未落，轰然声响，整间屋子已经爆炸开来。

剧烈的气浪将整间屋子震得坍塌，断裂的木头砖瓦铺天盖地埋掉了留在屋内的所有人。

只有诸葛嘉及时冲破窗棂扑入了外面小院。窗下正是一口小池塘，他在巨震中狠命扑向水浪和淤泥。

身体陡震，轰然落水。诸葛嘉口鼻中顿时冒出血来。他张口想要减轻耳鸣剧痛，却忘了自己正扑入水中，淤泥顿时涌入他的口中，脸颊也被水拍得高高肿了起来。

泥块砖瓦在空中飞了一会儿，才噼里啪啦从天而降，重重砸在身上。诸葛嘉却没感觉到疼痛，因为他眼前一片昏黑，整个头颅都在嗡嗡作响，根本已经失去了任何感觉。

留在屋外的人也被震得口鼻流血，趴倒在地，甚至有人晕了过去。

诸葛嘉吐掉口中淤泥，许久才慢慢恢复了神志，看到火光在黑暗中渐渐显现出来，世界依稀有了淡薄而扭曲的轮廓。

神机营那些熟悉的将士的脸也终于一一呈现在他面前，嗡嗡作响的耳中涌入黑夜中妇孺的啼哭、人群的喊叫。五间房同时被震塌，整条巷子的住户都在惊恐呐喊。

诸葛嘉勉强起身，靠在墙上，看着下属们拼命扒着瓦砾堆，救助被压在下面的同袍。

剧痛让他大脑陷入空白。过了许久，他才看到一只递到面前的手。在火光的映照下，他的手指极为修长，即使虎口处裹着绷带，依然无损整双手的坚韧稳定。

诸葛嘉不敢去握，只受宠若惊地碰了碰，然后用嘶哑的声音勉强道："请殿下降罪，微臣……办事不力，有负所托！"

"是本王大意了。"朱聿恒没有怪罪他，只轻按他的肩膀，示意他不必行礼，"就是知道她不好惹，本王才特意宣召你们神机营，因为其他人，可能更不是对手。"

毕竟，若没有那毫厘之差，他或许已丧生在她那抹流光之下。

诸葛嘉听着他的话，狠狠地从牙缝间挤出几个字："请殿下放心，微臣一定会抓到那个女人，千刀万剐，以泄心头之恨！"

朱聿恒却缓缓摇头，声音坚决："不，本王要她活着。"

诸葛嘉愣了下，不得不低头应了："是。"

朱聿恒抬手按住突突跳动的太阳穴，疲惫地靠在后方断壁上，又问他："你伤势如何？营里的将士呢？"

"微臣只是被爆炸震晕了，恢复几日就不打紧。至于营中兄弟，在短松胡同死了八人，伤了……四十余人。"

"还真是想来就来，想走就走。"朱聿恒眼神渐敛，嗓音变冷，"爆炸是怎么回事？民间向来不许囤聚火药，是否能彻查她的火药来源，追寻踪迹？"

"不……不是火药，是面粉爆炸。"诸葛嘉喉咙有些发紧，解释道，"最普通的、做吃食用的面粉。被我们的火把引燃了纷飞的粉尘，然后就……”

“面粉？”

“是，之前卞公公来神机营送火药时，曾对属下提过，说即使不是火药，其他粉尘——比如面粉，弥漫飞扬时也十分危险，可能发生爆炸。但因属下未曾想过真有人将这东西拿来伤人，因此事发之时反应不及，没能迅速决断。”

月色晦暗，映照得朱聿恒的面容半明半暗。他沉吟片刻，才说道：“你和神机营受伤的兄弟们都好好养伤吧。此次行动中殉职的将士给予厚葬，照顾好家小。”

“是。”诸葛嘉恭谨应了。

“还有，今日本王拿到的那种可拆卸小火铳，你说一共制造了三支，那么除去本王那支之外，其他小火铳现在何处？”

诸葛嘉忙回答：“除殿下这一支之外，另有一支封存营中备用，余下那支正要送呈圣上。”

“不用送了，这东西得全部检验彻查一遍，尤其是……”他顿了一顿，才缓缓说，“为了方便拆解，导致零件强度不够，使用几次之后就会变形，导致炸膛。”

诸葛嘉看着他的虎口，终于明白了他的伤口是怎么来的。这一惊非同小可，后背的汗迅速渗出，霎时就湿透了身上中衣。

他立即伏首请罪，声音嘶哑颤抖：“微臣死罪！微臣身为神机营提督，却将此等危险物事进呈给殿下，以至于损伤圣体，臣请殿下从重责罚，臣……万死难赎其罪！”

“只是些许损伤，没什么大事，诸葛提督不必太过自责。”朱聿恒好生安抚他，目送神机营将他搀到旁边树下休息，才走到阿南消失的高墙前，抬头看了看。

韦杭之禀报道：“殿下，如今正在夜禁之中，顺天城门封闭，相信对方插翅难飞。只要在城中搜捕，必定可以将人犯擒拿归案。”

朱聿恒却没回答，回头看着或倚或坐的伤兵们，思索道：“插翅难飞倒也不见得，眼下她就有个大好机会，可以堂而皇之出城去。”

韦杭之还未明白他的意思，他已经大步向着巷子口走去：“走吧，我们要送给她一个好机会。”

天色即将破晓，银河横亘于天，颜色淡薄。

阿南站在河畔柳树下，远远听着短松胡同那边传来老老少少的哭声，叹了一口气：“贪图美色果然误大事，要是刚刚直接把他杀了，也不至于被神机营的人找上门，害得左邻右舍这么凄惨。”

再一想，她又觉得自己冤枉死了——连对方的脸都没看清，她贪图啥美色了啊！

她这几个月布置房子，各种添置、改造，好不容易弄得稍微舒服了些，这么一下化为乌有，简直损失惨重。

懊丧间，她瞥见后方火光闪动，人声隐隐。看来，神机营的人不肯放弃追踪，大有把顺天府翻过来搜寻她的架势。

如今还在夜禁，根本无法出城。就算在城内躲到天亮，各城门又肯定会严密搜寻，恐怕留在顺天，会有麻烦。

阿南思索着，一个翻身隐在了树杈上，盯着下面疾驰而过的神机营将士。

神机营的人在附近街巷大肆搜寻，但最终无果，只能放弃。

他们清点人数，将被压塌在房梁土墙下的伤员救出，安置在巷中。受伤的士卒有十多个，被震伤的有二十多个，或昏迷或呻吟地靠在巷墙上，等待着救治的人到来。

阿南从巷墙后欺近，听到诸葛嘉中气不足的声音："阿四，去看看营中人怎么还没来，不是叫他们快点抬缚辇[1]来，把伤员抬回去救治吗？"

一听到抬伤员的缚辇就要来了，阿南眼睛一转，立即绕到巷子后方。探头一看，躺在地上的每个人都有轻重不同的伤势，一片混乱中，根本没人注意到巷子尽头这些伤兵。

她将躺在最末那个昏迷的伤兵肩膀搭住，一下就拖进了巷子拐角。然后剥下他的衣服。

谁知衣服才脱到一半，那伤兵的眼睫毛颤了颤，居然有醒转的迹象。阿南当机立断，一掌砍在他脖子上，那伤兵还没睁开眼，又软了下去。

阿南把他捆好塞在角落，套上那套布甲，又抹了伤兵身上的血污在自己脸上手上涂抹。想了想，她把发钗拔下来，取下钗头那只蜻蜓揣进怀中，只用一根钗身绾好了头发，套上头盔。

然后，她悄悄爬回巷子口，往地上一躺，假装昏迷。

折腾了一夜有点累，神机营的人赶来时，阿南都快睡着了。夜色浓黑，火把的光在她身上照得并不分明，神机营的人探了探她的鼻息，见她满身血污神志迷糊的样子，立马将她抬上了缚辇，往城外神机营大营送去。

阿南半眯着眼睛，躺在缚辇上被人抬着往前走，觉得要不是衣服上血腥味太臭，这待遇还是挺舒服的。

1　缚辇：类似于现代的担架。

神机营执行公务，守城的人自然不敢怠慢，赶紧替他们开启了城门，恭送出城。

出皇城门一路向南，大片开阔平地中正是神机营所在。阿南和伤员们被鱼贯抬进神机营，因为人太多，一群人被放在军中医馆前的空地上等待。

在周围的呻吟声中，阿南见左右无人注意自己，便假装艰难地撑起身，趔趄地摸向后边。

旁边士卒一看她那样子，立即呼喝道："别乱放水！到后头茅厕去！"

"哦哦，好……"阿南压低嗓音胡乱应着。等一走到无人看见的地方，她立即就直起身子，寻找出去的路径。

神机营校场十分广阔，周围遍布几十栋军营，第一次到来的阿南一时找不到通往大门的路。

她正在四下张望，寻找出路，忽然听到有人在她身后问："你在这里干什么？"

她转头一看，一个肥胖身影出现在她的身后。

黎明前最黑暗的时刻，无星无月，校场旁边四下无人，亦没有灯火。只有依稀的天光从他的背后投来，让她辨出对方身材极胖，似有两百来斤。

她心里暗叫不好，正猜不透对方的身份，却见他的目光在自己身上停了片刻，说："原来是营中士卒，那你跟我来，替我做件事。"

阿南捂着胸口，含含糊糊粗着嗓子回答："属下……属下刚刚在巷子中被爆炸震伤，现在胸口痛得很……"

"那你该在医馆外等着治疗，到这边来干什么？"他声音有些古怪，压得极低，却也难掩尖锐音色，"看你还撑得住，走吧。"

阿南无奈，只能跟在他的身后，一路往前方走去。

他一边往前走，一边问："叫什么名字？"

"小人……刘三儿。"

"来营中多久了？"

"有两年了。"

"你上司是谁？"

阿南心中把这个突然冒出来的麻烦鬼骂了一百遍，口中说："小人是诸葛提督麾下。"

"呵……神机营不都是诸葛提督麾下吗？"他似在冷笑。

阿南装傻："哈哈哈，是啊。"

一路行去，两人已经走到中军营附近，他却拐向了另一边黑咕隆咚的巷道。

阿南跟在他的身后，越走越觉得不对劲。正考虑着是否要把他干掉好逃跑时，忽觉周围陡然一暗，已经失去了那个胖子的身影。

阿南立即抬手按上了自己的臂环，警惕地看向四周。

暗夜中，轻微的“咔嗒”声响起，然后便是“吱”——“咔”——几声拖长的声音。

她从还未懂事起就浸淫在机关术学之中，对这声音何其熟悉，这分明就是机栝启动的声音。

她下意识地转身，环顾四周。

沉闷的“咔咔”声响起，数根柱子挟着风声自地下钻出，柱顶上的机关飞速启动，地面急剧下陷，周围巷道的墙壁瞬间与梁柱拼合，向她压下。

阿南自然不会坐以待毙。眼看自己即将被困，她按下臂环勾住上方横梁，足尖一点便跃上了正在拼合的墙壁。

时间太过急迫，她跃起时从间隙中一张，发现了外面黑暗中有一条淡薄的影子，便立即侧身扒住那正在徐徐关拢的墙壁，向着那条影子射出了一道丝纶——

只要给她一个借力点，她就能趁着机关尚未关闭时跃出，第一时间逃离。

可惜，就在丝纶缠上了那道影子的时刻，她才发觉那并不是可以借力的东西。

那是负手立在巷道外的一个人。

悬挂的灯火从树丛后隐约透露，她依稀只辨认出对方穿着赤红的薄罗衣，艳烈的红色因为他的身材而显得格外端严。

但也只是这么一瞬间，机关已经启动，巨大的力量裹挟着阿南的身躯，往后疾退，重重向下坠落。

而独自站在空地外的朱聿恒万万没想到，他只不过是想观察一下她如何落入神机营的困楼之中，便遭受了无妄之灾。

猝不及防，他只来得及向身后的韦杭之打了个少安毋躁的手势，便被她和机关的重力拖了进去。

丝纶收缩，朱聿恒重心失衡之际趔趄斜飞，眼看即将重重撞在正要闭拢的墙壁之上。

幸好他机变极快，脚尖在墙壁上借力，半空中硬生生又腾挪了一尺半上去，堪堪从正在关闭的缝隙中跃了进去，免去了在墙上撞得头破血流的悲剧。

然后他在黑暗的机关内狠狠坠落，顺着丝纶的轨迹，扑在了阿南身上。

刚撑起半个身子的阿南，一下又被他压倒在了地上。

“你……要死啊！”阿南捂着自己的肋骨痛骂一声，一把将他推开，急忙抬头向上看去。耳边已传来“咔嗒”一声，周身顿时陷入一片漆黑——四壁已经彻底关上了。

机关立即启动，伴随着轻微的“咔咔”声，他们周身轻微震荡。

阿南摸出袖中的火折子，“嚓”一声点亮，查看周边情况。在微弱的光线下，只见左右两边墙面正在缓缓推进，向中间挤压过来，虽然速度很慢，却没有停止的意思。

阿南立即去按住墙壁，指尖快速从墙上抚摸过，然后将耳朵贴在正在向内挤压的墙壁上，屈起食中二指敲击了几下。

墙壁是厚实的松木拼接而成，敲击时阿南听了听声音，足有三四寸厚。而且，敲击的回声沉闷中带着些异常的金属回音，外面应当有厚实青砖，还包着铁皮。

她抬头看向上方，封死的实木板，估计和墙壁材质是一样的。

举着手中光线暗淡的火折子，她回头看向朱聿恒。而他坐在黑暗中，她手中的光线照不清他的面容，只看见他端坐在地上的姿态，沉静舒缓，似乎早已习惯了身处险境。

阿南正要说什么，墙壁的移动陡然加快，撞在她的手肘上，火折子“啪”一声掉在地上，熄灭了。

密闭的空间内，一片漆黑，只听到她和他的呼吸声，伴随着机栝启动声，轻微交织。

阿南蹲下来摸了几下火折子，但机关内动荡不宁，圆筒状的火折子早已不知道滚到哪里去了。

她几次摸不到，心头火起，恼怒非常，摸黑冲过去狠狠踹向他。

朱聿恒虽然在黑暗中，反应却十分敏锐，她第一脚踹到了他，第二脚便被他伸手抓住了小腿。

阿南用力缩了两下脚，可他的手掌坚实有力，她竟无法挣脱开他的手。她恨恨一咬牙，一旋身用另一只脚去踢他，他听到风声，利落地再度伸手，抓住了阿南另一条小腿。

双脚被他一扯，阿南情知无法脱身，干脆借势往前倾去，重重坐到了他的腰上。

朱聿恒没想到她会这么厚颜无耻地直接坐在自己身上，愣了一下后，松开了她的腿。

阿南“哼”了一声，拔出钗子就对准了他的咽喉：“放我出去！”

见她压在自己身上不下去，他顿了顿，将头偏向一边，避开她缠绕在自己脸颊上的呼吸："出不去。"

"怎么可能有出不去的机关？"

"这是神机营的密室，名叫困楼，是诸葛嘉按照家传绝学布置的，我从没进来过，怎么知道如何出去？"

阿南想想也是，抬手给了他一巴掌："那就快点给我叫人！叫大声点！"

"啪"的一声，朱聿恒平生第一次被人扇了巴掌。

他不敢置信，愤恨恼怒正涌上头来，黑暗中听到风声，她似乎抬手还要给他一巴掌。

他伸手一把抓住了她的右手，冷冷地反问："叫什么人？"

阿南用力扯自己的手，可他的力量那么大，她没能成功，便哼了一声，任由他抓着自己的手，说："神机营的人。知道有自己人陷在当中，他们不会不过来看吧？"

他握紧她的手，任她如何拉扯，也不曾放松分毫："没人看见我进来。而且操纵机关的人在旁边墙外，这困楼密闭封锁，谁能听得见我呼喊的声音？"

他说得有理，阿南无法反驳，无奈翻了个白眼，想要甩开他禁锢着自己的手。但握着她的手掌很有力，即使他被她压在身下，依旧不曾颤动分毫。

她正想要从他掌中抽回手，又忽然间察觉到不对。于是她干脆伸手，将自己的另一只手也抚上了他的手掌，重新抚摸了一遍。

略薄却极为有力的掌心，薄薄的皮肤下优美起伏的骨节，比一般人都要长的手指，约束别人时那干脆利落又极为稳准的力度……

摸着这双天下无匹的手，她迟疑了片刻，再抓起他的右手摸到了虎口处包裹的布条，顿时失声叫了出来："是你！"

他知道她已经从自己受伤的手上认出了他，手略松了一松。

"说吧，你们为什么要抓我？"她迅速收回了自己的手，抱臂冷笑，"我跟你无冤无仇，可你却先潜入我的家中要杀我，又叫来神机营的人抓我，现在还把我困在这里。一晚上三次置我于死地，你挺狠的啊！"

他见她认出了自己，便说道："因为你的蜻蜓。"

阿南便问："我的蜻蜓怎么了？"

黑暗中，看不见他脸上的表情，只听得他的声音极为平静："两个多月前，顺天府宫中大火，有人捡到一只绢缎蜻蜓，圣上让查一查来历。下午我看到你佩戴的蜻蜓，觉得很像，便跟你回家，想仔细看看是不是一样，谁知你不分青红皂白，直接就攻击我。”

“正常人看到家里进贼，都会攻击的吧？”

他冷冷道：“正常人会报官。”

她嗤笑：“正常人想要看什么东西，为什么不求借一观？”

“正常人的东西，怎么会与宫中大火有关？”

阿南无言以对，恼羞成怒地用膝盖狠狠撞了他的侧肋一下。

距离太近，她撞他的力度自然很小，他仿佛没有察觉，只撑起上半身问：“所以，你那只蜻蜓，哪里来的？”

阿南怒道：“我在街上买的！我在集市买的！我在你大爷摊上买的，行不行？”

“我大爷早没了。”他冷哼。

阿南无言以对，唯有夹紧膝盖再次狠狠撞向他的肋骨。

可惜这一次，她的膝盖还没来得及触到他身体，便被他直接绞住，往侧面一分，她还没来得及叫疼，两人已经换了个姿势，他自上方压住了她，抬手虚按在她的咽喉上，凑近她一字一顿地道：“束手就擒吧！”

阿南才不怕他，拔下自己的钗子，直接冲他刺去。

轻微的“噗”一声，他低低地呻吟了一声。

阿南记性很好，就算在黑暗中，她也准确地刺中了他受过伤的左肩。要不是发钗卡在了锁骨间，她还恨不得在里面搅一搅他的肉。

伤上加伤，他痛得身体直打哆嗦。手臂一松，他的头压在了她的肩窝上，压抑的喘息喷在她的脖颈和脸畔，顿时让她鸡皮疙瘩都起来了。

这……两人这姿态，有些……不对劲啊！

彻底的黑暗中，他身上罗衣轻薄，所以她敏锐地察觉到，他宽厚的胸膛下是收窄的腰身，小腹肌肉结实，而自己正张着双臂被他压在身下，甚至，双腿还夹着他柔韧细窄的腰身……

一股温热的血直冲脑门，阿南还以为自己脸皮够厚了，却在瞬间觉得自己的脸颊连同耳根都发起烫来。

她下意识地抬手，狠狠推开朱聿恒，将他掀到旁边去，然后将发钗在他衣服上抹掉了血，把自己的头发紧紧绾好。

手腕擦过肌肤，她摸到了自己滚烫的脸颊——没想到，这么厚的脸皮，也抵不住这尴尬局面啊。

她定了定神，问黑暗中的他：“你还有空抓我？这墙壁待会儿压过来，我们都会被挤死在里面！”

在黑暗中衣服窸窣，应该是他坐起了身，疼痛让他的声音微颤：“你怕了？”

“怕你个鬼。”阿南悻悻一甩手，就撞到了墙壁。

她愣了一下，再也顾不上他，抬手试探了一下剩余空间，暗自皱眉。

那墙壁竟然已经移到了她周身六七尺开外。他们活动范围已经很小，而且还在不断收缩中。

在一片黑暗中，阿南敲着墙壁，叫朱聿恒：“喂，墙壁在动，我们都要被挤成肉饼了！现在咱们是拴在一条线上的蚂蚱，跑不了你也跑不了我，还是暂时先同舟共济比较好吧，你说是不是？”

见他没动弹，局势紧迫，阿南也没空和他聊下去，只拔下自己头上的钗子，顺着木头接缝纹理，一路摸到榫卯相接处。

厚达三四寸的松木壁，接凑处两两相对，用楔钉榫接合。她用手摸了一回，木头厚实无比。再用尖锐的钗尾刺入木头的相接处，探了探那边的铁皮，她顿时心头安了下来。

所以她将钗子插回头上，回头问那男人：“想不想逃出去？”

“带你逃出去？有什么好处吗？”

阿南听他这波澜不惊的声音，就气不打一处来：“行了行了，蝼蚁尚且贪生，能多活几天是几天，总比现在就死在这里好对不对？现在如果你不肯和我合作的话，最多一刻钟，我们就要被挤成肉饼。你就说你想不想死在这里吧？”

他沉默了片刻，终于站起身，缓缓向她走了过来。

“这就对了嘛。”她满意地说，“是这样的，之前我的手受了点伤，有些复杂的手势和特别需要力量的动作，我还没法做到。好在你的手很不错，只要你按照我的话去做，我们一定能够顺利脱困，我保你不会出事。”

朱聿恒知道她住在短松胡同是为了医治手脚的，也并不奇怪，只问：“要我做什么？”

阿南抬手测了一下墙壁间仅存的距离，知道时间快到了。她深吸一口气，活动了一下手腕。

用手摸到墙上之前确定过的位置，她用钗子在缝中一撬，迅速顺着缝隙滑下来，将钗子插入缝隙中，竭力钉了进去。

虽然木头无比厚实，但任何楔钉榫的构造，在她眼中都只是纸糊屏障。

楔钉榫，即是以一根楔子作为锁扣，搭住两根木头，接扣在一处。只要那根锁扣横在中间，两根木头就如同天生结合在一处，牢不可分。

黑暗中，阿南翻转手背，用指甲一路弹去，听辨木头的声音，立即就确定了楔钉所在的地方。

她试着用钗尖一探，再用指尖细细抚摸，发现制作这道木板壁的木匠手艺非凡。那一根楔钉并不是直接打进去，而是卡扣在两条木头之上，只露出小指甲盖大的一块，其余部分完全隐藏在了木头之中。

然而，面对这样的难题，她却在黑暗中露出了笑意，轻快地喃喃："小把戏。"

她将手中的发钗旋拧出一截。精钢打制的钗身，卸掉了外面一截空壳后，露出了里面的尖端，呈流畅的螺旋形。

她将螺旋形的钗身按在楔钉之上，抬手将它重重地旋转着拧了进去。等到钗子没入大半，确定已经接牢，她轻轻吸了一口气，抬手触到他之后，顺着他的手臂滑下，拉起他的手。

两人双手交握，她引导他紧握住自己的发钗，说："来吧，找一找角度，当你感觉到手感不一样时，就立即向左右扳动卡住角度。最重要的是找到那个手感。"

伸手不见五指的黑暗中，她掌心的热意透过他手背上缠绕的布条，温温地熨烫入他的肌肤之中。

他皱起了眉，淡淡"嗯"了一声。

他被她指引着，将手按在了墙壁之上，觉得自己的手握住了细长的一枚精钢打制的长钉，有些滑溜，不太好使力。

但他自小习武，臂力非同小可，握住她给自己的钢钗后，用力向外拔了几下。木质的楔钉已经被钗子旋牢，随着他向外拔出的力量，缓缓被起了出来。

木板挤压得很紧，楔钉起出的速度很慢。

这么厚的墙壁，外面还砌着厚实砖块，包着厚铁皮，她真的以为，能从这么小的一根木条之上击垮？

他不以为然，便干脆听从她的指挥，在她的掌握之中收紧三指，依照她施力的方法，左右轻微扳动，寻找着受挤压最小的角度。

他并不知道她所谓的手感是什么，但在轻微扳动的过程中，在一个刁钻的倾斜角度，他敏锐地察觉到了略微的卡滞。

于是，他停下了手，维持着那个角度，问她："找到了，接下来怎么做？"

她顿了顿，问："你确定？"

"对。"他声音很轻，却不容置疑。

阿南选择了相信他，握着他的手带着他往外斜抽那枚榫钉。

轻微的“咔咔”声中，两堵墙壁越靠越近，靠在一起的她和他也被迫地贴近了距离。

两个人靠得如此之近，就像他将她圈在臂弯中一样，而黑暗更加重了这种暧昧的情愫。

她的手紧握在他的手上，掌心贴着他的手背，而他的胸也自然地贴上了她的背。

看不见却摸得着的身体，用力的姿势让他身体略微颤抖，和低沉的呼吸一起紧贴着她，而她靠着他的身体也不自觉地绷紧，让两人都在黑暗中不自觉地起了一种异样的感觉。

她松开了他的手，有些别扭地转开了头，避开他的呼吸。

而他也察觉到了两人之间的气氛不对劲，在几乎已经没法腾挪的空间里，还是竭力地将身体往后倾了倾，避免与她肌肤相亲。

她贴在墙上，唇角不由自主挑了挑，心想，真难得，这没良心的浑蛋居然还是个君子。

轻微的“咔”一声，楔钉彻底取出，榫卯立即松动。不待两块木头咬合，阿南摸到相接处用力一拍一转，木头立即松动。

她抓住松动的那根木头，抬脚狠狠蹬去，咣咣好几声，终于将第一根三四寸厚的方形木条卸了下来。

还没等他意识到她在做什么，她已经如法炮制，拆掉了另外几根木头。第一根松动之后，挤压的力量消失，拆卸另外几根木头轻而易举。至于砖块就更容易卸掉，只需要她以钗尾撬掉中间黏合的灰浆，便可以一块块分开取出了。

而外面的铁皮，因为里面木头和青砖已经十分厚实，与她刚刚测算过的一样，铁皮并不算太厚。

困楼已经收缩得只剩两尺宽，他贴在墙上，虽然黑暗中看不清，但听着木头落地的声音，他立即了然：“你在拆墙壁？”

“对，赶紧帮忙多拆几条吧。”她举起臂环，对准后面的铁皮，将棱形箭头发射出去，“毕竟你出去需要更大一些的洞。”

“咚咚咚”三声，铁皮上出现了呈三角分布的三个小洞。她一扯臂环，将箭头收回来，然后再次发射。

借着小洞中透出来的光，他看见她绕着三个中心点，在铁皮上打出了三个“品”字形均匀分布的三角形，一共九个点。

墙壁并未停下，在轻微的“咔咔”声中，墙壁越贴越近。

阿南却仿如毫无察觉，抬手又在铁皮上给打出的三角加了几个洞。

他贴在墙上，皱眉嘲讽道：“这铁皮这么厚，你打出这些小洞不过米粒大，难道我们要化成风吹出去？”

“化什么风，这是生铁，硬，但也脆，这是我们逃生的机会。”阿南说着，带他将拆卸下来的厚实木条捡起来，卡在了中间。

木条的一段，抵在铁皮上，正好对准被她打出来的三簇小洞中心；另一端则压在后面逼上来的墙壁上。

在轻微的“咔咔”声中，墙壁越贴越近，粗大的木头被抵在中间，压得吱吱作响。

他这才惊觉，问：“你是要用困楼自身的力量，破开外面的生铁？”

“猜对了。”阿南笑道。

话音未落，只听到扑哧几声，木头已经在墙壁的巨大压力下，从铁皮间穿了过去，沿着她打出的小洞，三根木头都将铁皮掀出了一大块。

压过来的墙壁已经越来越近，空间只剩两三尺见方，他们两人完全紧靠在一起，甚至连转身都已经很难。

三个被木条顶出的洞，绝对不足以让他们出去。他借着刚打出来的空隙间透进来的细微光线，看向被木头以“品”字形围着的中间那块桶口大小的地方。

果然，阿南让他用力将三根木头扳转，聚拢斜卡在中间连接的地方。然后抬头看他，说：“来，踹一脚。”

透进来的光线太稀薄，一条条刺在黑暗中细如银针。他看不见她的模样和表情，但却分明地看见了她眼中一抹亮光。

他悚然而惊，没有按照她的吩咐，反而抬手抓向了她的肩膀，要将她控制住。

可她机变极快，反手搭住他的手，借力整个人腾起，向三根木头的相接处双脚踹去。

沉闷的一声响，厚实的木头撬开了中间的铁皮，墙上豁然开了个大洞，光从桶口大的破口处骤然射进来。

朱聿恒没想到，她这一脚居然真的能在墙上破开大洞，一时倒怔了怔。

而阿南当机立断，双脚先迈了出去，然后撑着腰，整个身体以拱桥状小心地避过尖利的铁皮断口，眼看就要钻出去。

他猛然抬手抓向她，但刚抓住她的衣服，她就立即抬手一拉衣带，松脱外面那件暂时披上的脏污布甲，整个人就像蜕去了蝉衣的一只蝉，轻轻巧巧就借势滑到了困楼外。

原来她先过双脚而不是先过上半身，就是因为要防着他。

只是她没注意到，被她拆下来塞在布甲中的那只蜻蜓，也在布甲脱掉时随之滑落了出来，轻微无声地落在他的脚边。

他站在已经挤得无法转身的困楼内，提着布甲，盯着这只蜻蜓，一时忘了自己该说什么。

而她戏谑轻快的声音从外面传来："啧啧啧，刚刚还同舟共济呢，一破阵你就翻脸啦？"

他将那件布甲掼在脚下，厉声道："站住，不许走！"

"才不呢，我最讨厌憋闷的地方了。"阿南轻笑的声音从外面传来，手还故意在那个洞口招了招。

里面传来的呼吸声越显沉重，显然他也知道自己要眼睁睁看着她跑掉了。

"你也赶快把洞口再弄一弄吧，不然你这么高大，恐怕挤不出这个洞。"阿南愉快的声音再次从外面传来，"对了，最后问一下，你衣服熏的什么香？挺好闻的。"

他停顿片刻，终于像个被登徒子调戏的大姑娘一样，气急败坏地大吼："放肆！"

那崩溃的模样让阿南笑了出来，不过立刻就停止了。外面居然有神机营将士在，察觉到了有人破壁而出的声音，立即奔来查看。

大机栝中最不缺的就是藏人的空间，阿南选择突破口的时候，早已确定好了位置，所以她立即缩到了梁柱和横梁之间，藏身在死角内。

刚刚躲好，她就看见之前那个身材肥胖的男人惶急地带人进去启动机关，复原密室。

随即，身负重伤的诸葛嘉也强撑残躯，被人搀扶着来到了这边，看着破了个大洞的困楼，气得一边咳嗽一边吐血。

阿南冷眼旁观，心中思量着，一向下手狠辣的诸葛嘉，之前没有动用碗口铳直接把自己连房子轰成渣，现在又把困楼调得如此缓慢，似乎目的只是想捉她，确实没有下杀手的意思。

是在忌惮自己，还是在忌惮……

她看着从大开的困楼中走出来的那个男人，通明的灯火蒙在他身上，那背影清瘦颀长，又自带威仪。

这男人……

阿南快气炸了。看来，他被自己拖进来的时候，早就有了预谋，其实是想和自己在困境下，套话来着。

一想到被他们炸掉的小院，阿南顿时恶向胆边生。

她一般有仇直接就报了，绝不愿意背负隔夜仇的，免得遗患无穷。但，如今时间有点紧急，而且——

也不知道是那闷热的黑暗中，他身上清冷暗涩的香让她觉得舒适呢，还是因为她压在他身上时，心中涌起的异样感觉……

害得她又努力想了想自己的心上人，才镇住了心猿意马。

“小没良心的，再放你一马吧。免得给公子惹来麻烦。”

天色渐亮，她也懒得调戏神机营这群可怜人，偷偷摸到了马厩。

先拉了匹自己看得最顺眼的马，再挥手用流光在梁柱上一划一切，便飞身上马，当着那些正早起操练的士卒，横掠过大校场，冲出了营门。

士卒们面面相觑，还在疑惑为什么营里会冲出个骑马的女人，后面将官已追了出来，命令立即堵截她。

可惜神机营日常训练时，虽然拿着火铳，但只用作操练，不填药不装弹。等一群士兵匆匆忙忙去领了火药填装好火铳，那匹马早已跑出了火铳的射程。

而跑到马厩牵马准备追赶的人，刚一拉扯马缰，栏杆牵动了被阿南动过手脚的梁柱，棚顶全部塌了下来。

上百匹马惊慌失措，跟炸了马蜂窝似的，在营内横冲直撞，真正是人仰马翻，兵荒马乱。

唯有始作俑者，正愉快地骑着马，一路朝南而去。

前方朝霞鲜艳，一轮红日正从云海中喷薄而出，远山近水全被镀上一层灿烂金光，整个世界熠熠生辉。

阿南纵马从溪涧跃过，清凉的水溅湿了她的裙角。半夜颠沛，又在密室中困了这么久，她又渴又累，跳下马甩掉那双沉重的马靴，脱掉袜子，光脚踩在了溪水中。

她俯身捧起水洗去脸上手上残余的血污痕迹，仰头看蓝天白云。朝阳照在林木之上，初夏的花草星星点点，交织在一起混合出一种令人无比愉悦的香气。

美好鲜亮的世界，让她忽然又想起了他身上的气息。

黑暗中，氤氲而温柔，清冷而静谧，像静夜一样笼罩着她，却又无从捉摸。

不知不觉，阿南的唇角微扬起来。

她想，下次要是再遇见他，一定要好好看看他到底长什么样子。

第四章

雾迷津渡

阿南轻松愉快，赤脚跋涉过清凉的溪水。那双腌臜又不合脚的靴子，她干脆就不要了，湿漉漉地光着脚上了岸。

刚刚上岸，她又立即缩回了水中，折下一枝芦苇含在口中，捏着鼻子潜进了水里。

岸上，搜寻她的人已经发现了那匹被她放走后朝着山路往前奔跑的马。此时一部分人去追马，另一部分人在查看溪中动静。不过很快，他们就随着那双漂走的靴子，追往下游去了。

阿南在海岛长大，会走路时就学会了游泳，此时潜在水中悄无声息，直到四周除了山风没有任何声息了，才浮出水面，顺水向前游去。

只穿一件窄袖贴身的白色中衣，她在水中就像一条银鱼，斩开水面飞速向前，只见一条水线在湖面上细细绽开，渐渐荡为无形。

游累了，阿南就仰躺在水面上，看着头顶的蓝天白云，听着耳边水声鸟鸣，顺水漂流。

前方水面逐渐开阔，时近中午，五月中旬日光温热，晒得水面微烫，所有的鱼都伏在岸边石缝安安静静。阿南也略微动了动手脚，靠近了水边，在树荫间漂流。

不防有个声音在水面上传了过来：“娘，娘，有人落水了！”

阿南偷眼一瞥，看见远远的一艘小船从柳荫下划出，船头上一个七八岁的小女孩急得指着她这边喊叫，船尾有一个船娘摇着橹，飞快地朝她过来。

这么热心善良的小女孩，不能让人家失望啊。

于是阿南干脆动了动手脚，假装自己有气无力地在水中挣扎。

船娘靠近她，伸手让她抓住自己的手，和小女孩一起竭力将她拉了上去。

阿南趴在船舷边，装模作样吐了两口水，然后气若游丝地向这对船娘母女倾诉："我爹娘没了，狠心的叔婶要把我卖掉。我被人追到这边，走投无路只能跳了河……幸好遇到姐姐救命，大恩大德，我一定会报答的！"

船娘听她这么说，眼圈就红了，从舱里拿出一件洗得干净的粗布衣服给她，说："你先披上吧，我正运货到应天府，妹子你准备去哪儿？我送你去。"

阿南披上衣服，随口说："我有个远房亲戚在开封府，请阿姐帮忙捎我到徐州，到时候我自去投靠他们。"

船娘满口答应，那个小女孩看着阿南落汤鸡似的可怜样，便从口袋中摸出两颗糖，递了一颗给她，说："姨姨吃糖，吃了糖就不伤心了。"

阿南抚抚她的头，接过糖看了看："是高粱饴啊，这糖好甜的。"

"是啊，甜甜的，软软的，阿爹买给我的。"小女孩开心地说。

阿南觉得这糖太腻，但见她见牙不见眼的可爱模样，便笑着放入口中慢慢抿着，问："你爹怎么没有和你娘一起撑船啊？"

"阿爹欠了很多钱，别人来抓他，他就跑了，不知道什么时候才能回来呢。"

阿南"咦"了一声，又问了问，才知道她那个爹嗜赌成性，欠下赌债后逃之夭夭，剩下母女俩生计无着。幸好母亲娘家是跑船的，帮衬着她们赁了条船，从顺天到应天来回撑船运货，风里来雨里去，也只够母女俩勉强生活。

阿南靠在船壁上，帮小姑娘扯些麦秆编绳子，一边问："小妹妹，你叫什么名字呀？"

"阿爹阿娘叫我囡囡。"

阿南不由得笑了："那咱们真有缘，以前我叫阿囡。"

其实南方的女孩子，都叫阿囡或者囡囡，她们只是其中最普通的两个。

囡囡睁着明亮的大眼睛看着她，问："那你现在叫什么？"

"我现在啊，不叫阿囡了。"她望着粼粼照进船舱的波光，微微而笑，轻轻地说，"我有个很喜欢的人，他给了我一个名字，阿南。南方之南的南。"

神机营一番混乱，直折腾到中午，却终究一无所获。

士卒们陆续回营，唯一带回的消息是，犯人可能坠河了。

一个海外归来的人，怎么可能不会游泳？朱聿恒写了张手书给工部，让将京郊大运河的各段主事都召集过来，有要事交代。

见皇太孙殿下劳累了一夜，还要去工部，诸葛嘉拖着伤体一再请罪，朱聿恒只能好生安抚他，说道："无须担心，本王并无大碍，只是你们那困楼，可能还得多加改进。"

一说到改进，诸葛嘉当即道："这机关研制之初，便说可大可小。大者，可用于行军打仗、两军对战；小者，可用于储藏机密文件，又可用以刑讯威慑。只是之前都是用牛马做实验，就算它们力大无穷，各个被困住后都是无从逃脱，不知此次……如此厚实的牢笼，怎么会让那犯人逃脱……"

朱聿恒神情淡淡，说道："人与牲畜自然不同，何况天下有些人智计无穷，足以上天遁地，困不住她也是无可奈何之事。"

"殿下所言甚是，困楼发动需要时间，里面的人确有机会动手脚逃脱。"诸葛嘉迟疑了一下，终究还是恭谨道，"其实，微臣之前与刑部商议过，是否能用死刑犯来代替牲畜，用以试验机关。但圣上将奏折留中至今不发，不知圣意如何，殿下若有机会，是否可帮我营询问一二？"

侍立于旁的韦杭之听着，顿时眼皮跳了跳，着意多看了诸葛嘉一眼。

但见诸葛嘉长长的睫毛覆盖着一双凤眼，肌肤白皙面若桃花。之前听说他算顺天府第一狠人，未曾与他有过多接触的韦杭之还有些不信。但这一刻，听到诸葛嘉提议用活人来试验机关的这一刻，他信了。

朱聿恒不置可否，白皙如玉的五指持着白瓷压手杯，手指似比白瓷的质地还要莹润。他没有喝茶，只垂眼看着手中的茶水，低垂的睫毛压着幽深的双眸，沉静似水。

诸葛嘉尚不死心，又继续道："殿下……"

朱聿恒终于开口，制止了他："不必询问了，留中是本王的意思，这样的折子，下次别再呈上来。"

诸葛嘉应了声"是"，虽没再说什么，但朱聿恒一看就知道他不服，觉得要是圣上的话，或许不会反对。

"将活人投入这困楼，万一机关出了差错，一时控不住，怕是会将人活生生挤成肉饼吧？"那黑暗的困楼内，危机寸寸逼近的焦灼感还在身上，朱聿恒一时感觉不适，"诸葛提督若有自己的见解，不妨说说看。"

"臣以为，就算会出差错，可死刑犯反正是要死的，早死晚死，都是一死。还不如拿来试机关、武器，替我朝做点微末贡献，何至于白白浪费了那一具身躯，苟活那些日子又顶什么用？”

早死晚死，都是一死。

死。

这一个字，让朱聿恒的心头狠抽了一下，如同淋漓的伤口被人撕开，连耳朵都“嗡”的一声作响，瞬间失了世间所有声息。

他一言不发，慢慢将茶盏放回桌上，手指轻轻敲了桌面两下。

虽然什么也没说，但看着他阴沉的神情和锋利的眼神，诸葛嘉和神机营一众官兵立即跪倒在他面前，齐齐噤声。

朱聿恒强行抑制自己艰难的喘息，过了许久，他才缓缓说道：“都起来吧。”

卓晏正想起身，一眼瞥到诸葛嘉还跪在身旁一动不动，众将士更是个个低头大气都不敢出，只能也低着头维持着一脸沉痛的模样。

停了片刻，朱聿恒才又开口道：“纵然是死刑犯，该怎么死，也有怎么死的规矩。人乃是世间至矜至贵之物，士大夫薨逝、百姓辞世、烈士死节、囚犯受戮，各得其所，都得让天下百姓心悦诚服。斩首示众与试验机关，虽然都是死，但若擅自逾矩，便难服天下万民之心。是以规矩得立在那里，任谁也不得擅改。”

诸葛嘉赶紧应了一声“是”，俯首垂眼，神情恭谨。

“当权者制定刑罚，并非嗜杀，用以震慑后来者，桩桩条条律法有定，就算是死，也得死得名实相符，死得明明白白。”

说到这里，朱聿恒的声音渐渐缓了下来，顿了顿，他起身示意龙骧卫起驾，并对诸葛嘉说道：“我看你这困楼，该多琢磨琢磨的不是拿什么人试验，而是如何改进，才是正经。比如说，把铁皮加厚铸造在里面，或许被困者逃脱的机会就没这么大了。”

顺天府周边河段不少，京杭大运河中大小船只往来何止千百。到了九河下梢天津卫，河道更是加倍繁多。

就在同一天，各河段的主事们接到了工部的命令，让他们仔细关注、筛查河面各来往船只的情况，尤其是神机营附近河段，务必要将每一艘船都查得巨细靡遗。

最终，是通惠河关口的几个河夫，报告了一个微不足道的细节——

他们相熟的一个船娘，驶一艘平平无奇运货南下的小货船，吃水多了三寸半。

“那些河夫常年清理河道，多是光棍鳏夫，因这船娘长相不错，因此日常就颇为关注。据他们说，这艘摇橹货船只有一个船娘，她带一个小女儿，总是谨慎装货，绝不会超过吃水线的旧痕。”河道主事在河上数十年，对于船只再熟悉不过，“何况，三寸半，刚好是多带一个人在这种小船上的重量。因此在船娘等候过桥口时，有个河夫就着意往舱内看了看，果然发现货物当中，露出了一片衣角。”

“那就先盯着，看看那艘船究竟要去往何方。”朱聿恒吩咐道。

旁边领着主事过来的工部侍郎忙应了：“是，已经命人盯紧，另外其他船只的排查也依旧在进行。请殿下示下，等那艘船到北运河段时，是否派人上船搜检？”

朱聿恒摇头道：“没必要，此人滑溜异常，在水上绝难捉捕，何况若打草惊蛇，恐怕下次寻找不易。你们只需把她的行程时刻汇报过来就行。”

待二人应了退下，瀚泓从殿外进来，神情似有不安：“殿下，魏院使那边的诊籍[1]已拿到了，确有一位女病人阿南，来治手脚旧伤的。”

朱聿恒抬手接过，扫了一遍。

> 女病患阿南，海客归来，重金求诊。
>
> 疾见：手足筋络为利刃挑断，又经接驳后重新续上。故双手双足常于阴雨日抽痛颤抖，不可遏制。患者又诉十指不复灵活，愿以任何代价换得双手如初，但确已回天无力，憾矣。
>
> 配丹皮赤芍炼蜜丸内服，红花血竭活络油外敷，长年调理，三五年或有微效。

朱聿恒将这薄薄两页诊籍按在桌上，想起在困楼之内，她让自己帮忙起出楔钉榫的时候，说过她的手受过伤。看来，她确实是在魏延龄那边治疗双手。

“只有这些？”

“是，奴婢只在那边找到这些，毕竟……也没法询问魏院使了。”

“哦？他怎么了？”朱聿恒眉头微皱，抬眼看他。

瀚泓叹气道：“真是医者无法自医啊！魏院使昨日给殿下看病完毕，回家时忽然跌了一跤摔到了头，他给自己配了服药，结果当晚就中风倒下了！如今躺在病床上，口眼歪斜，手脚僵死，除了眼珠会转外，整个人只会嗬嗬发声，连便溺都拉撒在床上了，真叫人痛惜。”

朱聿恒垂眼看着案上的钧窑笔洗，沉吟不语。

1　诊籍：古代医生的病历。

瀚泓见他没表态，似对魏院使的病情毫无兴趣，便搬了折子离开，口中自言自语："也不知道魏院使，什么时候能恢复呢……"

一年。

普天之下，大概只有朱聿恒知道这个答案。

魏延龄大概是想要，用这样的决心，来向他表态。他这下，确实能做到对朱聿恒的病情守口如瓶，就连皇帝，也无法从他的口中撬出这个秘密了。

但他这举动却并未让朱聿恒觉得安心，相反的，只让他觉得心口那焦灼的火，燃烧得更为炽烈了。

哪怕是绝望中的一点点希冀，他对魏延龄的诊断结果，其实是抱着一丝侥幸的，或许……或许呢……

可就在这一刻，因为魏延龄对自己决绝的手段，他看清了摆在自己面前的，最终的裁决。

可他无法告知任何人，无法求助于任何人。

他唯一能做的，只是苦守这个秘密，孤立无援地自救。

三万里弱水浩荡奔涌而来，他即将没顶，除了阿南、除了那一再出现的蜻蜓或蜉蝣，他已经没有其他能抓住的稻草。

四天后，徐州的消息终于传来，阿南离开了那艘船，有个少年已经雇好车在等她，两人一起往开封去了。

开封。

朱聿恒手边正有一封加急送来的奏报。开封地势低洼，今年入夏后，黄河上游降雨频仍，河堤难守。

一旦河堤失守，周边受灾百姓将何止万户。朝廷自然得派人前去督察，如今工部正上报了人选，请圣上选定。

朱聿恒略加思索，在上面加上了自己的名字。毕竟，历年河堤数据，他都有所涉猎，就连工部主事也没有他精通。

临出发当日，他去宫中辞别圣上。

祖父勃然大怒，恼恨道："工部这么多官吏，难道真的无人可用了？天下这么多事，一桩桩一件件，你哪儿忙得过来？再者你刚休养月余，就要跋涉险地，此事，朕不赞成！"

朱聿恒忙笑着安慰祖父，说："天下之大，万事纷纭，陛下忙碌大事，孙儿就略微帮您干些小事，本是分内事。何况孙儿将养月半有余，身体早已大好，陛下不必挂怀。”

皇帝端详着他，又问：“你身体真大好了？唉，那个魏延龄，朕本来对他抱以厚望，谁知也是个庸医，竟一剂药把自己给弄倒了！”

朱聿恒随意道：“孙儿也听说了，大约是摔到头了，这种事毕竟无可奈何。”

皇帝眉头紧锁，面露烦躁之色，似还要反对他去开封之时，外面有太监匆匆进来，站在殿门口低头向他们行礼。

皇帝心情不好，喝问：“什么事慌慌张张的？”

“启禀陛下，王恭厂……出事了。”

“出事，又炸了？”皇帝拍案怒斥，“这群人怎么管火药的，三天两头出事！前几月出事不是刚换了个内臣太监吗？这回是谁？”

“是……王恭厂内臣太监卞存安，正在殿外请罪。”太监战战兢兢说出了那个倒霉蛋的名字。

“让他滚！滚去受死！”

太监吓得屁滚尿流，退下时哀求地看向朱聿恒。毕竟满朝都知道，当今圣上发怒之时，除了这个孙儿，谁也无法平息他的雷霆震怒。

朱聿恒想起自己与卞存安的一面之缘，便说道：“陛下息怒，这卞存安办事稳重，之前还叮嘱过诸葛嘉，连面粉飞扬都要注意的，应当是个谨慎之人。此次事故或另有隐情，就让孙儿替陛下去瞧一瞧吧。”

“你又揽事上身。”皇帝烦躁地挥挥袖子，说，“还要去开封呢，你就少费心管这些了，好好收拾行装去吧。”

“是，多谢陛下！”

朱聿恒出了宫门一看，门前跪着一个身材枯瘦的太监，正是卞存安。

上次只遥遥望了他一眼，如今朱聿恒仔细打量这个人的模样，不由得微皱眉头。

宫里稍有地位的太监都十分注重修饰，熏香描眉的都大有人在。可这人不但不修边幅，连脸都没洗干净，上面还有灰黑的火药烟熏痕迹，又被汗水冲出黑一道白一道的沟壑，几乎是张大花脸了。

他还穿着上次那件颜色褪旧的姜黄色曳撒，手肘袖口处都磨出毛边了，衣上还被烧出了几点黑洞，显然王恭厂这次爆炸，他就在现场。

朱聿恒示意他跟自己走，一边走一边问道：“卞公公，你担任王恭厂的内臣太监有多久了？”

卞存安口舌似不太灵便，说话僵硬，声音也有点嘶哑：“今年二月底。”

“哦？那你之前在何处？”

“内宫监。采石场匠人把火药放多了，奴婢多嘴说了几句。王恭厂见奴婢略懂此事，便调过去了。”

“短短两年就能接手王恭厂，想必卞公公你在这方面确有才干。”朱聿恒说着，又问，“你在内宫监时，如何知晓火药之事？”

“奴婢不幸，十三岁被乱军胁迫裹挟，曾与管火药的士卒相处。”

这个卞存安，不仅外表腌臜，语言也甚是无趣，似乎与人多说一句都不情愿似的，一板一眼，语言都少有起伏。

朱聿恒也不再与他多说。二人到了王恭厂一看现场，不大不小的一件事故。

说大吧，就是一个火药库爆炸，震塌了三间库房。但要说小吧，又确实不小，出了两条人命，其中一个是内宫监的太监。

“此事说来，就是我们王恭厂倒霉！”

朱聿恒还未进院子，就看见因掌管火药出疏漏而被贬职的现任二把手曲琅，皱着苦瓜脸一脸晦气，指着停在院中的一具尸身破口大骂：“混账东西，仗着自己当初与卞公公认识，居然上门来讨要火药。这东西进出都是有账目的，谁敢私自给他？结果他被卞公公拒绝后，还偷拿铁锹自己去挖，这不火星子蹦出，直接把自己给炸死了！依本官说，他死得可真不冤！”

朱聿恒转头看向卞存安，问：“是这么回事？”

卞存安垂头道：“是，此人名叫常喜，奴婢当年在内宫监时与他相识，但也并无多大交情，忽然来讨要火药，奴婢自然是不允，结果……唉！”

仵作验尸的结果也已经出来了，确是被当场炸死的。

死者的情况也很快报了过来：“死者是内宫监太监常喜，认了内宫监掌印太监蓟承明为干爹，因此手上也有点小权，是内宫监木班的工头。”

内宫监负责宫内一应营造修缮事务，能做到木班工头的，也算是个肥差了。

朱聿恒问：“他一个木班的，来索要火药干什么？”

“正是因为不知，所以卑职等不肯给。”曲琅梗着脖子道。

朱聿恒见旁边仵作似有话说，便示意道：“尸身有何异常？”

仵作忙禀报道：“尸身确属被炸死无疑。只是……在死者怀中，小人找到了这个……”

他将用白布包好的一本东西，呈到了朱聿恒面前。

是一本被炸得破烂的册子，想必常喜生前将它放在了怀中，因此在火药爆炸之时，他的衣襟和怀中册子首先被炸到。

此时册子已经残破稀烂，又被火烧得只剩线装的那一条边，上面残存最大的纸片也只有鹅蛋那么大一片了，其余的或如指甲或如鱼鳞，简直惨不忍睹。

朱聿恒看了一眼，只看得出是本蝴蝶装的册子，残留的纸上也没有字，只有几条横平竖直的线，似乎是本画册。

他本不以为意，但目光落在那最大的一片残页上，看见了工笔细线绘制、半条龙身层层盘旋绕在柱上的画面。

因为残缺，这条龙和它所盘的柱子，已经没有了上面的梁托和下面的柱础，但普天之下，能用这种十八盘金龙的，唯有紫禁城奉天殿。

这是——奉天殿的工图摹本。

朱聿恒盯着这残页焦黑的焚烧痕迹，眼前恍然又出现了那一夜，在雷电艳烈的夜空之下，十二条盘在金丝楠木柱上的金龙，一起喷出熊熊烈火的可怖情形。

“把现场，好好查一查。”朱聿恒站起身，走到坍塌的库房前，看着那一地的狼藉，缓缓道，“尤其是，这本册子，上面如果还有残余的碎片，全都要集起来，一片都不能少。”

虽然大事小事不断，但该去的地方，终究还是要去的。

瀚泓打点行装，朱聿恒将一应朝廷事务交托完毕，即将出发之时，新任内宫监秉笔太监万振翱也将蓟承明生前接触过的人事案卷送了过来。

“奴婢奉命查探蓟公公与那千年榫上刻痕的关系，如今已有眉目，恭呈殿下览阅。”

翻开卷宗，朱聿恒第一眼看到的，便是一只蜻蜓模样的图样。

猝不及防，他的睫毛微颤了一下，顿了顿才查看旁边标注的字样。

蜉蝣。

原来那刻痕，不是他要寻找的蜻蜓，而是一只蜉蝣。

朱聿恒再细看那图样，确实与蜻蜓有所不同，蜉蝣的第一对翅膀较大较长，后面那对翅膀则偏短偏小。

他回忆蓟承明身死之处出现的那个千年榫，上面如同翅膀交叉的痕迹，确实也是两条较长、两条较短。

这朝生暮死的蜉蝣，与阿南鬓边扑扇的蜻蜓，不是同类。

片刻的惊诧，骤然的落空，他心绪于大乱中起伏，只觉胸口憋闷难受。

勉强镇定心神，他继续看下去。

正月初九，玉皇诞日，蓟承明于祭殿后墙见《罗浮葛仙翁登仙图》，大笑拍墙，叫道："蜉蝣，蜉蝣，原来如此！"众皆不解其意。

正月十三，蓟承明探访京郊葛仙观，回来后面有得色。臣等于今亦寻访葛仙观主，询问得知：葛仙翁即晋葛洪，蓟承明当日去往观中，询问葛洪后人何在，家学如何。观主告知：二十年前，葛家后人获罪，全族流放云南充军，只余一个外嫁女留存。

朱聿恒看到这里，抬头问万振翱："此事可信度如何？"

"奴婢听说，观主当年曾亲访杭州葛岭，此事应该不假。"

朱聿恒见后面已没有什么要紧记载，等万振翱留下东西退出后，命人立即去刑部，将杭州葛家当年的案宗调取出来。

东晋两位葛仙翁，一位是葛玄，另一位便是葛洪。后人为杭州葛岭和广东罗浮两处。

其中，葛岭一脉因二十年前靖难之役时，为逆军统管火药器械而满门获罪，除已出嫁的女眷外，全部流放云南充军。

而葛家人研制的器械之上，常留有蜉蝣印记。因葛家先祖葛玄于夏日池塘畔见蜉蝣朝生暮死，散落风中，感念人生零落，因此才修习老庄之道，故借此以怀先祖。

朱聿恒的指尖，在卷宗后的一行人姓名上一一划过，停在一个名字上。

葛稚雅。

在全家流放前两年，她嫁给当时顺天军的一个把总，如今，这个把总和他的父亲，已经因为在靖难之役中战功显赫，擢升为应天都指挥使，他的父亲更是封为定远侯。

她的丈夫姓卓，膝下唯一的独生子，名叫卓晏。

六月初七，皇太孙朱聿恒亲率工部一应官吏，到达开封。

山道已被流动的泥石堵塞，道旁大树横折倒地，官道全都被黄泥汤水淹没。

马蹄打滑，骑马坐车都已经不可能。朱聿恒率众弃车下马，蹚着及膝的泥水一路跋涉。

临时被抓进钦差开封队伍的卓晏，从小就是娇生惯养的纨绔子弟，平时洗脚都要加艾叶菊花。此时他在泥水里蹚着，连鞋子都掉了，脚被泥浆中的碎石划破，深一脚浅一脚流了不少血，简直想直接趴在泥浆里装晕，等着别人把他抬出去。

可看看前面皇太孙殿下伟岸的背影，他也只能抹一把脸上的泥浆，委屈万分地艰难挪动，一边在心里把那个点他来开封的人骂了一百遍啊一百遍，发誓要是自己知道对方是谁，保准打得他满脸开花找不着北！

一群人浑身裹着泥浆，艰难来到府衙，开封知府却并未迎接京中来使。他在黄河大堤上亲临指挥，已经有五六日未曾回衙门了。

全城安危，系于大堤。朱聿恒草草换掉了满是淤泥的华裳，穿了套便于活动的素净衣服，立即带着一干官吏去了河堤旁。

开封知府年逾花甲，形销骨立，正在督导士卒劳工们加固堤坝。朱聿恒与一干工部官吏在路途中便已将历年的河道图研究透彻，此时对照着实地山河走势，圈定了最为重要的几处位置，设定了三重堤坝减缓水势，力求保住开封。

见京中来的高官们都身涉险地，原本麻木坐在屋顶的百姓们也纷纷从高处下来，听从指挥装沙袋扛石头。人手多了后，众志成城，暴雨虽大，但堤坝被加固了一层又一层，洪水的冲击看来已无法再令其动摇半分。

站在朱聿恒身旁的开封知府探头看着下面浪涛，喜道：“这下可好了，开封算是守住了！”

一群人正在欢欣鼓舞，谁料耳边忽听得轰隆之声作响，如同雷霆骤炸在耳畔。

所有人都下意识看向声音传来的地方。黄河九曲十八弯，他们只看见在模糊的雨帘之中，前方有极长的一片堤岸绵延坍塌，激起铺天盖地的水波，如同远古巨兽，向着他们直扑而来。

巨浪滔天，声势浩大，脚下河堤一阵剧震。众人还未回过神来，便个个摔趴在泥水之中。

朱聿恒一把卡住旁边的棚柱，稳住了身形。但他身旁正在探头查看水势的开封知府，此时身体一歪，脚底打滑，眼看就要从大堤上滑下去。

朱聿恒反应极快，在旁人还没来得及惊呼之时，一伸手就将开封知府的手臂抓住，想要将他拉上来。

但，就在握住手腕的那一刻，扑来的黄浊狂潮已经奔至，整座堤坝瞬间被冲溃坍塌，在狂呼声中，所有人落入水中。

混浊的泥水劈头盖脸向朱聿恒打来，眼前的世界瞬间黑暗。

风浪夹杂着木材、杂物、混乱的人群，在这一刻狂涌而至。

黄河大堤，终究还是失守了。

脑中只来得及闪过这一丝念头，耳畔轰然作响，朱聿恒已经被混浊的水淹没。

他在水中憋着气，一手挥开面前的浊水，一边抓紧开封知府的手，免得这个枯瘦的老人被浪卷走，发生不测。

激湍浪头之中，朱聿恒在水中艰难冒出头，看见旁边尽是汹涌相撞的浮木与杂物，被迅猛的浪头携着朝岸上狠狠撞击，凶险无比。

幸好，他们就在堤坝之下，出了水面前就是高地。

朱聿恒排开面前的浪头，竭力先将已近昏迷的开封知府推上去。

然后，他扒住破损的堤岸，想要爬上去。

就在从水中抽身的那一刻，眼前的世界迅速被大团漆黑淹没。击打在他身上的暴雨，呼啸刮过耳边的飓风，在这一刻骤然加剧。

一道剧烈的刺痛，直划过他的右肋，然后迅速烧灼开来。

像有一把钝刀敲断他的肋骨，歇斯底里的痛让朱聿恒无法呼吸。

与两月前身处三大殿的烈火一样，他的身体僵冷，彻底失去了控制，直直地跌进了激流之中。

已经上了岸的众人蜂拥而来，所有人惊惶狂呼。东宫副指挥使韦杭之带着众人飞扑下水，想要将殿下救起。

但，终究还是迟了一步。

狂涌的浪涛在崩塌的堤坝之上激荡，黄浊的激流将一切卷走，朱聿恒的踪迹彻底消失。

“……在看什么？”

迷迷糊糊之中，朱聿恒听到有声音在自己的耳边响起，因为他神志恍惚，耳朵隐隐轰鸣，外界的声音也仿佛水波一样流动，似幻如真。

他感觉到自己的手掌被人握在手中，那人掰着他的手指，轻轻缓缓地一根一根抚摸过，回答说：“你来看看这双手嘛，这骨骼，这韧度，这柔软性……”

是个女子的声音。她的嗓音并不如抚摸他手掌的动作那么轻柔，略显低喑，在此时朱聿恒刚刚复苏过来的听觉中，仿佛午夜梦回时的耳语，让他有一种脱离噩梦的恍惚虚浮感。

这声音，他认得。

阿南。

她为什么会在这里，又为什么，会握住他的手……

脚步声响起，旁边那个说话的男人走近了一点，嗤笑道："不就是一双手嘛！让我看看你拼死捞起来的人是何方神圣？"

"对哦，我还没看过他的脸！手这么好看，脸应该也不差吧？"阿南放开朱聿恒的双手，伸手在他脸上抹了抹，但终究还是放弃了，说，"这满脸淤泥，又披头散发的，谁看得清他长什么样。"

"别看了，反正再好看也没有公子好看。"那人催促她，"快走吧，之前在顺天你就闹得够大了，这回再被人发现，麻烦可就大了。"

"我会怕麻烦吗？"说是这样说，但她终究还是放下了朱聿恒的手，恋恋不舍道，"好想把他带走啊，这双手能为我做很多事情的。"

"下次来开封再找吧。你在大火中复发的伤该静养了。再说了，你现在是从顺天逃出来的，就算你能带他走，又哪有时间调教新人？"

顺天，大火……

朱聿恒的脑中，似乎被一根锐利的针猛然贯穿，让他混沌的大脑陡然清醒过来。

他听到阿南懊恼道："他不是开封人啊，他就是神机营算计我的那个浑蛋。"

"什么？那你还把他救上来！要按我这暴脾气，就算他爬到岸上了，我也要一脚踹下去！"

"别啊，他要是死了，这世上还有这么好的一双手吗？这双手很好用的……"

她没再说下去，只紧握着他的手。她掌心的触感，让朱聿恒在恍惚之中，想起了在困楼的黑暗之中，她贴着他的手背，指引着他将那楔钉榫慢慢起出的那一刻。

现在模模糊糊中回忆起来，那时她的声音与覆着他的手，其实都是在算计自己。只是那时的黑暗，让这一切显得暧昧起来，以至于现在想来，一切恍然如梦。

但也只是一瞬，她最终还是放下他的手，站起了身。

朱聿恒竭力睁开眼睛。模糊昏黄的视野中，他依稀能看到她弯腰洗手的身影。

粼粼波光从她的脸颊后逆照过来，闪闪烁烁之中，她的身形晕成模糊一片，无从看清。

他只见她的身影渐渐远去，未曾回头一顾。

只迷迷糊糊之间，他听到那男人的声音渐远："你现在手废了，别像以前那样逞强了，要再出点什么事，我怎么和公子交代？"

而阿南的嘟囔，如幻音般传来："救都救了，你就别啰唆啦……而且这次黄河堤坝坍塌，也有我的责任……”

这最后的话，让他神志猛然恢复，陡然睁大了眼睛。

顺天大火，黄河崩塌，她都在其中。

她究竟做了什么，她背后的公子，又是谁？

身体依旧无法动弹。天色昏暗下来，后背是滩涂渗上来的冰冷，在入夜之后透出寒意。

天河疏淡，头顶是旋转的繁星。

他艰难喘息着，不知道自己躺了多久，直到灯火随着河岸迤逦而来，无数人打着火把，焦急惊惶地顺着泥泞的河岸奔跑寻来。

白天昏黄混浊的河水，此时倒映着火光，一时河岸上下火光通明。

他全身泥浆，是一直随他左右不离的韦杭之最先认出了他，急扑下滩涂，蹚过泥浆，来到被放置在稍高处的他身旁，跪伏着查看他的情况。

朱聿恒勉强动了动手指，但不知道是因为意识模糊，还是因为胸肋间的疼痛压过了一切，他张开的唇只是轻微地颤抖了几下，没能发出任何声音。

见他呼吸微弱，韦杭之不敢动他，只示意身后人将准备好的缚辇抬过来，把他小心翼翼抱到上面。

周围的人都紧张惶恐，一声都不敢出。唯有泛滥的黄河，水流湍急，鸣声如雷，震得所有人胸腔中的心跳急剧，几乎透不过气。

朱聿恒被抬下河岸，一群人围上来，却又个个不敢碰触，只敢连声询问殿下感觉如何。

他微张双唇，从喉口挤出几个字：“河堤……如何了？”

众人面露迟疑，却又不敢不答。随行的工部侍郎艰难开口道：“河堤……原本是守住了，可当时突发地动，堤岸崩塌数十里，激起洪水倒灌，以至于……加固的河堤彻底坍塌，开封……已遭患了！”

“是我落水时……那巨响和巨浪吗？”朱聿恒低低问。

“是。”

暴雨初歇，夏日的夜空，长庚星熠熠独明。

开封城的恸哭与哀号声，远远近近传来，笼罩了这座被冲垮殆半的古城。

那一刻朱聿恒望着头顶孤星，绝望地攥紧了自己抓不住任何东西的、空空的双手。

这一切，到底是天命，还是定数？

为什么他们明明已经守住了大堤，守住了这一城百姓的生命福祉之时，偏偏会有那一场地动，让所有人的努力化为泡影?

和上次一样，他的病来得快，去得也快。

开封所有名医被召集前来，望闻问切、诊脉观舌之后，却谁也查不出皇太孙殿下忽然脱力落水的原因。最终的结论是风雨大作，皇太孙连日劳累奔波，又在救助开封知府时出手太过迅猛，以至于经脉骤然拉扯受到损伤，导致晕厥。

大夫们给他开的，依然不过是几剂安神补养的汤剂。

时近午夜，朱聿恒身上的疼痛渐减，便屏退了所有人，强撑着坐起来，扯开自己的衣服，查看之前剧痛的右肋。

他心中隐约的猜测成真了。

自章门穴而起，带脉、五枢、维道一路凝成血色红线，绕过他的腰腹，狰狞骇人。

一纵一横，两条猩红血线，一条四月初出现，一条六月初出现，如毒蛇捆缚他的周身，一般无二，触目惊心。

魏延龄的猜想是对的。他的奇经八脉，将会每隔两个月，损毁一条。所以他剩下的时间，只有十二个月了。

一年。

他没有将这件事告诉任何人。

灾后是最易民变的时候，朱聿恒稍加恢复，立即就投入了赈灾、抚恤、安置等一应事务，在最短的时间内要让局势人心稳定下来。

他只给祖父上了一封奏折，说自己办事不力，无颜面见圣上，等此间事情告一段落，想改道前往应天，拜望太子与太子妃，以叙天伦。

祖父的回信很快来了，说："江南好风景，聿儿可在父母膝下多盘桓几日，无须挂怀京中事务。"

前往应天的路上，朱聿恒一路看到的，是自开封府到怀庆府、从祥符到郑州，各路州府、十余县城尽成泽国，各地屋宇塌陷，被水冲走、淹死的人数以万计，城郭周边尽是浮尸。

世上最可怕的事情，并不是那些贯穿身体的剧痛，也不是身上那些受损的血脉。

——而是在无数人的安危系于他一身时，他却无力承担他们的期待，最终使得他们流离失所，家破人亡。

他下了马车，在六月毒辣的日头下，长久地伫立在高山之巅，凝望着下面洪水肆虐后，苍黄的大地。

冷汗从他后背沁出，锦绣罗衣全部湿透，粘在了他的后背上。

四面八方逼来的热风，让他又想起了两个月前，四月初八，三大殿在雷电之中轰然燃烧坍塌的那一刻。

在他经脉受损之时，也是灾变产生之刻。无论那灾变是近在咫尺，还是远在千里之外。

是巧合，还是必然？

是天意，还是人为？

如果是他的过错，那么开封、怀庆的百姓又有什么罪过，要在他受罚的那一刻，遭受天灾，家破人亡？

如果与他无关，那么他经脉诡异受损的时刻，为什么也是天灾人祸降临之时？

天意高难问，长风自四面八方涌来，将他围困于至高之巅、烈日之下。

蒸腾的热气灼烧了他的视野，他恍惚又看见，那一日烈火中飞向他的绢缎蜻蜓。

还有，烧焦的千年榫上，蓟承明刻下的那个蜉蝣印记。

以及，在一室黑暗之中，阿南比野猫还要迫人的明亮双眼。

让她旧伤复发的大火，是不是，那日让他重伤的三大殿烈火？

因地动而坍塌的黄河堤坝，她却说是她的责任，那么，这次地动与洪水，与他这次再度发作的病情，又有何关联？

他呼吸急促，胸中堵塞着悸动的恐慌，令他眼前尽是混乱光点，脑中嗡嗡作响，一时如坠噩梦。

若他真的抓住了她，是否就能阻止这些频仍的灾祸，逆转自己的人生，推翻只剩一年时间的预言？

阿南有些意外，从开封回到徐州后，发现船娘带着女儿，还滞留在洪水泛滥的码头边。

“妹子，你来得可巧，这阵子黄河水患，我的船被官府征用了，连船上载的货物都一并买去了。如今我正要空船回杭州看看我娘去，妹子你去哪儿，我看能不能捎你一程。”

“行啊，那我随阿姐一起去。”阿南对身后少年挥挥手，身形轻捷地跳上了船，“司鹫，你自己走吧，我们三个女人带你一个男人不方便。”

司鹫早已习惯她的性子，抬手目送她的船离开后，才恍然想起，急忙对着河面大喊："阿南阿南，你没带钱！"

可乱糟糟的河面上，他的喊声哪有人听见。

身无分文的阿南，厚着脸皮在船上蹭吃蹭喝，一路顺水南下。抵达杭州时正是傍晚，小船晃晃悠悠地进了清波门。

清波门是水门，由水道直接入杭州城，不远处就是西湖。夏日黄昏，水风送凉，也送来了采莲女们细细软软的歌声，隐约唱的是一阕《诉衷情》——

清波门外拥轻衣，杨花相送飞。西湖又还春晚，水树乱莺啼。

阿南托腮听着，抬手拉下一朵拂过鬓边的荷花，闻了闻香气。

多云的天气，惬意的清风，想到公子可能也正看着她面前这片湖，也正和她一样沐浴在此时的夕阳辉光之中，阿南的唇角不由得向上弯起，好像胸口都流溢出了一些甜蜜的东西。

可是，一想到自己没能实现对公子的承诺，守住黄河堤坝，她的心又沉了下来。

是她无能，才导致黄河两岸屋毁田坏，流民万千。

她抬起自己的双手，看着自己那带着累累陈年伤痕的双手，那些甜蜜也渐渐转成了苦涩，最终郁积于心，难以驱散。

西湖波平如镜，她们的船从白堤锦带桥下穿过，向着雷峰塔而去。但就在船划到放生池边时，却有一艘官船自旁边划来，横在了她的船前。

见只是两个女人一个小孩，船上官兵不耐烦地挥手道："快走快走，不知道官府有令，这段时间不许接近放生池吗？"

"马上走马上走，对不住啊官爷。"萍娘一边躬身赔罪，一边忙忙地撑船逃离。

阿南扬头看看，绕着放生池那一带，有多只官船在巡逻视察，好像在守卫中间那放生池似的。

萍娘划着桨，看前面有个船家正沿着苏堤划来，便在交错时问了一声："大哥，那边是什么地方啊？"

那船是带人游赏风景的，船家对西湖十分熟悉："你说三潭印月那边？那里本来有东坡先生镇湖的三个石塔，现在已经残损了，只剩下一个放生池。百年来湖中淤泥绕放生池堤堆积，现在有个湖中湖，岛中岛，楼中楼，景致很不错的。"

萍娘疑问："那怎么官府守着不让接近呢？"

"往常都可以进的，只是前两天官府进驻，巡防不许进入，听说啊——"船家一摇船橹，船已经滑过她们舷侧，"有大人物下榻此处，是以禁绝船只出没。也不知道是什么人，怎么会住到西湖放生池来。"

阿南回头遥望放生池处，只见一圈弧形堤坝，杨柳如烟笼罩着当中曲廊。圆形的画廊中间，是高出水面半丈有余的石基，上面小阁错落，曲栏连接，掩映在垂柳之中如同蓬莱仙岛。

"这地方可真不错啊。"阿南靠在船舷上，垂手拨着清凌凌的水面，赞叹说，"真正的一夫当关万夫莫开，易守难攻，地势绝佳。"

囡囡好奇地问："姨姨，什么叫一夫当关万夫莫开啊？"

阿南笑着抚抚她的脸颊："就是打架肯定能打赢的意思。"

萍娘无奈笑着，心想小姑娘看见这烟柳画舫、亭台楼阁能不能欢喜一下啊，就算伤春悲秋吟个诗唱个曲也正常啊，这分析起打架地势是怎么回事？

西湖并不大，船很快就靠了长桥。传说这里是梁祝十八里相送的地方，是以虽时近黄昏，但来此游玩的人仍络绎不绝。

暮色笼罩的西湖异常迷人，蜿蜒起伏的秀丽山峦拥住一泓碧水，晚霞笼罩在湖面上，氤氲蒸腾，朦胧迷幻。

"多谢阿姐了，我就在这里下。"阿南说着，扯扯身上衣服，有点不好意思，"这，阿姐你看，我穿的还是你的衣服……"

她这一路自然不能不换洗，所以现在穿的是向萍娘借的一件粗布衣服。

萍娘爽快道："没事，我住在石榴巷水井头，妹子你安顿好了，把衣服送回给我就行。"

囡囡有点舍不得阿南。她一向跟着母亲跑船，难得有人能和她说话聊天。此时她依依不舍地牵着阿南衣角，问："姨姨，采珍珠的故事还没讲完呢，最后你采到珍珠了吗？"

"当然有啦，我最后寻到一片蚌海，找到了成百上千的珍珠贝。我抓了最大的几只装在篓里，到船上去撬开，挖出了好几颗大珍珠！"阿南随手拉起衣袖，给囡囡看了看自己臂环上的一颗珍珠，笑道，"喏，这就是其中最大的那一颗。"

"哇……"囡囡抬手摸了摸，羡慕地说，"真漂亮，在发光。"

阿南怕她用力按下去，到时候启动机栝就糟了，便笑着收回了手臂，随手把上面这颗珍珠抠了下来，放到囡囡手中，说："你喜欢的话，就送给你了。"

"哇……"囡囡捏着这颗比她拇指还大的珍珠，一阵惊叹。

"嘘——"阿南示意她不要被她娘听到，"等姐姐走了再给你娘看哦。"

囡囡有点迟疑，但最终还是点了点头。

阿南笑着俯身贴了贴囡囡的额头，轻声说："下次要是遇到了，再给你讲姐姐去过的地方。"

"嗯！"囡囡的眼睛发着光，比那颗珍珠还亮。

长桥离雷峰塔不远，此时又是游玩的人都要雇船回家的时节，只见大小船只在湖岸边穿梭来去，船帆如云，桨橹如林，渔船、游船川流不息。

阿南告别了囡囡母女，一个人沿台阶上了码头。

湖岸不远，便是酒楼店铺云集处，热闹非凡。来往的人都穿得光鲜靓丽，唯有她因为在船上只能草草梳洗，头发散垂在肩头，穿一身从萍娘那儿借的土布衣裙，打着补丁又明显短了一截，连小腿都遮不住。

此情此景，阿南看看水中自己的倒影，觉得催人泪下。

"再插根草标，估计就能当街卖身了。"阿南自嘲地扯扯过短的裙摆，走上了台阶。

热闹非凡的街市，熙熙攘攘的人群。街边的酒楼传来香气，惹得好久没吃饭的阿南肚子咕咕叫唤。

她摸了摸自己的肚子，正思忖着以自己现在的处境，是该低调地走开，还是先大摇大摆地吃点东西时，肩上忽然被人重重推了一把。

是门口的伙计将她搡到了旁边："走开走开！你是哪来的渔娘，堵着店门口干什么？妨碍我们做生意！"

阿南猝不及防，被他推得脚底一趔趄，后背撞在了后方拴马的石礅上，顿时痛得她直吸冷气。

那伙计不依不饶，见她还站着瞪自己，就继续挥手赶她。

阿南揉着自己的肩膀，盯着面前伙计那只手，心头火起。她暗暗抬起了自己的右臂，也无所谓这里是闹市了，准备让这伙计先丢掉一根手指头。

"走不走，你走不走？"伙计还在嚷嚷着，耳后忽然一声闷响，一根竹子重重敲在了他的后肩上。随即，一个女人的声音响了起来："干什么干什么？你怎么没来由欺负人？"

阿南抬头一看，居然是之前在胭脂胡同认识的绮霞，此时正拿着手中笛子抽那伙计呢。

伙计见是个歌伎，一把抓住她手里的笛子，正要夺过去，绮霞身后有个男人挥着扇子挡开了他的手，打圆场道："得了，不就是在你店门口站了一会儿吗？至于大呼小叫，把一个姑娘家吓得眼泪汪汪吗？"

出声的是个二十出头的年轻人，冠上镶白玉，手中洒金扇，一看便家世不凡。那一身青罗金线曳撒极为修身，系着簇金的腰带，腰身加一寸太宽、减一寸太长，更显得身姿修长，如茂松修竹。

他长相也颇为俊美，原本该是姑娘们心中好夫婿的人选之一。只可惜他揽着绮霞又笑嘻嘻地打量着阿南，一股招蜂引蝶的风流相，一看就不是正经人。

"哟，是卓世子啊！"伙计脸上立即堆起谄笑，赶紧躬了躬身，应和着，"您说得是！我还不是怕脏了地方，让您在店里吃饭不愉快？"

"有什么不愉快的，我瞧这位姑娘也挺顺眼的。"那位卓世子瞄了瞄阿南从过短的裙裾下露出的那截光裸小腿，问绮霞："是你姐妹吗？天可怜见的，怎么沦落到这种地步了？"

绮霞忙解释道："她叫阿南，不是我姐妹，是良家子。我之前在胭脂胡同时，她还送过我笛膜呢，对我特别好！"

"我那时候在玩竹子，也就是顺手弄个竹膜的事。"阿南倒没想到这姑娘这么热情，有些不好意思。

"良家子啊……"卓世子揽着绮霞的肩，笑嘻嘻地上下打量着阿南。

乍一眼看，这姑娘并不打眼，毕竟和时下流行的那种纤柔美人差距甚远。但多看两眼的话，不知怎么就让人觉得越看越有味道。

那双睫毛浓密的大眼睛，亮得似猫眼石，在阳光下熠熠闪着琥珀色的光；那又艳又翘的双唇，和玫瑰花瓣一样颜色鲜亮，一看就血气丰沛精神充足；那破衣烂衫也遮不住的高挑身材，前凸后翘玲珑曼妙……

这女人，跟其他姑娘都不一样，不是一碗白水一盏清茶，这是一坛烧刀子酒啊。

卓世子眼冒贼光，那脸上的笑容越显殷勤，揽着绮霞的手也松了松，问："看姑娘的样子，好像遇上难事了，要不我请你用个饭，再送你回家？"

阿南挑挑眉，猜不透这个不识相的花花公子来历，便没理他，径自转头和绮霞叙起了旧："我说呢，前段时间没见到你，原来你来杭州府了？"

"胭脂胡同姐妹太多啦，我学艺不精，就来这边混口吃的。"绮霞啧啧地帮她将一绺乱发抿到耳后，笑道，“你怎么落到这地步啦？卓世子既然要做东，别拂逆好意，走吧。”

阿南皱眉道：“可我不想吃这家东西。”

“那咱们去吃对面那家。”卓世子揽着绮霞就往斜对门的另一家酒楼走去，绮霞也朝她招招手，示意她一起来。

看着那伙计和掌柜的黑脸，阿南心下畅快了点，加上现在也确实饥肠辘辘的，也就跟着他们进去了。

卓世子带着两个姑娘进酒楼，一个是浓妆艳抹的歌伎，一个是破衣烂衫的乡间姑娘，周围自然全是异样眼神。

他倒是毫不在意，径自点了一桌菜，等酒上来后就说：“来，绮霞，吹个曲儿助助兴。”

绮霞一吹笛子，那声音呕哑嘲哳分外难听，卓世子一口酒就喷了出来。

“哎呀，刚刚生气打那个伙计，把笛膜打破了。”绮霞不好意思地放下笛子，说，“那我给世子唱个曲儿吧。”

卓世子开心拊掌：“好，好！你的笛子驰名京师，可向来不曾在别人面前开口唱过，我今日真是有幸了。”

结果绮霞一开口，阿南就痛苦地捂住耳朵，转向了一边。

难怪她从来不在人前唱歌，这魔音传脑简直毁天灭地。

卓世子显然也震惊了，抽搐着嘴角转向另一边。两个听众一左一右痛苦扭头，目光刚好对上，都看见了彼此眼中的苦笑。

幸好此时，饭菜上来了，两人配合默契，一个给绮霞递筷子，一个给绮霞布盘碗：“来来来，吃饭吃饭。”

绮霞先喝了口汤，问卓世子：“世子的同僚在那边吃饭，不需要去招呼吗？”

“我付账就行了，他们不会介意的。”

阿南“咦”了一声：“同僚，你是官府的人？”

“不怕告诉你，我身份可厉害了。”卓世子打开那把金丝象牙扇子，遮住自己半张脸，压低声音神秘兮兮道，“说出来别害怕哦，我是神机营中军把牌官！”

“哦……”阿南没有被吓死，反而支着下巴望着他，笑嘻嘻地问，“你们这么多人出动，是要抓什么江洋大盗吗？”

“说实话，其实我都不知道发生了什么。”卓世子满脸遗憾地说，“我是被我爹逼着到神机营混日子的，所以就隔三岔五告假，没事点个卯就跑。谁知上个月底神机营被人夜袭，我们诸葛提督南下应天搜寻刺客，我呢，因为对杭州熟悉，就被分派到了这儿。”

明知道他来公干是假，花天酒地是真，绮霞还是笑吟吟地给他斟酒，柔声安抚：“世子真是辛苦了。”

阿南则把自己那晚在神机营的事情从头到尾想了一遍，确定除了那个男人外，没人看过自己的脸，面前这个卓世子更是毫无印象：“那你们不是应该在顺天府搜查吗？怎么南下了？”

“就是不知道刺客跑去了哪里啊，所以神机营有的人留在顺天搜寻，有的去天津、开封，我家在应天，就一路南下了。”

绮霞掩嘴而笑：“那怎么又不在应天呢？”

“我爹最近在杭州府巡查，我娘也到西湖边的庄子上避暑了。”卓晏倒转扇柄敲着桌子，笑道，“你们不知道，我爹娘最是恩爱，因为我娘不喜嘈杂，所以我爹费尽心思才在宝石山上给她寻访到了一座清静小居，那景色绝了，前揽西湖，后枕黄龙，左看保俶，右观流霞，改天有机会我带你们去看看。”

“哎呀，世子又骗人了，我不信你敢带我这种烟花女子去见你娘。”

“这有什么不敢的，你这么漂亮，说不定我娘一看就喜欢你……”

那边两人打情骂俏，这边阿南以惯常的懒散调调歪靠在椅背上，先用臂环上的银针暗地试了试菜，确定没有异常，又见卓世子和绮霞一起拿筷子吃着，毫无异样。

她现在肚子正饿，便跟风卷残云似的，一下子就扫光了桌上菜。

卓世子见状，招招手又让上了几道菜：“别急，我估计大家伙要吃很久呢。反正大家都知道找不到那个女刺客的，只是过来虚应故事，你们都慢慢吃。”

绮霞睁大眼睛，惊问：“夜袭神机营的……是个女刺客？”

“是啊，听说是个女壮士，身高八尺，腰阔十围！连我们诸葛提督潜心研制的困楼都关不住她，被她破墙而出了！”卓世子浑不在意，压低声音对阿南笑道，“大家这么熟了，悄悄告诉你啊，那密室刚建好试验时，我就在场，那机栝启动后真有万斤之力，我亲眼看见两头大蛮牛被困在里面，活生生挤成了肉饼！这回也不知是什么怪力女，居然能破墙而出，冲破神机营那重重防御就跑了！”

阿南心说，咱们这是第一次见面啊，你就悄悄地把这么重要的秘密告诉我这个当事人了，会不会熟得太快了一点？

不过毕竟正在吃着人家请的酒菜，阿南还是善解人意地做出了错愕震惊的表情。绮霞则掩嘴低呼：“真的吗？好可怕哦……”

卓世子点头："所以你们要是看到特别粗壮或者怪异的女人，记得通报我们，有赏金的。"

"好的，一定。"两人一起点头应着。

饭吃得差不多了，饱暖之后就生出了其他心思。阿南心里痒痒的，厚着脸皮问出了自己最关心的问题："对了，你们神机营里，是不是诸葛提督最厉害啊？有没有人……唔，地位很高，还长得……挺英俊的？"

毕竟，那天晚上那个人，被困机关的时候，诸葛嘉那诚惶诚恐带伤过去解救的样子，看来地位绝对不低啊。

卓世子挥着扇子，以一种"我辈中人"的意味深长的表情瞅着她笑："有啊。我们神机营中，长相俊逸又地位不在诸葛提督之下的，只有一个人啦。"

阿南赶紧看着他，等待他吐露出来的真相。

"那就是内臣提督，我们的宋提督宋大人了。"他笑眯眯地夹一筷子菜吃着，不无同情地瞧着她，"诸葛大人是我营的武将提督，而宋大人呢则是内臣提督，是圣上亲自派遣来的、宫中最信得过的太监，制衡监督全营。"

阿南手中的筷子顿时掉了下来："太监？"

卓世子点点头："宫中很多太监都长得格外清秀的，你不知道？"

阿南整个人都不好了，连筷子都忘了捡。

那双让她叹为观止的手，那令她产生异样情绪的身材，那令人心旌摇曳的气息，那个她不曾看清面容却觉得肯定风华绝代的男人——

居然是个太监。

太监。

难怪胭脂胡同那么多姑娘招他，他却不解风情视若无睹。

难怪被困在密室中时，他还如此有风度，尽量不碰她的身体。

难怪他年纪轻轻就能调动神机营，连诸葛嘉都要为他奔走。

原来，是个太监，而且地位不低。

看着她脸色铁青的模样，绮霞忙给卓世子打眼色。而他想笑又不忍，只能拼命挤出一副同情的表情："我们宋大人当年确实长得挺秀美的，很多姑娘都对他倾心，你也不是唯一一个，想开点。"

"没……我没对他倾心。"阿南只有硬着头皮这样回答，根本没来得及追究他口中"当年"二字。

脸都没看清，倾什么心啊。

——只是，想起那狭窄空间中，她握住过的那只手，他散在她耳畔的呼吸，他身上清洌的香气，阿南感到淡淡忧伤。

绮霞见她一副食不下咽的样子，忙岔开话题问：“阿南，吃完饭送你回家吗？你家在哪儿呀？”

阿南苦着脸，瞎话张口就来：“别提了，我才不回家呢。我兄嫂逼我嫁给一个老头，我一气之下就一人跑这边来了。等我在这边躲几天，也许他们见没指望了，能饶过我。”

“这么可怜？”卓世子正义感满满地拍胸脯，“把你兄嫂的名字和住处告诉我，我叫人去教训他们一顿！”

“不用不用，我自己的事自己解决。”阿南忙推辞。

卓世子还想说什么，对街的酒楼里已经走出一群神机营的士兵，看见他在窗内和两个女子吃饭说话，顿时都朝他们暧昧地笑。

有个年纪大点的军官对他喊：“卓把牌，又抽空调戏大姑娘呢？赶紧去搜寻那个女刺客吧！”

“去去，真不解风情。”卓世子笑着站起身，从荷包中掏出一张名帖给阿南，“我得先走了，要是你兄嫂逼急了你就来找我，我替你撑腰！”

绮霞在旁边附和：“对呀对呀，卓世子对我们姐妹可好了，他最怜香惜玉的。”

阿南接过名帖一看，巴掌大的名帖上用金线绘着狻猊，周围烟雾缭绕，烘云托月地现出上面“卓晏”二字。

不过等她翻过来看背面，顿时嘴角抽了一下。

文德桥畔，定远侯府。卓晏，字安分，又字守己，号消停，别号乖静闲人，又号八风不动居士。

阿南仿佛一下子就看到了他爹娘求神拜佛想让儿子别再折腾的模样，捏着名帖忍不住笑出来：“多谢啦，你真是好人。”

第五章

风起春波

因为卓晏的出现，担忧自己贸然前往会泄露公子行踪的阿南，便放弃了回去的打算。

她从公子开的银庄中取了些钱，低调地在杭州私下赁了间房，多使银子，号称自己养病，龟缩在屋内待了几天。

杭州府风平浪静，阿南闲着无聊，就做做手工给自己添置几件物事，有时候也想，不知道那个没良心的男人——不，太监，为什么没有把她的模样描摹给官府？以至于神机营的人还以为犯人是女金刚，当面错过了她？

再憋了几天，还是没有任何风吹草动，阿南实在耐不住性子，终于出来溜达了。

套了件不起眼的粗布衣服，她像个普通乡下姑娘一样贴墙根走，越走越荒凉，前方是一间破落的庙宇。

里面一个庙祝正在上香，见她进来只瞥了一眼，问："南姑娘，今天怎么灰头土脸的啊？上月公子派人去顺天找你，可你住的地方已经全塌了，还有官兵守着不许人进出，怎么回事？"

"别提了，你让司鹭跟你说吧。去开封也不顺利，简直糟心。"阿南心中懊恼，要不是那一天起了色心，想去看看那个姑娘们众口称颂的美男，至于落得这样的下场吗？

歪着身子半倚在椅内，阿南问："我送给公子的蜻蜓，现在在哪里？"

“你送给公子的定情信物，来问我做什么？”庙祝先是失笑，随即神情微变，问，“你怀疑公子那边出了问题？”

“谁知道呢。反正朝廷好像对我的蜻蜓有兴趣。”阿南抚抚鬓边，才想起自己的蜻蜓也丢了。

好好的定情信物，他丢了，她也丢了，这都什么事儿。

阿南扼腕叹息道：“最糟糕的是，那东西当时丢在了宫里。”

庙祝脸色难看，问：“那你怎么不去见公子？前几天你在银庄取钱，公子才知道你回杭州来了，他让你去一趟灵隐。”

“去灵隐干什么？叫我有事？”

“公子在灵隐替故去的兄弟们祈福。”庙祝说着又有点无奈，“你看你这话说的，难道公子没事就不能召唤你了？”

“我不想回去。开封之行我有负所托，没脸见公子。”阿南举起自己的双手看了看，黯然的目光在上面的大小伤痕上一一扫过。

许久，她试探着活动自己的十指——明明是这么灵活的手，许多复杂烦琐的姿势，她依然轻易可以做到，但当她拇指与小指相扣，无名指艰难绕过中指，等再想越过食指，便已经做不到了。

手背筋络紧绷，拉扯得微痛，让她的手指再也无法像以前一样，做出那些训练了千万次的动作。

以至于，公子那般郑重嘱托的事情，她倾尽全力也无法完成。导致九曲黄河一夕崩溃泛滥，浮尸千万，多少人流离失所。

她气恼地狠狠一甩手，不愿再看自己的手：“我先不回去了。就算回去，对公子来说，我也没有用了！”

“你如此任性，总是不听话，怎么抓得住公子的心？”庙祝语气中隐隐带上了不满。

“我不是任性。我只是想看看，如果我没用了，公子还会不会想起我。”阿南抿着唇站起身，任由外面的烈日笼罩在自己身上，“毕竟，我以后可能要……让他失望了。”

她一个人，从几乎被夏日荒草淹没的小径，慢慢地向着波光粼粼的西湖走去。

可惜，再好的湖光山色也无法让她注目。她呆呆地低头看着自己的手，许久，收拢了十指，紧紧握住拳头。

年少时的她，立志要做一个让公子永远离不开的、最重要的人。

可如今她的手，已经废掉了。

她失去了属于自己的、最好用的手。

如今，她见过最好的手，长在一个与自己注定敌对的人身上。

卓晏盯着皇太孙殿下的手，发了一会儿呆。

听说这双手当年上过阵、杀过敌、开过弓、拿过箭，可是为什么自己这双养尊处优的手，似乎还比不上他呢……

此时这双手正拿了一份案卷，放在他的面前："广东市舶司怀远驿，两年前四月份的案宗。你看看那个司南的档案。"

"殿下在关注这群从忽鲁谟斯回归的海客？"卓晏扫了一遍，这一股海客，共有男女老少百余人。自言是炎黄后人，先祖在宋亡之后漂泊海外。三宝太监下西洋后，他们寻踪溯源回归故土。

女子中，有一个叫司南的，其年十七岁。身可五尺二寸，手足修长，身材高挑，皮肤微黑。语言有江南吴语腔，自言先祖为江南人，百余年来未尝忘却乡音。愿与族人一起回归故里，永世再不离华夏。

卓晏开动他那灌满风花雪月的脑子，心想，皇太孙殿下难道是对这个姑娘动了心思，所以来找他参谋?

可这回归时十七岁，如今都十九了。京城的闺秀们十四五岁就出阁了，她年纪这么大还嫁不出去，肯定是哪里有问题。

难道皇太孙竟然好老姑娘这一口?

他还在胡思乱想中，听得朱聿恒又问："所以，阿晏你知道那个阿南的来历吗？"

卓晏呆了一呆，才迷惘地问："哪个阿南？"

朱聿恒瞧着他，用尽量平淡的口吻说："就是那日在酒肆，你邀约喝酒的那个姑娘。"

"哦，她啊，她是绮霞认识的一个姑娘，她们以前在顺天相熟的。"卓晏竭力回忆当天那个姑娘的言行举止，"据说她父兄逼她嫁给一个老头儿，她只好跳河逃家，被人救到这边来了。我见她如此可怜，便请她吃了顿饭……"

"被逼跳河？"朱聿恒唇角弯起一抹嘲讥的笑容，"这么说来，确实可怜。"

"是啊，殿下您是没看见她当时那狼狈的模样，全身上下就没有一处整齐的，披着件打了补丁的旧衣服，又披头散发的……"卓晏说到这里，才回过神来，迟疑地问，"殿下……找她有事？"

诸葛嘉和侍立在朱聿恒身后的韦杭之，一起露出看白痴的眼神。

卓晏不肯服输，还他们以“莫名其妙”的表情。

朱聿恒停顿了片刻，只说：“你准备一下，待会儿随我去一趟春波楼。”

“春波楼？这地儿我熟！”卓晏接触到自己熟悉的领域，脸上顿时露出了灿烂笑容，“殿下以前去过那里吗？有相熟的姑娘吗？”

“没有。”朱聿恒打断他的话，示意韦杭之向卓晏介绍一下情况，“我去那边，等一个人。”

刚一出门，卓晏就揪住韦杭之的袖子，压低声音追问：“杭之，殿下看上那个女人了？”

韦杭之甩开他的手，说：“别胡乱揣测殿下的心思。”

“这不是揣测，这是关怀嘛，关怀！”

韦杭之迟疑半晌，有些惘然：“可能……确实有点兴趣。”

毕竟，殿下当初在人群中第一眼看见她，就叫他去打探她的情况；这回广东市舶司的案卷，也是八百里加急调来的。这么兴师动众，只为了摸清一个女人的底细，还是殿下有生以来破天荒头一次。

卓晏看着韦杭之的神情，啧啧摇头去换衣服：“圣上怎么选了你这根木头当皇太孙的侍卫？这要是我的话，第一天就给殿下办得妥妥儿的，直接把她扒光送到殿下床上了！”

韦杭之嘴角抽了抽，说：“你们神机营不是被她闹得鬼哭狼嚎死去活来吗？她把你们全营扒光了还差不多。”

“嚯，平时看你不声不响的，原来你嘴巴这么毒啊！”卓晏正要和他理论，猛然间却回过神来，差点咬到了自己舌头，“她她她她她……她难道就是……大闹神机营的那个女刺客？阿南就是女海客司南？”

韦杭之板着一张脸：“而且也是昨天和你在酒楼里喝酒的那个阿南姑娘。”

“什么？”卓晏想起自己在酒楼里悄悄透露给阿南的那些讯息，不由得痛苦地捂住了脸，“要死要死要死，我还跟她说，女刺客身高八尺腰阔十围来着……估计她当时在心里嘲笑了我一百遍啊一百遍！”

再一想，那姑娘虽然狼狈不堪蓬头垢面，但自己当时还打过她主意来着——虽然好看的姑娘他一般都会打打主意——难怪殿下会看上她。

韦杭之鄙夷地看着这个花花公子，示意他记住接下来的安排：“得了，这么大的事你泄露给了她，没治你军法是因为你不经意间接近了女刺客。现在你也算是认识她了，所以，有件事需要你去办一办。”

“行！殿下对扎手的刺玫瑰有兴趣，我就义无反顾帮他把刺掰掉，摘下来送给殿下！”

夏天午后，西湖的暖风熏得人慵懒欲睡。

从西湖边一路慢慢走回来，阿南因心情沮丧而整个人蔫蔫的。在院中坐了一会儿，想起到杭州后一直躲在屋内，前几日在船上借的衣服，还没归还萍娘。

于是她取出浆洗好的衣服，寻到石榴巷。刚走到巷子口，便看到一个女人坐在井边，放声哀哭。

正值晚饭时分，周围没什么人。阿南听那女人的哭声凄苦绝望，担心她会一时想不开投井自尽，于是就走近了几步。

待看清那个人的样子，阿南错愕不已，赶紧几步赶上去，挽住她的手臂问：“阿姐，你怎么会在这里？”

这个放声大哭的女人，正是她要找的萍娘，囡囡的娘。

萍娘哭得脱力了，两眼都失了焦距，抬头看她半晌，才认出她是谁，当即死死揪住了她的手，艰难发声：“你……你为什么要给我那么大颗珠子，结果现在害得我家破人亡……”

阿南双眉一扬，问：“是囡囡出事了吗？”

“不……也不是你的错，我知道你是好心……是我命不好嫁错了人……”萍娘泣不成声，但从她破碎的叙述中，阿南总算也拼凑出了来龙去脉。

原来囡囡把她送的大珍珠交给母亲后，萍娘一看就知道这珠子价值非凡，吓得站在码头等到天黑，见她一直没有回来，只能先带着珍珠回家。

谁知她那个赌鬼老公见她这么晚回家，一通逼问，抢了珍珠就去当掉了。因为身上揣着大笔的银钱，他进赌坊赌了几把大的，最终不但输个精光，还欠下了一大笔赌债。

就在刚刚，来逼债的赌坊打手们，拿着她丈夫签字画押的字据，抓走了囡囡，要用她抵债。

萍娘从家中追到巷口，被那群人踹倒在地，再也追赶不上女儿，只能坐在这里放声痛哭，打算一死百了。

“我知道姑娘你也是好心……可、可现在全完了，我没有女儿，真的活不了……”

“我替你去找她。”阿南干净利落地把自己带来的衣服往她怀中一送，“哪个赌坊，要卖去哪儿？阿姐你放心，今晚你在家等着，我一定把囡囡带回来。”

阿南就这样，一脚踏进了春波楼。

春波楼，杭州府最有名的销金窟。院落三进，第一进喝酒、品茶、听书；第二进喝花酒、听艳曲、看胡舞；第三进则斗鸡斗蟀、走狗走马、赌博掷彩。

本朝太祖对赌博深恶痛绝，被发现后剁掉双手的赌徒都有，但立朝六十年后，风气逐渐宽松，民间赌博之风渐盛。春波楼的幕后老板能建出这么大一个场面，自是手眼通天。

阿南进入第一进大门，径自穿过热闹的说书人群，走向第二进院落。

坐在前头听书的一个锦衣青年转头看见她，眼睛顿时亮了，抬手抓了一把瓜子，就走到她面前。

他伸手拦住她，笑吟吟地摊开手掌：“阿南姑娘，瓜子吃吗？”

阿南顿了顿，抬头一看，原来是那位卓世子卓晏。

他今天依然一身贵气逼人，紫金冠白玉佩，锦衣紧裹在身上，勾勒出他引以为傲的身材。

“咦，是你啊？”阿南没料到在这里能遇到这个纨绔子弟，诧异地眨眨眼。

卓晏嗑着瓜子和她聊天，仿佛两人很熟似的：“你怎么来这儿了？哎呀今天衣服合身多了，头发也整齐了，就是还有点土气，下次我教教你最近江南的姑娘们时兴穿什么衣裳……话说兄嫂还逼你嫁给老男人吗？”

“我有点事，待会儿和你聊。”阿南现在哪有闲心和他扯淡，抓了两颗瓜子，就往里面走。

第二进门口的守卫看见一身粗布荆钗农妇打扮的她，正要伸手阻拦，卓晏在后面发声说：“这是我朋友，进来开开眼的，你们别为难她。”

看看卓晏那通身气派，守卫对望一眼，迟疑着退下了。

穿过第二进院落，走到第三进院门前时，卓晏再度笑嘻嘻地抬手拦住了阿南，问：“阿南，你知道这里面是什么地方吗？我爹说过，其他地方随便我怎么浪，可要是我迈进这种地方一步，就要打断我的腿啊！”

阿南朝这个花花公子笑了一笑，说：“听你爹的话没错，好少年怎么能来这种地方？”

说完，她也不管左右守卫，一脚就踹开了大门。

聚赌的地方和外间完全不一样。

前两进院落富丽堂皇，高轩华堂，怎么气派怎么来；这里却是低矮的屋梁，密不透风的门窗，里面乌烟瘴气的，混浊的气息扑面而来。

阿南进去的动静这么大，那群赌红了眼的人却只有寥寥一两个转头看了她一眼。有人面露诧异，有人只顾着搂桌上的钱，还有人叫着：“呸呸，女人，真晦气！这把又要输了！”

阿南四下扫了一眼，径自走到钱堆得最高那一桌，把输得嗷嗷叫的一个男人推搡开，在庄家对面的椅子上坐下，低头看了看桌上的骰盅，问：“怎么来？”

庄家是个獐头鼠目的中年人，摸着下巴胡子道：“买大小，押注一两起，输赢一赔一，庄家抽一成。开盅前可以加注，最多一百倍。”

阿南一摸袖中，才发现来得太匆忙了，竟身无分文。

她转头朝门口的卓晏勾勾手指，说：“借一两银子给我。”

卓晏苦着脸，看看她又看看脚下门槛，天人交战许久，终于迈进来摸出一块散碎银子给她：“一两没有，这是最小的一块了。”

阿南入手掂了掂，丢在桌面上：“三两四钱，全买大。”

这边庄家摇盅呼喝大家下注，旁边就有人拿了秤过来称银子，确认重量之后，给她换了三大四小七个银饼子。

骰盅倒扣桌上，所有人落注完毕，揭开来果然是个大。阿南又将面前的六两八钱全推到一起，继续押大。

庄家这回摇的时间延长了一点，目光在阿南身上停了停，然后落下骰盅，示意众人该下注的下注，该加注的加注：“开了开了，都快着点！”

站在旁边的卓晏看见阿南不动声色地摸上了自己的手腕。那里面似乎有什么东西，但因为有衣袖遮着，他只看出似乎是一个镯子或者手环的轮廓。

开盅，十四点大。

庄家的脸色有些不好看，但也没说什么，示意大家继续下注。

阿南继续押大，根本懒得动。

旁边几个输惨的赌徒便放弃了赌博，转到这边来看这女人赌博。

卓晏站在阿南身后，看她连押十二把大，庄家连开十二把大，就算是他这样从没赌过的人，也觉得牙酸起来。

阿南面前已经堆了如山的银饼子和银票，在她再次将所有赌注推到大上时，庄家终于开了口，说：“姑娘，在我们这边耍诈，是要砍手的。”

“我没耍诈呀。”她舒服地找了个惯常的瘫软坐姿，此时已经蜷缩在了椅圈内，把下巴搁在膝盖上，笑吟吟地瞄着他，说，“我只是不让别人使诈而已。”

这话一出，旁边围拢的赌徒们一看庄家的模样，顿时个个都脸上变色，交头接耳议论了起来。

庄家把骰盅一放，沉着脸道：“我看你不是来赌钱的，是来闹事的。”

“我真是来赌钱的呀。”阿南靠在椅背上，抿了抿鬓角一丝乱发，唇角含着一丝轻淡笑意，“先赢点钱，顺便在你们这里赎一个人。今天你们带进来的那个小孩，叫囡囡的，我想把她带回去。”

庄家眼中闪过一丝讶色，又打量她几眼，对后面人使了个眼色，说：“我累了，手不稳，跟堂里说要换人。”

阿南也不急，甚至还将一只脚拳到了椅上，那姿态要多散漫有多散漫。

周围人大哗，就连仅剩的几个还在赌钱的，也都结了自己的钱，凑过来看热闹。

有人嚷嚷道：“姑娘，要不你拿了钱赶紧走吧，我估计鬼八叉要来了！”

“什么鬼八叉？长得很丑像夜叉吗？”阿南问。

众人见她不知道，便纷纷说道：“鬼八叉啊！坐镇春波楼的老供奉，传说他曾经同时开八局，每一局都被他叉得死死的，所以人送外号鬼八叉！”

“哥几个今儿先别走，留下来看看鬼八叉的手段，等着大开眼界吧！”

“哦，听起来蛮厉害的。”阿南隔着袖子抚弄自己的臂环，脸上笑意更浓，“那我得见识见识。”

不多久，门帘一动，里面出来一个干瘦老头，皮包骨头跟骷髅似的。他往阿南面前一坐，问：“掷卢、骨牌、叶子戏，姑娘喜欢哪种，老头陪你玩玩？”

“老先生能同时开八局，想必术算很厉害，那我们就来玩一玩骨牌。”阿南利落地说道，“不过赌注我先说好了，我得要一个人。”

“就是今天送来的那个小女孩吗？”鬼八叉扯着豁了门牙的嘴巴一笑，“人就在后堂，你放心，先推几方再说。”

骨牌中推一条，即洗好牌后两两叠砌，然后双方掷点拿牌，按大小进行赔吃。然后双方继续掷骰，不断推下一条，将一副骨牌翻完，称为推一方。

在这个过程中，看运气，也看记性和计算。一是要记住已经翻出过的牌，二是要计算还未翻开的骨牌中，对方拿牌的概率和剩余牌面组合的可能性。骨牌一副三十二张，共用四副，每次出八张，因此每次推一条下注时，进行的计算都无比繁杂。

卓晏之前没有赌过，看不懂他们的牌，只见阿南的手不断摸牌又不断打出，也不懂什么意义。他只注意到她手心手背和手指上有不少细小的伤痕，和皮肤上的细纹混在一起，根本数不出数目来。

而且，她抓东西的时候，手特别有力，握牌的时候简直不是在捏，而是在攫取掌握，那牢固执拗的模样，似乎永不会放手。

卓晏正神游天外，没注意到随着牌局的进行，周围所有人都静了下来，只剩下众人的呼吸声，在压抑低矮的屋内回荡。

其中最急促最大的呼吸声，来自鬼八叉。

他盯着桌上翻开和未翻开的牌，脸色灰白，额头冷汗涔涔。他眼睛闭了又睁，睁了又闭，却迟迟没有掷出下一把骰子。

而他对面的阿南，却是悠然自得地敲着手中的骨牌，说："老先生，年纪大了，就别硬撑着啦。咱们已经推了十一局，四十四条三百二十张牌，八八组合数目以亿万计。你当年能同时开八局，可现在你算不过来啦，要还不放弃我这一局，恐怕心力交瘁失了神志，余生都无法再摸牌了。"

鬼八叉没理会她，咬牙盯着桌上那些剩余的牌，闷声道："老头我成名的时候，你个小丫头的妈还不知道在哪儿呢，我……"

话音未落，他闷哼一声，忽然就翻了个白眼，仰着头整个人向后翻去。只听"咚"的一声，连人带椅翻在了地上。

旁边人吓得赶紧上前把椅子抬起来，再看鬼八叉时，他脸色惨白牙关紧咬，身体颤抖，那瘦骨嶙峋的胸口似风箱般剧烈起伏，竟是出的气多、进的气少了。

阿南把手中牌一丢，说："我说吧，心力交瘁，厥过去了。赶紧抬下去请大夫瞧着吧，以后好好养老，别再上赌桌了。"

一直坐在旁边盯着牌局看的前庄家，此时霍然站起，指着阿南叫道："我就说你使诈了！真是胆大包天，敢到这里来闹事！"

阿南撩起眼皮瞧了他一眼，笑了笑，问："是吗？那我怎么使的？"

"把你的手给我们看看！"那人俯身越过台面，抬手就向她的手臂抓来，"我注意你的手臂很久了，里面是什么？是不是你使诈的……啊！"

他的动作很快，却不料阿南的手更快，只看见白光一闪，血珠飞溅，两截断指伴着庄家的惨叫声，掉落在了阿南面前桌上。

谁也看不清那闪过的白光是什么，等回过神来时，只看见庄家握着鲜血淋漓的手惨叫，那只右手上，食中二指已经各被削去了一个骨节，正在汩汩冒着鲜血。

阿南放下了拳在椅上的腿，身体靠在椅背上，还是那副没骨头的懒散模样，唇角的笑容没有减淡也没有加深："到底是我使诈，还是你们使诈，叫你们管事的出来说明白。"

在那人握着自己手掌的惨叫声中，昏厥的鬼八叉被匆匆抬走。同时来了八个护院，个个手中拿着棍棒，如狼似虎。

卓晏惶急地看看周围，又低下头问阿南："你知道这是什么地方吗，就在这里闹事？"

"什么地方啊？"阿南反问。

卓晏看看周围，急得直跳脚，把声音压得更低："这里明面上是个扬州大贾开的，可事实上，背后的人，是宋言纪！当今圣上面前都说得上话的大太监，上次我跟你说过的，被派遣来监督制衡我们神机营的宋提督，你明白吗？"

"哦……"真是冤家路窄，怎么又走到这个宋言纪的地盘来了。

阿南笑嘻嘻地从面前银饼子堆中拿出个五两的丢给他："这个还给你，连本带利，咱们两清了，你快走吧。"

卓晏把那块银饼子拍回她桌上，一副又急又气的模样："你快跑啊！这么多人要打你呢，你一个女孩子怎么办？"

"卓世子说笑了，我们是做生意的，和气生财，怎么会动手呢？"后间的帘幕一掀，这回出来个白胖的中年人，圆圆的脸，圆圆的下巴，又满脸堆笑，要不是嘴唇上有两撇胡子，看起来就跟年画上抱鲤鱼的胖娃娃似的。

他说话的语调也是和和气气的，甚至带着点妩媚。

阿南一听到这声音，再一看他那两百来斤的身躯，顿时想起来了——这不就是当时在神机营，把她带入困楼的那个胖子吗？

胖子走到阿南面前，笑得脸上的肥肉都快淌下来了："姑娘，我在这里还说得上话。您也别急，有什么事情就言语，咱们先解决了您的事，然后您看着给刘鼠儿补点汤药费。他少了两截手指，以后吃不了这碗饭，家人生活可成问题，您说是不是？"

"你说得是，是我太冲动了。"阿南见他说话这么讲理，就从自己面前堆得小山似的银饼子中分出一堆，说，"这份，给那位师傅补偿，这另一份——"

她指指大的那一堆和那摞银票，说："我来赎囡囡，就是今天被她爹卖进来的那个女孩儿，不知道价目够不够？"

"哎哟，价目是够了，她爹没欠这么多钱。"胖子那副笑模样，跟面具似的贴在脸上，十成十的真挚，"但是不巧，在您赌钱的时候，有位客人已经把她买走了，卖身契都已经收了。"

阿南一抬下巴："那让我见见他，或许有的商量。"

胖子笑道："这个自然，对方说，要是姑娘您有兴趣的话，他也愿意和您赌一场，赌注是那个小孩儿的卖身契。"

阿南一抬下巴，说："可以，让他过来呀。"

胖子立即躬身掀开帘子，做了个请的手势："请姑娘到里面来，那位客人正在等你。"

卓晏有些迟疑地看看阿南，正想说什么，阿南却扬眉一笑，早已站起身，拂拂袖子就向内走去。

穿过后堂，便是最后一进院落。

前面几进院落的侈靡纷乱一扫而尽，寂静竹林中，一排灯烛沿着竹林小径，延伸到荷塘水榭之上。

水榭周围，荷花正在夜色之中盛开，四周高悬的灯光照在荷叶上，泛着银色反光。在水榭之中，已经设下了一张方桌、两把椅子。

此时，背靠荷塘那边的椅子上已经坐了一个人，一张湘妃竹帘自上方垂下，底端离桌子有半尺多高，足以令对局的人看清整张桌子上的东西，又隔开了左右两边的人的面容。

阿南走进水榭，透过帘子后的微光，看见了那个人的身影。

坐着不动也显得清逸秀拔的身材，偏生坐姿又极为端严，这让阿南的心中顿时咯噔了一下。

然后，她就看到了他的双手，慢慢抬了起来，放在了桌子上。

灯光之下，这双手白皙如玉，粲然生辉。前次的伤痕尚在虎口处，淡淡的红色痕迹，却丝毫未损坏这双手的完美。

即使有帘子相隔，阿南的唇角也略微扬了起来，盯着他的手移不开目光。

真是好久不见啊，这双她平生仅见的、令她神魂颠倒的手。

荷花的暗香，在夜色中隐隐袭来，似有若无，和此时的夜风一样飘忽。

透过帘子逆照过来的光，把对面人的影子映得迷离动人。

阿南其实很想探头到帘子下，看一看对方到底长什么样。不过正事要紧，她还是硬生生忍住了。

一拂裙摆，她旋身坐在他对面，笑道："真是缘分啊，又见面了。"

朱聿恒特意命人在中间放下帘子，便是不想和她碰面，没想到她却第一时间认出了自己。他抿唇不语，只点了点桌子，示意她坐好。

阿南习惯性地缩起脚："这么多玩意儿，咱们玩哪种？"

"骨牌。"朱聿恒说话的声音不紧不慢，比她还要淡定，"你能在十一局内把鬼八叉逼到绝路，想必是绝顶高手。我不会占你便宜，就玩你拿手的。"

阿南活动着手指，说："好呀，不过我可不愿再白忙活一场了，咱们先把赌注给押了。"

朱聿恒没说话，只将一张纸拿出来，放在桌子一侧。

正是囡囡那份卖身契。

"这是我的赌注，你的呢？"他又不疾不徐问道。

阿南说："我今晚赢来的钱，本来打算赎囡囡的，现在全押上好了。"

"我对钱没兴趣。"

阿南便问："那你对什么有兴趣，而我又刚好能押的？"

"你。"朱聿恒说。

这确凿无疑的话，让阿南的胸口猛然一撞，像是被他直击了心肺。

然后，她才恨恨地想起来，可不是吗，这男人一开始潜入她家，就是想把她搞到手，好逼问她蜻蜓的事情。

她有点生气，脸上却反而露出笑容，问："怎么，拿到了我的蜻蜓还不肯罢休？"

他顿了顿，说："蜻蜓对我无用。"

"哦……"阿南意味不明地应了一声，脸上笑容灿烂，"意思是，我才是你想要的？"

他在帘子那一边语调平缓，不置可否："公平交易，一赔一，我们都不吃亏。"

"谁说不吃亏了？我和囡囡只有一面之缘，就要搭上我自己，你觉得这公平吗？逼急了我直接去抢人就是。"

"抢回来的话，以后他们一家人的日子就没法过了。"他的十指缓缓交叉在一起，普通人应该会显得懒散的动作，他却做得力度沉稳，从容不迫，"我听说坊间有一句话，叫漫天要价，就地还钱。我既然开了价，你为什么不试着还一还？"

阿南笑了："哦……那我应该怎么还比较好？"

"一年。"他竖起一根手指，"我不需要你的一辈子，我只要你接下来的一年，这样公平了吗？"

"如果要公平的话，你也得给我搭一件赌注，不然我还是亏大了。"

他问："搭什么？"

"你。"她学着他的样子回答，笑眯眯地支起了右颊，笑得天真可爱，"我也想要你一年，就接下来的这一年。"

旁边的胖子脸上的肉抖了三抖，紧张地看向朱聿恒。

"不可能。"朱聿恒冷冷道。

"你看，你自己做不到的事情，却偏要强迫我接受。"阿南抬头看看月色，催促道，"得了，把卖身契摆上来吧。我赢了带走囡囡，你赢了的话……那我像以前一样，替你们神机营办件事吧，只要不违法、不背德就行，可以了吧？不过你可要知道，我这辈子打赌，还没输过呢。"

她声音似在笑语，但强硬的口吻，却分毫不差地显出了她的坚定立场。

他若有所思："这可是你说的，任何一件事，愿赌服输？"

"愿赌服输。"阿南挥挥手道。

朱聿恒从抽屉中取出一份早已拟好的卖身契样式，压在赌桌另一边。

阿南扫了一眼，上面写着以身相押，愿赌服输，若输了宁愿为奴为婢一年，绝不生异心之类的话。

"那好，那件事就是，签了这份卖身契。"他指着下面空白的立契人处说道。

"呵，敢情你早就准备好了啊！"阿南顿时笑了，用手指在上面弹了弹，"我说的是替神机营做事。"

"神机营在我辖下。"

"你这是摆好了圈套给我钻？"

朱聿恒没搭理她的废话："反正你也没输过，应该不怕的。"

第一次是偷，第二次是抢，第三次是骗。这架势，阿南觉得自己还真得好好琢磨琢磨，是不是曾经欠过他什么。

拍拍囡囡那份卖身契，阿南毫无惧色地冲他一抬下巴："一局定输赢？"

"不。"朱聿恒摇摇头，说，"我还得熟悉一下。现在开始到三更吧，以更漏为准，时间一到就停手数筹码。"

"好，到时候谁少一个子谁算输。"阿南无可无不可，直接示意旁边人上牌，"开吧！"

一百二十八张骨牌，倒扣在平滑的紫檀木桌面上，阿南见他没有动手的意思，便自己伸手去洗牌，一边偷眼看对面的人。

帘子后的他影影绰绰，但依然可以看出他若有所思的目光定在她的身上，却并未看她手上的动作，一点都不像会怕她耍手段的样子。

阿南心里有了些计较——这有恃无恐的样子，该不会是赌场老手加高手吧？

结果他一上手，她就发觉自己大错特错了。那生疏的摸牌手法，那牌都不知道怎么摆的姿势，那拿了牌都要看她的姿势一眼才知道怎么竖起来的架势……

这个人，看来是人生第一次打骨牌吧？

想起他说的，还要熟悉一下，阿南简直想仰天大笑。

这根本就是躺赢的局啊，给她三更时间，看她把他玩成个猪头！

后院无人，周围一片安静，只有胖子侍立在旁边，给他们添茶倒水。

他打得确实差，完全就是个新手，连出牌的规则都要胖子在旁边偶尔讲解一下，才能明确如何按照规矩打。

所以阿南很悠闲，甚至还跟帘子后的朱聿恒闲谈起来："喂，你们宫里人不打牌吗？"

胖子顿时脸色大变，惶惑地看着朱聿恒。

而他的手略微一颤，把一张绝对不该打的牌丢了出来："怎么看出我是宫里人？"

"那难道神机营也不打牌吗？"阿南心花怒放，推倒面前骨牌，又赢了一条，伸手去开下一条，"你这样的人，能隐藏自己的身份吗？宋言纪宋提督，你说呢？"

"呃……"胖子喉咙像被人掐住一样，咕噜地响了两下，硬是咽下去了，没发出来。

而朱聿恒没说话，甚至动都没动一下，但只那么坐着，便已经感觉到他周身森冷的气息。

见他脸色难看，胖子小心地看着他，张了张嘴，似乎想说什么。

"退下。"他冷冷地掷出两个字。

胖子赶紧躬了躬身，快步出了水榭。

朱聿恒上手缓缓洗牌，清冽的声音略有些迟滞："你……是怎么认出我身份的？"

"我猜的。"她手上飞快地叠着牌，因为他在自己面前吃瘪，感到特别愉快，"看你这架势嘛，神机营所有人都对你恭恭敬敬的，又随便就能在后院安排下这么大的场面，肯定是这里的大人物。听说这春波楼的幕后老板就是宋提督，所以我就随便猜猜，没想到果然猜中了。"

"哼。"他冷哼一声，没再说话，只是周身冒出的气息更冷了。

阿南猜测他大概因为太监的身份被她看穿，有些恼羞成怒了。她心下更加愉快，想着这个宋言纪本来就不会玩骨牌，现在情绪不定，应该会输得更惨吧。

可惜她的心理战没有成功。不过几局，他摸清了骨牌的规则，下手又利落又凶狠。

摸牌，算牌，出牌，不假思索行云流水，虽依然在输，但几局下来，阿南发现他俨然已开始把控节奏，自己竟然是跟着他在打了。

“不能啊……”阿南自言自语，明明他不可能使诈，更不可能懂得骨牌的套路，可为什么每次下注、跟注、撤注都是有如神助？开牌就赢，撤注就输，消牌从不失手，打得那叫一个滴水不漏，不但就此守住了阵脚，甚至还隐隐有扭转劣势的趋势。

“你真的是第一次打骨牌？”阿南问。

他用那双漂亮至极的手捏起两张牌，看了看，推倒在她的面前，“嗯”了一声。

阿南打眼一看，简直都要气笑了——双梅花，他就这么随随便便摸到，还随随便便打了出来。

“你不怕我出双天牌？”她咬牙撇了牌，开下一条。

“不可能。你手中的牌，勉强凑一对杂七，一对铜锤，敢翻的话，我和你全赌。”

“不用翻了，我撤注。”阿南直接把牌给埋了，然后恼怒地问，“你是不是偷看了？”

“我只是按照概率来推算。”

“怎么推算？我下一局就能拿天牌，你也算得出来？”

他扫了一眼牌桌，说：“不能。你现在同时拿到两张天牌的概率，不到六千四百分之一。”

阿南不由得敲了敲手中的牌，翻过来看了看。但以她的眼力都看不出暗记来，这个可能性大概没有。

这个人的算法，好像和她的不太一样。

幸好，二更已过，阿南算了算自己的输赢，只要稳住，在三更之前输得慢一些，反正多一文钱都是她赢。

为了拉慢节奏，阿南便开始和他闲扯淡：“你这样子，不太像常玩骨牌，之前都是玩什么的？”

他看着牌桌，敷衍道：“下棋。”

“下棋？围棋？象棋？双陆？”

“围棋。”

“你看起来不像是能坐在那儿下一整天围棋的人。”

他顿了顿，说：“是。一般十几二十步左右，我会觉得那局棋已经结束了。”

阿南正想笑，但再想了想，又觉得头皮有点发麻，问：“你……的意思是，你已经知道了后面所有的棋步？那你下棋时最多能算几步？”

他淡淡道：“九步。”

阿南想了想棋盘的样子，顿时头皮发麻。

十九路围棋，共有三百六十个可以下棋的点。他的九步，是指棋盘上所有能下的点，在九步之内，后续可能的所有变化。

所以他的算法是，三百六十个可能性乘以三五九乘以三五八……一直乘到三五二。

最可怕的是，看他游刃有余的样子，如果有可能，他也许能从九步之后再延伸九步，直至终盘。

她声音有点颤抖了：“算错过吗？”

“没有。”他毫不犹豫。

阿南只想掀翻面前的桌子，大喊一声“老娘不干了”！

这种怪物谁能玩得过？片刻间能进行恒河沙数计算的人，算面前这一百二十片骨牌不是跟玩儿似的吗？

而帘子那一边的朱聿恒，不咸不淡地提醒了她一句：“别拖延了，这一局后，我们的筹码就一样多了。”

阿南不服气地反问：“我获胜的概率是多少？”

“十一点。”他摊开手头的牌。

那不就是说，他获胜的可能性接近九十？简直是碾压嘛。

阿南悻悻丢了手中的牌，洗了一轮之后，抬头看看月亮。

可惜，还有一刻多时间到三更，无论她怎么拖延，也够他们打完下一局的。

阿南“咔咔”叠好牌，又调转了几次，然后示意朱聿恒掷骰子。

骰子从他指尖滑落，他的手指比象牙还要温润，阿南忍不住就看了又看。

这双合乎自己所有理想的手，她怎样才能搞到手呢？

有点难。但目前她面前就摆着这个机会。

也许是，她唯一的机会。

阿南掷点比较大，先抓了一把，开出来不过是一些杂牌。

不过这一局就是如此平淡，朱聿恒也只拿到一些小牌。

眼看牌渐渐少下去，阿南扫了桌上的牌一眼，对剩下的牌已经心里有数。

她脸上却毫无异状，只笑嘻嘻问：“宋提督，你今天身上也很香呀，好像和上次在困楼里的不一样？”

他的手微微一颤，显然是想起了困楼中的那些暧昧。

“怎么样，这次的香，你知道配方吗？”她说着，趁着他心神紊乱，抬手就去抓剩下的那几张牌。

可惜他的手只顿了那一下，便隔帘伸来，握住了她的手腕：“还未掷点。”

和那晚在黑暗中一样有力而稳健的手，手指收紧时充满握力感，稳固得仿佛永不会失手。

“哦……对哦，说着说着我就忘记了。”阿南毫不羞愧，抽回自己的手，捏起那三颗骰子。

他又说：“上一条是我赢，所以，我该先掷。”

“一点都不肯让我？”阿南笑笑，把骰子丢给他，“好吧，看你能掷出多少点。”

月上中天，二更三刻早已打过，三更即将到来。

这纠缠了半夜的赌局，即将落下帷幕。最终的胜败，就在最后这一把牌上。

阿南的目光在旁边被推掉的牌上扫了扫，又将彼此打过的牌在脑中过了一遍，忽然开口说：“剩下的牌中，还有一对至尊宝。”

他没有回答。骰子掷出，尘埃落定，十七点。

三枚骰子，最大的数就是十八点。

“该你了。”他的声音，与刚刚的波澜不惊相比，更带上了一种尘埃落定的从容。

“你既然能记得所有牌的落点，所以，你当然知道，掷出较大点数的人，能拿到比较好的牌——也就是，那对至尊宝。”阿南抬手将那两枚骰子在手中抛了抛，笑着问，“所以你不肯让我抢先，一定要自己先拿牌，这样，就稳操胜券了？”

他不置可否：“除非你掷出个最大点。”

阿南笑着瞄了那摞牌一眼，将手中的骰子吹了吹：“看来，只能让你见识见识，什么叫天命了。”

阿南将两颗骰子在手中转了转，对他一笑，然后将骰子直接丢在桌上。

“至尊宝的概率这么低都能碰上，看来我是天命所归！”

随着她的话音落下，在桌子上滴溜溜打转的骰子，也“咔嗒”一下，停了下来。

三个六，正是十八点。

他那双搁在桌上的手猛然收紧，匀称的骨节因为太过用力，泛白中隐隐显出一种青色来。

“承让了。”阿南一笑，抓过前面两摞叠好的牌，在桌面上“哗”的一声摊开。

第一摞的第二张，幺二。

第二摞的第三张，二四。

黑红色的点数，在莹润的象牙骨牌上无比鲜明，清清楚楚。

远处的更楼上，三更鼓敲响，回荡在整个杭州城的上空。

阿南笑着站起身，问："三更到了，胜负已分。我可以去领人了？"

他顿了片刻，抓起囡囡的卖身契丢给她，一言不发。

阿南把卖身契接过来，看了一遍，又问："愿赌服输，不反悔？"

他呼吸急促了一两声，然后说："不反悔。"

"那就好嘛。"她说着，将囡囡的卖身契妥帖地放入怀中，然后又说，"为了感谢你这么爽快，我告诉你一件事吧。"

她说着，笑眯眯地侧坐在桌沿上，凑近帘子："你让胖子走得太早了。其实骨牌还有一个规矩，掷骰子输掉的一方，如果觉得有必要，可以指定赢家拿牌的顺序。所以刚刚其实你能让我从前面开始拿，也能让我从后面开始拿，还可以从中间拿——可惜啊可惜，你还是太嫩了。"

站在帘子后的人影，瞬间似有僵直。

阿南更加愉快了，便又说："其实有件事我一直觉得挺不公平的。凭什么你对我的长相一清二楚，而你却一直隐在后面，不肯让我看到你的模样呢？"

他站在帘子后，目光定在她身上，却并未搭话。

"好歹也赌到了三更，咱们也算是有一夜露水缘分的人了，你说呢？"

"半夜聚赌，算什么缘分。"他冷冷道。

"说是这样说……"话音未落，她忽然一扬手，新月痕迹划出的弧线在他们中间一闪即逝，那道湘妃竹帘已经被她劈成两半，"哗"的一声掉落在赌桌上。

空气被搅动，水榭的灯也因此微微摇动，动荡的灯光与摇曳的波光一起，恍惚照亮了站在水榭那一端的人。

和她想象中的，阴鸷缺损的太监完全不同的模样。

先是一双光华锐利的眸子，深黑灼人地直刺入她的胸臆间，暗夜波光亦不如他的目光深邃。

然后，她才看清他的模样，在散乱光芒下自带凛冽气场，无匹矜贵，仿佛带着足以覆照万人的光华，令她一时不敢直视，怕多看一眼也是奢侈。

只有这样的人，才配得起这样的一双手。

可惜，他的容貌足以令她倾倒，可这凌人的气势，通身的威压气场，令阿南那欣赏的心都淡了。甚至一时，她还有些后悔自己为什么要削掉那道帘子。

他合该站在九重台阁之上，离她这种惫懒凡人远一些。也合该隐在黑暗中，不要站在她面前。因为她担心自己会和此时的月光一样，臣服在他脚下，倾泻难收。

“长得这么好看，为什么要遮遮掩掩的？”她笑嘻嘻地问，完全是浪荡子调戏良家妇女的口吻，“敞开了让我们观赏观赏，造福我等姐妹，不好吗？”

他脸上像罩了一层严霜，冷冷看着她，带着倨傲与薄怒。

她也无心多待，一个翻身轻快地落地，做了个挥别的手势：“那就这样，愿赌服输的宋提督，告辞！”

“站住！”她才走了两步，身后就传来他失控的叫声。

阿南停下脚步，回身看他：“怎么，不是说了不反悔吗，想变卦吗？”

夜风徐来，烛火明灭不定，照得他的轮廓更为深邃，那神情也更为恍惚迷离。他以无比深黑的眸子盯着她，一字一顿地问：“再赌最后一把？”

“哦……不服气吗？”阿南眉眼轻扬，虽然打了半夜的牌，可她的眼睛依然那么亮，像一只越夜越精神的猫，“你觉得，下一把你就会赢？”

“不钻漏洞，不使诈，一把定输赢。”他的目光中涌动着一种突如其来的火光，仿佛灼烧了他整个人的神志。

“是吗？你觉得如果我不使诈，你填补了规则漏洞，就能胜券在握？”阿南重新在桌前坐下，跷起脚靠在椅背上，依然还是那副没正形的模样，“那你跟我说说，你觉得自己胜率是多少？”

“九成九以上。”他一字一顿地说。

他能知道所有牌面，能掌控双方拿牌的顺序，不说十成十的把握，只不过不想把话说死。

“好啊。”阿南轻挑眉毛，“赌注呢？”

“你，或我……宋言纪的一年。”他点着桌上那份空白卖身契。灯光从斜后方照来，他脸上阴影浓重，晦暗深沉，如同暗夜笼罩的深海。

不声不响，但那深邃的情状，似要吞噬掉面前的她。

“可以呀，我卖身和你宋提督卖身，居然能相提并论，怎么看都是我赚到了。”阿南双眼亮得灼人，笑容粲然若花，笑吟吟的目光从卖身契上转到朱聿恒脸上，春风得意。

拿着骰子掂了掂，手指一捻，它们便欢快地在桌面上旋转跳动起来。

“来吧，看今晚到底，谁能把谁搞到手。”

第六章

此时此夜

门锁和铁链被哗啦啦取下，门“吱呀”一声推开。

瑟缩在墙角的囡囡心惊胆战，抱着自己膝盖的双手死命收紧，因为恐惧而忍不住哭叫出来。

进来的人提着一盏橘黄的风灯，见她吓成这样，忙几步走来，提灯照亮了自己的脸：“囡囡不怕，是我呀，姨姨来带你回家。”

囡囡抬头，依稀看见面前人正是和自己一路从顺天到杭州的阿南，又听她说带自己回家，顿时死死抱住阿南的双腿，不肯放开。

“不哭不哭，别怕，来，先吃颗糖。”阿南从袖中摸出一颗糖塞在她的口中，“你说过的，吃了糖就不哭了。”

囡囡含着甜甜的糖，点了点头止住号啕的哭声，但眼泪还是一直在掉落。

阿南俯下身，想将她抱起，然而囡囡已经七八岁，虽然小胳膊小腿的，但她一手持着灯笼，一手要抱她也是不易。

一直跟在她身后的朱聿恒，俯身替她将囡囡抱了起来，问她：“去哪儿？”

他挺拔伟岸，囡囡小小的身子在他怀中如一片羽毛般轻飘，毫不费力。

阿南直起身，提着灯笼说：“清河坊旁石榴巷，送囡囡回家。”

他抱着囡囡跟在身后，而阿南提着灯笼，脚步轻快地走在前面。

出了院门，来到前院，卓晏和胖子坐在已经熄了大半灯火的庭院中，一个在嗑瓜子，一个在踱步。

看见他们出来，卓晏丢了手中瓜子蹦上来，正要开口说话，胖子扯了扯他的衣袖，示意不要轻举妄动。

卓晏却不懂，殷勤地伸手，要从朱聿恒手中接人："这小姑娘真可爱，我替您抱……"

"不用，就让他抱着吧。"阿南随口说，"让你们提督活动活动身子，毕竟以后也得学会伺候人了。"

"提督？……"卓晏有点疑惑，但再一想朱聿恒倒也确实是圣上钦点的三大营提督，便又问，"什么伺候人？"

阿南伸手入怀，想从怀中掏出那张卖身契，让他们开开眼，看看卖身契的落款上，那端正清晰的三个字——宋言纪。

但是，她立即就接到了朱聿恒那要杀人的眼神。

对哦，人家堂堂神机营提督，怎么能在下属面前丢脸？

阿南吐吐舌头，笑着又把手缩了回来，说："没什么没什么，我是说，你们提督以后和我一起住，估计没人伺候了。"

卓晏下巴都快掉了："可，可提督日理万机……怎么能跟你住在一起？"

胖子更是崩溃，喉口咯咯作响，就是挤不出任何字来。

阿南转头看向朱聿恒，而他置若罔闻，只平静道："这是你们的事，去办妥就行。"

卓晏和胖子面面相觑，片刻后，胖子脸有些扭曲地问："那……那提督大人，您什么时候回京？"

朱聿恒略一沉吟，说："必要的时候。现在，我得与她一起。"

最后这"与她一起"四字，简直是从牙缝间拼命挤出来的，又狠又快。

卓晏和胖子又不免颤抖了一下，感觉后背都是冷汗。

怎么办？天下是不是快要完了，皇太孙是不是被这女人挟持了，这不是天倾西北、地陷东南，连娲皇都难救了？

神采飞扬的阿南，完全不在乎他们的神情，毕竟能赢得神机营提督卖身给自己，她觉得已经到达人生巅峰。

她愉快地伸手一拍朱聿恒的背，说："走吧，送囡囡回家。"

星空之下，暗夜之中，杭州的长街寂寂无人。阿南提着风灯，朱聿恒抱着囡囡，两人一路向清河坊行去。

他在身后，脚步很轻。而她手中灯笼的光芒，橘黄温暖，一直照亮面前的路。

囡囡一家人生活窘迫，租了个破落院子里的一间屋子，屋子是个角落厢房，阴暗潮湿。

萍娘等了一夜又哭了一夜，眼睛已经肿得像个桃子，看见女儿回来，拉着囡囡跪下就给阿南叩头谢恩，被阿南扶起后又张罗着让他们吃点东西再走。

赌了半夜，阿南也是真饿了，就没推辞。

萍娘麻利地生了火，先煮了些荞麦面条，又敲开隔壁门借了两个鸡蛋，盖在面条上。

阿南和囡囡一起捧着热腾腾的面，欢快地吃开了。

朱聿恒看看那碗黄黄黑黑的荞麦面条，再看看上面那个寡淡的水煮荷包蛋，把脸转向了门外。

萍娘颇有些尴尬，赔着笑说："这……要不我再去借点油盐……"

阿南没回答她，把筷尾在桌上点了点，看向朱聿恒："过来。"

她的声音并不响亮，但朱聿恒看着她眼中那一点锐利的光，迟疑了片刻，终于慢慢走了过来。

"坐下，给我吃面。"阿南的声音还是低低的，但语气短促而凝重，不容置疑，"一根都不许剩。"

萍娘忙说："妹子，别勉强小兄弟了，我，我再……"

"阿姐你别管，这是我们的事。"阿南拍拍怀中那张卖身契，盯着朱聿恒，"愿赌服输，你自己亲手签下的字据，字迹还未干呢，这么快，就不听话了？"

他抿唇迟疑了片刻，终于抄起桌上的筷子，夹起面条，一口一口吃了起来。

缺油少盐的面条，他几乎没怎么嚼就吞下了，那姿态居然也很文雅，没发出一点声音，一看就是从小注意保持良好仪态的，已经习惯成自然了。

囡囡在旁边偷看着他，怯怯地说："哥哥，鸡蛋也很好吃哦。"

"鸡蛋不给他吃。"阿南抄起筷子到朱聿恒碗里，把荷包蛋夹到了囡囡的碗中，说，"给你吃，你正长身体呢。"

朱聿恒瞪了她一眼，阿南毫不示弱，一抬下巴："汤。"

他咬牙埋下头，忍辱负重，一口一口喝干了碗中汤。

正在此时，虚掩的门被推开，一个干瘦的男人探头进来，一看屋内有生人在，顿时愣住了。

萍娘一把搂住囡囡，愤恨地看着男人："你……你还有脸回来！你再敢动一下囡囡，我就……我就和你拼命！”

那男人点头哈腰进来，脸上又是尴尬又是痛悔：“阿萍，我那不也是没办法吗？不签那卖身契，他们就要砍我一双手啊！”

囡囡紧紧抱着母亲，怯怯看着自己父亲。而萍娘死死抱着女儿，狠狠瞪着他。

阿南正想着是不是帮萍娘把这人打出去，和他恩断义绝时，那男人已经赶上来，扑通一声就跪在了萍娘的面前，将她和女儿一起紧紧抱在怀里，痛哭流涕道：“阿萍，我错了！我不该想着风头好赢几把大的，以后让你们娘俩天天吃香的喝辣的，我该死，我不是人！”

他说着，腾出一只手，连连抽自己嘴巴，啪啪有声。

囡囡吓坏了，赶紧拉住他的手，大哭起来。

萍娘把囡囡的脸埋在自己怀里，别过头去不看他：“娄万，我天亮就带囡囡回娘家去，以后你自己过日子吧！”

娄万死死揪着她的衣服，急道：“阿萍，你说什么胡话？囡囡这不是回来了吗？我这次真被吓到了，以后再也不赌了！再赌……再赌我就拿菜刀把自己手给剁了！”

萍娘捂住脸，偏过头去，竭力压抑自己的呜咽。

娄万说着说着，眼泪也下来了：“我真的改了，阿萍……我们一起撑船运货，我下苦力赚钱，把囡囡养大，把屋子赎回来，我让你们过上好日子……”

见父亲痛哭流涕，囡囡赶紧从萍娘的怀中伸出手，用小手帮他擦眼泪：“爹，囡囡守船舱做饭，让阿爹阿娘累了就有饭吃，能安心在船舱里睡觉。”

男人连连点头，又抓着萍娘的手，哀求地看着她。

“娘，以后阿爹不去赌钱了，我们就能回家了，种丝瓜，养小鸡，每天都有鸡蛋吃，不用向别人家借了……”囡囡挽住爹娘的手，把他们连在一起，天真道，“以后我还要有小弟弟小妹妹，我要做大姐，把他们照顾得白白胖胖的……”

“好，阿爹阿娘去赚钱，给囡囡买糖吃，以后还要风风光光给囡囡备一百担嫁妆！”

“还一百担，能有十担八担就不容易了……”萍娘终于开了口，声音哽咽。

见她终于搭腔，男人把她的手攥得更紧了，拉着她道：“阿萍，我刚都听说了，这位姑娘就是在赌坊赢了鬼八叉，把囡囡赎回来的女英雄吧？来，我们一家给恩人磕头！”

阿南差点被女英雄逗笑了，赶紧起身扶他们，说：“不必不必。倒是囡囡爹，久赌无赢家，你一个大男人有手有脚的，以后别搞那种走邪路的活计了。”

“是是，我知道了。”男人连连点头应着，又堆起谄媚的笑，问阿南，“姑娘，听说杭州城谁也赌不过鬼八叉，您怎么这么厉害啊？”

“赌坊都做手脚的，你这种不懂的去了就是被宰。”

“是是，我再去我就是王八蛋！”男人说着，又要抽自己嘴巴子，被萍娘拉住了，才讨好地朝大家赔笑。

眼看着一家人重新团圆，阿南也不自觉露出笑容来。

可回头一看，身后的朱聿恒却还是那张平静无波的脸，仿佛一点都没被这重归于好的一家感染到。

“怎么了，浪子回头不好吗？”告别了这一家人后，阿南带着朱聿恒走出巷子，问他。

朱聿恒表情冷漠：“我没见过哪个赌棍，能戒掉赌瘾的。”

“我说宋提督，你年纪轻轻的，凡事多向好处看看行不行？”

朱聿恒垂下眼睫，抬手举高了手中灯笼：“走吧。”

暖融融的灯光下，街道两旁的虫鸣声中，他们一前一后走在静谧的夜中。

“对了，我以后怎么称呼你啊？”落后半步的阿南，嗓音在橘色灯光中也不再那么低沉，轻快地开了口，“我不能在外面叫你宋提督吧？要不然叫你阿宋怎么样？阿纪呢？”

朱聿恒皱起了眉，这些会让别人联想到宋言纪的名字，他显然觉得不怎么样。

“你可以叫我阿言。”他垂眼看着手中暖橘色的灯笼，低低道。

“阿言？”阿南笑嘻嘻道：“这名字不错，和你这一脸严肃的样子，真是很配。”

朱聿恒冷冷哼了一声，没再搭话。

带着朱聿恒回到大杂院，阿南推开了她临时租赁的那间房。

屋子倒有两个小隔间，可陈设简陋。连通院子的外间更是连张床都没有，只堆了一些乱七八糟的杂物。

“我住里面，你住外边。”折腾了大半夜，阿南是真困了，指指地上就往里面走。

朱聿恒环视着空落落的外间，问：“我睡哪儿？”

阿南抬脚踩踩青砖地：“一个大男人怎么不能过夜？自己打个地铺。”

朱聿恒倒是很想问她，地铺的“铺”在哪里，而她已经捂着嘴打了个哈欠，又说：“给我烧点热水，我要洗澡。”

放在窗台上的油灯，微晃的光给朱聿恒颀长挺拔的身躯蒙上了一层恍惚：“你要我……烧洗澡水？”

“怎么了？说好的一年内为奴为婢供我驱驰，烧个洗澡水不是分内事？”她回身在屋内唯一一把椅上坐下，随手拉开旁边抽屉，取出一柄小钳子弯着几个怪模怪样的圆环，口中催促：“快点，我困死了。”

朱聿恒抿紧下唇，笼在衣袖下的手掌收紧成了拳，死死盯着她。

而她恍若未觉，蜷缩在椅中径自弯折手中环扣，坐姿慵懒得跟午后晒太阳的猫似的，但手的动作却非常迅捷，几个不规则的圆环和三角被她迅速连接在一起，大圈套小圈，勾连纵横，牵扯不断。

她眯起眼端详几个圈环片刻，才抬头看向他，诧异地问：“怎么还不去？”

他松开紧握成拳的手，尽量压抑情绪：“不会。”

“你会的。”阿南跷起二郎腿，悠闲自在地给她那串怪模怪样的圆环继续添加零件，“毕竟，一个合格的仆役怎能不会烧洗澡水呢？”

甚至，以后还有洗脚水呢。

忍辱负重、忍辱负重……朱聿恒心中默念，长长呼吸着。

提起水桶，他问她：“哪儿有水？”

“出巷子口左转，走个百来步就有口甜水井，去吧。”

他提着水桶走了，许久也没回来。

阿南蜷在椅中打了一会儿瞌睡，见他还没回来，心里想着这个宋言纪看起来一身傲气、久居人上，大概不肯纡尊降贵伺候她，准备当一年逃奴了？

这可不成，她还需要他那双手呢。

她提着裙角就跳下椅子，准备去抓他回来。

谁知，刚跳下地，她就听到了院子里的动静。

他回来了，重重地把水桶放下，又重重地把锅放在炉子上，冷着脸拿起了火折子，开始生火烧水。

不过，从未接触过这种事的皇太孙，直接用火折子去引燃儿臂粗的干柴，点了半天火折子都快烧完了，那柴还没点起来。

见他居然没跑，阿南放了心，笑眯眯地抱臂倚门问他：“喂，老举着火折子，你胳膊酸不酸啊？”

火折子快烧完了，灰烬飘到了他的脸上。他抬手默默抹去，冷冷瞪了她一眼，没说话。

他那脸上抹出好几条黑灰痕迹，在白皙冷峻的面容上格外显目，阿南不由得“噗”一声，指着他的脸哈哈大笑出来。

他再也忍耐不住，呼一下站起身，抬脚就出了门。

阿南在他身后问：“怎么，给我拍出卖身契的时候不是义无反顾吗？这才两个时辰就不行了？”

朱聿恒没理她，在门口拍了两下掌。

黑暗的巷子中，那个灵活的胖子立马钻了出来。片刻间引燃了柴爿，立马又退出去了，消失在黑暗中。

火苗舔舐柴火，发出轻微的毕剥声，火光让周围事物的轮廓渐渐显现。

阿南抱臂盯着他，脸上似笑非笑：“我的家奴自带家奴？”

“不就是洗澡吗？谁给你烧的水有什么区别？”他冷着脸。

“行吧行吧。”这洗澡水烧开的时间不会太短，阿南打了个哈欠，正要回屋内去，却听到他低低地问：“你是怎么赢的？”

“什么怎么赢的？”她困了，有些迷糊。

“最后一局……无论如何，我也不可能输的。”他盯着火光，缓缓地说，“如此关键的一局，我始终盯着所有的牌，如果你动了什么手脚，我不可能发现不了。”

阿南笑了，一撩裙摆在台阶上坐下，看着火炉内毕毕剥剥燃烧的松枝，说：“动手脚？和鬼八叉那种老狐狸过过招还有意思，对你这只单纯无知的小猫咪下手，有什么意思啊？”

小猫咪朱聿恒郁闷地瞪了她一眼：“三个‘六’那一把，如果不做手脚，你是怎么掷出来的？我不信你的运气会这么好。”

“我是干哪一行的，凭什么吃饭的，你不知道吗？”炉火投在阿南的脸上，映得她笑靥如花，双眸璨璨。

她伸出自己的右手，展示在他的面前。

她的手指瘦长有力，但在几个本不应该经常使用的地方——比如指缝间、虎口处——留有难以消除的茧子，手背手指上还有不少的细小伤口，而且掌心宽厚手指有力，不太像一个女人的手。

“我从小受的训练，足以让我精确地掌控任何被我握在手中的东西。机关暗器，刀枪剑戟，斧凿锤锛……当然也包括骰子。”她的手指在他面前灵活地张开又合拢，火光跳动着，抹去了上面的伤痕，只留下五根修长手指。

“摸上你那三颗骰子的时候，我就知道如何控制它们的转速与方向，稍微变一下力道，我就能得到我想要的那一个点数。”她收住了自己的手，握拳又松开，放在火光前。

朱聿恒盯着她的手，火光映照得她的手一片通红，仿佛可以看出肌肤下行走的血流。

“不过呢……”说到这里，她唇角带笑地抓起他的手，毫不介意地将他手上的灰抹掉，说，“你也许会走得比我更远，因为你，有一双天赋异禀的手。”

他的手在火光中莹然生晕，修得干净的指甲泛着珍珠光泽，指骨瘦而不显，真正如雕如琢，充满力度，完美无瑕。

他垂下双眸，感受着她的指尖在自己手部每一寸肌肤上游走的触感，抿紧双唇克制着自己的身体，一动不动：“你要拿我的手干什么？”

“这个你就别管了，总之，我有用。”她终于将他的手翻转了过来，看向他的掌心。

他很小便开始骑马练剑，掌心有薄茧，是完美中唯一不完美的存在。而他的掌纹十分清晰，几乎没有任何杂芜的线条，明晰而决绝，纵横在他的掌中。

每个人的个性，都会忠实地写在掌纹上。她心想，他一定是个坚定决断、能够抛弃所有犹疑的人。

她迷离又欢喜地叹了口气，缓缓抬眼望着他，说：“说真的，你这双绝顶的手，再加上几乎无限的心算能力，假以时日，你必定成为传奇！”

他冷笑一声，没有回答她。

假以时日。

他现在最缺的，就是时日。

她见他神情不屑，便贴近了他一点，拍拍他的肩膀，说：“真的。比如我，掷骰子只能凭手部的控制力，而你，还可以在瞬间对环境进行分析。骰子出手的速度、起始的位置、翻滚的距离，甚至桌子的光滑度、气息的阻力……你的算法足以完全掌握所有一切！只要计算得完整彻底，用你的手精确引导，我相信，天底下没有什么你无法控制的东西！”

朱聿恒听着她热切的话语，那一直冷漠的脸上，终于露出了嘲讽的冷笑。

他生下来就受到全天下的期待，一言一行举世瞩目，所有人都知道他终有一天将掌控这九州天下，翻手为云覆手为雨。

而她，诱惑他去掌控小小一颗骰子，多么可笑。

所以他开了口，冷冷地拒绝她："天下之大，我控制一颗骰子、一场赌局，有什么意义？"

"啧啧啧，这胸怀苍生的样子，谁知道你只是个太监啊？"被拒绝的阿南嗤笑着刺他。

朱聿恒脸色微变，锐利如刀的目光瞥向她。

天不怕地不怕、见识过无数大风大浪的阿南，在他那仿佛与生俱来的威压面前，只觉得额头一凉，后背有些僵直。

这男人，有点可怕啊……

本想审问审问那个蜻蜓的事，但看现在这局面，阿南也只能先放弃了，站起身说："水烧开后，你把洗澡水打过来吧。对了，待会儿我给你三个骰子，你今晚给我好好练练，最好明天早上你能给我一把投出三个'六'。"

朱聿恒听到"洗澡水"三字，忍不住又愤愤地瞪了她一眼。

阿南毫不在意："快点哦，不然天都要亮了。"

有人伺候，阿南洗个澡的架势就很大。

朱聿恒在她的指挥下一通折腾，倒好了一大浴桶的温水，又按照她的吩咐把澡豆、花瓣、香胰子都放在伸手可及的地方，浴桶前铺好地毯，擦身体用的绢布和花露、泽膏、面脂、口药一一摆放在梳妆台前。

然后她把朱聿恒赶出了屋，锁上了门。

所谓防人之心不可无，尤其是江湖里飘的。所以在舒舒服服泡澡的时候，阿南也对自己这个家奴有点不放心——

毕竟，他们之前几次见面，差不多都是性命相搏的状态。

在泡澡的时候，阿南还顺手拿过了桌上的铜镜。她擦去上面的水汽，转到某一个角度，铜镜上刚好映出了梁上一面对着外间的铜镜。

从旁边的抽屉中取出一柄表面圆弧如球的小铜镜，阿南将它和手中铜镜相照。于是，她手中的铜镜照出梁上铜镜，又将外间画面反射到了球面小镜上，原本极微小的画面，放大了开来。

虽然看得并不真切，不过她缓慢地移动着球面，也能依稀看出外间他的动静。

他握着她给的三颗骰子，端坐在桌前，看着它们静静思索了一会儿后，便开始投掷。

一把接一把，应该是一直不成功，他又考虑了一下，换成了单个骰子，先开始练习。

“可以呀，挺机灵的。”阿南安心地扣下铜镜，不再监看。

现在这双心心念念的手终于属于她了，她得先把训练安排好，让他慢慢地进入这个行当才行……

正在考虑时，后院忽然传来他疾行的声音。

阿南皱起眉，将耳朵贴在墙上，揣测着他要做什么。

说是后院，其实就是房屋与院墙之间的一块空地。此时耳朵一贴上去，阿南就大吃一惊。

原来，她只顾着思索，居然没发觉后院有人翻墙进来了，脚步声正在向这边接近。

这人也太警觉了，大半夜反应都这么灵敏，连掷骰子的声音都没法阻碍他判断周围声息。

这得在什么水深火热的环境下培养出来的？

这念头只一闪即逝，她就听到了轻微的“咔嗒”一声，是铁器卡进她窗户的声音。然后，她就看见一柄匕首的尖端从窗缝间插了进来，慢慢地挪着，眼看要挑开窗闩。

阿南不由得暗暗好笑。

哪里来的小贼，半夜偷东西，却不知道自己偷到阎罗殿来了。

她跳出浴桶，随手披上衣服，衣带一扎一束穿好衣服。

左手虚按在右手臂环上，她笑意盈盈盯着那片刀尖，准备在对方从窗口探头进来的一刹那，先把他的鼻头削掉一块。

谁知，那匕首尖还没触到窗闩，忽然就停住了。然后就是“啪嗒”一声，显然是外面正在撬窗户的人摔了个大跟头，却又没能叫出来，硬是把闷响卡在了喉口。

阿南听着动静，揣测着应该是宋言纪把人给踹开了，然后捂住了他的嘴巴，不让对方出声惊动她。

见匕首尖退了出去，阿南便由窗缝间向外张去。

暗淡的月光下依稀可见他的手中玩着那把匕首，而蜷缩在他面前、被扯掉了蒙面布瑟瑟发抖的人，居然就是晚上见过面的娄万。

她瞬间就明白了他的来意，脑门燃起了怒火，恨不得现在就冲出去，狠狠踹他几脚出出气。

而他把娄万押在院墙角落，压低了声音问：“娄万？”

“我……我……”他结结巴巴，说了好几个“我”后，传来闷闷的几声惨呼，大概是受了教训，终究不敢再抵赖，惊惧交加地说了出来，“她……那姑娘赌博会使手脚，我就跟过来，想……拿到法子，把输掉的钱赢回来……”

果然如此。阿南撇嘴冷笑一声，又听他问：“你不会求她？”

“不成的，她和我老婆一样，一看就是死脑筋的人……再说，连春波楼的鬼八叉都输给她，这么厉害的法门，她怎么会传给别人？”说到这里，他的声音倒理直气壮起来，“还、还有，她今晚不是赢了一大笔钱吗？我这么惨，输得卖房卖女儿，饭都吃不上，怎么就不帮帮我？”

他冷冷问：“这就是你对恩人的态度？”

“恩人？当初我老婆把她从江里捞起来，我们也是她的救命恩人啊！那姑娘也太不上道，既然把我女儿送回来了，怎么不帮我把房子典回来，再给我点赌本让我翻身？”

阿南冷笑着，正考虑着如何惩戒这个不要脸的浑蛋，只听那边“啊”的一声痛呼，然后是肉体砸在墙上，又跌落在地上的声音，显然是被一脚踹翻了。

在娄万的哀叫声中，他一把提起娄万的衣襟，一字一顿缓缓说道：“半夜持刀入宅，罪当死。”

娄万显然被吓坏了，颤抖着哀求：“兄弟，饶，饶命，我，我再也不敢了……”

“兄弟，你也配？”他冷冷说着，一手捂住男人的嘴，另一手抓起男人的右手，将它重重按在后院石墙上，然后用他带来的那把匕首，利落地切了下去。

在娄万的闷哼声中，他的声音平静到几近冷漠：“这是你自己发的誓。”

阿南扬了扬眉，在男人惨痛的叫声中，轻轻“啧啧”了两声。

“先切你一根手指，以后你再赌博，我见一次切一根。记住，你这辈子的赌博机会，只剩九次了。”他将匕首丢到娄万面前，示意男人可以走了。

阿南扒窗户看着，自言自语：“谁说只有九次了，还有十根脚指头呢。”

不过想了想他抓住正在赌博的娄万，把鞋子扒掉切脚指头的画面，她也觉得好笑。

憋住笑，阿南推窗假惺惺地问：“阿言，怎么这么吵啊？”

外面传来娄万落荒而逃的声音，还有朱聿恒冷淡的回应：“小事，打发了。”

在门窗上略略做了点布置后，阿南一沾枕头就睡着了。

她睡得很安稳。

也许是因为，这个黑着脸签下卖身契的阿言，在来到她身边的第一夜，就利落地替她解决了一桩小麻烦。

她睡得那么安心，那么香甜，甚至还梦见了公子。

她梦见他白衣胜雪，立在浓重的夜色中。紫禁城的新月之下，公子手中的“春风”划出妖异的灿烂光线，飞舞在三大殿的琉璃瓦之上。

而她站在地上仰望着他，就像遥望那远远彼岸的浮生之梦。

那“春风”穿越黑暗而来，骤然绽放出绚烂的六瓣花朵。

她只觉得手足冰凉，低头一看，迸裂的鲜血背景之前，是手足尽断的自己，躺在血泊与火光之中。

在痛彻心扉的哀声中，三大殿的火光熊熊燃烧，舔舐得公子的白衣尽成焦黑，也让她从梦中惊醒，冷汗涔涔。

窗外天色已经大亮。梦境纷纭繁杂，醒来后却是一片安静，隐约似有鸟雀啁啾之声。

阿南茫然呆坐了许久，将双手伸到眼前死死地盯着，直到确定自己还能控制住自己的双手，才逐渐平复了自己的喘息。

起床推开窗，盛夏的浓荫笼罩在窗外，让屋内一切都蒙上了清淡的绿意。

然后，她就看见了在窗外活动的、也同样蒙着一身浅碧颜色的朱聿恒。他手中拿着一枝刚折下的柳条，以柳代剑在练一套剑法。

他的身姿矫健优美，衣袂翻飞间气旋流动，如同青鸟在水波上一掠而逝的飘逸影踪。

惊悸的心渐渐舒缓下来，在这夏日清晨中，他带来了一院微风。

阿南抬手打开抽屉，拿出梳子慢慢梳着头发，像在欣赏风景一样，望着窗外他的身影。

这男人体质真好，昨晚折腾了一夜，今天一醒来就这么精神奕奕的，不见丝毫倦怠。

等到她将头发梳好，绾成一个螺髻，他也收了动作，平缓了气息。端严的肩背，挺拔的腰身，站在庭院中如同青松翠竹。

她用丝绳系好了自己的发髻，开口叫他：“阿言，给我摘朵花。”

他转过头，看了她一眼，默不作声抬起手，拉下头顶的石榴树枝，给她折了一枝，连花带叶隔窗递进去。

鲜红的榴花映衬着她的面容，格外鲜亮。

“打点热水，我要梳洗。”她又说。

朱聿恒脸色有些不好看，但终究还是一声不吭地端着一盆温水进来了。

她试了试温度，问他："骰子练得怎么样了？掷一把试试？"

他冷着脸，见她翻过茶碗放在面前，便捏起三颗骰子，指尖收了收调整了一下角度，然后斜斜轻挥，在中途悬空张开手，让那三颗骰子贴着碗壁旋转落入碗底。

相撞，翻滚，落定。眼看着三个骰子慢下来，几个"六"点仿佛就要出现。

阿南有些诧异地挑挑眉，而他也关切地盯着碗中的骰子，仿佛在检验自己一夜的成就。

可惜，最终三个骰子"叮"一撞，只有两颗顺利地掷出了"六"，最后一颗已经翻出"六"的骰子在碗壁上多滚了一番，变成了一个"二"，躺在了碗底。

阿南拈起这三颗骰子，看向略微有些郁闷的朱聿恒，微微一笑："不错，一夜之间就能练出这样的结果，你的掌控力比我想象的还要强些。想当年我也练了两三天才成功呢。"

这明显炫耀的语气，让朱聿恒冷冷地"哼"了一声。他的手因为彻夜练习，此时又酸又痛，手指不自觉有些痉挛。

阿南将他右手拉起，轻缓地替他按摩起来。

她的指尖瘦硬有力，在他的关节和指腹处反复摩挲，让他紧绷的肌肉渐渐地松弛下来。

"习惯了就好啦，我五六岁时开始练手，也是拿不住筷子穿不上衣服，有时候晚上痛得躺在床上揉着自己的手一直哭……"她专注地替他按摩揉搓着，随口说着，"那时候我不懂，也没人替我按摩保养，所以后来手太疲倦了，有一次训练时忽然麻痹，然后……"

她略微侧了侧自己的右掌，给他看掌沿一条细细的伤疤："缩手不及，差点这只手掌就要被削掉半截。幸好当时公子在我身边，及时替我拨开了那一刀，不然的话，可能我这辈子就完蛋了……"

公子。

他是她的奴仆，而她还有一个称之为公子的男人。

所以他现在，是人下人？

朱聿恒缩回自己的手，屈伸了几下手指，声音冷硬："差不多，可以了。"

"可以了就用早膳吧？我要喝红枣小米粥……唔，估计你不会，那就替我去长松楼买吧，顺便带几个油炸烩……"

话音未落，朱聿恒瞥了她一眼，又抬起手，拍了两下掌。

卓晏穿着当下最时兴的金竹叶纹越罗窄身碧衫，提着个食盒，笑嘻嘻地出现在院门口：“提督大人，阿南姑娘，早啊。”

将食盒放在院子中的石桌上，卓晏行云流水般端出里面一碟碟的肉饼、花卷、馒头、油炸烩、豌豆糕，又从最下层捧出小米粥、红豆汤、桂花藕粉、银耳羹，一边说：“我把杭州最有名的几家面点厨子都拉过来了，全都刚出锅的。”

阿南毫不犹豫就坐在了桌子前：“阿言，帮我盛碗银耳羹。”

“阿……阿言？”听到她这样叫皇太孙殿下，卓晏顿时就呆住了。他看看阿南，又一回头看见朱聿恒正黑着脸去盛羹，赶紧凑上去帮他弄。

两个养尊处优的男人手忙脚乱，差点打翻了食盒。

阿南捏着个豌豆糕吃着，笑眯眯地用慈爱的眼神看着他们。

这个花街柳巷风流无限的卓晏，全身上下写满“荣华富贵”四个字又怎么样，还不是得一大早赶来拍马屁，给他的顶头上司宋言纪兼上司的主人——她——送早点。

同理，宋言纪这位神机营内臣提督，年纪轻轻就位高权重又怎么样，还不是签下了卖身契，乖乖当起了她的奴仆。

一想到这里，阿南觉得自己简直叱咤风云，无敌霸气。

等到屋内静下来，阿南喝了两口粥，觉得有点不对劲，这个早晨，似乎有点太寂静了。

“不对啊，这个时候，前院的孩子早该出来闹腾了啊，后院的阿婆也该开始呼鸡喝狗了……”阿南抬眼看向朱聿恒，“你出去看看，怎么回事？”

朱聿恒没有起身，只平淡道：“清走了。”

阿南皱眉：“清走了？什么意思？”

卓晏指指桌上的餐点：“不然我怎么能把那些厨子拉到对门，随时送来呢？”

阿南把筷子往桌上一拍，站起身噔噔噔走到门口，左右一打望。

周围一片安静，薄薄的晨雾笼罩在粉墙黛瓦的巷子内，别说左右街坊了，连路上行人都了无踪迹。

她气极，回头对着朱聿恒冷笑：“看不出来，官儿不大，架子不小呀，敢情你待哪儿过夜，哪儿就要清这么大的场子？你又没胡子，搞什么御驾出巡？”

卓晏清楚地看到，皇太孙殿下额角的青筋，跳了起来。

他赶紧赔笑打圆场：“阿南姑娘，你这可就错怪我们提督大人了，这可是圣上金口玉言吩咐的。毕竟圣上对提督大人极为珍视，兄弟们为了身家性命，不得不谨慎着点……”

阿南心下一转，就知道是因为昨晚娄万侵入屋内的事情，让他们干脆把所有人都连夜赶走了。

她气呼呼地瞪着朱聿恒：“把他们叫回来！”

“朝廷法度，谁能擅改？你关心你的邻居，我也得顾惜我的下属，若不按照制度来，若有万一，一干人都逃不脱干系。”朱聿恒将手中碗搁下，又取过茶漱了口，见她有按捺不住的迹象，才开口道，“但你可以换个地方居住，这样左右街坊也可安生，如何？”

阿南斜睨了他一眼：“换就换，但地方要我选。”

普天之下，莫非王土。朱聿恒一抬手，示意她自便。

阿南转念一想，又犯了难：“对了，你们神机营还在追捕我！”

“已下令撤销了。”

“那你记得把我的蜻蜓早点还给我，我上次丢在困楼里了。”

朱聿恒顿了顿，睁眼说瞎话：“我让人找找。”

“不许丢了啊，那东西对我很重要的。”阿南说着，郁闷地鼓起腮帮子，掰着手指头开始盘算，“去哪儿能找到一个又清净又不与世隔绝，又不需要你那些护卫清场，又能随时出门逛逛，靠近街衢市集的地方呢……”

朱聿恒好整以暇，只静静喝茶，任由她盘算。

一旁卓晏见她想了半天没头绪，便在旁边出声道：“要不……我给你们提供个住处？”

“咦？你有这样的好地方吗？”

“有啊，太有了！那绝对是个符合阿南姑娘你所有要求，十全十美的好地方！”

好地方就在西湖以北，宝石山上。

夏日朝阳照在山上，宝石流霞，光彩夺目。头顶的参天古木之中，时而传来鸟鸣一二声，更显幽静。

阿南回头望去，后方安安静静，并不见人，也不知道跟随朱聿恒的那些人，如何能隐藏得这么好。

卓晏一边带着他们往葛岭走，一边介绍：“我娘姓葛，自东晋以来，族人们世代在此处聚居。因此我爹帮她在这边寻了块地，建了宅院时常来住住，让她不必再怀念故土。”

阿南问："难道你娘是葛玄的后人？"

"对，我娘一族都擅长岐黄、丹方、火药之术，人才济济，只是可惜啊……"卓晏偷瞥一眼朱聿恒，见他神情无异，才说，"二十年前，葛家有个旁支获罪，那一族被诛，其余族中男女老幼全部流放，至死不得归故土……所以我娘也就是常来这边住住，感念一下年幼时光而已。"

阿南忙问："这么说，你娘应该也承继了家学？"

卓晏抓抓后脑勺，说："这……没有吧，毕竟我从小到大，别说见我娘弄什么岐黄丹药了，她根本不和人来往的，独住一院，除非年节大事，不然连房门都不出。"

阿南生性跳脱，对此感觉不可思议："二十年不出门？要是我，闷都闷死了！"

"是啊，可也没办法……"卓晏说着，一抬头看见前方树丛掩映间的高墙，忙道，"到了到了，不过见到了我娘，请你们一定要淡定，不要惊讶啊。"

阿南觉得自己淡定不了。

她万万没想到，卓晏的母亲，居然是个大夏天闷在屋内，还要把脸遮得严严实实的女人。

是的，她脸上蒙着厚厚的面纱，怀中抱着一只黄白相间的猫儿，坐姿娇弱，说话嗓音缓慢轻细，十分柔媚："二位贵客光临，我无法出门相迎，真是怠慢了，还请见谅。"

阿南缩在椅子上，看着卓夫人脸上厚重的黑纱，觉得自己真是找不出话题和这样的人说话。

幸好朱聿恒小时候对这位奇怪的卓夫人就有印象，因此倒还寒暄了几句。

卓晏也没敢向母亲介绍这就是长大了的皇太孙殿下，只说是自己的朋友，来家中借宿几日。

卓夫人也不以为意，毕竟儿子交游广阔，带朋友回家借宿是常事。她似乎身体很差，说不了几句话就困乏了，吩咐身边的桑婆婆带着个叫桂姐儿的丫鬟，去收拾桂香阁待客。

跟着桑婆婆出去后，阿南才松了口气，悄悄问卓晏："阿晏，你娘的脸怎么了？"

卓晏叹了口气，说："我娘年少时不幸遭遇火灾毁容了，因怕吓到别人，因此每日戴着面纱，平常轻易也不肯见人。"

"火灾？"

"是啊，我爹当年从杭州迎娶我娘去顺天时，投宿在徐州驿站，谁知那一夜突发大火，烧死了不少人。我爹将我娘从火中救出时，我娘已经被大火烧毁了容颜，据说十分狰狞恐怖，因此只能常年戴着面纱，以免惊吓到旁人。”

“这样啊……”阿南不由得感叹，“你爹真是个好男人，迎亲时他们还没拜堂成亲吧，但你娘都毁容了，他也没舍弃她。”

卓晏提起这个，简直满脸崇拜：“我爹确实！成亲二十多年，我爹别说纳妾了，根本就不朝别的女人多看一眼，和我娘特别恩爱！”

你爹这么专一痴情，怎么儿子却是个天下闻名的花花公子？阿南看着卓晏笑而不语，心想，真是不肖子孙。

第七章

海客瀛洲

卓晏家的院子叫“乐赏园”。因为建在山间，为了安全，所以院墙既高又厚，确实是卓晏那位应天都指挥使父亲的风格。

阿南和朱聿恒住的桂香阁靠近花园，阿南进门时，一抬头看见匾额上的花纹，便停下了脚步，眯起眼睛打量着。

卓晏顺着她的目光看了看，说：“这是杭州这边的老师傅特意给弄的，说这是葛家的标志，他们当年给葛家修宗祠时，葛家给过纹样。”

阿南端详着上面的四翅飞虫，笑道：“对哦，葛家是用蜉蝣作为标志的。”

毕竟，世人都爱富贵吉利、久而弥坚之物，很少人家会用这朝生暮死、虚浮渺杳的虫子。

卓晏则诧异不已，问阿南：“咦，你一眼就认出是蜉蝣？我刚看见时，和别人一样都以为是蜻蜓呢。不过我娘住进来之后，从没注意过这个纹饰，我也把这茬忘了。现在看来，工匠们的马屁算是拍到马腿上了。”

“确实很像，所以往往会有人将蜻蜓认成蜉蝣。”阿南说着，笑微微地瞥了朱聿恒一眼。

朱聿恒瞥了蜉蝣一眼，依旧面无表情。

桂香阁临水而建，水风吹来，肌体清凉。

用过了中饭，阿南与朱聿恒坐在池边乘凉。阿南从包袱中摸出几根钢圈，又做起她那奇怪的圈环来。

做两下，她尝试着拉几下，又皱皱眉，把新装上的一个圆环给卸掉了，拉成椭圆之后，再度连接上去。

朱聿恒掷着骰子练手，看她做着这个古怪的圈环，在心中猜测了许久，终于开口问她："那是什么？"

她拎着圈环叮叮当当抖了两下，说："岐中易，和九连环差不多，你要试试吗？"

他瞥着她手中这个由十二个圈环勾连相接的岐中易，问："原来你喜欢做这个？"

"谈不上喜欢。不过，公子喜欢玩岐中易，所以我闲着没事，就会给他做几个。"

公子。这么频繁被提起，当然是她心心念念的人。

提到这个人时，她那神情，似乎要将对方捧在掌心中、刻入脑海里、奉在心尖上。

朱聿恒别开脸，懒得与她聊这个心心念念的公子。

她笑眯眯地将最后一个圈环扣入其中，然后交到他手里，说："而这个岐中易呢，则是我专门为你做的。"

他诧异地看她一眼，慢慢伸手拿了过来。

"这一副岐中易，名叫'十二天宫'，没有特殊的手法是解不开的，你可以试着用我教你的动作配合缠解，做一些平时绝不可能做的动作来训练自己的手，等到习惯成自然，你也就练会这些手法了。"她按拢他的手指，示意他如何移动，如何做解环的手势，"好好拿去锻炼手指吧。"

夏日午后，她的手按在他的手背上，带着微微沁凉感，而他们靠在一起的肩膀，也自然而然地碰撞在了一起。

朱聿恒不自然地挪了挪肩膀，垂眼看着手上的岐中易，顿了片刻，终于动手解了起来。

正如她所言，这个岐中易确实需要特殊手法才能解开。环扣的间隔设置得刁钻无比，手指要竭力摆出奇怪的姿势，或曲或折，或弯或张，才能顺利将那些环挪移或脱出。

"除了锻炼你手指的灵活性，你还要多考虑考虑怎么才能解开它。只要你的手和计算能力相连配合，这岐中易对你就应该不难。"阿南拳起双脚，靠在椅背上，撑着下巴看着他的手。

他是个一学就会的人，纤长白皙的手指，以她刚刚教的动作穿插拆解十二天宫，动作往往出人意表，似乎完全无视关节和筋络的束缚。

阿南满意地笑了。

周围无人，她随意地问正在练手的朱聿恒："阿言，对你来说，蜻蜓比较重要，还是蜉蝣呀？"

朱聿恒正在解的手略略一顿，抬眼看她："什么？"

"别装了，我知道你打的什么主意。"阿南似笑非笑地半躺在椅子上睨着他，"你追查我的蜻蜓，同时也在关注葛家的蜉蝣，而且葛家擅长丹方火药，他娘又是葛家唯一有可能出手作案的人。所以是你安排卓晏回到杭州的，甚至我们要换地方住，也是你故意给他机会，让他邀请你到乐赏园来，好趁机调查葛家的事情，对不对？"

朱聿恒没想到她如此敏锐，没有反驳，只说道："有些事，不让他知晓亦是为他着想。"

"是吗？我看卓晏对你挺讲义气的，而你为了查案，连他都可以算计？"阿南屈起手臂，将头靠在手肘上，那双猫一样的眸子亮得逼人，盯着他时，似乎可以摄取面前人的心魄。

朱聿恒垂下眼睫，将十二天宫轻扣在面前石桌上："我有必须这样做的理由。"

"必须的理由，连情谊都不管了？"阿南嗤笑一声，问，"难道不查清三大殿起火的案子，你就会死？"

他睫毛微微一颤，看着她的目光陡然波动。

"真的会死？"阿南看出他眉心难掩的阴郁，皱起眉头，"大家不都说皇帝对你很宠信吗？难道找不出凶手的话，他会处置你？"

她这简单的询问，却让他久久无法回答。

要处置他的，并不是他的祖父，甚至不是任何人。

其实他到现在都还不知道，究竟一步步走近他的死亡，从何而来。

"还真是伴君如伴虎啊。"阿南默认了他若不查清此事，便会被皇帝处死。不无同情地拍拍他的背脊，她朗声道："怕什么！不就是三大殿起火案吗？你现在是我的人了，说来给我听听，我就不信这世上有做不到的事情、查不清的案子！"

而朱聿恒抿唇沉默片刻，盯着她道："你若真想帮我，那就告诉我，你把另一只蜻蜓，送给了谁？"

阿南笑道："你是主子还是我是主子？问题是我先问的还是你先问的？再说我送出去的蜻蜓，又关你什么事？"

朱聿恒静静盯着她，说："送给了，你那个公子？"

阿南错愕地看着他，差点脱口而出问他怎么知道的，话到嘴边却变成了："怎么不怀疑我，反而怀疑我家公子？”

朱聿恒不管她如何回避，只直截了当切入：“是，还是不是？”

“是。但就算我送给公子的蜻蜓出现在三大殿火中，也不代表什么，他当时不在顺天，不可能潜入宫中。”阿南斩钉截铁，以不容置疑的神色道，“你把当晚的情况详细说给我听听，或许我能帮你探寻究竟，好洗脱我家公子的嫌疑。”

朱聿恒望着她，迟疑间，一时缄默。

这个鬼神般妖异莫测的女子，此时坐在他的面前，蒙着头顶树梢的淡淡浅碧光彩，令人感觉无比恬静。

这格格不入的冲突感，就像她明明该是危险万分的妖女刺客，却又在他潜入她家的时候，收住了即将划开他咽喉的那一道流光。

还有，在黄河激浪之中，她既然能摧垮他们所有的努力，酿成千里洪灾，又为什么要将他救起，并且不留任何痕迹地离去？

他至今也未能摸清来历与底细的这个阿南，他真的能将一切，和盘托出，托付给她吗？

见他迟迟不肯开口，阿南噘起嘴，不满道：“小气鬼，明明签了卖身契，却什么都瞒着我！你卖身不卖心！”

卖身不卖心……

这个女人，究竟能不能正经点啊？

朱聿恒别开头，忽然觉得自己刚刚对她的思量，全都成了笑话。

“不说就不说，憋死你。”阿南走到楼梯上，又旋身对他说道，“我午睡去了，你想通了来找我——记住啊，你不跟我掏心窝子，我可懒得帮你呢。”

望着阿南消失的楼梯口，朱聿恒不由得捏紧了手里的岐中易。

身后传来脚步声，是卓晏来了，看着二层阁楼欲言又止。

朱聿恒知道他的意思，示意他随自己走出院子。

“是殿下要我们打探的人，行踪已经确定了。”卓晏随着朱聿恒往外走，低声说道。

朱聿恒的脚步顿了顿，问：“阿南的……公子？”

“是。他在灵隐寺后山的定光殿做法事，今天正是最后一天。”

只沉吟了片刻，朱聿恒便道：“去灵隐。”

下了宝石山，早有快马在等待。

沿着西湖岸一路向西南而行，夹道都是参天古木，风生阴凉。偶尔有山花在深绿浅绿间一闪而过，颜色鲜亮。

卓晏骑马随行，走了一段，却见朱聿恒放缓了马步，似乎有话要问他，但又许久不开口。

他不开口，卓晏就只能先开口聊些闲话了："殿下，属下有一事……不知当不当问。"

朱聿恒将目光转向他。

卓晏硬着头皮，迎着他的目光说："属下觉得，您要是看上了阿南姑娘的话，不如直接对她坦白身份。如今这般白龙鱼服，似乎妨碍殿下行事，束手束脚的，再说……"

"你想多了。"他冷冷打断卓晏的话。

卓晏尴尬地挠挠头，心说你跟她回家，和她同宿，她喊你小名"阿言"，你还为了她神思不属，结果居然说我想多了？

不过既然殿下这么说，他也只能附和道："是，我也觉得不可能……虽然吧她挺迷人的……"

朱聿恒神情冷漠，听若不闻。

卓晏赶紧闭了嘴，准备勒马退后两步时，忽然听到朱聿恒又开了口，问："哪里？"

"啊？"卓晏有点诧异，"什么哪里？"

朱聿恒依旧看着前方的道路，只有声音低喑："我是问你，她……哪里迷人了？"

"哦，这个嘛……"因为殿下说自己对阿南没兴趣，卓晏轻拍额头想了一下，便也放开了说，"虽然阿南姑娘挺古怪的，大大咧咧的模样，软趴趴的姿态，没个正经的。但是她往椅子里一窝，缩起肩膀懒洋洋地瘫着，眼睛又大又亮，看着就像我娘养的那些猫，忍不住就想顺一顺她的毛，感觉心里格外舒坦……"

听着他的形容，朱聿恒忍不住"哼"了一声。

迷人。是这样吗？

明明想要说出奚落的话，但一瞬间他就想起，那一夜她抬起手让蜻蜓停在掌心时，火光隐约照亮出的，她的容颜。

她的眼睛，亮得似浸在寒月光华之中的琉璃珠子，目光落在他身上时，似乎连周围的火光都被压了下去。

在那一瞬间，他是真的很想知道她锐利目光背后的世界，想知道她漫不经心笑容后面的过往，更想知道她那慵懒身姿形成的缘由。

但，这念头只笼罩了他一瞬间，随即，便被他狠狠挥开了。

命运如此残酷，死亡的阴影早已降临到他的身上。她是否迷人，她过往的痕迹，她所寻求的东西，和他又有什么关系。

他现在唯一需要考虑的事情，就是回归到自己天定的命运轨迹上，不负父母、祖父、朝廷和天下的期待。

卓晏毫无察觉，只问："殿下，您认为呢？她是不是挺像一只猫的？"

"我对猫，没有兴趣。"他语调越发冰冷，"对她，也没有。"

卓晏缩了缩头，不敢再说话。

灵隐禅寺是千年古刹，山寺幽深，隐在森森夏木之中，每日香客络绎不绝。

朱聿恒与卓晏等人随香客入寺，先去觉皇殿上香，大殿上还悬挂着南宋理宗皇帝御笔亲书的"妙庄严域"金匾。菩萨金身都是近年刚刚塑就，金漆颇新，宝相庄严。

捐了香油钱后，几人直往后山定光殿而去。

定光殿内供奉的自然是过去佛定光如来。后山寂静空灵，少人行经，韦杭之和诸葛嘉等候在山道下的黄墙边，以防有来往闲人接近山道。

朱聿恒带着卓晏沿青石台阶而上，只觉得肩上簌簌轻声，落了几片殷红的石榴花瓣。

他拂去肩上花朵，抬头看去，只见夹道的石榴正在开花，如殷红的胭脂点缀在树梢，在这样浓烈的夏日午后，开得比日头还要灼热。

石阶尽头，是开启的殿门。

弥漫的花朵一直烧到殿前，花荫下，有个年轻男子伏案持管，坐在树下写着字。身后角落中，站着两个侍从模样的人。

朱漆斑驳的殿门，无风自落的红花，隐约像是血色的痕迹。朱聿恒驻足在门外，目光落在花树下那个男子的身上。

他约有二十五六岁模样，即使独坐时也保持着挺拔端整的仪容。

他一身素衣，俯着头抄写经书，全身毫无修饰，只有右手上一个银白色的扳指发着素淡的微光，整个人有种水墨般雅致深远的韵味。

清净的佛门，妖艳无格的落花，不染尘埃的男人。

矛盾又混乱的尘世，因为他的存在，调和得安静祥和。

那人感觉到有人进来，于是，在零星落花之间，抬起头来，远远望了他们一眼。

他唇色很淡，浓黑的头发与浓黑的眉眼衬着过白的肌肤，俨然似画中人，让人心向往之，不忍亵渎。

卓晏看看朱聿恒，又看看这位海客，心想，这两人真是一时瑜亮，能在这样的地方相逢，也真是缘分。

朱聿恒站在灼灼欲燃的石榴树下，向那人遥遥一点头，当作致意。

而对方也搁下了手中的笔，收好了案上正在抄的那些纸页，站起身向他们一拱手。而就在此时，一个书童模样的少年抱着经书从殿内出来，一看见他们，就上来阻拦说："不许进来，我们在这边有事呢！"

他一开口说话，朱聿恒立时认出来，这正是在黄河边，在他昏沉之际与阿南说话的少年。当时阿南好像叫他司鹫。

海客开口说道："二位兄台，在下正于此处为亡人抄经超度，因恐八字冲撞，不便有陌生人来往，请勿踏入其中。"

他眉眼柔和，声音也低沉温厚，虽然是拒绝之语，也让人入耳舒服。

卓晏不等朱聿恒示下，自觉地出头当恶人，问："我听你口音似乎是应天的，为什么要特地到杭州来祭奠啊？应天府的大报恩寺不是更有名吗？"

司鹫扬了扬眉，正要说什么，男人抬手止住了他，温和对卓晏道："报恩寺琉璃塔尚未修建完毕，并无这边清静。"

"对哦，这倒也是。"卓晏回头看看朱聿恒。而朱聿恒只淡淡向那男人一拱手，说："既然如此，打扰了。"

"请便。"对方和气地应了，微微颔首致礼。

他重回案前坐下，整理自己刚刚所写的祭文，神情沉静如水，仿佛这个尘世予他没有任何影响。

卓晏有点不甘心，站在门外，伸长脑袋想去看他在写什么。

而他已经将手中所写的祭文放入旁边香炉之中，焚烧祭祀。

司鹫警觉地盯着卓晏，颇有鄙视之意。

卓晏吐吐舌头，见朱聿恒已经转身离开，赶紧快步跟上，低声对他说："这人玉树临风彬彬有礼的，感觉不像是什么坏人啊。"

朱聿恒没说话。谦谦君子，温润如玉。这位陌生的海客，确实是个令人一见可亲的人物。

可惜，他是阿南口口声声心心念念的那个公子。

在见面之前，他设想过无数次，这个令阿南死心塌地、心心念念的公子，会是怎么样的一个人。

却未曾料想到，竟是这样一个不染凡俗的神仙人物。

就在二人刚走下两步台阶时，骤然间乱风乍起。夹道的花树簌簌落下大堆细碎花瓣，全都倾泻在他们身上。

只听到司鹫“啊”了一声，朱聿恒回头看向后方。几片尚未烧完的纸张被狂风吹起，散落半天，零落如雪片。

有一张残纸飘过面前，朱聿恒伸手抓住，看见那上面的字迹，如写字的人一样清逸秀雅——

……葬将士之残躯；以幽州之雷火为灯，安不归之魂魄；供黄河之弱水为引，溯往昔之恩怨……

这祭文烧得只剩这些，但这寥寥几行，让朱聿恒的眼眸一下子就沉了下来。

这字迹，他永远铭刻在心，一眼便可认出。

南方之南，星之璨璨。

他从那只蜻蜓中发现的纸卷，即使已经残破，依然能清晰地揭示出，这是同一个人的字迹。

而，令他呼吸为之停滞的，是那“幽州之雷火、黄河之弱水”。

这不是祭奠亡魂的诔文。

这是顺天那场差点葬送了他与祖父的大火，是令万千百姓流离失所的黄河怒潮。

一瞬间，有灼热的血冲上他的额头，让他眼前这清拔飘逸的字，仿佛都似扭曲起来。

而卓晏则凑上来看了看，笑道：“这字真不错，配得上那张脸。”

被他的声音拉回现实，朱聿恒竭力放缓呼吸，压住自己微颤的手，也压住了自己即将外泄的激怒。

自小在朝堂顶端耳濡目染，他调整外表情绪何等迅速，不动声色地拿着这张纸转过身，交给追出来的司鹫，一面看了看里面的男人，以最寻常不过的语调说道：“兄台的字清拔隽永，颇得右军韵味。”

“过奖了。”对方眉眼疏淡，随口回答。

朱聿恒不再多说什么，沿着青石台阶，一步步走下去。

一直守候在下面的诸葛嘉与韦杭之跟上了他，踏着满地的石榴花，走出重重佛殿。

就在出山门之时，朱聿恒看了侍立在旁的韦杭之一眼。

韦杭之会意，转过身对着后方本应空无一人的道边，指指后山，又收拢五指，做了个擒拿的手势。

虽然阿南在黄河边救了他，可如今看来，顺天的大火与黄河决堤的惨祸，与她那个公子，绝对脱不了干系。

朱聿恒直上飞来峰，过翠微亭，绕冷泉，于千百佛像洞窟之上，遥望对面灵隐定光殿。

卓晏气喘吁吁跑来，禀报道："打起来了打起来了！本来嘉嘉……诸葛提督不想惊扰佛门清净，因此只出动了四个差役前去拿人，谁知那个海客竟敢拒捕。差役们强行锁拿，结果被丢出了殿门。现下诸葛提督已亲自领队，前去捉拿那个海客了！"

身后的韦杭之给他送上一具千里望[1]，让他可以精确地看到对面的情形。

翠竹林中，石榴花下，佛殿之前，激战正酣。

神机营士兵都是青蓝布甲，诸葛嘉这个狠人，连佛门圣地都不肯留情，此时定光殿的黄墙早已被拆得七零八落，两排持棍的士卒鱼贯自诸葛嘉身后奔出，分成左右两股旋转着汇聚，将中间的素衣公子及其下人团团围拢在佛殿之前。

碧绿的竹林如沧海，青甲的士卒如怒涛，片刻间，那边四人已经被围拢在包围圈中，所有的棍头都直指向他们，不但将所有他们可以逃脱的角度全部封死，甚至连他们要找一个可供反击的角度都绝无可能。

"这是诸葛提督家传的八阵图，第二阵第一变，江流石转。"

朱聿恒正看着，身后的韦杭之低低出声："这个阵法形似漩涡，由一字长蛇阵变化而来，只是分为两股。一股牵制敌方的力量，一股迂回包抄，只要对方企图发力对抗，就会身不由己被卷入这阵法的节奏，顺着对手的力量，直接被牵扯过去，越陷越深，无法脱困。"

卓晏疑惑地问："需要出动这么多人吗？诸葛提督连看家本领都用上了？"

"毕竟，这可是阿南的公子。"韦杭之不无同情地看着远远的诸葛嘉，"上次神机营在阿南姑娘手中伤亡惨重，万一这个公子身边人还有像阿南那样的高手呢？所以这次诸葛嘉出动了所有精锐，要一雪前耻。"

1　千里望：同千里镜，古代对望远镜的称呼。

朱聿恒"嗯"了一声，只见棍势如林，棒影翻转，确实如江心漩涡疾卷，已经封锁住了对方所有能出手的角度。

那两个侍从身不由己，被卷入阵中，正在苦苦抵抗，看起来比阿南差远了。

只是他们深陷困阵，越是抵抗却越是卷来周围反击，眼看已经是强弩之末，无法自救。

司鹫看起来没个正经的模样，倒比他们还强些，在这样的战阵之中居然还能有余力略为反击一两下。

唯有那素衣的公子，竟未曾卷入其中，他便如一朵白色泡沫，在急浪激湍的顶端随阵势翻飞，飘逸自如。

那些如风如林的攻势，无法沾到他一片衣角。这个人，大概在一开始就洞悉了阵势，掌控了一切吧。

这种优雅清贵又不沾凡俗的仙品人物，和惫懒散漫、总是带着轻佻笑容的阿南，如云泥之别。

他们真的，会有什么理不清的瓜葛吗？

"这个公子和阿南，怎么有点像啊……"

朱聿恒正凝望着那边的战局，耳边忽然响起韦杭之若有所思的声音。

他的手略动了动，放下了千里望，瞥了韦杭之一眼。

"就……很难说的，这种感觉……"韦杭之的话脱口而出后，又有点后悔，迟疑道，"不知为什么，总觉得我们在抓捕阿南姑娘时，她面对战局的反应和判断也是这样，精准又迅速，没有任何人能奈她何。"

朱聿恒盯着远远的战场，默然不语。

见他没说话，卓晏悄悄问韦杭之："对了，神机营的火器怎么还没出动啊？嘉嘉不是说，他家传的阵法中，已经混编了火器队，威力更上一层楼吗？"

"这地方太小了，如果是在战场上，人分散一点，还可以用火器。可现在只是佛殿前这么一块空地，这个阵法依据敌方动作千变万化，所有人随对方的身势而进攻撤退，用火器的话，很容易就会打到自己人的，根本避不开。"韦杭之分析道，"所以这个阵法只能用棍棒，连刀剑都不敢用，因为对方的动作无法预判，走位太复杂了。"

他们正看着，狂风突起，石榴花如点点鲜血，飘飞在青碧竹林之中。

一直在支撑的那两个侍从，终于熬不住了，身体一歪便失去了平衡，被缠住手足，拖出了阵法。

那些汹涌的攻势，便全都压在了之前还能反抗一二的司鹫身上。

无数木棍齐齐朝着他赶去，眼看就要将他压在重重攻势之下，骨折筋断，难以生还。

一直凭着飘飞的身法游离于战局之外的公子，终于扑入了漩涡之中，被卷进战阵。

他在佛殿祈福，自然没有携带武器，但仗着飘忽的身法，硬生生插入那看似水泼不进的阵势之中，左冲右突令阵型骤然溃散，就像陡然压下的巨石，让湖面所有的水退却开去。

周围那些持棍结阵的士卒，随着他的身影所到之处，攻势顿时凌乱不堪，此起彼伏的棍棒脱手，甚至击打到旁边的同伴身上，阵型大乱。

只这一瞬间的阵型散乱，公子抓住差点死于群棍之下的司鹫，将他提了起来。

站在断墙上的诸葛嘉口中疾呼："第四阵，第六变！"

散开的棍阵再度集结，如水波平推，齐齐向着公子涌去。

公子抬手按住司鹫的后背，一脚蹬在后方涌来的棍头之上，将他向着侧方抛去。

定光殿建在后山顶，司鹫的身体在空中一翻，重重落在了下方的树巅，然后便没入了苍翠之间。

只容得这一瞬间的空隙，水波般的平推战阵已经陡然一变，波光中骤现漩涡，将因为抛离司鹫而身子一重的公子，狠狠拖了进去。

漩涡之中猛然激起巨浪，向他当头击落的棍棒便是飞溅的水花，自四面八方而来，已经避无可避，闪无可闪。

密密麻麻的棍棒如疽附骨，就像一阵横扫的龙卷风，死死咬住公子的身影，滚滚而来。

定光殿前那条白衣身影，被诸葛家的八阵图迅速吞噬。

然而，就在四面八方的来势之中，公子仗着对阵势的精准判断，硬生生在最不可能的地方劈开一道口子。

在攻势最凌厉的地方，他足尖踏上那棍头攒集的一处，杀出天光，向上跃去。

就在他刚刚脱离八阵图的攻势之时，只听得啪啪连响，周围埋伏的火铳手终于现身，几十柄火铳齐射向空中的那条夭矫身影。

卓晏下意识冲口而出："不是说怕伤到自己人，不用火铳吗？"

韦杭之一言不发，一脸"我就知道诸葛嘉够狠"的表情。

为了覆盖住上方所有的空隙，那火铳中射出的并不是子弹，而是弥漫的幽蓝色毒砂，将公子的身体彻底笼罩住。

然而，谁也不曾料到，公子的机变之快。

他在半空中硬生生卸掉了自己的势头，抓住那些跟随自己的棍棒，身体如鹞子般横斜翻转，再度潜入了战阵之中。

那些喷薄的毒砂，险险被他以毫厘之差避开，全都射入了战阵之中。

在哀呼声中，所有士卒的进攻动作都变得迟缓，战阵顿时就松散下来。

但，人群之中的公子，也终于未能再度冲出。

显然，他无法用阵型彻底抵挡那些覆盖下来的毒砂，难免已经沾染上了。他那凛然无敌的攻势，已维持不住。

在诸葛嘉的击掌声中，八阵图零散的阵容再度整合。

受伤的士兵退下，新的士卒快速轮换，集结成水泄不通的攻势。

八阵图第七变，如一圈圈水波再度向正中间的公子进击。汹涌的来势，怒不可挡。

而公子那飘逸凛然的身影，终于踏落于地。

他的手垂了下来。

万千棍影翻飞，随着诸葛嘉最后一声呼喝，所有的木棍密集穿插，就如编出一个巨大的囚笼，将公子牢牢困在中间，再也无法动弹。

只在这最后的一瞬，公子忽然抬起了眼，直直看向对面的飞来峰。

他的目光似乎穿透了千里镜上的玻璃，与朱聿恒，远远直面。

朱聿恒收紧了手，猛然放下千里望。

他盯着那远远的定光殿看了须臾，一言不发地将手中千里望交给卓晏，转身便下了飞来峰。

诸葛嘉已经在山下等待，那一向孤冷的眉眼，此时也难免因为兴奋而染上一层薄薄的红晕。

“属下幸不辱命，来向提督大人复命。”

朱聿恒刚刚看那几波攻势，明白诸葛嘉这次为了捉拿一个公子，在乱阵中折损了足有六七十个精锐，其实只能算是惨胜。

但好歹已经将目标抓住，这些伤亡也算是有价值。

这段时间以来痛苦挣扎、孜孜以求的他，本该激动急切，但他自小久经风浪，越是急怒之中，反倒越发冷静下来。

接过递来的马鞭，他挽着马缰，说道：“我看那人，身手不在阿南之下，你先找个妥善的地方安置。”

“是，此人扎手，属下一定用最安全的办法来拘禁他。”诸葛嘉有点诧异，问，“现下不审问吗？”

“不急，反正他已在我们手中。”朱聿恒说着，翻身上马，又问，“那个司鹫呢？”

“已派人去山间搜寻，他受了伤，应该逃不远。”

“务必捉拿，不可让他联络同党。”

在回去的路上，朱聿恒一路纵马，骑得飞快。

如今，阿南的公子，已经落在他的掌握之中。而且明显的，此人与那两次大灾变、与他身上的怪病，有关系。

幽州，是顺天的旧名，所以幽州雷火，便是三大殿的那一场大火。虽然朝野都说是雷击引起天火，可事实上只有他和圣上知道，那是一场，预谋已久的纵火案。

黄河之弱水，便是那开封滔天的洪水。看似又一场天灾，可阿南曾经无意透露，这也有她的责任。

天雷与洪灾，如今看来，竟似是人为安排的。

不然的话，那祭文之上，又为何会出现“以幽州之雷火为灯，供黄河之弱水为引”的语句。阿南的痕迹又怎么会那么凑巧，总是不偏不倚出现在灾祸的近旁、他发病的时刻。

她的出现，与他身上的怪病，不可能只是巧合。

而如今，他最需要确认的问题是，阿南受命于这个公子，又将自己留在身边，究竟是因为她真的不知道所发生的一切，还是故意假装不知道。

如果是前者，那么，这绝对是于他有利的事情，他甚至可以借此切入他们之间，翻云覆雨，将局面反转。

如果是后者……

十指收紧，他死死按住了袖中那个岐中易，手背青筋微凸。

“阿南……”他喃喃念叨着这个名字，心乱如麻，再也无法解开手中曲折弯绕的岐中易，只狠狠地握紧这冰冷的金属，仿佛自己扼住的，是正要扑向他的毒蛇的七寸——

他绝不能松手，毕竟，只要他软弱一刹那，等待他的，便只有那最可怕的结局。

卓晏跟着朱聿恒回到乐赏园时，看见门房正聚在一起，聊得口沫横飞。

而阿南这个闲人，正抱着只猫靠在廊下，一边听他们聊天，一边在猫身上揉来揉去。

卓晏的母亲无法出门，就在院中养了十几只狸奴，每天打理它们打发时间。阿南手中的猫正是其中一只。

阿南那懒洋洋的姿势，比怀中的猫还慵懒。

她当然还不知道，刚刚灵隐一场大战，她的公子，已经落入了朱聿恒的手中。

卓晏偷偷望了朱聿恒一眼，似有点心虚，却见朱聿恒神情如常，连睫毛都没多动一下。

为了掩饰自己，卓晏一别头，正想责问门房怎么如此不经心，有个年轻点的已经上来笑道："世子，您可回来了！今天真是喜从天降，舅老爷来了！"

"舅老爷？我娘的大哥？我大舅来了呀！"卓晏惊喜不已，对朱聿恒解释道："年前我听说大舅替云南卫所研制改进了一批大炮，得了赏识，上报朝廷后将功抵过得了赦免，还谋了个八品的知事。这不，我从小就没见过舅舅们，我娘也已经与家人二十余年未见了，这下我娘该多开心啊！"

"咦，能改进大炮，这么说你大舅是个能人呀！"阿南在旁边挠着猫下巴，笑道，"我也要去会会。"

几人还未走入第二进院落，忽见一只猫从内院蹿了出来，金黄的后背雪白的肚腹，毛发柔软，正是之前被卓夫人抱在怀里的那只。

卓晏抬手去招呼它，对阿南说："这只是我娘最喜欢的'金被银床'，摸起来最舒服了，我娘轻易不离手的。"

谁知那只猫看了看他，只将尾巴一甩，转身便蹿上了墙头，根本不理他。

"我家猫儿就是这样的，只听我娘的话。"卓晏有点尴尬地讪笑着，带他们顺着回廊往里面走。

还没走几步，便只见一个婆子奔了出来，指着蹲踞在墙头的金背银床怒骂："小畜生，居然敢抓挠主人，看我今天不打死你！"

卓晏忙问那个老婆子："桑妈妈，怎么回事？"

"哎呀少爷您来得正好，这猫胆大包天了，夫人好好儿地去抱它，它居然把夫人的手抓破了。"桑婆子叉着腰，愤愤道。

卓晏只能趁她骂累了喘气的间隙，问："我娘在屋内吗？"

"在，刚跟舅老爷聊着呢，亲兄妹一别二十多年，在屋内说话，我们都退到院子里了。谁知那猫忽然就跑进来了，蹿到堂上直扑向夫人。夫人下意识抬手去抱它，结果这畜生抓了夫人一爪子，转身就跑了！”桑婆子说着，转身带他们到屋内去，一边絮絮叨叨道，“我出来追猫了，不知夫人是否已经包扎好伤口。”

这边说着，那边传来一阵纷纷攘攘，进门一看，满园都是着急忙慌的人，有人提着热水，有人绞毛巾，还有人喊着去请大夫。

卓晏拉住身旁一个小丫头，问：“这是怎么了？”

“夫人，夫人心绞痛呀！”小丫头急得眼眶通红，话也说得结结巴巴，“夫人手被猫抓了之后，惊得跑回了内室，等我们追进去时，夫人已经因为受惊过度，心口疼而躺在床上了……”

卓晏“啊”了一声，赶紧就往里面跑去。

堂上一个五十来岁的男人正站在内室门口，他往洞开的门内看去，满脸的疑惑与惶急。

卓晏一看便知道这该是母亲的大哥了，忙上去跟他见礼：“您一定是我大舅了？晏儿见过舅舅！”

“晏儿啊，大舅可真是第一次见到你。”二十年的充军生涯，让这个饱经风霜的男人看起来比实际年龄要大上一些，他鬓边白发丛生，伛偻着背，拉着卓晏的手微微颤抖，在他脸上寻找自己妹妹的模样，“你都长这么大了，和舅舅还是第一次见面。你看我来得这么急，也没给你带个见面礼……”

卓晏笑道：“自家人客气什么。舅舅和我娘见过了？”

“唉，见是见了，就是还没说多久的话，那猫就扑到你娘怀中，把她手背抓伤了，还正好划在当年她手腕的旧伤上……唉，你娘这伤啊，又让我想起了当年，她不容易啊！”

许是多年郁卒养成的习惯，他一句一叹气，卓晏抬手抚抚他的背以示安慰，然后跨入屋内去探望。

阿南见现场一团糟，便往旁边柱子上一靠，问身旁的朱聿恒：“下午去哪儿玩了，怎么找不到你呀？”

朱聿恒淡淡道：“西湖边散散心。”

“湖光山色这么美，想通了吗？”阿南笑眯眯地挠着猫下巴，问，“要不要把一切都跟我讲讲，让我帮你查清真相呀？让我证明给你看，我家公子绝对是无辜的。”

刚刚抓捕了她家公子的朱聿恒，没有回答她。

阿南也不勉强，和卓晏的大舅搭话去了：“葛大人，你们兄妹阔别二十年，如今终于重逢，真是可喜可贺啊。”

“是啊，只是没想到，十妹与我如今已是相见不相识了，这二十年她蒙着面生活，也是苦啊。”葛幼雄哀叹道，“不过，虽然二十年未见，但骨血相连，我一眼就认出我妹子来了！她还说起我们故去的娘亲带我们回娘家时，外婆给我俩亲手做的鱼饼虾酱……”

说着说着，这中年男人悲从中来，鼻音都加重了。

阿南正安慰着，旁边卓晏出来，说母亲歇下了，让仆役们手脚都轻些。

旁边桑婆子想起一件事，压低声音问：“少爷，京中来的那位王恭厂的卞公公还在呢，怎么去回他？”

卓晏只觉头大如斗，问：“王恭厂卞公公？卞存安？他来干什么？”

“这我可不知道。奇怪的是，夫人一向不见外客不见生人的，这回一听到来客名姓，却立即让人延请进来了。他们在屋内说了挺久的话，还是关着门说话儿的，我们可真不知道是怎么回事。”

这嘴巴没把门的老妇人，让卓晏只能看着朱聿恒苦笑，讷讷道：“我娘她……平时真不见客的。”

毕竟，都指挥使夫人与太监闭门商谈，这事儿不但于理不合，也是逾矩的事情，朝廷追究起来，绝无好处。

朱聿恒倒是不甚介意，只随意问：“卞公公还在吗？”

“在，刚还在偏厅喝茶呢。”

阿南看看内堂，说：“走吧，别吵到卓夫人了。我对王恭厂也有点兴趣，咱们去看看这个卞公公吧！”

不一会儿，卓晏就把卞存安带到了桂香阁。

卓晏身材颀长，而卞存安则是个枯瘦的小个子，跟在他的身后走来，若不是身上的姜黄色旧曳撒被风吹起扬起一角，可能都无法看见他的身形。

不过，卞存安个子虽小，脊背与下巴却一直绷得挺直。一进屋内，先向朱聿恒下跪，说话依然是那个舌头转不过弯来、沙哑木讷的嗓音：“奴婢卞存安，参见……”

顿了一下，卞存安因卓晏来时的告诫，选择了正确的称呼：“奴婢卞存安，参见提督大人！”

朱聿恒示意卞存安起身，问：“卞公公怎么突然来杭州府了？”

“奴婢是为宫中大火而来。”卞存安说着，从怀中掏出一张拓片。

卓晏扫了一眼，诧异问：“这不就是奉天殿废墟中，那个榫卯上的标记吗？”

卞存安那张枯槁灰黄的脸上，勉强挤出一丝苦笑：“卓把牌，刑部说这上面的标记，似与葛家的蜉蝣标记相似。此事关乎我王恭厂与内宫监两条人命，因此我责无旁贷，来走这一趟。”

听他提到葛家，卓晏忙再看那个印记，确实是自家门上那四翅飞虫的模样，顿时倒吸了一口凉气。

“不可能吧？我娘全族都被流放至云南，这二十年来，只有我大舅得了朝廷恩泽，最近得以回到故居祭祖，其他人断不可能前往京师顺天，又加入营造队伍的。”

“但，除了这桩起火大案之外……”卞存安又从袖中取出一份誊抄的案宗，向朱聿恒禀报道，“不知提督是否还记得，当初在王恭厂被炸死的那位内宫监太监常喜？”

朱聿恒点了一下头，问：“怎么，他的死，也与葛家有关？”

“这是刑部调查后的卷宗。提督大人要求我们复原常喜怀中那本残破的册子，经现场碎片拼接后，有个墨水濡湿的痕迹，那依稀残留的字迹，经刑部推官查验，正是个‘葛’字。”

卓晏的脸色，顿时难看起来。

“这么说的话，卞公公是得跑一趟了。”阿南蜷在椅中，托腮道，“天下之大，姓葛的人原不在少数，但姓葛又用蜉蝣痕迹作为标记的，怕是再也找不到第二家了。”

卓晏急道：“可我娘全族上下百来人，都在云南军中服役，日日都要点名查看的，如何离开呢？葛家唯一留存的只有我娘一个，可她日常都不出家门的，如何能千里迢迢赶往顺天府杀人放火？”

见他这么焦急，卞存安也说道：“确实如此，奴婢也只是打听得都指挥使夫人是葛家后人，特来向她了解一二。只是卓夫人出嫁二十年，为了避嫌一直与娘家不通讯息，因此奴婢自是一无所获。”

听他这么说，卓晏松了一口气，又说：“不过公公的面子可不小啊，我娘一向不见客的。”

卞存安面无表情，声音死板道：“夫人听说我是为葛家的案子而来，因此才开恩见我。了解这桩案子后，卓夫人只说葛家绝不可能有人前往顺天犯事，其余便再没什么了。”

说了半天，也没什么线索，阿南最不耐久坐，伸伸懒腰正揉着自己脖子，忽见窗外一个女人正看着她，见她转头，女人又惊又喜地朝她挥手。

阿南不觉诧异，跳下椅子走到门口，问：“阿姐，你怎么在这儿？”

这个被管事的带着站在外面的女人，竟是萍娘。

她挎着一篮桃子，身后的男人帮她提着筐子，里面也全是粉嫩嫩的桃子。

卓晏也走出来，管事的忙介绍道："少爷，这是葛岭种了咱们山园的佃户，送桃子来的。今日园中忙碌，因此我让她直接送进来了。"

萍娘则对阿南喜道："妹子，这是我娘家大哥在葛岭自家山园里种的，我刚好回娘家探亲，就顺带送过来了，妹子你尝尝看！"

"是吗？这桃子粉粉的可真诱人，一看就好吃。"阿南被塞了一篮桃子，便笑着随手递给身后朱聿恒，自己拿了一个，揉了揉皮便撕开了，里面一股蜜汁涌出，入口香甜无比。

"葛岭有这么好吃的桃子？阿姐的娘家是在那边吗？"

"是啊，我在葛岭长到十七八岁出嫁呢。"萍娘点头道，"小时候我在葛家帮过工，还伺候过夫人，如今二十年没见了。但阿嬷说，今日夫人不适，也是无缘再给夫人请安了。"

见她与阿南相熟，卓晏说话便也客气了些："有心了，我娘歇息两日便好。"

萍娘只是笑，阿南吃着桃子，笑着瞥了她身后的男人一眼。

男人下意识缩了缩身子，点头哈腰地把包着布条的手藏在了桃筐后。

阿南笑着明知故问："娄大哥的手怎么了？受伤了？"

娄万哪敢回话，萍娘笑得有点心疼："他啊，你们把囡囡送回家后，他大概也嫌丢脸，一个人出门天快亮了才回来，满手是血，把自己的小手指给剁了，说发誓再不赌了。我看他这样子啊，这回该是真的要戒了。"

阿南吃着桃子，瞟了平淡漠然的朱聿恒一眼："戒了就好，少一根手指怕什么，浪子回头金不换嘛。阿言你说是不是？"

朱聿恒淡淡"嗯"了一声，垂眼看手中替阿南提着的篮子，便顺手往卓晏和卞存安面前递了一下。

皇太孙殿下亲自送桃子，卓晏受宠若惊，赶紧捧了一个过来。

卞存安盯着面前的桃子，迟疑着抬起左手，取了一个桃子，虚虚用两根手指捏着。

卓晏一吃桃子，眼睛就亮了，问萍娘："这桃子真不错，还有吗？我买两筐给驿站里的兄弟们。"

萍娘喜出望外，说道："有的有的，今年桃子大年，我哥的桃子邻居亲戚送遍了也吃不完，正想着说挑到市集上去卖呢，少爷真是大善人，谢谢少爷！"

"那行，我给你写张条子，来。"

卓晏叫人取过笔墨，正在写条子，阿南又吃了个桃子，无意看见卞存安正在抓挠自己的手，便问："卞公公，你的手怎么了？"

卞存安手上全是成片的红疹子，又似是觉得脸颊麻痒，抬手想要抓脸，手伸到一半硬生生又停下了。

阿南的目光看向被搁在旁边桌上的桃子，问："原来卞公公碰到桃子会发疹？"

卞存安将桃子搁回桌上，道："我自小碰触了桃毛后便是如此。"

正等着卓晏写条子的萍娘，听到卞存安的话，忙道："公公别担心，桃毛发疹用皂角水洗手，多泡一会儿，过两三个时辰，红疹便可消下去了。"

听她这样说，旁边管事的便立即去厨房端来一盆泡着皂角的水，搁在旁边架子上。

萍娘用力将皂角揉出泡沫来，说道："公公，您试试看。"

卞存安虽不情愿，但手上确实麻痒难当，便抬手将手指浸入了水中。

萍娘见他的袖子掉到水里去了，便殷勤地伸手帮他提高一点，将手腕露出来。

谁知卞存安却将自己的手一把缩回，揣回了袖中，冷冷道："你太多事了。"

萍娘僵立在当场，看看他的手，又抬头看看他，慌乱道："你……你的手……"

"出去！"他嘶哑着声音，压抑低吼。

卓晏见他在朱聿恒面前如此失态，显然已是控制不住情绪，忙示意萍娘赶紧走。

萍娘嗫嚅着，但终究还是低下头，向阿南低了低头，匆匆离开了。

阿南吃着桃子，冷眼瞥着卞存安的手。

他袖子下露出的双手上有许多伤痕，却不是阿南那种由锋利机关留下的伤口，而多是烫伤灼烧留下的，疤痕深浅不一。因长期与硫黄硝石打交道，又无视保养，肌肤被侵蚀得十分粗糙，所以那红疹发得也就格外刺眼。

见她一直打量自己的手，卞存安瞪了她一眼，哑声问："看什么？"

阿南移开目光，"哼"了一声："没什么，又不好看。"

闹了一场没趣，卞存安匆匆告辞离开了。

阿南站在门口望着他远去的身影，忽然凑到朱聿恒耳边问："这种人，是怎么混到厂监的啊？"

朱聿恒平淡道："听说，他用火药颇有独到之处。"

"这臭脾气就很讨厌呀，居然还能升官？"

听到这一句的卓晏笑嘻嘻地插话道："所以他外号'棺材板'啊。"

“棺材板？”

“对啊，死硬死硬的！”

阿南“扑哧”一声笑了出来：“这么损？看来他人缘真的很差了。”

“何止差，简直神憎鬼厌。你也看到了，他整日灰头土脸，就知道盯着手上的那点活计。别人跟他多说两句话，他就说自己手头有事做，根本不跟人多言语的。他手头不就是王恭厂那点破事吗？一堆硫黄木炭硝石，翻来覆去地调配，是能做出个花来，还是能把敌人炸成花？”

阿南一边吃桃子一边笑道：“炸成花估计不行，炸开花还是可以的。”

卓晏眉飞色舞道：“那可不正合适吗？这就是棺材板对口的活嘛！”

朱聿恒见他们说这些无聊话，皱起眉轻敲了两下茶几。

阿南和卓晏吐吐舌头，不敢再说。借口探望母亲，卓晏溜之大吉。

咦，不对呀！阿南吃完一个桃子后，才忽然想起来——这奴才怎么回事？我才是主子呀！

左右无人，回头看着端坐解岐中易的朱聿恒，阿南噘起嘴训诫他：“阿言你是不是忘记自己的身份啦？居然敢凶我？”

朱聿恒抬起那双深邃锐利的眼，瞧了她一眼。

那目光沉寂而攫人心魂，阿南不由得更想逗逗他了。她趴在几案上看他那双绝世好手解岐中易，问：“哎，你知不知道，前朝时，主子可以直接扑杀奴才，不用去官府的哦！”

“你不会。”朱聿恒轻按岐中易，沉声缓缓道。

“你怎么知道我不会？”阿南挑眉斜睨，“要知道，你好几次差点死在我的手上呢。”

日光透过窗棂，筛在他们面前，光晕之中的朱聿恒注视着她，神情有些模糊。

他没有说话，但阿南脑中一闪念，脱口而出：“因为我在黄河边救了你？”

见她察觉，他也不隐瞒：“你离开的时候，我刚好恢复了一点意识。”

“哦……”阿南也不甚在意，只说道，“黄河滩涂九虚一实，一个踩空的话，我很容易就会被冲走的。不过……刚好看到了你的手嘛，还是冒险去救一救了。”

“你去黄河干什么？我听你说，堤坝垮塌也是你的责任？”

“可不是嘛，公子吩咐我要守好那一段大坝的，可惜……”阿南抬起自己的手，将它放在自己面前，刚刚还飞扬的神采黯然下来，“可惜我的手，辜负了他的期望。”

“那一段崩塌的堤坝，自百余年前修建后，每年加固，不曾疏忽。就算黄河堤坝会出事，这一段，应该也是最稳固的。”朱聿恒盯着她，一字一顿地问，“你说的公子，是怎么知道那里会出事，又提前让你去守护的？”

阿南察觉到他话中的异常情绪，抬头瞥了他一眼，将自己的手放下来，抱臂道：“公子既然下令，我就奉命秉行，至于他怎么算出来的，我就不管了。”

“算？”朱聿恒敏锐地抓住了她话中的讯息。

阿南“啧”了一声，说：“大概吧。不过他的算法和你不一样。他依据的是五行诀，大到天下山川海势，中间机关阵法，小到微毫纤末，从未失手。”

朱聿恒垂眼看着她的手，抿唇不语。

毕竟，抓捕公子时，他也清楚看到了，对方瞬间便能洞悉八阵图并游离。若不是为了救那个司鹫，估计诸葛嘉倾千百人之力也无法困住他。

所以，一切都在他的计算中吗？

他出现在三大殿，也是因为他算到了紫禁城的三大殿会有那一场大火？

朱聿恒的手，不由自主地抚上了自己被锦衣包裹住的殷红血脉。

那么，他的下一次病发——甚至是，下一次天降的灾变，她的公子，也算得出来吗？

而不知情的阿南，见他神情茫然，便抬手在他的面前晃了晃，说：“所以，你要用我给你的这岐中易和教你的方法，好好练手啊，不然的话，你都对不起我豁命去救你！”

朱聿恒望着她，迟疑间，似乎想要从她理直气壮的脸上，找出一丝破绽，查探出她和公子合谋的迹象。

但没有。

她霁月光风，目光明亮得近乎凌厉，与她背后的日光一般，直刺入他的心口。

酷烈而明亮，几乎没有半分阴霾。

第八章

六极天雷

当天下午，卓晏那个爱妻之名天下皆知的父亲，就因为妻子的病情，赶回了家中。

“见过提督大人。”

显然卓晏已经提醒过父亲，关于皇太孙隐瞒身份的事情。卓寿对朱聿恒行了个军礼，两人各自落座。

一眼瞥到歪坐在旁边榻上的阿南，卓寿心下诧异，但转念一想皇太孙殿下这个年纪了，随身带一两个姬妾出行有什么奇怪的。

只是……

皇太孙殿下坐姿无比端正严整，脊背与腰线笔直如一柄百炼钢打造的青锋剑。而旁边的这女子，软趴趴地靠着枕头跟要滑下去似的，那姿势就像只偎依在榻上的猫，没形没象，绵软慵懒。

更何况，她的长相虽然不错，但那蜜色的皮肤，亮得像猫一样的眼睛，惫懒的姿态……怎么看怎么扎眼。

殿下的眼光出了什么问题，怎么带着个这样的女人？

一时之间，卓寿猜不出阿南的身份，便也就装作没她的存在，先向朱聿恒请罪：“提督大人降临寒舍，卑职在外无法亲迎，惶恐万分！”

“哪里，是我仓促而来，未能尽早告知。”

阿南听着两人这无聊的寒暄，忍不住翻了个白眼，抓过旁边的瓜子嗑了起来。

没理会她的急躁，朱聿恒又问："听说尊夫人抱恙？"

卓寿强笑道："不怕提督大人见笑，内子自遭遇意外之后，一贯体弱，家中也请了大夫常住，都已习惯了。"

瓜子吃得口渴，阿南端起了茶盏，慢悠悠地啜着，打量这个应天都指挥使。

他四十五六岁的年纪，虎背熊腰，眉目甚为威严，可以想见他领兵征伐时发号施令的模样。

说起来，卓晏与他爹眉眼长得颇像，不过他引以为傲的身材，可比他爹瘦弱多了……

耳听得这两人不咸不淡说着客套话，阿南实在受不了，悄悄拿颗瓜子砸向朱聿恒后背，在他侧头之时，向他做了个"要紧事"的口型。

朱聿恒面无表情地将脸转过去，问道："卓指挥使，不知你是否知道，王恭厂的卞存安来找过你夫人？"

卓寿诧异问："卞存安？是哪位？"

"是如今王恭厂的厂监。"朱聿恒看似随意道，"他因尊夫人是葛家人，而来询问了一些事情。"

"内子虽姓葛，但葛家全族流放，已经二十多年未通音讯，怕是卞公公会一无所获。"

"卞公公确实空手而返。"朱聿恒说道，"说起来尊夫人甚是不易，竟因二十年前的一场火，此生困在家中无法出门。"

卓寿毕竟男人粗心，挥手道："也没什么，那场大火中丧生了那么多人，好歹内子还能保住一条命，也算是上天垂怜了。"

"各处驿站都有水井火备，怎么还会起那么大火？"

"大人有所不知，那场大火，来得相当蹊跷。"卓寿显然对于当年之事还记忆犹新，一听到朱聿恒发话，立时说道，"当日原本是晴空万里的好天气，谁知半夜忽然一片闷雷炸响，东南西北皆有雷声，随后整个驿站轰然起火，火势一起便席卷而来，雷声又引发地动，所有人无处可逃，被闷在其中焚烧，那场景，真是惨绝人寰！"

阿南"咦"了一声，那原本懒洋洋倚靠在榻上的身躯顿时坐直，连眼睛都变亮了："卓大人，你可否详细讲讲当日情况？"

卓寿扫了她一眼，还未发话，便听到朱聿恒道："听来确实动魄惊心，不知卓指挥使与夫人当时如何脱险的？"

听皇太孙发话，卓寿便回忆了下当时情形，说道："卑职是武人，是以第一声雷时便惊觉了。睡意蒙眬之中听到一声炸响，尚未分辨出是哪里来的，便立即起身，以为自己尚在战场，是敌方来袭。等起来后，便听到南、西、东各传来三声炸雷，才想着之前第一声应该是从北而来。那雷声太多太密集，卑职听得外面惊慌呐喊之声，立即抓过床头的刀，跑去看雅儿……咳，便是我当时未过门的妻子了。”

他奔出房门后，忽听得头顶一声惊天动地的响声，仰头一看，已经是漫天火起，映得半空都是亮红色，极为刺目。

正当卓寿下意识闭眼之时，脚下又是一阵巨响，地面剧烈震动。像他一样反应稍快些、从屋内仓皇逃出来的人，都跌倒在地，一时满院都是哀呼惨叫声。

此时院内已是烟火滚滚，卓寿仗着自己在敌阵中拼杀出来的身手，硬是在弥漫的黑烟中爬起来，拨开面前窜逃的人群，踹开葛稚雅所住的厢房大门。

当时送嫁的婆子已经全身起火死在床下，葛稚雅也被火势逼到了墙角。

卓寿冲进去，将她一把拉住，带着她冲了出去。

“只是不承想，就在我们出门的那一刻，雅儿被门槛绊倒，面朝下扑倒在了正在燃烧的门帘上，唉……”

卓寿说到这儿，依旧是满怀唏嘘，叹息不已：“可惜雅儿这辈子，再也不肯拿下面纱见人。”

当日驿站情景，二十年后说来，依旧令人心惊。

卓寿心系妻子，见过朱聿恒后，便匆匆告辞离去。

阿南等卓寿一走，就从榻上跳起来，说道：“六极雷！肯定是楚家的六极雷！”

朱聿恒用询问的目光看着她。

“是和你的棋九步、公子的五行诀、诸葛家的八阵图差不多的绝学，听起来，当年驿馆这雷火，绝对是杭州楚家的本事。”阿南抬手压着案卷，抬起灼灼垂涎的目光看他，“不过你比较厉害，毕竟其他的都可以学，而你这个，全靠惊世骇俗的天赋，没有就是没有，一辈子也学不会。”

朱聿恒没回答，显然对自己这个能力并不在意，目光盯着窗外，似乎在思索别的事情。

“暴殄天物。”阿南嘟囔着，在屋内转了一圈，然后跳到朱聿恒面前，说，“查！赶紧去查查楚家如今住在哪儿！咱们就在杭州，去查楚家肯定一找一个准！”

“确实要查一查。”朱聿恒终于回应了她，缓缓点头道，“毕竟，三大殿起火当天，也是雷电交加，四面八方而来，不曾断绝。”

“咦？”阿南诧异反问，“六极雷是四面八方加天上地下，六极齐震无处遁形。三大殿起火那天，也有天上和地下一起发动的雷火与震荡？”

朱聿恒抿唇思索着，随即慎重道：“倒不明显，但若真的算来，也有可验证的地方……”

毕竟，十二根盘龙柱中向上喷吐的火，算不算遮盖的天火？那大殿轰然倒塌时的震荡，或许也可能是因为震荡而倒塌？

两个月多前的那一夜，陷入昏迷之前的这些事，明明都是深深刻入脑海的东西，现在想来，竟有些恍惚模糊了，就像一场噩梦，越是想直面它，却越是会失去当时可怖的细节。

阿南见他神情不对，忙拍了拍他的肩，阻止他再深入想下去：“别想了阿言，总之，咱们先去找一找楚家，绝对没错。”

朱聿恒略一点头，说：“我吩咐下去。”

在偌大的杭州城找一个人，看似很难，但本朝户籍管理极为严格，又只是翻找几本黄册的工夫。

夕阳在山，天色尚明，杭州城中姓楚的人家已尽数被梳理过一遍，最后呈上来的，是清河坊旁梧桐巷内，一户姓楚的人家。

“楚元知……”阿南捏着那份薄薄的单子，嚣张的表情跟马上要去欺男霸女似的，“就是他没错了，走！”

匆匆用了晚膳，两人骑马到了梧桐巷。

暮色之中，天气闷热，隐约欲雨。

进入巷口后，阿南抬头看见一道雷电划过天际，照亮了面前已经昏暗的巷道。

只看见巷道尽头有一座破落小院，年久失修的门庭，大门紧闭。站在院墙外往里面看，唯见屋顶的瓦松茂密生长。

看起来是一家祖上阔过，但如今已经落魄的人家。

阿南打量了一圈围墙，又抬手在上面敲了敲。直敲了四五尺的距离，她才收回手，抱臂皱眉仰头看着。

朱聿恒从马上俯身，问她：“怎么样，需要叫人进去吗？”

“今天不行。”阿南一口否决，指着大门道，“门上有机关，机关联通围墙的布置。而且，今日正逢雷电天气，楚家号称可驱雷策电，天时地利人和你敢动手？忘记上次闯我家的神机营士兵是什么下场啦？”

朱聿恒微皱眉头，打量这敝旧门庭，问："这个楚家，如此厉害？"

"这可是楚家祖宅，雷火世家平生仇敌肯定不在少数，当然要将自家打造成个铁桶。我估计，擅闯者只有死路一条。"阿南说着，朝着巷子外努努嘴，"你会眼睁睁看着你的手下，进去送死？"

朱聿恒没说话，只看着院墙，一脸不快。

"总之，楚家又不会跑，我们先来探探路，以后大可从长计议，比如说……"

话音未落，耳边忽听得一阵敲锣声，那人边敲边跑，口中大喊："驿站失火了，快来救火啊！来人啊！"

二人抬头一看，西北面隐隐有火光微现，正是杭州府驿馆的方向。

阿南翻身上马，说道："我回去想想怎么突破楚家比较好。走吧，先去看看驿站！"双腿一催，已经骑马向着那边而去。

杭州府百姓响应极快，因营救及时，他们到达时，驿站火势已基本控制住了，只剩黑烟尚在弥漫。

驿站的东侧厢房烧塌了三四间，相连的其他几间房也是摇摇欲坠。驿站的人正拿了木头过来撑着断梁。

"共计烧毁厢房三间，其中两间无人入住，东首第一间……"驿丞翻着账本，手指在上面寻找着。

等看清上面登记的住客名单时，他的手一颤，顿时叫了出来："这……这，你们看到卞公公了吗？就是入住东首第一间的那位宫里来的太监！"

阿南正骑马过来看热闹，一听到这话，顿时和朱聿恒交换了一个错愕眼神，出声问："卞公公出事了？"

驿丞回头看向马上的他们，见朱聿恒气度端严，不似普通人，便回答道："卞公公下午回来后，好像一直都在房内没出来过，如今突发这场大火，也不知他有没有事……"

话音未落，正在废墟中泼水压余火的人中，有一个失声喊了出来："死……死了！有人被烧死了！"

驿丞吓得几步跨进尚有余热的废墟中，朝里面一看，不由得大骇："卞公公！"

听到他的惨呼，阿南立即跳下马，快步穿过院门，跃上台阶，去察看废墟内的尸身。

一具瘦小的焦尸，趴在倒塌的门窗上，被烧得皮肉焦黑，惨不忍睹。

阿南一看便知，这是在起火的时候，他想要翻窗逃生，谁知门窗连同上面的屋梁一起塌了下来，将他砸晕后压在火中，活生生烧死了。

“这是卞公公吗？”阿南端详着被压在瓦砾下的焦尸，问驿丞。

“是，是卞公公。他就住的这间房子，这身形也差不多……”京师来的大太监在自己负责的驿站被烧死，驿丞吓得面无人色，又不敢多看这具被烧焦的尸体，偏转头看见了地上一个腰牌，忙道，“你看，这不是卞公公的吗？”

阿南用脚尖在泼湿的灰烬中拨了拨，看到一面被熏黑的铜牌，云纹为首，水纹为底，正中间铸着字号，隐约是“王恭厂太监”五字。

身后朱聿恒也过来了，阿南便用足尖将铜牌翻了个面儿，后面写的是“忠字第壹号”。

“他是如今的王恭厂监厂太监，自然是一号腰牌。”朱聿恒确定道。

“真没想到，卞公公一直与火药硫黄打交道，如此熟悉火性，居然会死在这样一场并不大的驿站火中。”

“善泳者溺于水，世事往往难料。”

被水泼湿的火场湿热肮脏，朱聿恒起身以目光询问阿南，是否要离开。

阿南却蹲下身，仔细地去看那具焦尸按在窗板上的右手。

朱聿恒没想到她连尸体的手都要多看两眼，不由得皱起眉头。

阿南却回头朝他招手，说道：“阿言，你过来看。”

朱聿恒在她的示意下，看向焦尸的手指。

烧焦的木板上，与当初三大殿的那个千年榫一样，刻着极浅的痕迹，显然是卞存安在临死前，与蓟承明一样，用自己的指甲刻下了讯息。

因为尸体是挂在窗上的，那个字也是反的，阿南侧了侧头，才看出来，他是先刻了一个“林”字，下面有一横一钩。

“林？……”阿南若有所思地看向朱聿恒。

“楚。”朱聿恒则说道。

阿南看着那横钩上的“林”字，确实比较扁平，应该是楚的上半部分。

“这还真巧，我们刚好要去查楚家的六极雷，怎么这边就出现了个‘楚’字了。”阿南说着，抬头问站在旁边的驿丞：“老丈，刚刚起火之时，周围可有什么异样情况？”

驿丞不安地看看护卫在火场旁边的韦杭之等人，摇头道：“没有，绝对没有。

老头我正在房中整理文书呢，怎知忽然就起火了。唉，这上头要是怪罪下来，我也不知怎么担责……”

阿南见他说话时，旁边有一个仆妇撇了撇嘴，一脸不以为然的神情，便问道：“大娘，你可有看见什么异状吗？”

那仆妇身材健壮，头发梳得光溜溜的，一看就是利落人。她指了指天上，说：“什么异状我不懂，总之婆子我活了这么多年，下午第一次看见那种妖风！”

“妖风？”阿南诧异问。

仆妇确定道：“可不就是妖吗？我当时看看暑气快下去了，便提着水去西厢房廊下洒扫，一抬头看见卞公公正去关门。你说奇怪不，他身上的衣服不断往天上飘飞，就像被人扯住了衣角，不住往上斜飞。我再一看，卞公公鬓边散落的几绺头发，也一直往上飞。”

阿南沉吟问：“往上的妖风？”

“要只是风往上也就罢了，咱也不是没见过旋风是不是？可我再一看旁边，草叶树枝分明一动不动，草尖上的蝴蝶翅膀扇得可快了。姑娘你说，那风岂不是奇怪嘛，竟似只扯着衣服和头发往上飞的！”

一直站在旁边倾听、沉静似水的朱聿恒，他的眸中终于显出了难以掩饰的震惊。

这仆妇的讲述，让三大殿起火的那一夜，又在他面前重现。

一样的天色，一样怪异的感受。

明明周围只有闷雷，没有一丝风，可他永远记得三大殿起火前一刻，他的衣服和发丝被一种古怪的力量牵扯着，斜斜向上飞扬，竟似有一种看不见的力量，将它们托举起来，要向上而去。

还有那个，本应永久嵌压在梁柱之上的，千年榫。

是什么令人无法想象的、拔地而起的巨大力量，才能将整个屋檐硬生生拔起，完整脱出那个千年榫。

这诡异的吸力，究竟是什么可怕力量？

“阿言？”阿南的声音在他耳边响起，他才发现自己竟因太出神而没听到她的呼唤。

阿南拍拍裙子上的灰，站起身来，说：“仵作来了，咱们先回去吧。反正卞公公不但被烧焦，尸体还被横梁砸扁了，这惨状，我也不想看下去了，还是回去等验尸卷宗吧。”

朱聿恒点了点头，跟着她走出驿馆，翻身上马。

行到巷口，阿南抬脚踢踢他那匹马屁股，问：“怎么啦，神思不属的？”

朱聿恒没说话，只抿唇沉默。

阿南才不会轻易放过他，一侧身抓过他的马缰，凑到他面前盯着他，问：“那个妖风，有什么问题吗？”

清河坊的街灯早已点亮，投在他们身上，也照得阿南那双眼睛亮得如同灯笼中跳动的火光。

朱聿恒下意识地勒住缰绳，盯着她灿烂的目光许久，才垂了眼睫避开她的逼视，说：“我见过那阵妖风……在三大殿起火之前，一模一样。”

“真的有妖风？而且……还与三大殿起火时的一样？”一向淡定的阿南，也不由得大为惊奇，一把抓住他的袖子，说，“跟我说说，究竟是怎样的情景！”

“与那个婆子说的差不多。只是，那力量，似乎不仅仅只是能牵扯衣服和头发那么简单，甚至可能有千钧之力。”

长街行人稀少，朱聿恒将自己在三大殿起火之前的异状，及后来发现新月榫的事情，低低地说给她听。

他们踏着街灯的光前行，阿南沉吟片刻，然后开口问：“所以那种妖风，可以不惊动草叶树枝，却可以扯动发丝和衣摆，更可以摧枯拉朽将整座屋檐拔起？”

朱聿恒点了一下头：“是。”

“这世上，怎么会有这么诡异的力量啊……”阿南靠在马脖子上，盯着朱聿恒，“要不是那个婆子也这样说，我真以为你在骗我。”

“事情发生虽近三月，可当日情形一直在我心中，不曾抹去，我不会记错。”

“但是听起来，真是难以置信……另外，卞存安写下的那半个‘楚’字，又是什么意思呢？难道说驿站这场火，甚至是与此相似的三大殿火灾，都与楚家有关系？”阿南正在思忖着，后方忽然传来一阵骚动，人声隐隐。

阿南回头看去，问：“怎么了？”

朱聿恒一眼看到韦杭之等人似乎在围捕一个人。他心中有鬼，一看韦杭之尽力将对方逼向另一条街市，心下了然，或许是逃掉的那个司鹫或是其他的同伙，过来找阿南了。

于是他只瞥了一眼，便拨转马头，说：“没什么，大概是发现了形迹可疑的人……前面是不是石榴巷？”

阿南抬头一看，笑道：“对呀，上次咱们送囡囡回家，就在这里嘛。你说今天萍娘送我一篮桃子，我是不是该送点回礼给她？”

朱聿恒巴不得她注意力转移，便指着路边一家蜜饯糖果铺道：“那小姑娘似乎爱吃糖。”

阿南是个风风火火的性子，当即跳下马，把店内的松子糖芝麻糖各买了一份，看见柜上还摆着几个染成红色石榴状的东西，下面圆圆的，顶上五个尖尖的角，颇为可爱。

“这是什么？”阿南随手拿了两个小的，扯过旁边的棉纸包上，交给朱聿恒拿着，说：“这个好看，囡囡肯定喜欢。”

守店的老妇人在旁边看着他们，“扑哧”一声笑了出来。

阿南看看糖石榴，又看看老妇人，诧异问：“怎么了阿婆？”

“姑娘，这糖石榴是男女结亲之时，女方馈赠男方与亲友的，寓意多子多孙。”老妇人打量她还是姑娘装束，便笑眯眯道，“寻常是不吃的，等你们成亲那日，千万记得来照顾老婆子生意，我一定替你们把大小一套糖石榴都做得圆圆满满、漂漂亮亮。”

阿南一听这话，再厚的脸皮也忍不住微微发烫，等看到面前手足无措、赶紧把糖石榴放回原处的朱聿恒，她又忍不住笑了出来。

“不要不要，阿婆你别误会啊，我外地来的，真不懂这边风俗。”阿南捂着脸，灰溜溜地付了钱，抱起一堆糖赶紧逃出了店门。

一直快走到水井头了，阿南觉得自己的脸还在发烧。

她揉揉脸，见朱聿恒的表情也一直不太自然，便翻了块散糖吃着，没话找话道：“你说那个阿婆什么眼神啊，哪有人自己去买这种东西的，肯定都是家里人置办嘛……”

话音未落，她拐过巷子，看到了里面的水井头，面露诧异。

黄昏时分，本该是家家晚炊的时候，此时巷子内却有好几个人拎着水桶，争先恐后过来打水，又拎着水匆匆奔到巷子内。

略一抬头，在水井头的大树后，她看见了黑烟，正开始弥漫。

阿南脸色大变，几步奔到井边，扯住一个正在打水的男人，问：“大叔，哪里起火了？”

“不就是巷子最里头的杂院吗？难怪大家伙都说火神脾气大，驿站那边的刚扑灭，这边又起火了，真是惨！听说还有一家人被困在里面，连孩子都没跑出来！”

阿南把怀中的糖一丢，提起裙角，往巷子内狂奔而去。

巷子最里面，他们曾经带着囡囡回的那个家，如今已被火蛇弥漫侵吞。

浓烟滚滚之中，里面零星有几个人逃出，都是与囡囡家一样租住在这个院子里的。

而火势，正是从住在院子最里面角落的囡囡家中冲出的，红焰黑烟迅速席卷了周围的房屋。

泼水的人也不敢进内，只在外围洒洒水，一边咒骂这突如其来的大火。

阿南跃上被烟迅速熏黑的院墙，向里面看去。

熊熊烈火之中，燃烧的梁柱摇摇欲坠，眼看就要坍塌。而透过肆虐的浓烟，蒸腾的热气让周围的景物剧烈扭曲，仿佛有一种诡异的力量在扭扯人间，极为恐怖骇人。

而就在这地狱般的情形之中，她透过垮塌下来的窗户，看到一条浑身是火的躯体，在火中挣扎蠕动，却趴在一个东西上，始终不肯逃离。

阿南还未看清这一切，脚上忽然感到一阵灼热。她低头一看，火苗已经舔舐到了她的裙角。

还没来得及思索，她只觉耳边风生，身体往后一倾，朱聿恒已经将她拉了下来。

“火都烧过来了，你还在看什么？”她回头看见朱聿恒紧皱的眉头。

“萍娘，我看见萍娘了！”阿南顾不上多说，撕下一块裙角蒙住口鼻，抢过旁边一人手中的水桶，往自己身上一倒，冲进了火场之中。

朱聿恒没料到她居然就这么义无反顾地冲进了火中，一时反应不及，竟未能拉住她。

他望着阿南的身影，呆了一瞬。

在他掌握的资料中，阿南与萍娘，不过是三两次的交集。可是，这个普通的渔娘，却让她不顾一切地冲进火海之中，冒险救人。

阿南，可能他还是未能彻底了解她。

只这一闪念间，阿南已经冲过了院门，扑开满院黑烟，在旁观者的惊呼声中，抬脚狠狠踹开已经烧朽的房门，一头扎进了冒出浓烟火光的破窄屋内。

原本就狭窄不堪的屋内，此时充斥着滚滚黑烟，里面一切根本看不清楚。

毕剥声中，火势风声在她耳边呼呼作响。

她还想往里面再踏进一步，可迎面大团热气扑来，刚刚倒在身上的那一大桶水，水分在这片刻间被蒸腾完毕，她感觉自己的头发一下子就被燎焦卷曲了起来。

在这门口一瞬间迟疑之时，她听到屋内传来极低微的一声哭叫：“姨……姨！”

“囡囡！”阿南刚张开口，就被浓烟呛到，她下意识别过头去。蒙脸的布已经干透，她正在一瞬犹豫之间，后面忽有一桶水泼向她身上，将她浇了个湿透。

阿南回头瞥见朱聿恒，他将手中一个空水桶丢在地上，接过了侍卫们递来的第二桶水。

阿南顿时心中大定，抬手指了指正在燃烧的屋子，摇了摇头，然后回头就扎进了火势凶猛的屋内。

后面的人提着水想要浇到火上去，朱聿恒立即抬手止住，大声道："等人出来再泼！水火相激，屋子会立即倒塌！"

说着，他靠近了屋子一些，竭力透过浓烟查看阿南的情况。

火势太大，她刚刚被淋透的身躯上，立即腾起一股热气。

萍娘租赁的屋子很小，阿南几步冲到了墙角。黑烟内，她看到萍娘趴在墙角的水缸之上，头发已经烧得所剩无几，后背的衣服也已经焦黑一片。

她已经不再动弹，身躯却保持着趴在水缸上的姿势，一动不动。

阿南咬紧牙关，再踏前两步，抓住萍娘的肩膀，将她的身躯扳了开去。

只剩了一半水的缸内，囡囡正在号啕大哭。

萍娘用身躯帮女儿挡住了外面的火势，可水缸内的水也已经开始温热，再迟来片刻，她的女儿也将活活烤死在这缸内。

萍娘的尸身跌落，囡囡骤然吸到外面的烟火，她一边大哭，一边激烈呛咳，眼泪鼻涕与灰烬混合在一起，满脸狼藉。

阿南双手插入囡囡腋下，竭尽全力将她一把抱出水缸，来不及捂住她的口鼻，就带着她狂奔出屋。

黑烟弥漫之中，她抱着孩子一脚踢到了门槛，难以平衡身躯，一个趔趄差点扑倒在地。

门槛受力，带着上头的门框和屋檐梁柱，在"咔咔"声响之中，挟带着烈烈火苗，迅速向阿南和囡囡压倒下来。

千钧一发之际，一只手蓦地伸过来，将即将倒地的阿南一把拉住，又将她怀中的囡囡接走——正是朱聿恒。

身后韦杭之与众人阻拦不及，都是一阵惊呼。

千金之子，坐不垂堂，可皇太孙竟在这样的局势之中，抢上去救阿南和囡囡。

在惊呼声中，囡囡被朱聿恒抱走，阿南的手一经得空，右臂立即挥出。

流光骤射向面前的柳树，一拉一绞，机栝飞速将她的身子往前拉去。她一把揽住朱聿恒的腰，带着他往前飞扑，身体在瞬间掠过院落。

他们去势太急，阿南的臂环又无法承受三人重量，只往前疾奔了几步，便一起扑倒在院中。

身后轰然巨响震天动地，烈风中火星四溅，灼得他们肌肤焦痛——那倒塌下来的屋檐，离他们堪堪只有半尺。

若是朱聿恒抓住阿南、抱走囡囡，阿南用流光疾冲、带上朱聿恒飞扑时，任一行动有半分闪失，或者他们没有在一瞬间的闪念之中就了解对方行动的用意，那么，三人都将葬身火海，不堪设想。

周围众人一拥而上，急忙去扶朱聿恒。阿南则抱着囡囡坐起来，顾不得揉自己摔肿的膝盖与手肘，捂住她的口鼻，先远离火场。

囡囡越过她的肩头看着后方，她的家已经化为坍塌的火海。她也不再哭闹，嗓子呜咽干涩，只喃喃唤着："娘，娘……"

阿南此时才感觉自己浑身干焦脱力。她将囡囡交给旁边邻居大娘，捧起桶中水大口喝着，缓解喉咙的灼痛，又把身上泼湿，驱除身上火气。

扶着墙走到远离火海的地方，她靠在一户人家屋檐下，揉着自己刚刚摔伤的膝盖，疲惫困顿。

一盏朦胧小灯映照过来，一个白瓷小瓶递到她面前。

那持着瓶子的手极为修长白皙，在灯光下与手中瓷瓶一般莹光生润，迷人眼目。

"阿言……"阿南叹息般地唤了他一声，烟熏火燎过的嗓子比往常更沙哑了三分，一边咳嗽一边问，"这么快就拿来了……你随身带着乾坤袋？"

"咳成这样了还说笑。"小灯照出她披头散发、满是尘灰的面容，奇怪的是，这么狼狈的模样，朱聿恒却觉得并不难看。

他将小灯搁在台阶前，在她身旁坐下："你说楚家擅长雷火时，我让人准备的。毕竟……和你在一起，有太多不测的险情了。"

"怎么，跟着我委屈你啦？"虽然特别疲累，但阿南还是笑了。

他望着她，低声说："在我面前，不必强颜欢笑。"

阿南眉一扬，正要反驳，但看到他眼中的了然与感伤，终究只是叹了口气。

她撩起焦黑的裙摆，往身后的砖墙上靠着，接过他手中的瓶子，挖出里面的药膏，在自己青肿的膝盖上揉搓按摩。

"好清凉啊，这药不错。"

寻常的女子，断不可能在男人面前露出小腿，但阿南这个行径荒诞的女人怎么会在乎这种事。甚至她还因为疲惫虚脱，抹到一半就合上了眼睛，靠在墙上闭眼打盹。

朱聿恒见她手中的瓶子似要滑落，便抬手接过，碰到了她的手指，软软的，虚虚的。

大概刚刚那一场死里逃生，她迸发出了全身的力量吧。

他正看着她疲惫蒙尘的面容，想着要不要帮她把散乱的头发理好时，天空一道闪电划过，他的脸颊上微微一凉。

这场闷蕴许久的雷雨，终于下了起来。

雨夜的屋檐下，他与她身边唯有一盏小小的灯，发着幽淡的光。阿南昏昏沉沉地打着盹，橘色的光晕笼罩着她，温暖又柔软。

细雨微灯，劫后重生。

阿南打了个小小的盹，醒来时膝盖沁凉，肿痛感已经基本消失。她那边缘被烧得焦黑的裙裾，端端正正地被拉好了，遮住她拳着的小腿。

她抬起眼，看见身旁的朱聿恒，他正望着面前的雨帘出神。

"阿言……想什么呢？"阿南声音恍惚如呓语。

雨水冲刷走了烟雾余烬，空气清澈透凉。

朱聿恒侧头看着她，低声说："我在想，这几场大火。"

从顺天，到杭州，从二十年前，到今夜……这诡异的火灾，无常的焦灼与无能为力的感觉，让他心头也有一把无名火，充斥在胸臆间，无从捕捉又被时时灼烧，令人焦灼。

阿南抬手将头枕在手肘上，开口问："刚刚的火中，你……明明看到房子快烧塌了，为什么还要来救我？"

朱聿恒沉默着，什么也没说。

因为，他自己也不知该如何解释。就那么下意识的，心中还没有考虑任何事情，身体已经自然而然地向扑倒在地的她奔去。

其实他当时真的，什么都没想过。

他听到阿南的声音在耳边低低响起："当时情况那么危急，你就不怕和我一起被塌下来的房子压倒吗？"

"不会。"他声音低且缓慢，却无比肯定，"我知道你不会失手。"

在这般压抑的时刻，听到他这句话，阿南终于略略提振起来。给了他一个"算你有眼光"的眼神，她扶墙站起了身："火该灭了吧？走，去看看情况。"

夜雨细密，阿南双手虚软，朱聿恒便替她撑着伞，两人一起回到火场去。

萍娘的尸身已经被清理出来，火中却没有娄万的痕迹。

阿南恨恨咬牙道："千万不要让我发现，他今晚又去赌钱了！"

朱聿恒吩咐人去找娄万，阿南看见萍娘的尸身上只苫着一张油布，任由夜雨击打。

她蹲下来，把油布往上拉了拉，遮好萍娘露在外面的头顶。

朱聿恒弯下腰放低手中伞，帮蹲在地上的阿南遮住大雨。

“她不过是个普通船娘，为何会遭这么大的灾？”阿南看着那张油布，嗓音又干又冷，“我仔细想来，唯一值得怀疑的，就是她给卞存安洗手时有些怪异。大概，是她当时看到了什么……只是可惜，卞存安在她之前就死了，已经无从查起。”

朱聿恒“嗯”了一声，道：“另外，萍娘还说过，她年少时曾伺候过卓夫人，不知道会不会有什么线索。”

“但愿能有。就算是卓晏的娘、应天都指挥使夫人，咱们也得去好好查一查。毕竟，萍娘因此而葬身火海了……”阿南想起萍娘那惨不忍睹的尸身，眼圈不由得红了，哑声道，“她……她用自己的命，保住了囡囡的命。”

“囡囡会平安顺遂长大的。”朱聿恒肯定道。

阿南叹了口气，在萍娘尸身前沉默了片刻，终于站起身来。

旁边穿着蓑衣的几个差役蹲在废墟之中，用手中火钎子拨着面前一堆灰烬，面带诧异地说话。

阿南强打精神，向那边走去，问：“怎么了？”

差役见众人口中的“提督大人”都替她打伞，忙起身点头哈腰，又用火钎子指了指从柜子下面掏出来的一沓厚纸灰，说：“姑娘，你看。”

阿南弯腰捡起一片纸灰看了看。纸是极易燃的东西，但这沓纸刚好被倒下来的柜子压住，隔绝了火焰，还残余着二指余宽完整的纸张，未曾彻底烧毁。

阿南借着旁边的灯光看了看，上面是一片云纹栏，依稀还有墨色留存，转侧纸灰之时，可以模糊看到上面似有雷纹。

朱聿恒倒是不认识，问她：“是宝钞？”

“雷云纹，这是十两的银票。”阿南紧皱眉头，看了看被掏出来的其他四张银票残片，说道，“五十两，对他家来说，可真不少了。”

“银票？”

拿火钎子的差役解释道：“确实是近年来市面通行的银票，是永泰银庄发出来的。”

朱聿恒不知道永泰银庄是什么，略略皱眉。

“其实就是存银凭证。”阿南简短解释道，“永泰的铺号到处都是，银子跟流水似的从海外进来，因此前两年由永泰的总掌柜打头，各地大商贾们推举他家建了个银庄。现在各地行商，再不必带着大额金银出行了，就拿着这个——”

她说着，晃了晃手中的残片，道：“譬如我在顺天的永泰号里，存十两银子，就能拿到一张这种银票用以证明，然后就可以到各处通兑。无论是应天、大同还是杭州这边，只要看到永泰号的铺面，拿出银票就能拿到钱。”

差役们也点头道：“是，方便得很，如今江南官场和民间有大额银钱来往的，都用这个了。北方天子脚下，可能还少见些。”

永泰号。海外贸易发家。

朱聿恒状似无意地瞥了阿南一眼。

“是呀，永泰号信誉很好的。”阿南却漫不经心，并未察觉到他的探究，见没其他要紧东西了，她便起身道，“如今最要紧的，是把娄万找到，看看这场火、这些银票，到底是怎么回事！”

出了巷口，和囡囡家同租一院的邻居都遭了灾，只能躺在街边屋檐下过夜。有的抱着自己抢出来的仅剩的一点东西满脸仓皇茫然，有的抱头痛哭，一时场面惨不忍睹。

囡囡正在邻居婆子家，被一个不停抹泪的中年妇人抱着坐在门口。看见阿南过来，囡囡低低叫了声“姨姨”，妇人忙抱着她起身，向阿南和朱聿恒低了低头。

婆子介绍说：“这是囡囡她二舅妈。她二舅借伞去了，待会儿就把囡囡抱回去。”

阿南见妇人看来颇为敦厚，便向她点了点头，问囡囡：“你去过二舅妈家吗？”

囡囡点点头，她一夜哭叫惊吓，神情有些恍惚：“我常去的，以前阿娘说我还小，出去撑船都不带我，二舅妈就会接我过去，和表哥们一起玩……”

听她这样说，阿南点了点头，看着囡囡的神情欣慰又黯然。

“可是，我、我娘呢……姨姨，我娘呢？”她扁了扁嘴，已哭得红肿的眼中又涌满了泪水。

二舅妈拍着囡囡的背，泣不成声。

勉强定了定心神，阿南问：“囡囡，你爹昨晚去哪儿了？”

“我……我不知道。”囡囡哭着说，过了一会儿又摇头，“我知道、我知道，阿爹肯定是去赌钱了。阿爹回家的时候拿了很多很多钱！”

阿南知道她指的钱，就是那沓银票了，便问：“那你爹拿了钱回来，怎么又不在家了呢？”

囡囡抽泣着，努力回想：“阿爹下午出去了，一直没回来，阿娘和我一起睡着了。后来我爹回来拍门，我就被吵醒了……阿娘去开门，问阿爹，怎么这么晚才回来。阿爹没说话，也没进门，把东西塞给阿娘，就走了……”

阿南皱起眉头，又问：“然后呢？”

“然后，阿娘拿着东西说这是什么呀，她点了灯一看，吓得叫了一声，说这么多钱！我就问阿娘，这是纸，不是铜钱啊，阿娘却让我赶紧睡，我就闭上眼睛朝里面睡了，听到阿娘还说，怎么都打湿了呀……”

一个赌鬼，半夜忽然不声不响给老婆带来一卷打湿的银票，这事情，简直诡异。

阿南与朱聿恒对望一眼，情知这沓银票肯定有问题，只是囡囡是个小孩子，又在睡梦之中，许多细节也无从得知了。

听得囡囡又说：“然后，我也不知道自己睡了多久，阿娘忽然把我从床上抱起来，要往外跑。我睁开眼睛一看，家里着火了，我家的床，还有桌子凳子，还有灶台边的柴火，全都烧起来了……阿娘带着我要跑出去，可是门也烧起来了，阿娘拉不开门闩，抱着我使劲撞门，可怎么撞都撞不开……阿娘就把我放进了水缸，她趴在水缸上，叫我别出来……”

说到这里，囡囡又哇哇大哭起来，那地狱般的情形，让阿南都不忍心再听下去。

妇人抱着囡囡，恳求地看着阿南流泪。

阿南便也不再问了，叹了口气，替囡囡把眼泪擦掉，回头见二舅拿着把伞回来了。

他们把囡囡抱在怀中，沿着街巷往回走。伞不够大，又略略前倾护着孩子，两人的肩膀和后背都湿了一块。

朱聿恒吩咐韦杭之，叫人跟去二舅家看看，是否要补贴些钱物。打起了伞，他对阿南说：“走吧。”

阿南朝他挑挑眉：“真看不出来，你也懂民间疾苦？之前不是还把我邻居都赶走了吗？”

“那不一样。”他低低说着，手中的小灯照亮了朦胧的雨夜，示意她与自己一起回去。

她看见朱聿恒的左肩，也湿了一片。

两人并肩走出小巷子时，阿南把伞往他那边推了推，身子也朝他更靠近了一些。

阿南想，这样，阿言就能少被雨淋一点了。

第九章

星汉璀璨

火场之中劳累困顿了半夜，阿南和朱聿恒回去后，都是刚洗去了身上的尘烟，倒头就睡下了。

天蒙蒙亮之时，朱聿恒听到门外的脚步声。他警觉醒来，听到卓晏低低的声音：“杭之，殿下醒了吗？”

“进来吧。”他在里面出声道。

卓晏进来向他问安，等朱聿恒梳洗完毕后，屏退了下人，卓晏才悄声道：“是有桩小事……有人窥探放生池。”

西湖放生池，正是关押公子的地方。

正在屏风后换衣服的朱聿恒，整理衣带的手略停了停，然后问：“这么快就泄露了？”

“是……昨日晚间，杭州府就接到了永泰号的报案，说他们大东家在灵隐寺祈福，忽然莫名失踪了，要求官府和他们一起派人搜山，寻找下落。”

“永泰号？”朱聿恒微皱眉头，“海外贸易发家那个？”

他记得，昨晚在萍娘家废墟中掏出的银票，正是永泰银庄的。

卓晏点头道：“那个被抓的公子，就是永泰的大东家。真没想到啊，坊间还有人猜测永泰号是海外胡商开的呢，没想到东家其实是这样一个神仙人物。”

“你详细说说吧。”朱聿恒一向主管三大营等军政要务，后来又忙于迁都之事，与户部接触不多，对这些民间商号更是知之甚少。

但卓晏在坊间虽混得如鱼得水，却是不管俗务的，其实了解也不深：“这个永泰号好像是近两年忽然冒出来的，海外贸易较多，在咱们本朝分号倒也不少，听说从顺天到云南、从应天到乌斯藏，大江南北都有他家店铺。再说海上贸易银子跟水似的流进来，所以一群商人还推举他家发了个存银票证，江南这边各处都爱用这银票，比宝……”

说到这里，他吐吐舌头，赶紧打住了。

但朱聿恒又何尝不知道他的意思。他家的银票可以各处通兑，比如今疯狂贬值的宝钞可要好用多了。

“拿几张我看看。”

卓晏随身正带着两张，其中有一张正是十两银票，纸张厚实挺括，四面花栏印着雷云纹，中间是“凭此票至永泰号抵银十两”的字样。

朱聿恒问：“这看起来也寻常，岂不是很好伪造？”

“不不，殿下请看。”卓晏将纸举起，对着窗外朦胧天色，依稀可以看到这张纸上，出现了“永泰”两个大字印记。

“听说这是唯有永泰号才能造得出的纸，他们以某种手法控制纸浆密度，可以让银票对着光的时候，看到上面的隐记。这纸张，别家造不出来。还有就是据说银票的花纹也对应暗记，暗记还会按月轮换，所以铺面的各个掌柜一看就知道真假的。”

朱聿恒将银票搁在桌上，又问：“杭州府应允他们，帮助寻人了？”

“是，各地漕运不济时，常托赖于他们，毕竟他家船队庞大，货物轮转最便利。是以官府也遣人到灵隐搜山了，不过呢……他们发现当日是神机营在那边行动，就不敢再认真了，只在那儿虚应了一下故事。”

“也就是说……”朱聿恒缓缓问，“这群海客，企图给朝廷施压？”

卓晏忙道：“这……应该不敢吧？只是，对方好像也因此而探到了神机营的行踪，进而追踪到了放生池。”

“他们在海外横行无忌，在我朝的土地上，想自由来去可没这么容易。”朱聿恒说着，从屏风后转出，向外走去，“杭之。”

韦杭之大步跟上，等他示下。

一行人出了桂香阁，便即出了乐赏园。

“昨晚清河坊，你们那场喧哗，可是因为那个司鹫出现了？”

“是，司鹫企图接近阿南姑娘。属下按照殿下吩咐，假装让他逃脱，跟踪到了他们的落脚处，还拿到了这个。”说到这儿，韦杭之从怀中取出一个用布包好的小东西，呈到他面前，“这是在逃窜途中，司鹫抽空射入一间旧庙砖缝间的。属下猜测，这必定是他们传递消息的方法，只是，尚不知如何打开。”

布包散开，里面是一颗表面凹凸不平的铁弹丸。

朱聿恒以三指拈住这颗弹丸，举到眼前看了看。

冰凉的触感，让他这习惯了拆解岐中易的手指，倒生出一种亲切熟悉来：“这弹丸，可以打开？”

“是，拙巧阁的人看过了，说应该是中空的，里面藏有东西。只是这东西设计精巧，目前谁也不知道如何解锁，因此束手无策。”

朱聿恒翻身上马，思忖着将这颗弹丸在指尖上转了两圈，从食指上滚过，旋到了掌心中。

然后，他略略怔了一下，低头看向自己握着弹丸的手——

究竟是什么时候，他养成了这样的习惯，与阿南一样，喜欢将东西掌控在指尖与掌心，像逗弄小兽一般玩弄。

他将手中的弹丸收入袖中，沉默思忖片刻。

神机营踪迹既已泄露，海客们也在千方百计联络阿南，看来，他不得不去会一会那个公子了。

一夜雷雨初收，晨曦雾霭之中，西湖越显云水氤氲、烟波迷蒙。

在被禁绝靠近的三潭印月一带，却有一叶轻舟划开琉璃水面，向着放生池飞速驶去。

放生池外围列的船依次散开，码头台阶上，诸葛嘉正静待着。

轻舟靠在青石台阶上，船身轻微一震。

诸葛嘉立即上前一步，抬手以备搀扶站在船头的朱聿恒。

朱聿恒却早已踏上台阶，只抬手接过他手中的披风，一面沿着石板路向内大步走去，一面问：“那人呢？”

“在天风阁，就是放生池正中间。”诸葛嘉说。

朱聿恒抬眼看去。放生池一圈堤岸不过丈余宽，里面围出一个小湖，便成了“湖中湖”。四条九曲桥从放生池的四个方向往中间延伸，在最中间，二三十丈方圆的一块地方，错落地陈设着亭台楼阁，小院花圃。

虽在花木掩映中，但依然可以看到，幽微天光下，有不少守卫走动的影迹，影影绰绰。

朱聿恒拉上斗篷的帽兜，将自己的面容隐藏在阴影之中：“那人的两个侍卫，审过了？”

诸葛嘉递上案卷道：“审过了，他们是杭州坊间拳脚精熟的练家子，只是因为熟悉杭州事务，所以被临时聘来的，其实并不知道主家是什么身份。”

朱聿恒接过送上的签押文页看着，一面问诸葛嘉：“他交代什么了？”

“他只说自己是寻常海客，不明白为何被捉拿。提督大人可是要亲自审问？”

“不必，还是你来吧。”朱聿恒略一沉吟，说道，“你也不用着急，找个由头细细审讯他，将他过去的一切都磨出来。最重要的，是将他羁押在这里，越久越好。”

“是，审足三年两载都没问题。”身为下属，诸葛嘉又最喜欢做恶人，自然包揽下来。

朱聿恒点点头，看向签押文页的画押处。

那里写着的，是清拔飘逸的“竺星河”三字。

原来他叫竺星河。

南方之南，星之璨璨。

她是南方，而他是南天璀璨的星河。

朱聿恒盯着“竺星河”看了须臾，缓缓道：“既然对方敢去官府要人，想必是要讨一个理由。那么此次审讯，便着重问一问，他与四月初宫中那一场大火，是否有关吧。”

诸葛嘉心下诧异，一个海客与三大殿的大火，能有什么关联，但皇太孙既然这样说了，他便也恭谨应了。

“诸葛提督，这位是谁？”码头边一个身材魁伟的男人，见诸葛嘉带着朱聿恒看过来，便出声询问。

这男人身材高大，肌肉结实，几步跨过来，站在面前跟铁塔似的。

“这是我们提督大人。”诸葛嘉语焉不详地介绍道，又指着那大个子，“这是拙巧阁主的左膀右臂，副使毕阳辉。”

拙巧阁。

朱聿恒知道他们与官府多有合作，甚至阿南还与他们一起研制过那柄会炸膛的小火铳，便略一点头：“劳烦。”

毕阳辉笑道：“应该的。毕竟我也想会会阿南的公子，看看是什么三头六臂。”

卓晏最多话，问他：“毕先生也在阿南姑娘那边吃过亏吗？”

毕阳辉的脸色别扭起来："胡说！我怎么会在那娘儿们手上吃亏？"

卓晏忍不住笑了，凑到诸葛嘉耳边问："嘉嘉，看他这样子，是被狠揍过几顿吧？"

诸葛嘉面无表情地飞他一个眼刀，示意他闭嘴。

毕竟在场所有人，除了卓晏，谁没被阿南揍过呢？

朱聿恒问："既然对方已知道此处，前来试探，你们是否能守住？"

"如今这水上水下，都是重重机关，请提督大人放心。"诸葛嘉道，"他们要是敢来，正好围点打援，来一个，抓一个。"

朱聿恒望着面前蒙着晨雾、平静得完全看不出有什么机关设置的放生池，问："要是，阿南来了呢？"

诸葛嘉目光微敛，那过分柔媚的五官，染上一层狠戾："属下定让她有来无回。"

卓晏嘴角一抽，小心翼翼地观察朱聿恒的脸色，见他面无表情，才略微放下心来。

"说得好！我们这天罗地网，她一个娘儿们能干什么？"毕阳辉拍手附和道，"而且，我们阁主已经接到讯息，定能尽快赶到。傅阁主能废了她手脚一次，还不能废第二次？"

西湖的波光，在朱聿恒睫毛上轻微一颤。

原来她手脚的伤，竟是这样来的。

回想阿南每时每刻都懒洋洋瘫在椅子上的模样，他对这第一次听到的"傅阁主"，心头无由掠过一丝不快。

但最终，他只是垂下双眼，任由晨风将面前波光吹得紊乱。

九曲桥已经到了尽头，桥头便是天风阁。

卓晏与竺星河在灵隐寺打过照面，便机灵地停下了脚步，不再跟去。

朱聿恒看完了卷宗，将它还给诸葛嘉，问："这个竺星河，既能统御阿南，想必有独到之处？"

诸葛嘉这两日显然也正在研究这个，答道："听说他在海上势力煊赫，还扫荡了婆罗洲附近所有海贼匪盗，但回归我朝后，似乎处事十分低调，有事也都是手下人出手——比如阿南，就是他手上最锋利的一把刀。"

"然则，他这次在灵隐祈福，身边的侍从是临时在杭州聘请的？"

诸葛嘉也觉得奇怪，正在沉吟，毕阳辉插嘴道："谁知道这老狐狸在想什么，他一贯诡计多端，其中或许有诈。"

朱聿恒将抓捕公子当日情形略想了想，又问："竺星河也会机关阵法？"

“不算吧，是那娘儿们擅长设阵，这男的擅长破阵，什么时候他们打一架才好看呢。”

毕阳辉这个粗人，在殿下面前一口一个娘儿们，让诸葛嘉不由得皱眉，正要开口阻止，却听朱聿恒问：“我听说竺星河有一套‘五行诀’？”

“对，就是他的那一套什么算法，能将天下万物以五五解析，据说无往不胜。”

“若拿五行诀来分析山川地势，是否可行？”

毕阳辉道：“应该吧，不然他怎么打下那么大一片海域？”

见他也是一知半解，朱聿恒便也不再问。

九曲桥边，荷叶挨挨挤挤，柳风暗送清凉。临水栏杆边有人在晨光中盘膝静坐，面对着满眼湖光山色，整个人便如入画般，雅致深远。

“竺星河，到阁中问话。”见朱聿恒一行人到来，守卫官差远远喊道。

在粼粼波光之前，竺星河抬起头来，远远望了斗篷遮掩下的朱聿恒一眼，轻抿双唇。

朱聿恒不言不语，此时尚未大亮的黎明与斗篷的兜帽将他遮得严严实实，无从窥探。

竺星河动作缓慢地站起身，他们才看见他是赤脚的。他还穿着那套在灵隐的素服，衣摆垂下遮住了他的脚踝，却未遮住系在他脚上的银丝。而他的一双手腕在转侧之间，也偶尔有银白的光线在灯光下闪烁，像蛛丝一样缠系着他的四肢与颈项。

朱聿恒瞥了身旁的诸葛嘉一眼，以示询问。

诸葛嘉解释道：“这是拙巧阁主亲自制作的‘牵丝’，用精钢制成，刀斧难断，细韧无比。他小心迟缓行动的话，自地下延伸出的牵丝亦能随之缓慢延展，不伤及肌肤。若是稍有激烈动作，轻则被剐去一层皮肉，重则直接削掉整条手足和头颅。”

韦杭之听得有些不适，低声问：“他都已是阶下囚了，有这必要吗？”

“你又不是没见识过抓捕他的场面。”诸葛嘉冷笑道，“别被他现在的样子骗了，老虎趴着休息的时候，也像一只猫。”

竺星河在牵丝的制约下动作克制轻缓，倒另有一种优雅从容。他缓缓步入天风阁，站在檐下看着他们，目光平静，就像一个主人在庭前迎接自己的客人。

朱聿恒不愿与他打照面，只在屏风后坐下，示意诸葛嘉。

诸葛嘉在屏风侧面的案前坐下，将卷宗重重按在桌上，问：“竺星河，你从何处来，为何要在我朝疆域盘桓？”

竺星河的目光，在屏风后朱聿恒的身影上停了片刻，才缓缓道："我本是华夏后裔，先祖在宋亡之后漂泊海外。直到三宝太监下西洋，我们听到了故乡的消息，才循讯回归故国。我等通过广东市舶司进入的，有档案有文书，在各地行商也是遵章守纪，不知犯了何罪，竟将我囚困于此？"

诸葛嘉问："你既是大宋末裔，那么先祖在海外哪个异邦居住，共有多少人？"

"先祖共有数百人，移居忽鲁谟斯，至今有一百五十余年了。"

诸葛嘉驳斥道："忽鲁谟斯与天方相接，距我朝十分遥远。本朝太祖重开日月新天之后，宋朝遗民有陆续自爪哇、苏禄、苏门答腊归国的，但来自忽鲁谟斯的，却少之又少。你们百来人海渡而去，又不足以在那边割地为王，如何能在彼方地域上繁衍生息一百五十年、六七代人，却维持如此纯正的血脉与文化，连口音都与千万里之外的故土一样发展变化，完全听不出任何差异？"

竺星河身形未动，只双眉轻扬问："阁下是神机营提督诸葛嘉吧？如此威势，却只能俯首听命于屏风后之人，不知那位又是什么来历？"

诸葛嘉冷冷道："候审之人，有何资格臆测贵人身份？"

"你又焉知我在海外不是贵人？婆罗洲一带海商众多，我往来于其间，为出海的华夏子民荡平万顷海域，三宝太监船队亦曾托赖我手下船队护航。我既非荒鄙海民，在海外时便学习如今的华夏文化与口音，有何稀奇？"

这番话无懈可击，诸葛嘉一时语塞。

朱聿恒隐在屏风之后，轻咳一声。

诸葛嘉会意，喝道："竺星河，你为何要潜入宫中纵火？"

竺星河双眉微扬，说道："不知诸葛提督此话从何说起，我一介布衣，如何潜入宫中，还能纵火？"

"四月初，你到顺天所为何事？"

"与我同归的一个海客手足有伤，我送她北上求医。"

"你在顺天待了多久，初八那日，你身在何处？"

竺星河不疾不徐，说道："三月底去，四月初五我便因急事离开了顺天去往济南。"

"留在顺天医治的那个海客，是你什么人？"

竺星河沉吟片刻，终究没能给他们的关系找到一个最准确的形容，只说："她是帮我管事的。"

"管什么事？"

“船队事务繁忙，我一人分身乏术，而她自小在海上长大，熟稔海上事务，因此也算是我的帮手。”

诸葛嘉将广东市舶司的卷宗抛在桌上，道：“据我所知，与你同去应天的这个司南，是个女人。她帮你做事，如何服众？”

见他已经调查过阿南的底细，竺星河也不再遮掩，自若道：“在本朝疆域可能罕见，但在海上早有女船王，甚至有些小国便由女王统治，何奇之有？”

朱聿恒在屏风后听着，眼前似出现了阿南驾领船队在浩瀚大洋之上前行的场景。

海天一色的碧蓝之中，她衣衫如火，黑发如瀑，必定又是一种动人心魄的情形。

正在此时，外面忽然传来一阵骚动，有急奔而来的脚步声，打破了此时屋内的审讯。

诸葛嘉微皱眉头，向外看去，只见韦杭之大步走近，径自向着屏风后的朱聿恒而去。

韦杭之附在朱聿恒耳边，低低说道：“窥探此间的刺客，来了。”

朱聿恒扫了竺星河一眼，站起身向外走去。

诸葛嘉情知有事，立即也跟了出去。

此时放生池外的堤岸上，毕阳辉正抱臂笑嘻嘻看着水底。

朱聿恒踏上青石砌成的堤岸一看，下面那清澈的水中，正翻滚着沸腾似的血水，随即，破碎的水草和发丝一缕缕浮起，血水中冒出一串水泡和泥浆来。

“哟呵，就这还不冒头，我敬你是条汉子。”毕阳辉蹲在岸上，冲着下面打了个呼哨，笑道，“出来吧，再不出来就把你绞得稀碎！”

卓晏看着那些翻涌的血水，脚都软了，扒着诸葛嘉的手臂问：“嘉嘉，这……这是什么？刚刚这水下不是还什么都没有吗？”

“谁说什么也没有？”诸葛嘉拍开他的手，冷冷道，“这是拙巧阁设下的锁网阵，已经锁死了放生池周围这一圈水域。别说是人了，就算是一条鱼、一只螃蟹，也不可能钻得进来！”

卓晏咋舌：“什么阵啊，杀人连看都看不见？”

“你没见过的多着呢。”毕阳辉盯着水面，眼看水下那人坚持不住了，他得意一笑，伸出手指勾了勾，“来了来了，出来呀……”

只见水下冒出一条身影，一出水便吓得卓晏跳了起来。那人遍身血水淋漓，身上衣服已被绞成碎布，破衣下的肌肤也是遍体鳞伤，彻底看不出面目。

朱聿恒盯着那遭鱼鳞剐般的肌体，心中忽然想，要是阿南侵入这里，是不是，也会遭遇这般惨状？

但那人虽然伤重，却是强悍无比，一手搭上堤岸的条石，便要纵身从那水阵中跃出。

“他……他上来了！”卓晏指着那人的手，失声叫出来。

话音未落，旁边拿着钩镰的士兵已经涌上前，钩住他的锁骨与腰身，就要将他从水中提出。

谁知那人力气极大，全身鲜血却似激发了他的狂性，反手抓住钩镰一挥一拍，震怒大吼，仿佛全未感觉到自己身上肌肉被撕裂的疼痛。

几个持钩镰的士兵，全都被震飞出去，摔入了内湖之中。

这放生池上堤岸细长狭小，诸葛嘉无法布阵，见对方如此悍勇，只能抢在朱聿恒面前，拔出腰间佩刀，斜指对手。

韦杭之则比他更快了一步，早已警觉地护住朱聿恒。

但很快他们就发现自己并不需要如此。因为毕阳辉已经出手。

他身材异常高大壮硕，膂力自然惊人，抓过旁边一支钩镰枪，擦着水面狠狠掷去，直穿对方的肩胛而过。

这一掷力度威猛异常，射进对方的肩膀之后，势道不减，竟带着他的身体往后拖去，连人带枪钉在了四丈开外的一艘船上。

四丈，已经在水阵距离之外。

诸葛嘉心中暗叫不好，立即向船上人示意，抓住那个被钉在船头上的刺客。

钩镰枪头早已击碎了对方的肩胛骨，加上他在水阵中所受的伤，若是正常人，就算在水阵之外，也应当没有逃脱的余力了。

可惜，对方并不正常。

在船上士兵爬下甲板，要去抓他之时，他右手抓住钩镰枪，双脚在船头上一蹬，硬生生挣脱了这条船，连人带枪，一起扎进了水中。

在呐喊声中，周围船上乱箭齐发，射向水下。

血花再次在水中翻涌起来，但终究，还是消失了。

诸葛嘉盯着湖面上越来越淡的血色，脸色难看至极。

毕阳辉冷哼道：“逃个屁啊，这么重的伤，回去也是死人一条。”

“就怕他回去后，把这边的布置告诉同伙，到时候，难免会想出破解之法。”

“谁能破解？阿南吗？”毕阳辉“哈”了一声，指着面前的西湖，“水上有船日夜巡逻，水底遍布锁网阵，他们长个翅膀飞进来救人？”

“或许……”朱聿恒想到阿南那只可以在空中飞翔的蜻蜓，淡淡出声问，“对方要是真的长了翅膀呢？”

“长翅膀？长翅膀飞进来又怎么样？”毕阳辉咧嘴一笑，抬头看向天空。

卓晏顺着他的目光看去，却只看见青蓝的天际，和遍布锁网阵的湖中一样，看起来一无所有。

众人去水边观战，竺星河被带到了偏厅之中。

他亦平静如常，在小厅的茶几前缓缓坐下，甚至还借着旁边的小炉，给自己煮了一壶茶。

等茶香四溢之时，旁边忽然有几个士卒过来，将偏厅三面的门都推上，光线立时朦胧下来。

竺星河抬头看去，身罩斗篷的那人出现在光线之前，逆光将他的面容遮掩得更加彻底。

他毫不惊讶，缓缓抬手向对方做了个“请”的手势，示意他可以与自己在几案两边对坐。

但朱聿恒并未理会他，只在窗前坐下，将一条被切了一半的染血腰带丢到他面前，冷冷道：“你的同伙企图劫人，已被诛杀。”

竺星河瞥了一眼，说道：“是我家奴，但非同伙。我一生行事光明磊落，何须伙同他人？”

“你的形迹早已败露，遮掩也是无用。”朱聿恒略略提高声音，问，“我问你，四月初八，你为何要潜入紫禁城，在三大殿纵火？”

“此事我早已辩明，四月初五我已离开顺天。”

“若你果真离开，三大殿起火之前，为何会躲在奉天殿檐角之下，当日的火中，为何又会出现你随身携带的东西？”

竺星河并未开口应对，只面露疑惑之色。

朱聿恒见他貌似无辜，便从袖中取出两只幽蓝的绢缎蜻蜓，按在自己身边的高几之上。

两只蜻蜓，一只完好无损栩栩如生，另一只则已经残破，被他拍在几上时，细小的机栝随之散落。

竺星河的神情，终于带上了一丝诧异：“这东西，是他人所赠，我在应天时丢失，正不知如何与对方解释，怎么竟会在这里？”

“这么重要的东西，你一句话，说丢便丢了？”朱聿恒盯着他的面容，一字一顿道，“如今你的同伙，早已向我们招供，甚至连与你这蜻蜓相同的一只，也已作为罪证上交，你矢口抵赖又有何用？”

竺星河的目光，落在那只完好的蜻蜓上，语调更为疑惑：“罪证？这种消遣的小玩意，丢了便丢了，再做一只不就行了，如何能作为罪证？又是谁拿出来诬陷我的？”

他这滴水不漏的神情，对这双蜻蜓满不在意的情绪，都让朱聿恒的心中，隐约泛起不快。

但他自小喜怒不形于色，此时也只冷冷道：“这你不必管，总之，你身边的人、你所有的事，我们都有所掌握，不然，也不会出动那么大的阵仗，将你擒拿归案。”

竺星河笑了笑，只轻轻转了转拇指上那个扳指。

这个银白色的扳指，不知是什么材质所制，刻着古怪的花纹，发着素淡的微光。

那扳指的光线与缠绕他周身的牵丝光芒混在一起，都是似有若无、缥缈虚无的光线，让他看来倒像是一只稳坐八卦阵的雪蛛，正编织着晶莹明净又致人死命的陷阱。

他问：“这么说，出卖我的人，是司南？”

朱聿恒并不承认，也不否认，只以平静任由他去猜测。

竺星河端详着他的面容——虽然只能看见他微抿的薄唇与略带倨傲微扬的下巴，但亦可泄露出他不俗的样貌。

竺星河忽然笑了，问：“我认识阿南十四年，与她并肩出航九年。这世上，大概没有人比我更了解她。可我却看不出，阁下何德何能，居然能得阿南青眼，甚至值得她抛弃自己十几年的兄弟与战友，投到你那一边？”

“为何不理解？”朱聿恒平淡道，“每个人做事，自有他自己的道理。”

“我想不出她这样做的道理。”

“那么我给你一个道理，她与我营宋提督，如今是主仆关系，”朱聿恒沉静端坐，口吻很淡地说道：“有卖身契在手。”

竺星河一直淡定自若的表情终于变了。甚至因为手腕颤动的动作超过了“牵丝”的允许范围，他的衣袖之上，一道浅淡的血痕迅速渗了出来，染在素衣上，颇为醒目。

他却仿若不觉，只问：“哪个营，哪位宋提督？”

“这你不必知道。”

朱聿恒毫不心虚，任凭他误认为是阿南卖身给别人。

“她这是，要找一个新靠山吗？”竺星河垂下手，将手指轻扣在那个扳指上，问，

“这回居然是，当今朝廷？”

朱聿恒心念急转间，想到阿南上一次与拙巧阁的合作，便模棱两可地答道：“至少，朝廷比拙巧阁，可要待她好多了。”

竺星河轻叹了一口气：“能归顺朝廷也是好事，大概她是厌倦了海上漂泊流浪的日子了。”

“若你们能安心回归我朝，不再兴风作浪，朝廷自然也会善待抚恤，何至于身陷囹圄，生死由人？”朱聿恒回归正题，一字一顿道，“说吧，宁远侯世子已在灵隐看到你所写的祭文了，幽州雷火，黄河弱水，都是什么意思，你与三大殿起火究竟有何关系？”

“这不过是我耳闻最近两桩天灾，因此在祭文上随手一写，不知触犯何种律法？若阁下不信，大可让阿南来与我一辩，即可知晓我挚爱故土之心，绝不可能、也做不到为祸人间。”

朱聿恒自然不可能让阿南前来，未加理会。

“怎么，阿南的新主人驱使不动她，无法让她前来指认我吗？”竺星河的脸上，显出关切询问的神情。

朱聿恒冷笑一声，从袖中取出那颗铁弹丸，放在两只蜻蜓之前，说道：“她如今另有要事在身，你们传递的消息已无暇查看，何况来见你。”

“这样啊，我们这群在海上生死与共的兄弟给她传递消息，她都不理会了吗？”竺星河语气伤感中又带着一丝痛惜，“她为何明知我清白无辜，却不替我辩白？难道我做过什么对不住她的事情吗？”

他条条桩桩推得一干二净，这滴水不漏的模样，将所有话题又推回了原来的出发点。

窗外的日光已经明晃晃升起，这一时半会绝不可能结束的审讯，朱聿恒不准备再从头开始，重新探寻一次。

毕竟，阿南也该睡醒了。

“你既不肯说清事实真相，那就在这里多待几日，等你的同伙们一个个自投罗网，等我们查清你一路行程，再做定夺吧。”

朱聿恒站起身，表示自己即将离去，言尽于此：“阿南与你都是身怀绝艺之人。她如今得朝廷庇佑，自然过得很好。我听说你的五行诀也是天下绝学。我朝向来赏罚分明，只要你立下功绩，以你的艺业帮我朝子民消灾减难，未尝不能成为上宾。”

他的意思已很明显，竺星河却无动于衷，只盘膝坐在几案前，目光若有所思地落在他的手上。

朱聿恒便不再理会他，收好高几上的东西，抬手推门而出。

就在他一步跨出之时，他听到竺星河在后面出声道："你的手……"

朱聿恒的手顿了顿，听到他缓缓说："你这双手，阿南肯定喜欢。"

朱聿恒神情漠然，仿佛没听到般，用那只手将门一把拉开，大步走入外面明灿的日光之中。

日头高升，一片云也没有的天空，瓦蓝刺眼。

诸葛嘉与卓晏等人正候在外面，见朱聿恒出来，他们随之跟出。

见朱聿恒似是一无所获，诸葛嘉便问："提督大人，不如咱们严讯逼供，让他尝试尝试雷霆天威，或有效果？"

朱聿恒没回答，一直走到堂前，才听他开了口，问："诸葛提督，我记得，你以前养过一只鹰？"

诸葛嘉不知他为何忽然提起这个，回答道："是，它叫阿戾，后来为保护我而折损在战场上。"

"我听说，刚抓到它的时候，有七八个驯鹰好手都折在上面了，就是驯不出来？"

"是，阿戾特别倔强，被断水断粮至奄奄一息都不肯听从命令。到后来众人都觉得这是一只死鹰，不可能驯得出来，于是将它绑了翅膀，丢给了一群细犬当口粮。"诸葛嘉对自己这只鹰感情深厚，说来自然如数家珍，"当时属下正从旁边经过，见那只鹰翅膀被绑，依旧用利爪和恶犬相搏，不肯屈服，便打散了狗群，将它救出，又给它解了翅膀放它离去。"

卓晏最爱听这些故事，忙问："后来呢？"

"我放了它，它没有飞走，却学会了驯鹰人教的第一个姿势，扑扇翅膀保持平衡，站在了我的护腕上。"诸葛嘉说着，抬起右手，那一向狠厉的眉眼，也染上了一丝柔和，"后来，它就一直在这里，站到了死亡那天。"

"是一头好鹰。"朱聿恒说着，脚步顿了片刻，才说，"找个人，好好照顾那个竺星河。"

诸葛嘉张了张嘴，有些不解，但随即便明白了过来。

竺星河这种难驯的鹰，若遇上森森犬牙之中伸向他的一双手，或许，也会有所不同。

所以他只顿了片刻，便恭谨道："是。"

卓晏在旁边不解地挠挠头，不知道他们从一个话题跳到另一个话题，是什么意思。

前方是云光楼，从应天送来待处置的公文正堆积在那里，等待朱聿恒的批示。

他没有理会那些军政要事，只在案前坐下，将那两只绢缎蜻蜓让诸葛嘉过目。

蜻蜓的机栝太过细小，几乎无法用手指捏住。诸葛嘉俯身仔细一一查看零件，他毕竟对这一行有所涉猎，一眼便断定道："这似乎是一个小玩意，以蜻蜓体内的机栝驱动外面的翅膀，大概可以令蜻蜓在空中飞一会儿。"

"不止一会儿，只需一点气流驱动，便能飞很久。"朱聿恒说着，取过那只完好的蜻蜓，一扯它尾后的金线。

轻微的"嗡"一声，蜻蜓自朱聿恒掌中盘旋而起，振翅低飞在室内，轻舞迷幻。

诸葛嘉和他当时一样，一瞬不瞬紧盯着它，根本无法从这只奇妙的蜻蜓上移开目光。

直到它势头微弱，越飞越低，朱聿恒才抬起手，让蜻蜓轻轻停在自己掌心之中。

他掌心倾斜，让蜻蜓轻滑入盒中，抬眼看诸葛嘉："这是我自阿南处得来。依你看来，这世上是否有人的手艺能与她比肩，或者说……将她击败？"

"击败一个人很简单，属下凭借家传阵法，足以将她擒住。"在公子那边取得胜绩的诸葛嘉颇有信心道，"只是要在这些精巧物事上超越她，怕是很难。"

"我听说你的先祖是蜀相诸葛亮，诸葛家一千多年来人才辈出，难道也没有办法？"

诸葛嘉摇头道："我先祖流传下来的，共有两桩绝艺。一是阵法，属下这一脉便是习得了八阵图，赖此在军中建功立业，受圣上青眼，忝居神机营提督之位；二是机栝，如损益连弩、木牛流马便是，只是这一门绝艺已经不在我诸葛家了。先祖当年制作连弩与木牛流马等，颇得妻子黄氏帮助，因此这门技艺也大多传予女儿。后来我族中出了位惊才绝艳的女子，嫁入蜀中唐门后，将此技发扬光大。唐门子弟也都争气，代代推陈出新，如今机栝已成为唐家绝学。"

"那么，这东西，蜀中唐门能弄得出来？"

"可以仿制，但怕是做不了这么小，也飞不了这么久、这么稳。毕竟这些零件的精巧程度，至少在九阶以上，普通匠人无从下手。"

"九阶？"朱聿恒并不清楚他这个说法的意思。

"是，匠人的手艺，在行当内共分十阶。三阶以下仅为普通工匠；四、五阶开始登堂入室；六、七阶已属万里挑一；到八、九阶便是大师泰斗了。至于第十阶，臣平生只有耳闻，未曾见过。"诸葛嘉看着那只蜻蜓旁的细小机栝，娓娓道来，"唐门这一辈有个天才，十余岁时便到了八阶匠人的手艺，但属下见过他当时做出来的东西，与这蜻蜓还是有差距。”

朱聿恒轻按着那片残破翅膀，又问：“十阶便是登峰造极，没有再高的等级了？”

“按等级来说是没有了。不过属下曾听传言说，天下工匠分七脉，公输鲁班一脉近年出了一位震古烁今的传人，机栝阵法之妙独步天下，远超十阶。但因为上面已经没有其他等级了，是以给他独设了另一个等级。”

“十一阶？”朱聿恒随口问。

诸葛嘉摇头：“三千阶。”

朱聿恒紧盯着那两只蜻蜓，看了许久，才缓缓问：“超凡脱俗，遥不可及？”

“是。”

朱聿恒沉吟片刻，又问：“那个人，叫什么名字，能找到吗？”

“这……请殿下恕罪，属下久在朝廷，对江湖民间之事，所知亦不甚多。我神机营研制火器时，与拙巧阁多有合作，他们在江湖中久负盛名，手下能工巧匠遍布九州，相信定能找到超越阿南姑娘的天才人物。”

“尽量，还是寻一寻吧。”朱聿恒看着窗外那些暗藏杀机的波光水色，淡淡道，“毕竟在阿南过来之前，我们谁也不知道，这世上什么东西能挡住她。”

迅捷地处理完公务，朱聿恒手中无意识解着岐中易放松手指，走出云光楼。

顺着九曲桥走到码头，在明亮日光之下。毕阳辉正站在水边，抬头看天空。

卓晏最好事，也跟着抬头，看向空中。

四下除了水风掠过湖面，其余什么也没有。卓晏疑惑地问：“毕先生，你在看什么？”

话音未落，只听得毕阳辉嘬口一呼，向着空中遥遥地发出两长两短四声呼哨。

长空中有隐约的鸣叫声传来，随即，浑然一色的墨蓝中忽然光彩闪耀——

一只羽色辉煌的孔雀，侧身从天际呈现，在空中绕着他们盘旋。

随着角度的转侧，朱聿恒等人才看出来，原来这只孔雀在飞翔的时候，尾羽缩了起来，肚腹又是深青色的，是以飞在高空中时，他们竟一时都看不出来它在头顶上。

“这里怎么会有孔雀飞来？”卓晏又惊又喜，见孔雀向毕阳辉飞去，便大声问，“毕先生，原来孔雀在空中飞的时候，尾巴会收起来？”

“年纪不大，眼神这么差？”毕阳辉说着，抬手揽过落下的孔雀，让它停在自己的肩头，大笑着对卓晏说道，“这是我们阁主的‘吉祥天’，他一时半会儿赶不到，先送来了阿南最怵的东西。这下就算那娘儿们从天而降，也要死得很难看了。”

卓晏见孔雀停在他肩头一动不动，便试探着抬手摸了摸，才发现孔雀的身体坚硬空洞，竟然是皮革做的，外面植上羽毛而已。

卓晏震惊不已：“这是你们阁主所制？它从何处飞来，又怎么找到这边的？”

诸葛嘉见朱聿恒也在看这孔雀，似是想起了阿南的蜻蜓，便介绍道：“这是傅阁主所制的‘吉祥天’，据说当初是阿南姑娘借用风力，研制出足以在空中飞行的机栝，傅阁主改进了寻找方位的手法，同时借助拙巧阁沿途一站站的接力，这只‘吉祥天’方可飞渡州府，顺利到达此处。”

毕阳辉拍了拍孔雀，打开它的腹部看了看。

卓晏还想探头去看看孔雀腹中有什么，毕阳辉却“啪”的一声关上了，只朝他们哈哈一笑：“放心，戏台摆好了，就等那娘儿们过来寻死了。”

听到他句句针对阿南，卓晏有些心惊，偷偷打量朱聿恒的神色。

可他的神情隐藏在熹微的晨光之中，并未透露任何可供他人揣测的内容。

只是看着毕阳辉肩上的孔雀，朱聿恒忽然开口问：“楚家六极雷、竺星河五行诀，那么，阿南是什么？”

“她的名号特别嚣张，不过还不是败在我们阁主手下？”毕阳辉扛着孔雀，捋了捋它的尾羽，冷笑道，“三千阶。”

一贯冷面狠绝的诸葛嘉，神情顿时扭曲了。

朱聿恒的手微微一顿，阿南送给他的岐中易在他的指尖发出轻微的碰撞声响，在寂静的西湖烟水中，显得格外空茫。

第十章

灵犀相通

回程时已是日近中午。

轻舟在熹微晨光中横穿西湖，万顷风荷碧叶如浪涛起伏，朵朵莲花则如红鱼穿梭游弋在碧浪之间。

嫩生生的荷花莲蓬擦着船身而过，卓晏看见朱聿恒扯了几枝莲蓬与花朵，握在手中。

回到乐赏园，桂香阁内，阿南正在梳妆，隔窗看见朱聿恒手中的荷花，扬了扬眉。

朱聿恒闷声不响，将花与莲蓬递给阿南。

“一大早替我摘荷花去了？”阿南笑着抱过，将莲蓬搁在旁边，抬手在荷花苞上轻拍。

她用这么粗暴的手法对待如此娇嫩的花朵，但这粗暴又确实是有效的，那些紧紧包裹的花朵，在她的拍打下，花瓣在他们面前次第张开，如同奇迹。

朱聿恒看着她那只残暴击打花朵的手，看着手上那些陈年的伤痕，心想，不知道她是三千阶的时候，是怎么样的一个女子呢？

也像现在这样，每天懒洋洋的，把利刃深藏在骨子里吗？

“阿言你知道吗？”她抱着已经盛开的花朵，示意他与自己一起去前厅吃饭，朝他笑道，“你是这世上，第一个送我花的人。”

公子也没送过吗？朱聿恒心中想着，朝她略一扬唇角，没有说话。

走在他们身后的卓晏在心里感叹，殿下明明说对阿南没兴趣的，可现在这模样，哪像是没兴趣的样子啊，甚至已经到了宠溺的地步了……

只是忽然之间，他想起今日殿下对诸葛嘉所说的话，顿时如遭雷击，呆立当场。

是一头好鹰。

养不熟、驯不服、熬不成的一头鹰，诸葛嘉终于让它站在了自己的护腕之上。

滴水不漏、身份未明的公子，也被安排了一个驯鹰人。

那么，打不过、抓不住、骗不到的这样一个阿南呢？

他胆战心惊地抬头看前面这一对人。

朝阳下的花朵带着烟霞般的色泽，渲染得抱着花朵的阿南双眸晶亮，双唇鲜艳，明灿如此时日光。

而站在她面前的皇太孙殿下，长身玉立，光华灼灼，他低头看着她手中的花朵，抑或是在看着她，目光温柔。

在风月场中混了这么多年的卓晏，竟一时也不敢断定，殿下是否真的想要驯一驯阿南这只鹰。

或者，他真的能够让她放弃自己原来的天空，改而站在他的手腕之上？

三人来到堂上，朱聿恒询问卓晏："你娘的身体可好些了？"

卓晏摇头，一脸担忧："本来只是心痛，不知怎么的，早上开始发热了，见风就头痛。就连我在旁边发出一点声音，她也受不了，把我赶出来了。我娘之前一直脾气很好的呀……"

阿南在旁边剥着莲蓬，微微皱眉，问："被猫抓了之后就这样吗？"

"是啊，怪怪的……"卓晏忧愁道。

"我去探望探望她。"阿南也不管自己抱着荷花了，转身就往卓夫人住的正院走去。

卓晏想要拦她，但见朱聿恒也跟她前去，只能摸不着头脑地跟在她身后："可是，我娘现在连我都不想见，要不你还是下次向她问安吧……"

"你家的猫，在园子里会乱跑吗？"

卓晏没想到阿南突然问这种无关紧要的事情，疑惑道："这山上到处都是老鼠鸟雀，院墙上又是漏窗，跑出去肯定是有的……"

阿南加快了脚步，走到堂上才发觉自己怀中还抱着那束荷花，见博古架上有个高大的青玉瓶子，便把几枝荷花往里面一插，快步就向旁边厢房走去。

厢房房门紧闭，门外两个婆子正忐忑不安地守在外面。见他们三人过来，忙躬身行礼。

卓晏听里面并无声音，便问："我娘睡下了吗？"

"夫人……夫人嫌我们吵闹，让我们都出来了。实则……"桑婆子苦着脸，无奈道，"我们都不敢说话了，也已经尽力放轻脚步，夫人又说我们衣服摩擦有声音……"

阿南听到此处，二话不说，抬手就去推门。

众人没想到这个客人会直接推门进屋，一时阻拦不及，房门洞开，只听到里面一声轻细的惊呼。

黑洞洞的屋内照进一点光，他们看见床帏内一条身影缩在床角，将自己蜷成一团，瑟瑟发抖。

卓晏一见如此情形，忙一个箭步冲进去，急问："娘，娘您哪里不舒服吗？是我啊，晏儿！"

"晏……晏儿……"卓夫人的声音又低又细，颤抖着伸出一根手指，"把门关上，太刺眼了，眼睛睁不开……"

这气若游丝的声音，让卓晏十分揪心，抬手将床帏掀起一点，见母亲蜷在床上，将脸死死埋在膝上，赶紧冲外面喊："叫大夫啊，快叫大夫！"

"不要大夫，太吵了，我要安静待着……你把门关上，太冷了，太亮了……"卓夫人喃喃道，声音嘶哑干涩。

阿南听她声音都劈了，便去倒了一杯茶，掀起一点帘帷，递进去给她："卓夫人，喝点水润润嗓子吧……"

那水还没递到她面前，只听得一声尖叫，卓夫人状若疯狂地抬手，打翻了她手中的茶水，惊叫道："不要！不要！你们给我出去，出去！"

那杯茶水被打翻，全都泼在了阿南的身上，她却仿佛毫无察觉，只轻吸了一口冷气，对卓晏说："阿晏，你出来下。"

"我……我娘这样，我……"他本来想拒绝，但见母亲已经狂躁地扯过被子蒙住了头，也只能惊惧地跟着阿南出了门。

阿南将门带上，低声说："让你娘先一个人待着吧，你别进去，最好也别让别人接近，我去找找看她的猫。"

卓晏忙问："就这样待着？我娘这情形……不对劲啊！"

"千万别进去，更不能被她弄伤。"阿南丢下一句话，转身就走。

那只抓伤了卓夫人的“金被银床”，被发现卡在花窗的孔洞之中，头和脖子也不知被什么野兽咬去了，只剩下后半拉身子，死得十分恐怖。

阿南死死盯着那黄白相间的躯体，呆了许久。

朱聿恒见她神情如此可怕，低声问她：“恐水症[1]？”

“恐怕是。”阿南捂着眼睛，深深吸气，嗓音喑哑，“葛洪《肘后备急方》中说，被狂犬咬伤者，可取犬脑趁热敷于伤口，或可救命，但现在……这猫已经……”

见她肩膀微颤，方寸大乱，朱聿恒下意识抬起手，轻轻抚了抚她的后背，以示安慰。

他听到她微颤的声音，有些虚弱：“我……我不知该怎么对阿晏说。”

朱聿恒也是沉默，两人站在廊下，听着山风送来阵阵松涛，如同濒死之人哀婉的呼喊声。

恐水症等于绝症，怕是华佗来了也难回春。

许久，阿南才道：“萍娘死了，卞存安死了，如今……卓夫人也是将死之人，这案子，怕是查不下去了。”

朱聿恒沉吟片刻，才低声道：“娄万也不见了。我已经吩咐下去，一经发现他的踪迹立即上报，但至今还没有消息。”

“他倒是好解释，或许是蹲在哪个荒郊野岭赌钱去了。”阿南现在心绪大乱，胡乱道，“说不定是在哪条河沟里，所以他才拿了一卷湿漉漉的银票回家！”

朱聿恒比她冷静许多，问：“连赌坊都进不了、蹲在河沟里赌钱的人，怎么会带着这种存取大额银钱的票子？更何况，娄万这样的赌鬼，赢钱之后真的会将银票拿回家交给萍娘吗？”

提到萍娘，阿南更加伤感，她抬手将脸埋在掌中，强迫自己冷静下来。

卓夫人这个模样，肯定已经无法述说任何事情，只能由他们自己分析疑点。

“现在我们面前摆着的迷局，是那阵妖风，还有卓夫人和卞存安的关系、卞存安的死和楚家的关系、楚家和三大殿起火的关系……”阿南喃喃说道，“这里面，一定有什么关联，但是……哪条线能将他们连起来呢？”

“确实，卓寿一家在顺天时，卞存安在应天当差；等卞存安随内宫监前往顺天参与营建皇城时，卓寿也被委派到应天，此后难得回京一趟。所以他们从人生轨迹上来说，根本没有任何交集。”朱聿恒说到这里，顿了顿，才看着她缓缓道，“但，

1　恐水症：狂犬病。

严格说起来，有一次。”

阿南紧盯着他，等待他的下文。

“我让人从徐州急调了二十一年前的卷宗过来，刚刚拿到，你一看便知。”

两人回到桂香阁，朱聿恒回房取了一本档案出来，翻到一页，递给她看：“二十一年前，徐州驿站起火那一夜。当时卞存安刚被净了身，一批小太监南下送往应天。所以，那年六月初二大火之夜，卓寿、葛稚雅、卞存安，三人都在徐州驿站之中。”

“大火那一夜，卞存安也在？”阿南先是精神一振，但再想想又不觉失望，“就那一夜？”

朱聿恒确定：“就那一夜。”

“这世上，哪有一夜之间的交情足以维系二十多年的？”阿南有点失望，但还是接过来靠在了榻上，蜷缩着翻看了起来，“不过，楚家六极雷之下，几乎不可能有活口，他们三人，是怎么活下来的？”

档案记录，二十一年前，六月初二午后，卓寿带着葛稚雅投宿徐州驿站。

其时他只是顺天军中一个小头目，因此与葛稚雅及族中一个送嫁的老婆子，被安排在后院东面两间相邻的厢房。而卞存安则与其他一众小宦官，于当晚入夜后，来到徐州驿站。

卞存安当时十五岁，与其他一些少年一起净了身，养好伤后，南下送到应天充任宫中奴役。

这群小太监一共三十一人，大都是伤势刚好的身体状况，由两个稳重的老太监带领，另加奉命押送的四个士兵，一行三十七人，当晚也被安排在了后院。

就在三更时分，驿馆忽然走水。

关于这场大火，徐州驿站的档案与卓寿所说的一样，四面八方的雷声加上地动与天火，根本没有逃生之路。

在外面救火的人，只看到两个人逃出来，就是卓寿与未婚妻葛稚雅。

直烧到天亮，那场大火才被扑灭。在清点尸首时，众人在灰烬中一共发现了三十七具尸首，只有一个小太监抱着水桶在后院的井中半沉半浮，已经神志不清。

这死里逃生的太监，就是卞存安。

因为他是被押送南下的太监，属于宫人，因此养好伤后，当地官员便派了专人护送他前往应天，依旧入宫听差。

只是卞存安在火海中受了剧烈惊吓，又被浓烟熏呛，不仅损了嗓音，连说话都有点僵硬，直到现在，他的舌头仿佛依然是木然僵直的。好在他性情孤僻，并不常与人多说话，时日一久，大家也都习以为常，无人在意了。

阿南将档案合上，若有所思道："我有个……很古怪的想法……"

朱聿恒一看便知道她在想什么，摇头道："不可能。"

"你知道我在想什么吗？怎么就不可能了？"

"你在想，卓寿救出来的这个葛稚雅，声称自己被毁了容，二十多年来寸步不出，又常年蒙着面纱，所以是不是有可能，在火场中被换了人，而真正的葛稚雅，已经被烧死了。"

阿南点了点头，再想想，又叹气道："不可能的啊……她的大哥回来了，和卓夫人见面后，证实这确是他的妹妹。一个人再怎么伪装，怎么可能瞒得过自己亲哥哥呢？"

"而且，虽然这个亲哥哥与她二十年不见了，但两人能谈起外婆家，甚至谈起外婆给她做的虾酱，手上的伤也和大哥的记忆一样，就很难伪造了。毕竟是共同的记忆，如果有半分不对，另一个当事人立即会察觉的。"朱聿恒说到此处，又问，"而且，你刚刚给卓夫人端茶，看到她手上的旧伤了吗？"

"仓促瞥了一眼，和阿晏大舅说的一样，手腕上陈年的一道旧伤，上面有猫抓的新伤痕迹。"

"所以目前看来，卓夫人就是葛稚雅，毫无疑问。"

"所以……"阿南抿唇，思索许久，才缓缓道，"楚家是我们，最后的线索了。"

朱聿恒沉吟道："但你说，他家占据天时地利人和，我们一时不好闯。"

"都到这份上了，就算是龙潭虎穴，也得去闯一闯。不然，谁知道下一个死的人是谁？"阿南拂拂鬓发，咬牙道，"这几场大火如此诡异，又处处有楚家这种控火世家的痕迹，这个楚元知，我非得去看看他到底有什么神仙手段！"

卓夫人的病太过凄惨绝望，朱聿恒不愿看见卓家父子那绝望的神情，便择了个老成的侍卫，让他去委婉告知卓寿，或许夫人所患是恐水症。

"《肘后备急方》中说的是犬类，如今卓夫人是被猫抓伤的，让卓指挥使尽快延请名医，或许能幸免吧。"

等吩咐完毕，眼看已是暮色四合。阿南也来不及吃饭了，回去换了件利落点的窄袖薄衫。

卓晏办事十分妥帖，阿南之前所用的东西，都已经原封不动被送到这里。她取过妆台中一个圆圆的东西塞入袖中，下楼对朱聿恒道："借匹马给我，我要去清河坊。"

明知道她是去找楚元知，但见她这身青莲紫的夏衫十分轻薄，朱聿恒有些迟疑："你……就这样去？"

"不然呢？反正就算我穿上锁子甲，也抵挡不住雷火。"

确实是这个道理，朱聿恒便吩咐韦杭之备两匹马，说："走吧。"

"你也去吗？"她斜睨他一眼，"可能会有危险哦。"

君子不立于危墙之下，这道理朱聿恒当然懂。但如今他背着阿南囚禁了她家公子，海客们正在四处寻找阿南的踪迹，此时让她脱离自己的视线，肯定不稳妥。

更何况，韦杭之就在左近时刻不离，他不信这世上有什么人能在韦杭之的保护范围内伤害到他。

因此他只瞧了阿南一眼，跃上马道："走吧。"

自涌金门往东而行，不久便到清河坊。

这里是杭州最热闹的地方，暮色尚淡，天色未暗，街上各家商铺已点亮了灯笼。

人群熙熙攘攘，各色小吃摆开在街边，其中有几家老店，更是无数男女老少拥在门口，挤得水泄不通。

阿南却不向楚家而去，指着其中一家店铺，说道："喏，我最喜欢吃那家的葱包桧儿[1]，你先给我买点儿。"

那门面寻常的店铺，葱包桧儿的香气飘散得满街都是，难怪门口等着一大群人。

朱聿恒不愿去人群聚集处，正向侍卫示意之时，回头一看阿南，却发现她不知何时已悄无声息地离开，拐进了后方一条巷子中。

朱聿恒当即转身追了上去。

巷子口是一家装潢颇为讲究的酒楼，转进旁边巷子却是空无一人。阿南感觉何等敏锐，听到脚步声，回头看见他跟上来了，便挑了挑眉，问："你过来干什么？"

朱聿恒没有开口，后方侍卫已经跑过来，将手中用荷叶包好的葱包桧儿递到他们面前。

阿南一看就笑了，不由分说将荷叶包塞进朱聿恒怀中："先收好，刚吃完东西我活动不开。"

1 葱包桧儿：浙江一带的小吃，用春饼包卷油条、葱、甜面酱烤制而成。

他皱眉看着她："为何要支开我？"

"都说了有点危险，我没时间分心照顾你。"阿南随意道，"之前我替公子处理事情也是这样的，说一声就行，反正我办妥了就会回来的。"

见她一脸轻松无谓的样子，朱聿恒忍不住开口问："他就一直任由你替他冒险，不曾与你同行？"

阿南略一挑眉，反问："既然知道有危险，为何还要两人同行？"

"至少我，"朱聿恒盯着她，缓缓说道，"不会让一个女子孤身替我冒险，自己在后方坐收其利。"

"好呀。"阿南听出他话中有刺，似在抨击她的公子，却不怒反笑，斜了他一眼，一抬下巴道，"既然如此，那你就替我干点脏活吧。"

说着，她带着他拐进巷子，到了酒楼后方。

这酒楼生意如此之好，后院中料理食材的足有十数人。洗菜叶的，剥菱米的，杀鸡宰鸭的，个个忙得不可开交。

门口蹲着一个十二三岁的少年，正就着一桶沸水烫鸡毛，一股腥臊之气弥漫。

朱聿恒远远闻到，下意识地往后退了两步，屏住呼吸。

见他这模样，阿南低笑一声，指着那个正在拔鸡毛的少年，附在他耳边低声道："看到没？去那个男孩身边，无论用什么办法，让他带我们去他家。"

朱聿恒没料到她要做的事情是这个，莫名其妙之下反问："你待会儿偷偷跟踪他回家不行吗？"

"可以倒也可以，但他家的六极雷太可怕，让他带咱们进门，总要省事些。"

六极雷。朱聿恒顿时错愕，看着那个少年问："他就是……楚元知的儿子？"

"对呀，楚北淮。"阿南笑嘻嘻地一拍他的后背，"去吧，无论你用什么手段欺负他，只要能让他乖乖带咱们进家门就行！"

朱聿恒抿唇看着那孩子，许久，才道："我……不会欺负小孩。"

"哧，刚刚你不是口口声声说要替我分担吗？现在连这都不行？"阿南嘲笑着白他一眼，将他腰间的玉佩扯下系在自己身上，"算了，还是让你的玉佩替我分担吧。"

"哗啦"一声响，巷子内白雾腾起，所有正在忙碌的人都下意识地看向门边。

烫鸡毛的热水泼了满地，臭气弥漫之中，正在拔毛的少年坐倒在污水之内，惊惶地抬头看向面前绊倒了自己木桶的阿南。

假装无意踢倒这么一大桶水，阿南也是失去了平衡，她撑在巷道的墙壁之上，手指不显山不露水地一勾，腰间的玉佩就重重撞在墙上，顿时碎了一地。

少年吓了一跳，脸上赔着惶恐的笑，连声对阿南道：“对不起对不起，姑娘您没烫到吧？我……我给您擦擦……”

他抬手抓住阿南的衣服下摆，用力帮她绞水。

可惜阿南心如铁石，她指着地上的碎玉，口中缓缓吐出两个字：“赔钱。”

听到这两字，周围的人面面相觑，赶紧放下手中的事，围拢上来。

那个羊脂玉佩已经碎落在污水之中，无法收拾，却依然可以看出莹润流转的光华，显见价值不菲。

有人脱口而出：“小北，你糟了！”

少年顿时浑身一颤，身子更矮了三分：“对不住，对不住啊姑娘，您、您大人有大量，放过我吧！要不……要不您把衣服鞋子脱下来，我带回去浆洗烘干，明日必定干干净净地送还您！”

阿南是来找麻烦的，闻言淡淡一哂，问：“你的意思，是让我一个姑娘家，光着身子回去？”

少年顿时涨红了脸，嗫嚅了半天说不出话。

周围一个年长些的帮工出来打圆场，说道：“姑娘，你看这孩子哪像赔得起这么贵东西的？他家中实在困难，他爹是个废人，娘又没法出门，全家要靠这么小的孩子在这儿打杂，着实可怜，你就高抬贵手放过他吧！”

旁边几人也纷纷附和，要她大发慈悲。

可惜阿南心硬如铁，轻笑一声：“你们有谁愿意替他赔吗？没有的话，就给我闭嘴。”

一看她这女煞星的模样，众人纷纷散开，只剩下少年呆呆地站在原地，面色惨白。

半炷香的时间后，阿南和朱聿恒站在了楚家那个破旧的院落之前。

阿南煞有介事地打量着那砖墙斑驳的院子，问：“是你家吗？你不会是为了搪塞我们，随便指了一个房子吧？”

楚北淮心惊胆战，抹着眼泪：“天色已晚，我爹娘都身体不好，姑娘您认个门可以吗？我以后会努力赚钱赔你的，不会逃的……”

“少废话，你不带我进去，怎么证明是你家？我以后过来要债，找不到你人怎么办？”阿南嚣张道，“放心吧，我就说是你朋友，进去看一眼就走，不会说你欠钱的事情。”

这个老实孩子，被阿南一番连哄带吓，含泪抬手拍门，叫道："爹，爹你睡下了吗？"

院子里面传来一阵女人压抑的咳嗽声，随即院中响起脚步声，片刻后，抖抖索索拉门闩的声音响起，一个男人的声音从门内传来："回来这么早，是送吃的吗？你娘今天只吃了个你昨天从酒楼带回的馒头，咳都咳不动了……"

楚父果然如酒楼里那些帮工说的一样，是个废人，说了许久的话，那手按在门闩上，不停传来木头相碰的声音，半晌才抖抖索索拉开门闩，打开了门。

黑暗中，他一眼看见门口还有其他人在，顿时露出了尴尬的笑，问儿子："怎么有朋友来访，也不事先说一下？来，请进屋坐，我给客人烧水沏茶去。"

阿南亲热地笑道："叔，不必麻烦了，都是自己人。"

毕竟，这家人都沦落到要靠吃儿子从酒楼带回的客人剩饭过活了，家里哪会有什么可以喝的茶。

阿南抬脚就往里迈，那毫不客气的架势让她身后的楚北淮都措手不及，只能讷讷跟在她的身后。

朱聿恒犹豫了一下，不知道这号称雷火世家的楚家，怎么会落魄成这样。但见韦杭之与众人已经围住了巷子口，他抬眼看看阿南轻快的背影，鬼使神差便走了进去。

楚家穷到这份上，蜡烛灯油一无所有。楚北淮的父亲用不停颤抖的双手打着火石，想点起火篾子。

可惜他的手不给力，抖抖索索的，半天也点不着火，只能和他们闲聊来掩饰局促："在下楚元知，二位和我儿北淮是怎么认识的，这么晚来所为何事？"

"这个……说来话长。"阿南说着，见他始终点不亮火篾，便从怀中掏出了一个圆圆的火折子，"啪"的一下打开，照亮了堂屋的同时，也轻易点亮了那根火篾子。

那火折子发出的光焰，亮得像她手中握着小小一束日光般。

楚元知是行内之人，一看之下顿时惊喜不已，问："姑娘这火折子从何处得来？这火光如此炽烈，我竟从未见过。"

阿南大大方方地将火折子递给了他，说："是我闲着没事自己做的。其实是个空心铜球，在前方开一个口漏光，并将铜球内部打磨精亮以聚光，使所有火光都聚拢照射在前方，因此这一束光便能比寻常火折子亮上许多，晚上行路还可以当小提灯。"

那精铜反射的明亮光线，在屋内晃动，连破旧屋梁上的蜘蛛网都被照得清清楚楚。在亮光的晃动之中，朱聿恒一眼便看见了，楚元知衣领下透出的、脖颈上的花绣。

一头赤线青底的夔龙。

赤红的线条简洁有力，寥寥数笔就勾勒出夔龙携云腾空的轮廓和放雷射电的气势，显得格外气势凛然。

只是这头威武雄浑的夔龙，如今正被隐藏在破旧起毛的衣领之中。

它的主人，置身于这昏暗破败的屋内，年纪不大，却已经萎靡憔悴，困顿不堪。

朱聿恒的目光，又缓缓移到楚元知的脸上。

模样做派有点老气的这个楚先生，其实面容苍白清癯，剑眉隆准，三十六七岁的模样，在晃动的火光之下，那过分的消瘦反倒令他有一种异样的出尘气质。

这个落魄的中年人，年轻时，想必是个相当出众的美男子。

楚元知看着火折子，目中有异样光彩："姑娘，你这东西随身携带，不怕炭火倾覆吗？"

阿南笑了笑，指给他看："这铜壳相接处，有一个滑动机轨，用三条相交的圆弧铜轨，精确控制好平衡，可以做万向旋转。无论外面如何转动，里面的炭火始终被兜在圆球之中，不会掉落。"

"这随开随着的火，想来是火石？"他说着，用不停抖动的手用力关上又拧开外壳，只见球中火星迸出，顿时点亮了里面的炭火。

这让朱聿恒想到了，第一次见面时，阿南提在手里的那盏灯。

在那盏灯如同莲花瓣般旋转开放的同时，灯火也随之亮起，看来应该也与这个火折子的道理相同。

可惜那盏灯，已经烧毁了。

朱聿恒不知阿南耍手段进入楚家后，为什么不问六极雷的事情，反倒与这个楚元知聊起了风马牛不相及的事情。

他听着他们的话，目光不自觉便落在了楚元知的那一双手上——不知怎么的，他也变得像阿南一样，看人的时候，要着重看一看对方的手。

对方确实是个废人了，当一个人的手，时刻不停在颤抖的时候，是不可能称为健全的。

但，他的手虽一直在颤抖，却可以看出在枯瘦残损的表象下，是曲张有力、棱节分明的骨相。

"如此巧夺天工，看来，姑娘是我辈佼佼者。"楚元知将阿南的火折子递还给她，定了定神，拿起桌上的火篾，示意他们随自己来。

穿过一个宽敞的天井，楚元知推开后进堂屋的门。

屋内虽干净，却也难掩破败的气息。他将火篾插入桌缝，示意他们入座："二位深夜到访，究竟有何贵干？"

阿南笑道："叔，都是自己人，咱们……"

楚元知抬起颤巍巍的手，制止了她后面要说的话："不敢当，我与姑娘初次见面，有话请直说。"

探讨了这么久的火折子工艺，最终拉拢无效，阿南也只能改口道："楚先生，你儿子摔碎了我一个玉佩，说是一时赔不起，所以我来熟悉熟悉你家的门脸。"

楚元知闻言愕然，看向耷拉着脑袋站在门口大气也不敢出的儿子。

楚北淮小脸煞白，从怀中掏出自己捡拾起的几块碎玉，怯怯地给他过目。

楚元知扫了一眼，便知道这块玉价值不菲，他抬起颤抖的手指着楚北淮，想训斥楚北淮一顿，可惜气息噎塞，许久也说不出话。

最终，他只是叹了口气，放下手对阿南道："姑娘请放心，我全家人断不会弃祖宅逃离。"

"那就好了，请楚先生给我们出张欠条吧，这块玉，赔一百两不算多吧？"

"论理，确实不多。"楚元知语速缓慢，此时灯火又十分暗淡，那声音在他们听来竟有些恍惚，"只是我不知当时情形如何，这欠条一时难打。北淮，你先将当时发生之事，一五一十说与我听听。"

楚北淮嗫嚅着，将当时的情形说了一遍。

楚元知听他说完后，抬手缓缓挥了挥，说道："你先回酒楼去吧，这事，爹会与二位贵客商议的。"

楚北淮应了，迈着凌乱的步子，抹着眼泪匆匆走了。

等他脚步远去，楚元知才转头看向阿南与朱聿恒，语调沉缓："姑娘，那巷子宽有五尺，犬子杀鸡宰鸭都在沟渠边，他蹲在路边干活，姑娘走路经行，五尺宽巷，一静一动，你觉得这玉碎的事儿，该由谁来担责？"

"自然是令郎担责。"阿南蛮横道，"毕竟我损失了东西。"

楚元知颤抖的手紧握成拳搁在膝上，说道："二位，我家中情况你们想必也看到了，这家徒四壁，破屋两间，姑娘觉得我们有什么值钱的东西？"

阿南就等他这句话，当即说道："楚先生您还有一身本事啊。"

听到她这话，楚元知那一直紧绷的脸上，终于露出了一丝讥笑的表情："真是一桩好买卖。看来姑娘对我知根知底，这玉佩也是专门准备的，我只能卖身赔偿了？”

朱聿恒一听到“卖身”二字，心中顿时五味杂陈。

阿南笑道：“楚先生，你说的这话，听起来里面可有刺啊。”

“话里有刺，总比姑娘笑里藏刀的好。”楚元知说罢，将脸上神情一敛，那枯瘦的身躯“呼”一下站起来，抬手便掀了面前的桌子。

“能不能从我楚家讨到好处，还要看你们的本事！”

朱聿恒料不到这个看来人畜无害的废人竟会忽然发难，那伛偻的身躯居然爆发出惊人力气，将这么大一张木桌子劈面砸来。

下意识的，他便抢在了阿南面前，抬手在飞来的桌面上一按一抡，欲以翻转的手法将其飞来的力量卸去。

然而手一碰到桌面，他便觉得不对劲。

原来这张看似结实的木桌，实则由薄杉木所制，入手轻飘，难怪楚元知这单薄身板也能将其掀翻制人。

而朱聿恒对桌子飞来的力量预估过高，抬手的力量已经使老，无法更改，原本该被卸去力量落在地上的木桌，因此而被他再度掀飞出去，直砸向墙壁。

而楚元知已经趁着扔出木桌让他们分心的一刹那，将身一矮，消失不见了。

阿南赶上去一看，原来木桌下方正是地窖，他扔出木桌的同时，一脚踢开了地窖的门，缩了进去。

朱聿恒低头看向那黑洞洞的地窖入口，问阿南：“要下去吗？”

“这么明显的入口，下去肯定没好果子吃。”阿南皱眉道。

话音未落，只听得“哧哧”声响，周围墙壁一瞬间微尘横飞，一蓬蓬烟火同时在墙壁上绽放开来。

“抓住地板，躲开！”阿南反应何等迅速，一手抓住地窖入口处的地板，纵身翻了下去。

朱聿恒学她的样子，也凌空挂在了地窖上头。

阿南一手抓着地窖口，一手打亮了火折子，照向地窖。

就着火折子的光，可以看到地窖并不大，离他们不过六七尺，堆着些破木头、废石料，看起来只是一个普通的储物地窖而已。

只扫了一眼，便听到屋内“哧哧”声连响，阿南当即松手落地，同时叫道：“阿言，下来！”

朱聿恒不假思索，跟着她跳了下去。

地窖内空无一人，唯有黑暗。

阿南用火折子向四周看了看，没发现楚元知的踪迹，便捡起地上木头，敲击着墙壁，寻找楚元知脱身之处。

朱聿恒听到上面如疾风般的“嗖嗖”声响，又听到急雨落地般的“噼啪”之声不断，忍不住就问阿南：“是什么？”

阿南依然敲着墙壁，头也不抬道：“你刚刚砸过去的桌子，让藏在墙壁上的火线机关因为受震而启动了。”

朱聿恒怔了一下，问：“为什么延迟这么久才启动？”

“没有闻到松香的味道吗？”阿南“咚咚”地敲着墙壁，倾听砖块后面传来的沉闷声音，随口道，“楚家是用火的大家，暗器是用松脂嵌在墙壁夹缝中的。火线机关启动，松脂需要片刻才能溶解，使得原本被松香固定在机栝内的暗器松动，整个屋内被杀器笼罩，唯一逃命空间——就是他们迫使我们进入的，这个地窖。”

朱聿恒略一思索，便明白了这样设置机关的用意。

一是因为这机关设在自家屋内。启动之时，往往会有自家人身在其中。若暗器发动太快，楚家人很可能无法从中逃离。因此稍留空隙，以免殃及自身。

二是对方尚有后招。屋内的暗器机关一旦开启，唯一的活路便只有这个地窖。在将他们逼入这里之后，恐怕会有更厉害的杀招在等着他们。

然而现在看来，地窖之内一片平静，似乎并没有任何异样。

“嗵、嗵。”阿南敲击的地方，忽然传来与其他地方不同的声响，显然那后面是空的。

阿南沿着那声响，向四周敲去，确定了异常空洞的大致范围之后，转头对朱聿恒一笑：“好薄啊，大概就半寸厚的木板，简直是在鼓励咱们打破它。”

朱聿恒上来叩了叩，问：“要破开吗？”

“破当然是要破，但是……”阿南想了想，将手中的火折子盖上，周围顿时陷入一片黑暗。

“楚家号称能驱雷掣电，于用火一道是天下第一家，最好，还是不要让明火出现在此时，万一被利用了呢？”

朱聿恒深以为然，等她收好了火折子，才抬脚去踹那盖在空洞上的木板。

但他身材颀长，在这个地窖中只能弯腰弓背，此时躬身去踢，竟然使不上力。

阿南顺手便将他的腰揽住，示意他将身体转了个方向，由前屈改为后仰。

但朱聿恒的上半身，也就此靠在了她的胸前，后背与她前胸相贴，在灭掉了火折子的黑暗之中，让朱聿恒身体一僵。

他不由得想起了初见面之时，在神机营的困楼之中，阿南与他在黑暗之中的暧昧。

难道只有目不能视的时刻，才会让人忘却许多纷纭烦扰，最终只一意向着自己最需要的目的进发吗？

他倚靠在她的身上，柔韧的腰身骤然发力，只听得“啪”一声脆响，一脚便踹开了阿南敲击过的那个空洞所在。

就在应声而破的那一刻，朱聿恒的脑中忽然闪过一个念头。

是只对他吗？还是说……

无论对方是谁，只要有需要，她便可毫不犹豫与对方肌肤相贴、亲密协作吗？

这一瞬间的犹疑，让他的动作也停滞了一刻。

而阿南将他一拉，两个人同时倒在地上，趴在了满是尘土的潮湿地窖之中。

他听到阿南责怪的声音，从耳边低低传来：“破开机关的下一刻，便是要寻找藏身之处，万万不能正对着机关，尤其是这种黑暗之中什么也看不见的机关，你记住了吗？”

朱聿恒低低地“唔”了一声，表示自己记住了。

将注意力集中在面前的黑暗之中，两人立即闻到了一股淡淡的怪异味道。朱聿恒觉得那股臭气有些微妙的恶心感，但又形容不出是什么味道。

“闻出来了吗？与臭鸡蛋有些相似的这味儿。”阿南低低道，“是瘴疠之气[1]啊。我就知道他家的机关必定不能见火，幸好及早把火折子熄灭了。”

“瘴气？”朱聿恒有些不解，低声问，“杭州又不是深山密林，哪来的瘴气？”

“你先捂住口鼻。”阿南没有回答他，只听到衣物窸窣的声音，她摸了摸身上，然后懊恼道，“忘了带点解毒的药丸……没办法了。”

说着，她“嚓”的一声撕下一块衣服，递给他：“蒙上吧，聊胜于无。”

地窖内一片黑暗，她的手摸索着，按在了朱聿恒的脸上。

脸颊被她的指尖抚摸到，朱聿恒的身体略微一僵。她却很爽快，干脆伸出另一只手，帮他将布蒙在了脸上。

她又撕下一块布给自己蒙上，说话的声音也开始带了点闷闷的声响：“只要在地下挖大池子，储存粪便等污秽之物，腐烂后便会冒出气泡，与沼泽地上时常冒出的水

1 瘴疠之气：瘴气，这里指沼气。古时将多种自然毒气或细菌环境统称为瘴疠。

泡一样，有人称之为瘴疠之气，吸入则会生病。但这种气，火把触之则助长火势。而一般人在黑暗中若发现了一个可以脱身的空洞，必定会晃亮火折子朝里面看一看。到时候火苗随气轰然炸开，便会立即将来人包裹焚烧，活活烧死在这黑暗的地窖之中。”

朱聿恒顿觉悚然，脱口而出：“此处离清河坊不远，周围民居众多，难道他竟不怕殃及池鱼？”

阿南“哧”一声轻笑，没有回答他，只抓起地上的几块小石头，往里面投去。

轻微的声响传来，阿南侧耳倾听，然后气恨道：“楚元知那个浑蛋，跑了之后就调整了出口，我们现在顺着进去，只能掉进粪坑里。”

“有办法再调回来吗？”朱聿恒问。

“如果是你，要把对方困在某个地方，会给对方留下活路？”阿南说着，又掷出一颗石子，听着那沉闷的声音，咬牙道，“那边起码压了一尺半厚的砖墙。地道之内无法借力，我们怎么打开？”

朱聿恒无言，只能与她一起静听着周围的动静。

黑暗中毫无声息，只有那股臭鸡蛋的味道，逐渐浓重。

原本打在地板上如疾风骤雨的机关声已经停止。朱聿恒还在静听着，忽然感觉到阿南扯了他的手腕一下，耳边传来她衣服摩擦的声响，从地窖口透进来的微光中看到，她已经爬起来，向着出口而去。

朱聿恒随她走到地窖口，阿南低声道：“上面必定还有机关，以防困在下面的人逃脱。”

朱聿恒深以为然，抬头看向上方，正在思索之时，只见阿南抬起手腕，扣动了右手的臂环。

这一次，从臂环内射出的是那张精钢丝网。它从臂环内激射而出，往上面升了不到两尺，果然遇上了阻碍。

只听得轻微的沙沙声与金属摩擦的轻响一起传来，在铮铮铮的轻微响声中，丝网与上面的阻碍一触即落。

阿南收回了丝网，将它慢慢收拢，塞回闭环当中：“奇怪，上面好像是一个铜铁的大罩子，居然没有什么刀箭暗器。”

“罩子大概有多大？我们将它掀开逃出去吗？”

“不大，中间大概有两尺空间，等我看看有多高。”阿南说着，一拉朱聿恒的衣袖，示意他送自己上去。

他搭住她的腰，一时迟疑：“那罩子，定有古怪，否则对方不至于连暗器都不必再布置。”

“正因为有古怪，所以才由我上啊，你肯定摸不出门道来。”阿南轻快地说着，脚尖踩在他的臂弯之上，借由他托举的力量，毫不迟疑地纵身向上跃起。

朱聿恒仰头看向她的身影。

外面的天色已经彻底转为黑暗，没有点灯的屋内，一片黑沉。只有窗外似有若无透进来的微弱天光，依稀描绘出她的身影轮廓。

夏日衣衫轻薄，她纵身的姿态又极为轻盈，薄薄的纱衣在空中飞扬，她便如一只浮空的蜻蜓，转瞬便跃出了地窖口。

但随即，便听到“嗞嗞”几声轻响，空中的阿南身影微微一滞，随即便如折翼的鸟儿般，翻折下来，迅即落回他的怀中。

温热柔软的身躯落个满怀，朱聿恒下意识地托举住她，鼻中却不是她身上栀子花的馨香，而是淡淡的焦臭味。

阿南旋身从他怀中翻落于地，摸了摸自己的头发，懊恼道：“养得这么辛苦的头发，日日打理，这下可好，又要剪掉好多绺了！”

原来是她的头发遭殃了，其余的看来倒是没有多大问题。朱聿恒也自放了心，开口问：“那罩子有什么古怪？”

“是中空的铁管子盘成的，里面灌了火油，正在燃烧。”阿南恨恨道，“我算知道他们为什么不是直接掉下一块铁板将我们封死在地窖中了。因为铁板我们还有办法掀开，可这灼热滚烫的铁网罩，就等于将我们压在了雷峰塔下，根本无从借力将其打破。”

仿佛在证实她的说法，头顶的黑暗当中，渐渐显出网罩的轮廓来——是铁管里面燃烧的火油太过灼热，渐渐地让铁管也被烧红了，黑暗中发出了诡异的红光。

朱聿恒闻着阿南头发上尚存的淡淡焦味，只觉毛骨悚然，庆幸她反应如此迅速。

这样的黑暗当中，如果是普通人往上跃起，肯定会撞到铁罩子上，烫得皮焦肉烂。毕竟，热烫是触感，并不是视觉与听觉之类可以迅速反应的东西。

至少，他没有信心，能像她一样，以这如同野兽般的灵敏反应，逃过这一劫难。

屋顶上传来轻微的脚踩瓦片的声音。两人抬头向上望去，这网罩如同佛前巨大的盘香，从屋顶螺旋盘绕下来，不偏不倚罩在地窖口上。

脚步声渐渐消失了。显然是楚元知灌完火油之后离开了。

朱聿恒问：“等到管子中的火油烧完了，冷却下来，我们是否就可以掀翻网罩逃脱？”

“别做这种春秋大梦了。”阿南在黑暗中无情地说道，“你没见过锻铁时的情形吗？铁被烧得过热发红后，拿纸或布条等易燃物一触即燃。如今地窖里瘴疠之气弥漫，铁管又热得灼烫，爆炸燃烧只是迟早的事情，我们哪有工夫等这铁罩子慢慢冷却？”

她说完，便再不开口。

周围无比安静，黑暗中只看见头顶一圈圈的黑色条纹渐亮，有几点甚至已经变成了暗红色。

下方涌出的瘴疠气息，也逐渐浓重，仿佛死亡在无声无息地包围住他们。

那气息在上升，而朱聿恒的心逐渐在沉下去。

盛夏，在这封闭的屋内，头顶是灼热的曲铁罩，热气蒸得他后背温热的汗沁出，将两层越罗衫都湿透了。

他一瞬间想了千万种方法，如何放出消息，让守在巷子中甚至可能就在门口的韦杭之知晓他如今的困境，从外面击破这个缓慢进行却必将置他们于死地的机关。

即使他的生命注定已经所剩无几，可他至少不能莫名其妙死在这里，甚至落得一个可能会尸骨无存的下场。

在这沉默绝望之境，阿南却抬起手，握住了他的手掌。

她的手既不柔软也不细腻，带着姑娘家不常见的粗糙与力度，紧握住了他的手。

她与他十指交缠，紧扣在一起后，又紧握了一握。

“怎么啦，掌心都是汗，你很怕吗？”然后他听到她平静的声音，在耳畔低低响起，甚至带着一丝戏谑的意味，“早知现在，是不是后悔刚才定要跟着我来啊？”

朱聿恒怔了一瞬，有些恼羞成怒地想要甩开她的手掌。

“好啦好啦，这就生气了？不跟你开玩笑啦。”阿南握紧他的手，声音轻快得可以想见她唇角的弧度。

朱聿恒偏开头，没有搭话。

“不过我这是在庆幸呀，这回我一个人可闯不出去，幸好有你和我在一起。”阿南笑道，甚至将身子也倾过来，和他贴得更近了一点。

那几乎呼吸相闻的距离，让朱聿恒的身体略显僵直。他不自然地轻咳一声，问：“怎么？”

“你把这个机关从头到尾想一下，有没有发现什么重要的东西？”阿南有了把握后，语气就低柔又愉快，仿佛此时置身的不是死亡逼近的黑暗，而是在春风中谈着家常，“楚元知将我们引进来，踢桌子诱使你引发四壁机关；四壁的暗器齐射，我们唯一的生路只有进入地窖；地窖内弥漫瘴疠之气，我们一旦点火便会葬身火海；然后他爬上屋子，放下这个罩子，因为中间的火油正在燃烧而一碰就皮焦肉烂，我们根本没有办法抓住铁罩子或者从间隙里挤出去。”

朱聿恒点了一下头，但又想到阿南或许无法看到他的动作，于是便闷闷地“嗯”了一声。

“然而，我们在进入这个屋子的时候，你注意到有这么大的一个铁罩子了吗？堂屋空荡以至于四壁都可以藏下火线机关，这么巨大一个顶到屋梁的铁罩子，对方是如何瞬间转移到地窖口的？”

如暗夜中一点火星突然迸射，朱聿恒心中一凛，脱口而出：“只可能是，收在屋顶！”

“对，所以这是一个可以快速收放的铁罩。就像庙里的盘香一样，平放在地上时只是一圈圈线香螺旋，挂在佛前时则会自然下垂，与我们上头的铁罩一般无二。既然要收放，必有关节机窍，就像一个渔网一样，只要我们能寻找到收网的关键点，便可提纲挈领，动一点或者几点而改全局了。”

朱聿恒抬头看向头顶，里面火油燃烧甚烈，在铁管中久久不息，有几处红点已经蔓延成手指长的暗红斑。

“得快点了。”阿南说着，举起右手。但想了一想，她又蹲下去，从旁边一把破凳子上掰了一块木头下来，拉出臂环中新月状的那片利刃，将木头卡在上面，然后才向朱聿恒示意。

“你的任务就是仔细听声响，这木头在铁罩上划过的时候，声音沉滞的地方便是机栝相接之处，只要我们找定这些最重要的地方，将其连起，便能用流光捆扎提起关键点，将整个铁罩收起，重新收拢。”

朱聿恒有点迟疑，问：“万一……我听不出来呢？”

“‘棋九步’的能力足以运筹千里，各种声响中机栝钩连相接的地方必有区别，我相信你一定可以。”阿南说着，抬手按在了自己的臂环之上，又轻快地说道，“认真倾听啊，阿言，不然的话——看这时间点，咱们刚好能赶上陪阎王爷吃夜宵！”

话音未落，阿南手中流光斜飞而出，在头顶铁罩中如一点星子在黑暗中上下翻飞。

朱聿恒这才恍然悟到，她在流光上卡一根木块的原因。

若是金属与金属相击，说不准便会有火星迸射，到时候定会引燃屋内的瘴疠之气，令他们尸骨无存。

阿南手腕翻飞，操控流光上的木块击打上面的铁罩，只听得“咚咚”之声不绝于耳，流光在上方片刻之间飞舞几圈，随即由机簧疾收而回，然后阿南再度将其射出，击打另外地方。

朱聿恒盯着上方，努力静下心来，侧耳倾听。

万千繁杂声响如急雨如落雹，流光带着木头在铁管上击打，声音未止又撞上另外的地方，混合着敲打声、撞击声、回音声，所有声音密密匝匝如水波齐涌，浪潮般在这屋内汹涌起落。

空洞而隐有回声的地方一般比较亮，那里是火油最多、燃烧也最剧烈的地方；

声音尖锐的是比较狭窄的地方，那里的铁管应该被什么压扁了，大概是因为旁边那块与它相接时，匠人以敲击的力量强行将它打入了另一截铁管；

最沉重的声音往往来自看不见的黑暗之中。那里有关窍相连，火油必然较少——只是不知道这样的地方究竟有几个，才能让他们有足够的力量收起整个铁罩。

阿南操控流光，将整个铁罩从上至下、四面八方全部快速击打了一遍，然后手腕疾收，让流光飞回自己的臂环之中，朝着朱聿恒一抬下巴：“听好了吗？”

朱聿恒开口道：“东边最上首，大红斑右边二寸处。”

阿南毫不犹豫，腕上流光射出，击打在那一处，果然听到了“咚”一声沉响。

“南边上首偏西，三点小红斑交汇中心点，下斜一寸。”

“咚”的一声，阿南再度击中确认。

“屋檐下方一尺半，北偏东，红线左上方二寸。”

“咚”……

朱聿恒出声不疾不徐，阿南的流光不偏不倚，如身使臂，如臂使指，过不多时，便将所有发音有异的关节处通通击打了一遍。

阿南收了流光，顿了一顿，然后与他再确认了一遍：“就是这几个了？”

朱聿恒一点头，确定道：“就是这几个了。”

“阿言，今晚主人这条命可就靠你了。” 在这样的生死关头，阿南的嗓音却始终语调上扬，带着一种轻快的调调，“若是出了一点岔子，我们今天可都要死在这里。”

朱聿恒低低地，却无比肯定地说道：“我不会错。”

阿南再不说话，手一抖将那蓬精钢网弹射出来，迅速拆解掉上面的连接处，又用拆解下来的部分将其连接加长。

不一会儿，精钢网便变成了数条钢练，自她的臂环中流泻而出，垂于地上。

朱聿恒只看见她的手腕急抖，有轻微的破空声“哧哧”起，然后便是“沙沙”“哗啦哗啦”的声音。

是阿南用流光挑起一条柔软钢练的顶端，将其缠扣在了他指点过的第一处地方。

幽蓝的钢练穿透黑暗，在隐约可见的天光之中，如稀薄的云气，连上了他们头顶灼热无比的钢罩。

“接下来是哪里，你再说一遍，我有点记不住了。”

阿南出声催促，在朱聿恒的指点下，将所有钢练一一搭扣在他听到的关窍处。

一共二十一处，二十一条钢练如涓流斜挂于头顶，收束在阿南的臂环之上，仿佛银河倒垂于她的掌心，在黑暗之中看来，十分奇诡又华丽。

阿南擎着手腕，回头看向朱聿恒，说道：“我喊一二三，我们便立即从地窖跃出。若这铁罩子真的能收起来，到时我们便有一弹指的工夫，可以逃出这地窖。”

朱聿恒“嗯”了一声，想想又问：“若……收不起来呢？”

“那我们俩就都要撞在这个铁罩上，皮焦肉烂，死状凄惨。”阿南用最平淡的语气，说出了最可怕的结果。

朱聿恒沉默了一瞬，终究还是纵身跃起，将自己的手搭在了地窖的出口处，摆好了纵身跃出的姿势。

“一……”

她报数的声音很稳，此时也再没有素日那种轻佻的意味。

“二……”

在这面临生或死的关头，朱聿恒以为自己会想很多。可真到了这一瞬间，他却只是倾听着阿南数数的声音，脑中一片空灵。

“三！”

如同电光石火，稍纵即逝的念头还未散去，身体就已经做出了反应。

阿南的手一扯一放，臂环中放出的幽蓝钢练忽然变短，借由那骤然上升的力量，阿南的整个身体向上飞去，倒悬的银河猛然间便只剩了短短一截。

朱聿恒的双臂猛然一收，以胳膊的爆发力硬生生带得整个身躯向上跃起，一个翻滚向前扑去。

就在他眼看要撞上灼烫的铁罩之时，那看似坚不可摧的铁罩子如同弹簧般，猛然向上收缩，重重地击在天花板上，发出沉闷的轰然声响。

阿南的预测无误，这个铁罩果然是可以收起折叠的。

只是，铁罩无比沉重，而阿南的钢练虽然软韧，却终究吃不住这么巨大的力量，只堪堪将其扯上半空，便听得“啪啪”之声不绝于耳，所有的钢练几乎同时崩断。

而悬在铁罩之下的阿南，正借着斜飞的姿势，要从铁罩之下穿出。

就在她的身躯有一半已经脱出铁罩之时，耳听得风声呼啸，那弹上半空的铁罩子打在天花板上之后，再度向她重重压下。

那沉重无比的铁罩加上反弹的力量，来势极为刚猛，可以想见，若被这弹回的铁罩打中，整个人必然会被劈成两截。

这生死攸关的短短一瞬间，那一边的朱聿恒，已经堪堪从刹那间出现的缝隙间逃生。

一经脱身，他立即头也不回，扑在地上抓起面前的一把椅子，一脚将它蹬向了地窖边缘，企图卡住那个铁网罩。

而钢练尽毁的阿南，所借之力已竭，头顶的灼热铁罩如雷峰巨塔压下。

“咔嚓”巨响声在室内轰然响起。

反弹回来的铁罩，以千钧之力压下，顿时将椅子压个粉碎。甚至连整座屋子的地板，都被这铁罩狂暴的反弹力震得全部粉碎。

木屑纷飞之中，横梁“咔咔”作响，破碎的砖瓦和粉尘顿时弥漫整座屋内。

晃动的地面，扑面而来的尘屑，让朱聿恒下意识地偏了偏头，闭上了眼睛。

阿南……

无所不能的阿南、不可一世的阿南、片刻前还在开着不正经玩笑的阿南……

在这样的千钧之力下，她怎么有存活的可能。

心口陡然涌起一阵冰凉，他的大脑瞬间空白。

只是一瞬间。

一贯冷静沉稳，就算跟随御驾北伐时孤军深陷敌群，也能凭着手中一杆长枪杀出重围的朱聿恒，在这一瞬间，忽然陷入了死寂茫然。

如同眼前的日光陡然熄灭，他竟无法做出任何反应，就连思绪也在瞬间崩溃，再也无法思考。

轰然巨响中，铁罩扣在地上，又借力重新向上反弹，狠狠撞上屋梁，整座房屋顿时隐隐震荡。

大量的瓦砾与尘土从头顶沙沙掉落，令人窒息。

但朱聿恒仿佛没有任何感觉。他冲过被铁罩砸出的大坑，寻找那条青莲紫色的身影。

在几乎要被沙尘彻底遮掩的屋内，他仓皇四顾，直到听到轻细低微的一声“阿言”，才猛然回过神来。

他看见了她，伏在碎屑尘埃之中，整个人已经成了灰黄色。

她趴在地上喘息不已，向他伸出手。

朱聿恒几步跨过去，紧紧拉住她的手，将她扶了起来。

“咝，好痛。”阿南捂着自己的脚吸冷气。

朱聿恒低头一看，她的裙角被扯掉了半副，小腿似是在仓促间与铁罩相擦而过，被烫出了一串燎泡。

阿南提起破掉的裙角，给自己灼痛的小腿扇了扇风：“多亏了你，那把椅子虽然挡不住铁罩，却毕竟让它下压的巨势被卡了一下。”

她的反应何等迅速，一见朱聿恒蹬来的椅子，便趁着这须臾之变，下意识以手臂在地上一撑，身体竭力翻滚，旋出了铁罩的笼罩范围，才终于在这毫厘之间，逃得了一条性命。

见她只是小伤，并无大事，朱聿恒终于松了一口气。

心口有些难以抑制的欢喜，可最终颤抖着说出口的，却只有最平淡的三个字：“还好吗？”

“还好有个好家仆，阎王爷都收不走我。”

屋内的铁罩尚在弹震，声响与震荡一起传来，让他们耳朵嗡嗡作响。

阿南形容狼狈，挽着他的手站起，在拍着面罩上的土时，却又逸出一声轻笑。

朱聿恒不明所以：“笑什么？”

“我赌赢了，很开心。”

朱聿恒如堕五里雾中，侧头盯着她。

“哎，老这么严肃，真不好玩。”阿南灰头土脸，借着窗棂透进来的光瞧着同样满身灰土的他，笑嘻嘻道，“其实我刚刚将铁罩子拉起来的时候，心想，这可真是一场豪赌。毕竟，你为了重获自由身，一脱离险境就丢下我这个主人逃命离开的可能性，可是很大的啊。”

她眼中闪烁着微光，仿佛忘记了自己依旧身在险境。朱聿恒垂下眼，避开她的目光，低声道：“把救命恩人丢下、自己逃命这种事情，我做不来。”

——尤其是，挡在他身后的，还是一个女子。

阿南笑嘻嘻道：“我想也是，毕竟，宋提督最喜欢英雄救美了。要不是不愿让我孤身冒险，你也不会和我一起来这里，对吧？”

朱聿恒忍无可忍，“哼”了一声别开头，示意她闭嘴。

相扶着走到门边，只听得一个女子细弱的声音，隐约从前院传来：“元知，后院那是什么声响？那两位客人怎么了？”

楚元知气息不稳道：“没什么，大概是梁上什么东西掉下来了，你回房内好好休息。”

“可……可是……”她迟疑片刻，说道，“要不，我去酒楼把北淮叫回来……”

“不用，你就好好待着，什么声响都不要出！”楚元知提高声音道，“没事的。”

阿南侧耳倾听外面的对话，低声道：“看来这瘴疠引发的火灾应该不会很大，楚元知似乎很肯定，前院的他和妻子不会受到波及呢。”

朱聿恒听出她话中的狡黠之意，心中油然生起不祥的预感：“所以，你要干什么？”

“当然是——出出这口恶气！”

说着，她一把扯掉蒙面布，飞脚踹开面前的屋门，然后将手中火折子一把打开，在火光亮起的一刻，朝地窖处扔了过去。

还没等火折子落下，她便一手拉起朱聿恒，往前疾奔，几步就穿过了院子。

正站在前院后门屋檐的楚元知，猛然间见后院屋门洞开，随即火光骤亮，整个院子顿时亮得如同白昼。

在这炽烈的火光之中，阿南与朱聿恒如同鹰隼比翼而来，直扑向他。

浴火沐光的两人，太过明亮，仿佛灼烧了楚元知的瞳仁，令他呆立当场，一下子竟如同被他们耀眼的光辉攫住了魂魄，枯瘦的身躯无法动弹半寸。

阿南对敌人向来毫不留情，即使对方身体虚弱，依然被她既绝且准地掐住咽喉，狠狠地摁在了背后的柱子上。

楚元知在柱子上撞得不轻，喉口也被掐得“嗬嗬”作响，说不出半个字来。

阿南见他眼神涣散、毫无气力的模样，手一松任由他跌坐在地上，然后拍拍手，笑容嘲讥：“楚先生，这么晚了您还站这儿等着，是不是要亲眼瞧瞧我们被烧死在里面的模样啊？”

楚元知委顿于地，抚着喉头，用嘶哑的喉音挤出几个字：“真是失敬……我离开拙巧阁十余年，竟不知阁中又出了二位这样的后辈英才。”

“我和拙巧阁才没关系！”阿南冷哼一声，厌弃道，“别把我和那个姓傅的扯到一起！”

她这一句话，让楚元知顿时愕然瞪大眼，失声叫了出来：“你们不是……不是拙巧阁的？”

话音未落，旁边传来此起彼伏的巨大声响。

是韦杭之见里面忽然起火，带着守候在外面的人，撞开院门冲了进来。

然而楚家祖宅的院墙与大门早已预设重重机关，连阿南也有所忌惮而不愿擅闯，他们一群人一经闯进，顿时引发机关，如同怒雷震响，场面不可遏制。

火光喷射中，所有的侍卫不是身上着火，便是被烫得满地打滚。一时焚烧声与痛苦哀号声混杂在一起，更显混乱凄惨。

阿南见那火苗极其灼烈，一股股喷涌着，忙拉着朱聿恒退后几步。谁知朱聿恒一抬手，一点火星溅到了他的手背上，让他的手微微一颤。

韦杭之英勇无比，后背燃着火苗，依然仗着一股凌厉气势，直奔到朱聿恒面前，查看他是否出事。

阿南提起一脚，不由分说将韦杭之踹翻在地，手中流光一勾，强迫他在地上打了好几个滚。

韦杭之猝不及防之际，从后门直滚到走廊。直到他的手撑住墙角，才借势旋身而起，重新站住。

在皇太孙和手下面前出了这么大一个丑，韦杭之愤愤地爬起来，瞪向阿南。

谁知阿南只朝他一笑，指了指自己背上，示意他。

韦杭之回头一瞧，才发现自己背上的火苗在翻滚之际已经通通熄灭了。虽然有点抹不开面子，但他还是勉强朝阿南一拱手，然后闷声不响冲向楚元知。

委顿于地的楚元知任由他擒住自己，只指着前院角落，嘶声喊道：“快……快去关掉机关，快……”

阿南几步赶去，将他所指的青石凳一脚蹬翻，下面果然露出牵引机栝。

阿南这边紧急制动，楚元知又将院中小井指给众人。

伤者中依然有呻吟声传来，但毕竟已没有性命之忧。

朱聿恒见众人个个衣裳破败，灰头土脸，更有几个伤势严重，便吩咐韦杭之尽快带他们去找大夫医治。

阿南搞定了机关，抖抖自己焦黑的裙角，走到楚元知身边蹲下，道：“楚先生毕竟是用火的大家，机关设置得真是百人辟易。”

楚元知的身体与手颤抖得一样厉害：“你们……是官府的人，不是拙巧阁的？那你们为何要、要上门来找我麻烦？”

阿南怒笑："敢情你对我们痛下杀手，是以为我们是拙巧阁派来找你的？"

楚元知看看后院堂屋的熊熊烈火，又看看面前的阿南，最终只用颤抖的手捂着胸口喘息痛咳，久久说不出话。

正在此时，他们耳边传来一阵凌乱的脚步声，是楚元知那个病弱的妻子，踉踉跄跄地拎着木桶，企图提水过去救火。

但火势猛烈，此时后院的堂屋已经烧得朽透，杯水车薪，已经毫无效力了。

她在惊惧之中，抬头又看见被官兵们压制跪伏的楚元知，手一松，木桶便掉在了地上，骨碌碌一直滚到阿南脚下。

阿南脚一勾一带，将桶往上一踢，抬手一把抓住提手。

将木桶交还给楚夫人，阿南笑道："楚夫人，你夫君犯下大罪，公然伤害朝廷官员，即刻便要押赴官府了。"

楚元知妻子本就孱弱，一听到她这话，顿时整个人瘫倒在地。

阿南忙抱住她的身躯，抬手狠掐人中，让她不至于晕厥过去："楚夫人，你别急呀，押赴官府又不是立即行刑。"

楚夫人意识已经有些不清，茫然地抬手抓着她的衣袖，像是抓住残存的一线生机："元知他，他不会……不会有事吧？"

"反正不会马上死，先拷打折磨三五个月吧……"

阿南说到这里，见楚夫人眼睛一翻，眼看又要厥过去了，忙摇晃着她："哎哎哎，我开玩笑的，楚夫人你别急啊。"

都什么时候了，还在这儿开玩笑。朱聿恒对阿南这种不靠谱的行为投以鄙夷目光，在旁边开口道："楚夫人，楚先生涉入几桩要案，我们要带他去官府问话。若是能洗脱嫌疑，或者将功折罪，你的丈夫应该有回家的机会。"

也不知楚夫人听进去了没有，她紧绞着阿南的衣袖，涣散的目光从阿南身上转向楚元知。

在这一侧头之际，朱聿恒瞥见她的面容，右脸看来十分秀丽，左脸却是一片烧伤疤痕，在明灭火光的照耀下，不算恐怖，却显凄凉。

朱聿恒心中闪过一个念头，这两个人，一个毁了容，一个残了手，究竟是什么样的命运，让他们相聚在一起的？

只听楚元知哑声道："璧儿，你别急，好好和北淮在家过日子，我……尽早回来。"

听到他说话，楚夫人才终于点了点头，"呜"的一声哭了出来。

阿南松开了楚夫人，用手扇着扑面而来的热风与灰烬。而楚夫人扑在门上，目送丈夫被押走，捂嘴流泪。

“楚夫人，替你丈夫收拾一些常用的东西吧，明天我叫人通融通融，帮你送进去。”

楚夫人恍惚地点了一下头，张了张干裂的嘴巴。但还没等她说出什么话，只听得轰隆声响如炸雷，周围骤然一亮。

在满街的惊呼声中，后院的堂屋终于被火烧得朽烂，坍塌了下来。

幸好堂屋并不与街坊相接，虽然大火烧得整座房屋轰然倒塌，令周围坊巷全是黑烟炭灰弥漫，街坊邻居叫苦不迭，但火势并未蔓延，甚至连前院都只在灼热风中摇晃了几下，未曾受到波及。

自己家的屋子烧塌，楚夫人却只怔怔看了一会儿，便径自往屋内走去。

阿南有点担心，在她身后问：“楚夫人？”

她没有回身，只喃喃道：“我要给元知准备东西。他……他的鞋子破了，我给他做的新鞋还没纳完呢……”

后院的火，在一桶桶水泼上去后，渐渐熄灭。

前院屋内，火篾子明灭不定的光线将屋中人的身影映照在窗上。楚夫人仿佛听不见任何声响，只俯头纳着鞋，将青布一层层缝合成厚厚的鞋面。

这过厚的鞋面，加上千层碎布缝缀成的厚重鞋底，一层层布太过厚实。她手中的针无力穿过，只能耸着肩膀，用顶针竭力将针顶过去。将线拽出后，她虚弱地抬手扶住眩晕的额头，压抑低咳着停了片刻，才又开始下一针。

阿南看着窗户上楚夫人的剪影，挑了挑眉。

朱聿恒问她：“怎么了？”

“我在想……她和卓夫人有点像。同样娇弱的身体，同样毁掉的容颜，不会也同样有一场徐州驿站的大火吧？”说到这儿，阿南自己也觉得荒唐，道，“算了，我们走吧。”

夏日猛火，烟灰弥漫。即使在楚家水井边洗了手脸，但烘烤到现在，两人都是一身干热。

走出小巷，阿南想起一事，让朱聿恒在邻居里找几个热心肠的婆子，好好照看楚夫人，以免发生意外。

毕竟，楚元知与拙巧阁有旧恨，或许是个可以争取的对象，但与他相濡以沫的楚夫人若出事，那肯定没有拉拢可能了。

朱聿恒正对韦杭之授意，耳边忽有一阵“咕咕”的轻微声响传来。他转头一看，阿南抱着肚子一脸懊丧。

这一场激战，他们二人到现在还没吃晚饭，难怪她饿成这样了。

朱聿恒抬手让神情微异的韦杭之赶紧去办事，而阿南噘着嘴，在众人散开后，向他伸出手，示意。

朱聿恒会意地探手入怀，自己也愣了一下——来之前被她随意塞进去的葱包桧儿，在这场生死攸关的混乱之后，居然奇迹般还在怀中。

他拿出荷叶包，递给阿南。阿南打开一看，里面的葱包桧儿已经散碎，油条和葱零乱地各自散在一边，狼藉不堪。

但她毫不介意，撮起勉强还能入口的一片放入口中，顿时笑得眉眼弯弯：“好吃！不愧是全杭州最出名的葱包桧儿呀。”

说着，她抬头看向朱聿恒，挑了片最完整的递到他嘴边：“你也尝尝？”

朱聿恒对这些街边小吃原无兴趣，但见她吃得这么香，便抬起手接了过来。

这葱包桧儿出炉已久，外面春饼散落，里面油条也不再酥脆，只是两人如今腹中饥饿，入口只觉美味无比。

阿南笑道：“好吃吧？甚至还温温的呢。”

话一出口她才想到，这些许的微热，应该是朱聿恒的体温。

这隐约的暧昧，让阿南这样厚脸皮的人，也不觉脸上有点热热的。

不自然地转开头，她默默地吃着葱包桧儿，含混道：“走吧。”

第十一章

人生朝露

一番折腾，二人都是狼狈不堪，看看已过夜半，干脆先回乐赏园，换件衣服休息一夜，明天再好好审问楚元知。

月上中天，阿南满身尘烟地回来，觉得自己都有点不好意思了，又要麻烦桂姐儿半夜帮忙备洗澡水。

要不……她的目光又看向朱聿恒，盘算着是不是让他再干干家奴的分内工作。

经过正院旁边时，廊下传来低低的哭声。

阿南与朱聿恒对望一眼，两人放轻脚步走到转角处，果然看到卓晏将脸埋在掌中，坐在无人处压抑哭泣。

想必他已经知道了，关于母亲的消息。

二人都是默然无言，站在拐角外，听着他绝望的悲泣声，那里面，尽是无法留住至亲的哀痛。

阿南沉默片刻，走到卓晏旁边轻轻坐下，抬手轻轻拍了拍他的背。而平生没任何安慰技能的朱聿恒，只能迟疑着站在墙后。

卓晏茫然地抬头，蒙眬中看见她关切的目光，脸上的眼泪又一时收不住，只能扭头向旁边，抿紧唇不肯出声。

阿南想拿袖子给他擦擦眼泪，可是她衣服上全是尘灰，竟无从下手，只能说："阿晏，人世变故，总难幸免……你娘这些年来得你爹尽心呵护，又有你这样的好儿子，至少此生安宁幸福……”

“不……你不知道……”卓晏声音嘶哑，哽咽道，“我娘……是我害的，是我……”

阿南顿时错愕，不知他何出此言。

而卓晏在这黑暗的角落，仿佛急需倾诉罪行的赎罪者，下意识地便对着她倾诉自己的过错：“我娘最喜欢的那只金被银床，它……它以前性子特别温顺，是我前几年过年放炮仗时，随手扔了一个吓吓它，谁知竟把它鼻子炸破了一块，从此这猫就特别怕鞭炮声，还怕火药味……我爹有次在营中查看火枪、火药回来，衣服上沾了点硝石硫黄味，它就疯一样嘶叫，差点没把他给挠了……这次大概是我大舅身上有火药味，所以猫才会发狂，抓了我娘，以至于……以至于……”

“不关你的事。”阿南打断他的话，阻止他归咎于己，“如果那只猫没有得恐水症，就算被吓到了挠人，也不会出事的。与你多年前做过的事情，没有任何关系！”

卓晏呜咽着，喃喃问：“真的吗？”

“真的！”阿南斩钉截铁，“难道你连我都不信？”

卓晏目光虚浮地看着她，而她的神情如此坚决肯定，让他终于点了点头。

他靠在背后的墙上，呆呆看着天上月。

阿南此时已经困倦无比，她拉了拉卓晏的衣袖，低声说：“放心吧，别在这儿胡思乱想了，你娘吉人自有天相，猫抓得恐水症的概率……应该也不大，或许明日就好起来了。”

“嗯……”他茫然应着，也不知听进去了没有，但总算不再是那种崩溃的感觉。

把卓晏哄回屋内后，阿南走出院门，看见静静站着等待她的朱聿恒，长长叹了一口气，说：“不管怎么样，先回去休息吧。”

他们踏着稀薄的月色回桂香阁，夹道香柏森森，耳边尽是山间松涛。

久远之前读过的一首诗，忽然在朱聿恒脑海中浮现。

> 白杨何萧萧，松柏夹广路。下有陈死人，杳杳即长暮。
> 潜寐黄泉下，千载永不寤。浩浩阴阳移，年命如朝露。

人生如朝露。若他追寻不到奇迹，那么明年此时，他已经深埋地底，泥销骨肉，化为虚无。

阿南见他神情如此低黯，以为是替卓晏伤心难过，便抬手轻拍他的背，说：“别想了。人生天地间，不过是倏忽寄居客，到头来每个人都终将面对那一刻，只是或早或晚的事情。”

“既然如此，我们在这人世间走一遭，又有何意义呢？”

“意义什么的，我是真的不知道。”阿南想想，又说道，“大概是做点自己觉得应该做的事情，肆意任性地活着，无怨无悔地离开吧。”

“如果……我是说如果，”朱聿恒的面容在月色下显得恍惚，问她，“今天你没有侥幸逃开那个铁网罩，殒身在楚家，你会觉得遗憾后悔吗？”

“会遗憾，但不会后悔。”阿南毫不犹豫，干脆利落道，“事情真相没揭晓，萍娘的仇也没有报，我若就那样永诀人寰，当然会遗憾。可是到了这个时刻，楚家那个鬼门关不得不去，这也是我自己的选择，就算我因此而死，又有什么可后悔的？”

朱聿恒倾听着她的话，沉吟问：“其实，我们可以用更温和一点的方式，比如说，表露官府的身份，去招揽楚元知？”

“我确实也是这样想的啊，甚至还拿出了我觉得他可能会感兴趣的火折子和他探讨，谁知弄巧成拙，他反倒以为咱们是拙巧阁派来的，痛下杀手了。”阿南一脸懊恼，但转而声音又轻快起来，“不过这趟再凶险，能抓获楚元知，也算值得了。他与此案瓜葛甚多，一旦官府找他，还不立即带着妻儿逃跑？他那手段，到时候我们能截得住他？”

清冷的月色相照，他们并肩慢慢走过游廊，回到桂香阁。

怀着自己也不明白的心情，他问了她最后一个问题：“阿南，要是你的人生只剩下一年时间，你会去做什么呢？”

“一年啊……”阿南想了想，问，“从现在开始吗？”

朱聿恒点了一下头。

她双眉一扬，说道：“那当然是用这一年时间，去寻找能让我再活几十年的方法啊！”

确切无疑的回答，毫不犹豫，斩钉截铁。

朱聿恒沉默凝望着她，那一贯神情端严的面容，此时如春雪初融，露出温柔又和煦的霁色。

阿南挑挑眉，问：“怎么，难道你不会？”

“我当然会。”他亦毫不迟疑，“不惜任何代价，不论任何手段。”

“我就知道，我们是同类。”阿南朝他一扬唇角，挥挥手，快步跑上楼去了。

走到楼梯口，她又靠在栏杆上，回身看他：“啊，差点忘了……”

一直仰头目送她的朱聿恒，看见梁上纱灯将橘黄光芒投在她身上，令她回身的姿态如一朵凌空绽放的昙花。

朱聿恒望着她的身影，一瞬恍惚。但他随即惊觉，下意识地别开了脸，将自己的目光从她的身上移开："什么？"

"你刚刚不是被火星烫到手了吗？这个给你。"她从怀中掏出一个小盒子，从楼上抛给他，"从楚元知那儿掏来的。雷火世家的烫伤药，绝对是最好的。你记得洗净伤处后，涂抹包扎再睡觉，千万不要让你的手留下伤痕啊，不然我会很心疼的。"

朱聿恒握着那一盒烫伤药，神情有些别扭："那你脚上的伤呢？"

"我当然也有啦。"阿南掏出另一盒朝他晃了晃，转身进屋去了。

朱聿恒拿着那盒药膏，沉默了片刻。

身后传来韦杭之的脚步声，他拿着药瓶走到门口，低声问："殿下，这是您要的烫伤药，现在给阿南姑娘送去吗？"

朱聿恒将手中的药膏塞进袖口，闷声说："不必了，你拿走吧。"

第二日天气晴朗，是个干大事的好日子。

"今天这场戏，一定要好好演，非把楚元知的七寸给捏住不可！"在进州府大牢前，阿南叮嘱朱聿恒道。

"楚元知的七寸，是拙巧阁？"

"不，我觉得是他的妻儿。"阿南跟着狱卒往大牢里面走，一壁说，"不过他确实与拙巧阁关系匪浅。当年他在拙巧阁是五长老之一，司掌离火堂。楚家的火机关堪称独步天下，你昨晚也亲身试过了，基本上，当世无人能出其右。"

"那么，他为何又离开了拙巧阁，现在又和这几起火灾扯上关系呢？"

"这就要看我们今天能从他口中得到些什么了。"

阿南脚步轻快，施施然进了狱卒打开的牢门，脸上依然挂着那不正经的笑容："楚先生，我们来讨债啦！"

正倚坐在墙角的楚元知，被她这一句喊得不知所措，讷讷直起身，盯着这个女煞星。

狭窄的囚室内仅铺着一张破烂草席，墙角一个便桶，其余什么都没有。朱聿恒瞄了瞄草席上隐约爬过的臭虫跳蚤，在门口止住了脚步。

阿南寒暄问："楚先生昨晚休息得还好吗？"

楚元知苦涩道："托姑娘的福，还行。"

“那接下来，楚先生有什么打算呢？”阿南朝他微微一笑，道，“别说那个玉佩了，我们的命可值万金，这位堂堂朝廷提督，昨夜差点死在你家中，你可知道自己什么罪吗？”

“你们既是官府中人，为何要设局来为难我一个小人物？楚家如今不过破屋几间，废人一个，有什么值得你们垂青的？”

“楚先生过谦了，其实我们仰慕你已久。”狱卒殷勤搬来两把椅子，阿南拉过一张坐下，坐姿散漫，“听说楚先生十六岁便总领拙巧阁离火堂，是有史以来最年轻的堂主呀。”

楚元知靠在墙角，身形一动不动，哑声道：“那都是过往虚名，如今我只是个废人，姑娘再不必提起了。”

“废？我看没有啊。你这两个月还做了几桩大事呢。”

阿南这一句话，让楚元知面露诧异，茫然看着他。

“四月初八，你家的绝学六极雷出现在顺天，把紫禁城三大殿焚烧殆尽。”阿南满意地看着他脸上浮现错愕的神情，娓娓道，“还有呢，前几日杭州驿站一场大火，烧死了京中来调查三大殿起火案的太监，而那位卞公公在临死前，写下了你们楚家的‘楚’字。”

楚元知大惊，冲口而出：“不可能！”

“怎么不可能了？按照常理来推断，我看很有可能。”阿南笑容得意，几乎要跷个二郎腿，“你偷偷潜入京中，用六极雷焚烧了三大殿，然后发现卞公公一路追踪到了杭州。于是你一不做二不休，纵火烧了驿站，让发现了真相的卞公公死于火海，谁知天理昭昭，对方在临死前留下了凶手名字，让我们追寻到了你家——甚至在我们追凶到你家之时，你还利用家中机关，让我等查案的人死伤无数，真是罪大恶极！”

“绝无此事！”楚元知伸出自己颤抖不已的双手，辩解道，“我为了离开拙巧阁，付出了自废双手的代价。姑娘你看我这样的废人，如何还能去顺天、去驿站纵火杀人？”

“是吗？谁说手废了就杀不了人？我看你昨晚杀我们的时候，下手倒是毫不留情啊。”

楚元知脸色灰败，道：“昨夜确是我……我罪该万死。我以为你们是拙巧阁派来找麻烦的人……”

“以为是，就下手如此狠辣，楚先生你真是干大事的人，不枉你们楚家先祖创立如此显赫的家学，代代相传。”

“雷火凶险，戕害无数生灵，我家传绝学六极雷，更是凶险至恶之法。此种恶法若能在我手上埋没，也不失为世间一幸事。”说到此处，楚元知声音低暗，语调却带着斩钉截铁的狠劲，“所以，我宁可让儿子去酒楼帮佣杀鸡宰鸭，也不肯让他知道我家这些东西，就是要让这家学，断在我这一代，永远从这世上消失！”

阿南听他发这狠话，非但不动容，反而抖了抖手中的案卷，“扑哧”笑出声来：“行啊，那就如楚先生你所愿，我好好跟你算一算吧。楚先生，你在家中私设杀阵，危害微服私访的朝廷重臣，按律……”

说到这儿，阿南回头问站在牢门外的朱聿恒：“哎，阿言，按律该如何判决呀？”

朱聿恒淡淡道：“按本朝律令，刺杀朝廷官员，不论官阶大小，一律视为谋逆犯上。首恶斩首，亲族流放千里之外，妻子儿女一律充作官奴。”

他声音不大，语调也平缓，但入了楚元知耳中，他脸上顿时灰青一片，原本委顿的身躯，陡然间笔直僵坐。

阿南啧啧叹道：“好惨呢，楚先生你要斩首示众，你家还有亲戚吗？要流放千里，还有你的妻子，恐怕要进教坊司了。还有你儿子也难以幸免呀，小小年纪就沦落下九流。我看小北长得挺可人的，将来可不要成别人的玩物，娈童嬖幸什么的呀……”

楚元知死死盯着她，他的脸上蒙着一层死色，目光却似在喷火。

阿南站起身，轻松地拍了拍自己的裙子，笑道：“楚先生，恭喜你心愿得成了。你的家传绝学这下肯定是要断了，毕竟你全家都没了呢。”

出了牢房，阿南钻到旁边狱卒们休息的屋子，眉飞色舞地问朱聿恒：“怎么样，我是不是超凶超恶的？楚元知是不是被我们彻底唬住了？”

朱聿恒无语地瞄了她一眼，将目光转向外面，压低声音道：“噤声，我让他们把楚夫人带来了。”

脚步声响，似乎比昨晚更枯瘦的楚夫人，跟着狱卒进来了，随即，便是凄厉的一声：“元知！”

阿南这八卦性格，听到楚夫人哀戚的叫声，忙出了房门，凑到门上铁栅栏偷看。

对她这种鬼鬼祟祟的行为，朱聿恒投以鄙视的眼神，然后用脚尖给她拨了张凳子，示意她坐下光明正大地听。

只见楚元知哀苦地捧着妻子的脸，声音暗涩：“璧儿，你……你还好吗？”

楚夫人竭力“嗯”了一声，又问：“你呢？”

楚元知却没回答，只用那双颤抖的手抓住妻子的手，从喉口拼命挤出几个字：

“北淮……北淮呢？”

楚夫人身体一僵，别开了头，哽咽道：“他，他今天酒楼忙，就没来……”

楚元知的声音陡然提高：“不可能！北淮是不是出事了！”

楚夫人掩面痛哭，还没来得及说话，便被楚元知死死按住了肩膀。

她避无可避，只能气息急促道：“早上……北淮要和我一起来的，可我们刚出门，他就被，被一群官兵带上了车，我怎么追也追不上，至今连他去哪儿了也不知道……”

楚元知怅然长叹，那叹息声却已经不再有悲苦凄凉，只剩下空荡的绝望。

他颤抖地轻抚妻子的面容，抹去她那被火烧毁的面容上的泪痕，眼中含泪，口中只低低念叨着：“对不住，是我害了你们，我……我是个罪人……”

屋内这么凄凉悲惨，屋外阿南这个始作俑者有些听不下去了：“让他们先哭着，我去外面转一圈，给楚元知一点时间，看他会不会想通点。”

出了大牢，到了街口，尽是熙熙攘攘做买卖的人群。

阿南挑了两斤桃子，拿了一个剥着，刚刚风发的意气便有点低沉下来：“萍娘去世前，还想着要帮大哥卖桃子，不知道阿晏帮她在驿站卖掉了多少呢……”

“两担。”朱聿恒随口道。

阿南诧异：“咦，这你都知道？”

“查娄万的行踪时看到的。他最后一次出现就是在驿站，帮萍娘挑了两担桃子，送去给神机营的人。”

“然后他就收了钱，去赌博了？”

“或许吧。”毕竟这么一个小人物，谁会在意他什么时候去、什么时候走？

正要回去时，忽听到街边一家店铺传来吆喝声：“本店重金求得叶茂实所制的当归墨，各位仁人君子走过路过不要错过，看一眼也是福气啊！”

阿南眼前一亮便挤进店里，她这个俗人居然对墨锭有兴趣，看了看就向店家询问价格。

朱聿恒在旁边瞥了一眼，道：“这叶茂实的落款不对，和我用的不一样。”

店主不服气，垮起个嘲讽脸问：“叶茂实的墨锭你拿来用？你怎么用？”

朱聿恒平淡道：“磨墨用。”

店主冷笑不已，劈手夺回墨锭，重新装回锦盒内高高供起。

出了店门，阿南庆幸道：“幸好你认出来了，不然我要是送个假墨锭给公子，他嘴上不说，心里肯定要嘲笑我了。”

原来，是要给竺星河买的。

朱聿恒面无表情道："那你的公子，该写得一手好字了？"

"那当然啦！他的字天下最好。"阿南说着，抚抚鬓边，又有些懊恼地对他说，"你让神机营的人好好找找呀，把我的蜻蜓及早还回来，那里面，有我很重要的东西呢。"

"嗯。"反正他们把天下翻过来也找不到。

"既然签了卖身契，对主人的命令，上点心好不好！"阿南看出了他的浑不在意，噘嘴训了他一句，忽然看到墙角有个小小的标记。

她略微皱眉，走到下一个巷口之后，瞥到墙根的另一个标记。

不动声色地，她将怀中那兜桃子往朱聿恒怀中一塞，道："阿言你先回去盯着楚元知。我觉得那家店的墨虽然不行，但有支毛笔还可以，我去买了就回来。"

朱聿恒平淡地点了下头，拎着桃子便回去了。无须他示意，后面便有几个装束普通的人跟上了阿南。

所以朱聿恒回到狱中不多时，便拿到了阿南的行踪。

她去了西湖边荒僻的一间小庙，正是上次韦杭之抓捕司鹫时，司鹫向墙上射出铁弹丸留信号的那个庙。

因为讯息已被他们取走，所以阿南转而离开。其间她十分警觉，几次甩脱了后面的盯梢，但最终，守在司鹫落脚处的人盯到了她。

朱聿恒解着手中的岐中易，沉吟不语，韦杭之也不敢提醒，一直站在他面前等待回音。

但最终，他只听到朱聿恒说："知道了，退下吧。"

吴山上的寻常院落，不起眼的门户。

阿南在大门两侧按两长一短轻敲，门应声而开，僮仆一看见她，顿时激动得要喊出来。

阿南朝他做了个"嘘"声手势，想了想今日庚寅日，便熟门熟路地选了离坎位，踏过面前青砖地，绕过照壁鱼池。

还未进屋，便听到声音传来，一群人吵得快要动手。

"如今之计，唯一的办法就是再度纠集人马，去救公子！"

"废话，能救早救了，可那地方，谁能进得去？"

"少安毋躁，等南姑娘来了再商量也不迟。"

“公子已失陷四五天了，不能再拖了啊！”司鹭的声音透着无比委屈，“可阿南现在被官府盯上了，我上次接近差点被官府抓了，消息也传不到她手里呀！”

阿南正要进去，又听到司霖的声音冷冷传来：“南姑娘现在和官府那个小白脸形影不离，我们被防得死死的，是不是有什么问题啊？”

“有什么问题？她和公子的感情，你难道不知道？”司鹭的声音顿时拔高，“当初你失陷香夷岛的时候，是谁去救的？那时候你怎么不说阿南有问题？”

“我的意思是，南姑娘是不是被骗了。”司霖讷讷道，“当然了，她要是回来了咱们就有主心骨了，放生池那个孤岛也就不足为惧了。”

“对，不就是西湖中一个孤岛吗？我冯胜豁出一条命，今晚不救回公子，我投湖追随老主子去！”

见这魁梧汉子把胸脯拍得山响，急匆匆埋头就向外走，阿南站在门口抬起手，拦住了他的去路：“冯叔，什么事走得这么急？”

冯胜抬头一看见她，立即就叫了出来：“南姑娘，你可算回来了！你知道不，公子被神机营抓走了！”

“现在知道了。难怪你们给我留标记，让我速归。”阿南扫了厅中众人一眼，径自走到正中的椅子坐下，抬手示意大家坐下，“公子身手超卓，谁能抓他？又有谁能困住他？”

司鹭捂着自己青肿的脸颊，气愤道：“是神机营那个诸葛嘉，他亲自在灵隐布阵抓人！公子见是官府的人，不便下杀手，便送我逃出来与大家商议。我们准备先找到你共商大计，谁知你身边一直有官府的人，我连接近的机会都没有，还被打成了这样！”

阿南皱眉问：“抓捕的原因是？”

“不知道。我陪着公子好好地在灵隐祈福，忽然就有官差传唤，不说理由，又没传票，那两个保镖就把他们推搡开了。谁知很快神机营就来了，上百人的大阵仗，差点把我打死。公子为了救我，被卷进去了，然后就被抓住了，现在困在放生池呢！”

阿南略一思忖，问：“所以，是不明不白被抓进去的？”

最老成的程熠志抚着花白胡子，迟疑问：“南姑娘，你觉得可不可能是因为，朝廷知晓了当年……”

“不可能。若是因此，对方不会将公子留在杭州。”阿南下意识又抚了抚鬓边，思忖着自己那只失去的蜻蜓，问，“当时他们是否有提到三大殿起火的事情？”

司鹭断然摇头：“没有。”

一群人七嘴八舌，探讨了半天公子被抓捕的缘由，终究一无所获。阿南便问：“你们说，公子被关押在放生池？为何不是州府大牢？”

“要是州府大牢就好了，那边咱们要劫狱也不是难事。”司霖闷闷开口道，“如今官府与拙巧阁联手，在放生池布下了天罗地网，石叔料想小小湖心驻扎不了多少人，想趁他们立足未稳偷偷潜入侦察。谁知对方真是好生阴毒，在水中遍布锁网阵，石叔遍体鳞伤逃回来，肩胛骨都被击碎了。就算他侥幸活下来，这一身功夫也废了！”

“啧，这哪是放生池，分明是个杀生池，在等我们呢。”阿南仓促赶回来，此时蜷着身子歪在椅子上，看起来颇有点散漫倦怠，和大厅内紧张的气氛格格不入。

但众人早已熟悉了她的性情，都只注目看着她，紧张地等着她下面的话。

“那个湖心岛我之前经过，确实地势绝佳，站在小阁中便可将远近湖面尽收眼底。再加上水面船只来往巡逻，水底遍布锁网，几乎封死了所有潜入的路径，要进入救人，难如登天。对方这是想围点打援，把我们挨个儿骗过去，一网打尽呢！”

“那难道我们就不去救公子了吗？任由公子失陷敌手？”

“救，当然要救。只是咱们得把底细摸清楚。石叔在哪儿？我找他研究一下那边的布置。”

石叔名叫石全，那晚潜入放生池查探地形中了机关，虽竭力逃回来，如今也只勉强吊着一条命。

见阿南来了，他气息奄奄地露出惨淡笑容：“南姑娘，你可算回来主持大局了。”

阿南示意他好好躺着，便在床沿坐下，查看他的伤势。

“死不了，就怕以后也起不来了。”石全说着，冯胜性格最暴躁，直接将被子掀起给阿南看。只看见厚厚包裹的肩胛，也不知缠了多少层，还有血水斑斑点点渗出绷带。

又是拙巧阁。阿南紧咬牙关，手上轻轻将被子盖好。

“放生池那个阵法，真是好生阴毒……”石全艰难道，“水面全是官船在巡逻，十二时辰不断，绝不可能混进去。而水下，离堤岸三丈之内，水中遍布连锁阵。那机关……不知藏在何处，我一开始潜在水草中，被割了之后上浮到水面，在看似空无一物的干净湖水中，依旧被绞得遍体鳞伤……我豁出一条命，仗着一口硬气终于靠近放生池，但在攀爬上岸时，水上又有钩镰手在等待，一冒头便被钩住，不可动弹……我枉自在南海纵横三十年，竟对西湖这摊浅水毫无办法！”

冯胜看着老伙计这凄惨模样，忍不住大声嚷了出来：“就算难如登天，咱们也得把公子给救出来！依我说，咱们有的是船，召集所有兄弟，开几百条船去，直接把西湖给填平了！”

阿南摇了摇头，声音略沉：“冯叔，我知道你牵挂公子。不过要是真被围攻的话，对方会直接斩断回廊上所有连接口，只留回廊台阶一处。到时候我们就算再多人去围攻，因为水中已被机关封锁占领，只能从台阶处突破。而对方只需要三五只火铳轮替，就算来一万人，也不可能登上那一围堤岸。”

“那怎么办？难道任由公子落在他们手中，而我们在这里当缩头乌龟？”

“救，当然要救。只是连石叔都在那边折损了，咱们就要吸取教训。不然，陷进坑中陪着公子，又有什么意义？”

叮嘱了石叔好好休养后，阿南走到吴山高处，俯瞰西北面的西湖。

吴山天风徐徐而来，下方便是大片开阔的湖面。一泓碧波之外，遥遥在望的，就是湖心放生池。

她接过司鹫递来的千里镜，向那边看去。

距离太远，千里镜也拉近不了多少，只依稀看到水风中起伏的柳枝，半遮半掩着朱红楼阁，宁谧幽静。

谁能知道，这湖光山色之中暗藏杀机，也暗藏着她的公子。

她心尖上的人，如今被束缚在死阵之中，竟无法脱困。

湖光在她眼中跳跃闪烁，一时之间，让她一贯坚定的心志，竟也随着波光动荡，有种难言的恐慌在胸口波动。

定了定神，她看到几艘正在往外划出的官船，船身遮得严严实实，向着雷峰塔而去。

她问司鹫：“我上次见过放生池的船，似乎比现在有序？”

“虽然无法接近，但我们一直盯着那边，冯叔这一番潜探后，那边布防确实好像有变。”司鹫迟疑道，“神机营的人不是穿青蓝布甲的吗？他们好像从昨晚开始陆续从放生池撤出了，也有几艘船陆续离开又返回，如今那边防守有些松懈，我们怀疑……”

“他们准备或者已经把公子转移出去了，这边留着的，只是一个空陷阱？”阿南问。

“我们还在探询，或许还要等确切情况。”

“好，那我等你们。反正……他们要留着公子当诱饵的话，短时日内，不会对他下手。”阿南将千里镜交到司鹫手中，起身就要走。

“回来！”司鹫有点气急败坏，“好不容易回来了，你又要走？你去哪儿？”

“去找宋言纪啊，毕竟他是神机营的人，这么好一个消息来源，不用多浪费啊。”阿南一边往外走，一边道，“至少，公子的下落，我总得先去他那儿摸清楚。”

司霖在旁边冷冷道：“我们这边群龙无首，你去和神机营的人虚与委蛇？”

“我不懂什么虚与委蛇，”阿南说着，脸上露出冷笑，“我只懂如何教训奴才。”

阿南回到杭州大牢，从窗栅间一瞥，看到楚元知依旧呆呆地坐在那张破席子上，紧紧捏着妻子昨晚新纳的鞋子，怔怔发呆。

他那双本就颤抖不已的手，此时青筋凸起，如同痉挛。

她也没多看，走向了旁边的净室，却发现韦杭之守在门口。看见阿南过来，他有些为难地抬手，低声道：“阿南姑娘，诸葛提督过来了，找我们提督大人有点公务。”

“哦，公务啊，那我不方便进去了。”阿南貌似轻松地转了个身，进了隔壁净室。

她在室内转了一圈，寻思着神机营两个提督碰头，大概会提到一些要紧事——说不定，和他们前几天抓捕的人有关呢？

“主人听听家奴在说什么，不是理所当然吗？”她端起茶壶给自己倒了一杯茶，一边吹着茶叶浮末，一边将耳朵贴在墙壁上。

可惜，州府大牢，院墙极为厚实，墙中间夹层大概还絮着稻草，她只听到闷闷的一点声音，隔壁确是在说话，却完全听不清。

阿南泼掉了杯中茶，将杯口扣在墙上，附耳上去听着。

隔壁间的声响开始清晰起来，传入耳中。

“简直岂有此理。”朱聿恒的声音低而缓慢，却挡不住其中隐藏的愠怒，“锦衣卫居然敢从我们手中抢人？”

诸葛嘉愤恨道：“可他们拿了南京刑部的驾帖来，我若是不交接，便是公然违抗朝廷，到时候咱们全营都没好果子吃。”

“如今营中兄弟都撤出那地方了？”

“是，不得不从，但这口气真是咽不下去。凭什么咱们辛辛苦苦抓捕的匪首，就这么一下全被锦衣卫截和了？这事没有后续，我没法跟当时折损的兄弟们交代！”

抢人，神机营撤出……

原来神机营真的撤出放生池，被锦衣卫黑吃黑了？阿南正暗自思忖着，听到那边朱聿恒说道：“我待会儿写封书信，去南京六部讨个说法，务必不让你们吃亏。”

“全仗提督大人了。”诸葛嘉兀自郁闷。

“另外，锦衣卫也是因为三大殿起火案所以介入的？”

“是。南京六部如今人少权微，打探到咱们在办这个大案，意图在圣上面前露个大脸，当即与锦衣卫联手施压，要抢这个功劳。就连南直隶[1]神机营那小狼窝，也想来分一杯羹，是可忍孰不可忍！”

朱聿恒低低“嗯”了一声，又问：“那么，抓到之后不是应该拷打压榨吗？怎么关到那种地方去了？”

“对方太过扎手，当时属下擒拿他的时候就费了不少工夫。他身边又能人众多，是以不敢放在州府大牢，要不是拙巧阁相中了放生池这块绝地，帮忙设阵，这人早就被同伙救走了。”

“锦衣卫与拙巧阁之前有合作吗？他们会继续在放生池？”

“南直隶锦衣卫估计与他们不太熟，目前尚不知那边会如何调度。”诸葛嘉悻悻道，“总之，咱们付出过的辛苦，还有那些个受伤的兄弟，不能就这么被抹掉了！”

朱聿恒沉吟片刻，说道：“好，我大致清楚了。此事我会给兄弟们一个交代的。”

等到诸葛嘉告退离开，阿南先喝了杯茶把事情捋了捋，然后慢悠悠回到朱聿恒所在的净室，在他对面坐下，托腮望着他。

朱聿恒正在写一封文书，笔尖在砚台上略微舔了舔，问：“去哪儿了，怎么才回来？”

“那支笔不太好，我又去市集上转了转。”阿南见他已经将折子合上，便也不多看，只转过椅子，把下巴搁在椅背上，那几乎是瘫倒在椅子上的姿势，与朱聿恒沉肩挺背的严整姿态，恰成鲜明对比。

朱聿恒抬眼瞥了她一下，问：“怎么了，无精打采的。”

“唔……”在来的路上想好了无数严刑逼供的招数，结果发现事情的方向与她想象的不太一样，阿南现在有一种落空感，一时不知气该往哪儿撒。

按目前情况看来，公子被捕的原因，估计还是与三大殿起火之时，火中飞出的、她所送的蜻蜓有关。

看来从宋言纪这边是打探不到什么了，他与公子被捕的事情似乎关联不大。而放生池已被锦衣卫接管，她与公子联络的路径也被切断，无从探讨那只蜻蜓为何会

1　南直隶：处于南方、直隶中央六部的府和直隶州的区域的总称，衙门齐备，但管辖范围与权力远不如顺天。

出现在火中。

更何况这放生池的可怕之处，在于拙巧阁布置的水阵，至于看守公子的是神机营还是锦衣卫，其实并无差别……

正当她思量之际，忽听到朱聿恒的口中，吐出三个字："竺星河……"

她下意识转头看他，错愕地"咦"了一声。

"你家公子，是竺星河？"

阿南端详着他的神情，似要从里面找寻出他的用意来："怎么？"

"我听说，他现在落入了锦衣卫手中。"

分明是落入了你们神机营的手中，只不过被劫走而已——阿南心想，难道是神机营在锦衣卫那边吃的亏，想要利用她讨回来？

脸上一副错愕模样，阿南追问："我家公子被锦衣卫抓了？什么时候的事，怎么被抓的，现在关在哪里？"

"五日前，灵隐寺，刑部下的令。因为怀疑他与三大殿起火案有关。"

"这样啊……"阿南趴在椅背上盯着他，"一直在追查三大殿的不是你吗？怎么锦衣卫也掺和进去了？你不是对我家公子颇有误会吗？怎么现在愿意告诉我了？"

他淡淡道："世间万事相因相循，同僚可以尔虞我诈，必要时化敌为友又有何不可？"

"那我直接杀去锦衣卫所不就好了？"阿南蛮横道，"我就不信那边是什么龙潭虎穴，以我的本事，难道救不出我家公子？"

"首先，锦衣卫目前调度有变，我们尚不知他们会将竺星河关押在何处。其次，就算救出来了，你劫狱、他越狱，你们要抛弃所有一切，做一对亡命鸳鸯，终身被追捕吗？"

阿南沉默了。毕竟，公子回归故土之后，她是眼看着永泰产业逐渐在大江南北发展起来的，多年经营甚为不易，如何能够一朝抛弃？

"那他现在哪里，我又该如何去救他呢？"

"既然竺星河被抓的原因是三大殿起火案，我认为你可以与我合作，只要将此事彻查清楚，朝廷自会还他清白。"

"说来说去……"阿南把脸靠在手肘上，玩味地看着他，"你不就是想让我帮你查三大殿起火案，救你自己？"

朱聿恒十指交叉搁在桌上，不动声色地看着她："救他，同时也自救，不好吗？"

各怀鬼胎的两人对视片刻，终于还是阿南先转头看向旁边囚室，问："楚夫人走啦？”

“她哭晕过去了，还不送走，在这狱中待着？”

“有没有说什么重要的事情？”

“没有，楚元知几次欲言又止，但终究没说出来。现在就看他的妻儿能不能让他屈服了。”

“宋提督真是深谙驭人之道，看人下菜碟，一戳一个准。”阿南跳下椅子，抱起桌上的案卷交给他，“走，咱们先把眼前的案子解决了，看能从楚元知口中掏出点什么吧！”

朱聿恒拿着案卷出了门，阿南到墙角提起那兜桃子，瞥了前面他出门的背影一眼，抬手快速翻开他刚刚写的折子。

上面果然是上书南京都察院的弹劾，关于锦衣卫劫走神机营要犯的事情写得一清二楚，直斥南直隶锦衣卫同室操戈，侵夺同僚功劳，要求严查此事。

阿南只看折子，也感觉一股委屈之意扑面而来。

她“啧啧”了两声，将折子合上，赶紧转到了隔壁。

晃进隔壁净室，朱聿恒已经坐在案桌前，审问楚元知：“近日杭州驿站之火，你在其中动了何等手脚？”

楚元知咬紧牙关，摇头道：“我未曾听闻此事。”

“被烧死的卞存安卞公公，与你什么关系？”

“不认识。”他从牙缝间挤出这几个字。

“二十一年前，徐州驿站那场大火呢？”

徐州驿站。这四个字让楚元知僵了片刻。

“不记得了？”朱聿恒翻开徐州驿站的卷宗，将上面记载示意给他看，“六月初二日，晴好天气，亥初时忽有闷雷炸响，东南西北皆有雷声，天火与地动同时而来。随即驿站后院轰然起火，将当晚住宿的四十人闷在其中焚烧，仅有三人存活。火势蔓延到旁边各院，又有二人在混乱中践踏身亡……”

他一字一句念出当年情形，楚元知僵直地听着，等听到二人被践踏身亡时，他脱力后仰，后脑重重砸在了墙上，“咚”的一声钝响。

“你敢说，这不是你家的六极雷？还是说，我该去拙巧阁找一找当年档案，除了你这位离火堂主，又有谁可以如此犯案？”朱聿恒见他脸色变了，“啪”一声将案卷丢回桌上，声音也变得冷厉起来，“更何况，当年驿站之中，还有未亡之人在世，他们都还记得当日情况，究竟是否你家绝学！”

“徐州驿站，我确实罪该万死……”楚元知用失去了焦距的眼睛望着他，终于艰难开了口，“只是我妻儿罪不至此，他们既不知道我之前是什么人，也与此事毫无关联，为何要祸及他们？”

“法度即是铁律，你犯下了罪行，又拒不交代，我们如何知道你妻子是否同谋？”朱聿恒仔细端详他的神情，冷冷问，“你以家传手法犯案，早已罪恶昭彰，就算试图隐瞒，又有何用？”

楚元知双唇翕动，脸上满是挣扎痛楚。可他要说的话，却终究只卡在喉咙，无法出来。

阿南看着他的模样，脑中忽然一闪念，明白了他在挣扎什么。

她一步跨到案桌边，将朱聿恒那本卷宗拿起来，快速翻到其中一页查看，然后长出了一口气，对着朱聿恒使了个眼色。

朱聿恒转眼一瞥，看到她手指的地方，睫毛微微一颤，抬眼与阿南相视。

阿南点了一下头，他沉默了片刻，然后站起身，示意阿南。

阿南却不问话，只从芭蕉兜中挑出一个大桃子，蹲在楚元知的面前，递过去问：“楚先生，吃吗？听说你自昨晚起就不吃不喝的，要是把身子熬坏了，撑不到上刑场的那一天怎么办？唔……当然饿死也好，不然你妻子也太惨了，第一天看着你被杀头，第二天自己和孩子被充教坊司，啧啧，活不了活不了……”

楚元知目光怨毒地盯着她，胸口剧烈起伏，竭力抑制自己的愤恨。

“咬紧牙关也没用，你瞒不住的。”阿南笑了，将手中那颗桃子转了转，“都到这地步了，你还怕你的妻子——叫金璧儿对吧，知晓你害死她父母、害她毁容之事？”

她轻轻一句话，却让楚元知如遭雷殛。

阿南满意地看着他，知道自己的猜测对了：“二十一年前的档案上，可都记着呢，在火灾中遭践踏身亡的二人，是从杭州清河坊前往徐州探亲的金家三口的夫妻，他们的女儿其年十八岁，被烧毁了面容……咦，楚先生你的妻子也姓金吧？脸颊也被火烧毁容了呢。”

楚元知脸色一片灰败，紧紧闭上了眼睛，似是愿就此死去，堕于地狱。

“惨啊，你妻子至今还不知道，那场火就是她二十年的枕边人放的——不过很快了，你被斩首时，可是会公宣罪行的，到时候，你终究还是瞒不住。”阿南蹲在他面前叹了口气，摇头道，“楚先生，再不好好配合我们的话，恐怕你宁死也要守住的秘密，马上就要让你妻子知晓了。唉，我看她身体很弱，也不知能不能承受这样的打击呢。”

楚元知气息急促，枯败的嘴唇僵直地张着，只是喉口哽住，一时竟无法发出任何声音。

阿南拍拍裙子，作势要起身离开：“那行，我去找你妻子，好好宽慰宽慰……”

就在她起身的时候，她的裙角，被扯住了。

是楚元知攥住了她的衣服。

他死死地拉着她的衣服，带着一种决绝的狠厉，仿佛就算此时被人砍断了手，他那紧攥的五指也不会松开丝毫。

她慢慢地弯下腰，盯着楚元知的面容，像是要望进他的心中。她将手中那个桃子又递到他的面前，问：“楚先生，吃吗？”

楚元知顿了半晌，终于抬起那只颤抖不已的手，接过了她手中的桃子。没有剥皮也没有搓掉外面的毛，他塞到口中，一口一口木然吃了下去。

阿南专注地看着他，脸上却无半点欢欣之意。

等楚元知吃完桃子，她才问：“楚先生，好好说一说吧？”

楚元知慢慢坐正了身躯，他的嗓音虽还暗哑，神情却已经平静了下来：“我会如实招供，任由驱驰。只求祸不及妻儿，同时，也别让我的妻子……知晓当年真相。”

阿南正想说，你还讨价还价？却听朱聿恒在旁边淡淡道：“准了。”

她回头看他那沉静端严的模样，一时觉得，这个人真是很适合说这两个字。

在家中把眼睛哭成烂桃的金璧儿，万万没想到，两个时辰前还身陷囚牢的丈夫，两个时辰后却在朱聿恒和阿南的亲自陪同下，回到了家。

她抱着楚元知痛哭流涕，楚元知心下有愧，默然握了握她的手，也没多说什么，便带着阿南他们到了后堂。

按照楚元知的指点，韦杭之撬开天井的砖块，往下开挖。

阿南提起裙摆走到后面瓦砾堆中。中间塌陷的地方便是之前那个地窖，悬在梁上的铁网罩早已坠落到地窖中，没了上面主梁的牵引，塌缩成了扁扁的一团，上面还缠着被她拆散的精钢丝网。

阿南跳下地窖，将缠在铁罩上的精钢丝网一一收回，抖干净灰烬。掀起一点铁网罩，她看到了被她丢进来引燃瘴疠之气的那个火折子，就躺在铁网罩的中间。

阿南取回火折子，吹了吹上面的灰，跃出地窖。

金璧儿一直焦急地等在旁边，见阿南上来，终于再也忍不住，“扑通”一声跪倒在地，抓住阿南的衣袖哀求：“姑娘，我，我家孩子呢？求你们开恩，让我孩子回家……”

“璧儿……”楚元知情知孩子肯定是被阿南这个女煞星抢去做人质了，抬手想要拉起妻子，她却一把扯住他的手，哭着示意他和自己一起跪下求求对方。

“楚夫人你别担心啊，北淮就要回来了。”阿南忙抬手去扶金璧儿，她却说什么也不起身，只哀求道：“姑娘，北淮还小，我是他娘，你让我代他去，粉身碎骨、刀山火海我都不怕……”

话音未落，门口忽有马铃声响起。

一个十二三岁的孩子从马车上一跃而下，高举着手中一个包袱，兴冲冲地大喊：“爹！娘！我回来了！”

金璧儿转头一看，惊喜交加，来不及擦干眼泪就扑上前去，重重将儿子抱入怀中：“你，你去哪儿了？”

“我去县学了！”楚北淮解开包袱给他们看，“你们要送我去上学，为什么不跟我说一下？娘你看，这是县学的夫子给我送的笔墨纸砚！爹，夫子还夸我了，说我基本功扎实，我说是爹教我的，他还说爹肯定学问很大！”

“好……好，北淮，你要努力……”楚夫人低低应着，声音哽咽，模糊不清。

“当然啦！”楚北淮认真道，“我才不要一辈子蹲在臭水沟边杀鸡！我要好好读书，过两年去府学，以后还要去应天国子监！”

阿南专爱破坏气氛，笑道：“那你来说说，什么时候能赔我那个玉佩？”

楚北淮一看见她来讨债，顿时面红耳赤不敢回答，恨不得把头埋进他娘的怀里去。

“放心吧，你爹会帮你还的。”阿南说着，笑着朝楚元知一抬下巴，“对吗，楚先生？”

楚元知回过神来，哑声道：“多谢，我自当……投桃报李。”

刚刚强迫他吃桃子的阿南朝他一笑，见韦杭之那边还在挖土，便走到前院檐下阴凉处坐下喝茶，随手打开自己的火折子，诧异地“咦”了一声。

朱聿恒在旁看了一眼，见火折子的盖子已经歪了，里面的机栝全被烧熔成了一坨熟铜，那可以纵横转侧而不至于使炭火倾倒的轨道，如今全都成了一团扭曲冻结的铜块。

“不应该啊，这外表只是微微变形，说明它并没有被铁罩砸中。可若只是火烧的话，是什么火，能让精铜都被烧熔，如此威猛？”

楚元知看了一眼，道："你是从铁网罩下面将它拿出来的。"

阿南愣了一愣，然后敲了一下自己的脑袋，说："可不是吗！"

朱聿恒却不懂其中奥秘，目露询问之色。

"普通的火，当然没有这样的威力，但是，"阿南一指被清理出来的铁网罩，道，"盘旋环绕的铁管，里面灌满火油，将这个火折子团团绕住，就相当于一个窑炉，焖烧的中心点会特别灼烫。工匠在窑炉里可以炼钢炼铁，而正在滚烧的铁罩，要熔化一个铜制的火折子，当然也是轻而易举了。"

朱聿恒微微点头，看着她那烧废的火折子，只觉得脑中某一处，似乎想到了很重要的东西，却又抓不到头绪，一时陷入迷茫沉思。

阿南将火折子在手中转了转，有些惋惜地开玩笑道："自从遇见你之后，我真是家财散尽，身无长物了。"

朱聿恒想起了之前她那座在顺天的院落，里面那些布置应该也花费了她治病时的无数心血吧。

如果他们没有遇见彼此，如果没有那只从火海中飞出的蜻蜓，不知她是否依然在顺天治伤，守着她那些巧夺天工的小玩意；不知他是否跋涉在寻找自己身负之谜的路途上，至今毫无头绪。

火海中的蜻蜓……

这一瞬间的思绪，让他脑中忽然划过一道炽烈的光，如同电光般让他猛然明白过来——

那一夜，如同梦魇般挥之不去的十二根盘龙柱，仰天喷着熊熊烈火，焚烧了三大殿。

三层麻三层灰的巨大金丝楠木柱，遇到寻常的火焰绝不可能燃烧的十八盘镏金云龙柱，就这样在瞬间起火，烧得朽透彻底。

原来……

他将目光转向阿南，却发现阿南也正看着他，目光相对之时，她问他："怎么了？"

朱聿恒看着她，双唇微动了一下。

若是昨晚，他说不定就将所有一切和盘托出，与她共同探讨了。

但现在，他们之间，已经横亘上了一些更复杂的东西，让他一时竟难以开口。

正在迟疑之际，地窖中忽然传来韦杭之惊喜的声音："找到了！是这个东西吗？"

一个用油纸包好的长条形东西，从地窖中取出，送到他们面前。

阿南见楚元知点头，便抬手抓过纸包，将外面的油纸一层层剥开，一看之下，不由得皱起了眉。

这油纸层层包裹，又用麻布细细缠好，深埋在地下的，居然是一管竹笛。

约十二寸长的笛子通体金黄，笛孔俱备，笛身的缠丝是金丝，使它通体泛着晦暗的金光。

看起来再普通不过的竹笛，但颜色怪异，入手也颇沉重，比普通的竹笛要重上许多。

阿南以为是竹笛中间塞着什么东西，便对着笛身看了看，里面却是空无一物。

她看向楚元知，面带询问。

楚元知面带着复杂的神情，凝视着这支笛子，说道："这就是二十一年前，我在徐州驿站拿到的东西。"

阿南"咦"了一声，将笛子放到眼前又仔细端详了片刻，问："这笛子，做什么用的？"

楚元知摇了摇头，说："不知。我当时奉命行事，要从葛家手中拿到这支笛子。当时他家一个女儿出嫁，这支笛子被作为陪嫁交给了那个女儿，同其余嫁妆一起带往顺天。"

阿南与朱聿恒心下了然，那个葛家的女儿，就是葛稚雅了。

楚元知说到这儿，目光又转到前院。

他的妻子正坐在檐下，轻轻摩挲着孩子带回来的纸张，仿佛要把上面每一丝褶皱都细细抹平，让孩子写下最端正的字迹。

而他的孩子依偎在母亲的身边，拿笔在纸上比画着，兴奋地摹写自己新学会的诗句，神情中全是灿烂的炫耀。

楚元知抬起颤抖的手捂住自己的脸，许久，长长出了一口气，微颤的指缝间，依稀露出他凄凉的神情。

他站起身，说："我无法在家里说这些，请你们把我带到外面去吧。"

清河坊不远处，就是杭州驿馆。见他们过来，驿丞忙将前院清出来，请他们在院中喝茶。

东首被烧毁的厢房已经清理过了，但是还未来得及重建，如今那里依然留着焦黑的青砖地面和柱础，有几个衙门差役奉命赶来，等在旁边听候调遣。

楚元知用颤抖的手持着茶盏，发了一会儿呆。直到滚烫的茶水滴到他的虎口，他才艰难开口道："我与妻子青梅竹马，同居河坊街，从小一起长大。她的父母，也待我十分温厚。"

明明该说二十年前徐州驿站的事情，可楚元知却忽然从这里开始说起，阿南有些诧异。但瞅瞅朱聿恒，见他在凝神倾听，她也只能耐着性子，听他说下去。

"我十六岁在江湖上闯出微名，便不经常回家了。十八岁我父母去世，回家料理后事时，与她重逢，才知道她因为我年少时的玩笑话，固执地等着我，不肯出嫁。"楚元知说起二十一年前的事，眼中蒙上薄泪，无比感伤，"当时我因重孝在身，便与她约定三年后迎娶，又让她蹉跎了几年时光。徐州驿站起火那一日，距离我们的约期，已无多长时日。"

阿南见他说到这儿后，久久沉吟，便问："那……想来你是在徐州驿站，用六极雷伏击了葛稚雅？"

"是。葛家绝学一贯传子不传女，是以我本以为葛稚雅也是个普通女子，谁知她机敏异常，我几次出手，都被她防得严严实实，我还差点露了形迹。眼看已到徐州，我不愿再拖下去，便在徐州驿站布下了六极天雷，想要趁混乱之时，夺得那支笛子。"

"是吗？"阿南真没想到，那个身体虚弱闭门不出的卓夫人，出嫁前居然是一个令楚元知都觉得棘手的人，"但是葛家女子不是不习家学吗？"

"传言不知真假，但，葛稚雅绝对是葛家最顶尖的人才。"楚元知确切道，"我楚家的六极雷号称四面八方无所遁形，可毕竟阵法是死的，人是活的，那日在徐州驿站，葛稚雅更是利用家学的控火之术，在六极雷发动之时，借助六极相激的火势，硬生生辟出了一条生路，将未婚夫送出了驿站。"

阿南"咦"了一声，问："葛稚雅居然如此厉害？"

"是，她不但控住了雷火阵，甚至还以葛家控火之术，令六股火势相辅相生。我潜入火中拿取笛子不过片刻，布置的阵法便被她所调转，以至于火势彻底失控，蔓延焚烧了整座后院……不过有件事情我倒是一直很奇怪。葛稚雅从火中逃生之时，她那个丈夫卓寿却不肯跟她从那条辟出来的通道逃生，两人在火海之中吵了起来。我听到葛稚雅怒吼道……"

说到这里，他停了一停，深吸一口气，才缓缓道："她说，祝你们得偿所愿！"

阿南与朱聿恒对望一眼，诧异莫名："你确定，葛稚雅这样说？"

"绝对没错。那一夜的一切，就像用尖刀刻在我的心上一般，二十一年来，不曾有半分磨灭。"楚元知紧握着茶杯，无比肯定道，"可后来整个杭州无人不知无人不晓，卓寿和葛稚雅这对夫妻恩爱无比，是以每次我想到葛稚雅在火海中的那一幕……就觉得，简直诡异。”

“诡异”二字，确实形容贴切。

这对尽人皆知的恩爱夫妻，婚前居然曾这般闹过；那常年抱着猫的柔弱女子，居然能带着当兵的未婚夫从火海逃生，真是让人意想不到。

阿南对着朱聿恒，用口型说了两个字：“有鬼。”

朱聿恒点了点头，显然与她看法一致。

“后来呢？”阿南继续追问楚元知。

“后来，我看到卓寿去杀一个太监，我不知道他的名字，只记得他十五六岁年纪，个子瘦小。”楚元知略想了想，说道。

阿南“咦”了一声，问：“他去杀太监？为什么？”

“不知道，葛稚雅喊出那句话时，我正在火海之外的屋檐上，因为火势失控，造成死伤无数，我急着去挽回，在火光之中看见璧儿父母被人群挤倒，压在了燃烧的梁柱下，璧儿扑到火中去救父母，可惜自己也被火吞没了……当时我疾奔过起火的屋檐，扑向璧儿那边，仓促间看见卓寿抓住那个小太监的手，拔出腰刀，向他砍了下去。我虽心神大震，但急着去救璧儿，心绪混乱之下，哪有余力去管他们如何。”

阿南急问：“那一刀，砍中了吗？”

“砍中了，血流如注，小太监当即扑倒在地。他身材瘦小，而卓寿力气极大，一伸手抓住他的后衣领，就将地上的他扯了起来。此时我已经下了屋檐，再也无法分神看那边，确实不知情况如何了。”

“这个小太监……”阿南看向朱聿恒，微微挑眉，“那群小太监中，有几个十五六岁又身材瘦小的？”

朱聿恒回忆了一下当时的案卷，肯定道：“一般太监都是十来岁被净身的，那批人中，这样的只有卞存安一个。”

阿南“呵”一声冷笑：“你记不记得，卓寿前几日还装模作样问我们，卞存安是谁？”

朱聿恒点了一下头，脸色略沉：“他居然，敢在我面前撒谎。”

阿南好笑地瞄了他一眼：“瞧你这脸色，他又不是你神机营辖下，对你扯个谎怎么了？”

第十二章

旧游如梦

“况且，这么多年过去了，或许他根本不知道当年砍的是什么人，和现在的卞公公根本没联系起来，也有这可能吧？”

“纵然如此，趁火杀人，也必定心存不良。”

见楚元知面带疑惑，阿南便抬手一指对面的废墟，说道：“楚先生，你肯定想不到，那个小太监命可大了。他不但避过了火海，还在卓寿的刀下侥幸存活，只是可惜啊……他躲过了徐州驿馆的火，却没躲过杭州驿馆的火。”

朱聿恒淡淡道：“而且，卞公公被烧塌的横梁压住后，用最后的机会，刻下了半个‘楚’字，让我们追寻到了你。”

楚元知脸色微变，踌躇片刻，终于问：“我……可以去那边看看吗？”

对面火场已经被清理干净，刻着半个“楚”字的窗棂倒是还在。见楚元知仔细端详那刻痕，阿南问：“确实是要写‘楚’字，没错吧？”

楚元知迟疑点头，又道：“但这世上姓楚的人成千上万，你们为何会将目光落在我身上？”

“毕竟你家以雷火闻名，姓楚，就在杭州。最重要的是……”阿南回头看朱聿恒，示意他过来详细和楚元知说一说，“这里起火之前，还有一场和三大殿火灾一模一样的怪异妖风。”

楚元知愕然：“妖风？”

“对，在起火之前，能牵引衣物和头发向上飘飞的一种怪风。但是周围的草木似乎并不太受影响。”朱聿恒将当时情形复述了一遍，又道，“三大殿起火之时，亦有六极雷迹象，因此我们才锁定了楚家。”

“这妖风……听来确实诡谲。”楚元知说着，思量片刻，又缓缓摇头道，“三大殿的雷，我不在现场不得而知，但这个‘楚’字，出现得颇为刻意。请二位明鉴，或许是谁故意要陷害我楚家，栽赃嫁祸给我。”

“哦？楚先生有证据证明，这是诬陷吗？”阿南问。

“别的不说，我这一双废手，又穷困潦倒，驿站门口都有专人守卫，绝不可能放我进去的，我又如何能在里面纵火杀人？”他抬起自己的手向他们示意，“再说，你们看这火烧痕迹。”

他指着面前焚烧过后的青砖地，蹲下来用手指圈住一处，道：“按照火势的走向纹理来看，这场火的起点在这里。”

阿南蹲在他旁边细看，火烧的痕迹被雨水洗过后，青砖地上呈现出几抹泛白的火痕。

“普通的火，只能将砖地烧出焦黑痕迹，要将青砖烧出白痕，绝不可能是普通的火，得是丹火才行。”

“丹火？”朱聿恒倒是从未听闻过。

“是，丹火夹杂有其他助燃物，极为高热，甚至可以拿来炼丹。比如杭州葛家，千年来摸索出一套控火炼丹的手法，因为很多东西必须要用极其炽热的火焰才能烧融结合，一般的火无法达到效果。当初江南所有的三仙丹[1]、密陀僧[2]都出自葛家炼制，别家控不好丹火，制不出他家那么纯的东西。”

阿南一拍膝盖，问：“难道说，卞公公也是在屋内研制火药时，自己把自己烧着了，然后来不及逃脱？”

楚元知研究着火焰的痕迹，向着后窗走去：“火势从这边而走，死者应是逃到了窗边，却无力翻出去，死在了里面。”

阿南与朱聿恒看着那一处，发现正是当时卞存安尸首所在的方位。

“火势中心点有人身轮廓，起火中心点与焚烧最猛烈的地方，都是在这里。”

阿南问：“所以是卞存安身上的火引燃了屋子，而不是屋子起火，烧到了卞

1　三仙丹：即氧化汞。可制备中医外用药物。

2　密陀僧：即氧化铅，可制备中医外用药物。

存安？”

楚元知确定道：“他应该是整个屋内最早烧起来的。”

朱聿恒见他们说到这儿，便向身后示意，候在一旁的差役们赶紧送上一本验尸案卷。

“卞存安之死疑点甚多，来看看义庄的验尸报告吧。这场大火扑灭及时，卞存安尸体虽有部分焦黑，但除了被屋梁压烂的双手，大体保存完整。经查验，他身上没有任何致命外伤，在临死前还留下了指甲刻痕，所以起火时他还活着。”朱聿恒将案卷给他们看，又道，“那么，他为什么不在地上打滚灭火？屋内水壶有水，他为何不泼水灭火？退一万步说，为什么他都被烧死了，却连呼救声都没有？”

“是啊……为什么他不往门外跑，却到窗口留下讯息呢？”阿南理不清头绪，只能郁闷道，“总之，肯定有问题！而且我觉得最大的问题，必定出在事发前的那股妖风上！”

几人在现场探讨不出什么，阿南便假公济私，拉楚元知去看看萍娘家的火场，让他去查看下那场火从何处而起，希望能有点关联线索。

趁着楚元知在大杂院中查看火势痕迹，阿南抽空问朱聿恒：“娄万逮到了吗？”

“踪迹全无。”

“那个赌鬼，到底死哪儿去了？”阿南想起死在火海中的萍娘，愤恨中又难免唏嘘。

萍娘住的杂院烧得一片焦土，阿南想起被自己烧掉的楚家祖宅，毫无愧疚地蹲下来陪楚元知拨弄灰土，问他：“看你家祖宅，家境应该挺殷实的，怎么生活沦落成这样？”

楚元知查看着地上的火焰痕迹，说道：“我自知罪孽深重，因此二十年来私下寻访当年大火中死者的家人，将家产陆陆续续都变卖了，暗地资助弥补，以求赎罪……”

阿南毫不留情问：“那尊夫人为何要陪你赎罪呢？”

她这忽然的一句话，让楚元知怔愣了一下。

“你散尽家财的时候，有没有想过自己的妻子也是受害者？因为嫁给了你，她就要跟你过这么多年的苦日子？”

楚元知嗫嚅道：“我……以后定会加倍对她好。”

“那就好。”阿南挑挑眉，见楚元知蹲在地上，腰间插的笛子磕到了地面，十分不便，她帮他拿过笛子，在手里转了转，问，“你当时不是奉命一定要拿到这个吗？

为何后来没去交付？”

“徐州大火后，我护送璧儿去医治，又为她爹娘料理后事。恰逢阁中内乱，老阁主被逆徒暗杀，我去取这笛子的任务是阁主亲自交付，十分隐秘，只有他知我知。我发誓再也不回拙巧阁、不踏足江湖，便将笛子深埋在地下，要斩断过去。”楚元知说到这儿，黯然抬起自己颤抖不已的手，看了许久，长叹一声，“谁知，三年后，我与璧儿成亲之期，拙巧阁的人找到了我们。当时少阁主不过十来岁，却因天纵奇才，得到了诸多元老的支持，稳定了局势后，开始清算之前的叛徒。我因为是在老阁主出事期间出走的，因此也在清算名单之中。”

朱聿恒听到“少阁主”三字，不由自主地将目光落在了阿南身上。

而阿南看着楚元知的手，目光中尽是无言的惋惜。过去了这么多年，他双手那无法遏制的颤抖与扭曲的姿势，兀自令人心惊。

“所以，你自废双手，换取了自由身？”

“是，我只愿与璧儿残缺相依，为我曾做过的错事赎罪，但终究……我费尽心机，还是无法躲下去。”

“这也没什么。”阿南轻巧道，“楚先生手不行了，心还灵呢。”

楚元知苦笑一声，道：“姑娘不要取笑我这个废人了。”

“没有取笑，我的情况，与你也差不多。”阿南说着，捋起自己的衣袖给楚元知看，说道：“你看——都是从拙巧阁出来的人，谁都逃不过的。”

夏日衣裳轻薄，滑落一截的衣袖，让她双肘的伤痕赫然呈现在楚元知面前。

手肘关节处，狰狞的伤口，新旧重叠，即使已经痊愈，看来依旧触目惊心。

朱聿恒和楚元知都看出来，那旧的伤口是最早挑断手筋的那一道，而新的伤口，则是硬生生割开了旧伤，将双手筋络再度续上的痕迹。

朱聿恒的目光，从她的手上缓缓转到她的脸上，看见她在日光下依旧鲜明的笑容。

外表总是不太正经的她，每天慵懒倦怠地蜷着，没心没肺地笑着。究竟她忍受了何等痛楚，才能将自己的手，从这般可怖的伤残中挣扎出来，恢复到如今的地步？

楚元知惊骇不已，失声问：“你……如此伤势，还能有这般灵活的身手？”

“灵活吗？比当年可差远了。”阿南唇角微扬，眼中的光芒却显得冷冽，“毕竟我是姓傅的亲自动的手，他从手肘与腘窝挑的筋络，续接时比断在手腕和脚踝处要难太多了，要剥开血肉才能接续上。”

“你……一个女人，怎么会如此坚忍，居然能将手足筋络重新切断再接合？而我、我没有勇气，以至于，这辈子都是个废人了。”楚元知脸色灰败，握紧双手恨道。

“毕竟，人生还长着呢，我总得继续走下去。长痛不如短痛，一时的苦总比一辈子的苦强。”阿南将衣袖拉下，遮住自己的伤处，又笑一笑道，“而且，我不能容许自己无法跟上他的脚步，甚至成为他的累赘……”

朱聿恒知道她说的“他”是谁。他垂眼看着她的手，心口有一点难以言喻的冲动，让他脱口而出：“所以，你要一辈子为他卖命？”

阿南掠掠耳边发丝，转头瞥了他一眼，那总是挂在她唇边的玩世不恭的笑容再度浮现，看起来又是讨嫌，又是迷人：“什么卖命，说得那么难听。我的命就是公子给的，他要的话我绝没有二话，双手奉上就是，卖什么卖？”

朱聿恒不愿再听，别过头看向了院中废墟。

韦杭之大步走了进来，看着他们这边，欲言又止。

朱聿恒看向他，示意他有事便说。

“启禀提督大人，应天都指挥使夫人葛氏，去世了。”

朱聿恒与阿南赶回乐赏园时，桑婆子正带着一群下人，一边哭天抹泪，一边陈设灵堂。

卓夫人去得急促，年纪又不大，家中灵牌挽联一应皆无。至于棺木，是她的大哥葛幼雄送来的，他回乡安殓客死异乡的族人们，没想到有一口却先让妹妹用上了。

阿南一进正堂大门，便看到呆呆坐在内室的卓晏与卓寿父子俩，面对着一口黑漆棺木。卓晏怔怔地抚着棺木，卓寿虎目含泪，父子俩都是悲难自抑。

如此情形，阿南也不知道自己能说什么安慰他们。一转头，她看见被白布蒙住的博古架上，那个高大的青玉花瓶中，还插着一束荷花。

那是阿言之前送她的，她随手插进了瓶中。在如今这愁云惨雾中，显得分外扎眼。

她抬手将荷花从瓶中取出，却发现它粗糙的茎从瓶中钩出了一个什么东西。

她皱眉一看，从瓶中带出的，是一双棉布的手套[1]。这手套是白棉布所制，不知絮了多少层棉，织造得严密厚实。手指与手背的骨节处，有些许的磨痕，估计已经用了不短的时日。

“哪个下人这么马虎，把这种东西往玉瓶里塞？”

朱聿恒听她这么说，瞥了一眼，道：“这是王恭厂的东西。这手套下方织的云水纹，便是避火用的。”

---

1 手套：古时称手衣或手笼子，为方便理解，本文一律写为手套。

阿南见手套下方果然有个浅蓝云水纹，再一闻上面果然有火药味，又捏了捏手套，问：“普通厂工的手套应该没刺绣吧？而且按照这手套大小来看，很有可能就属于……那位身材矮小的卞存安？”

朱聿恒“嗯”了一声，表示赞同：“按时间算来，只能是他那日来拜访卓夫人时，塞进去的。”

“这岂不是很怪吗？”阿南抱着那束开得正好的荷花，朝他眨眨眼。

朱聿恒微抬下巴，示意了一下里面愁云惨雾的情形，让她收敛点。

她压低了声音，凑到他耳边轻声道：“别装了，你看到手套的一瞬间，明明就已经知道卓家不可告人的秘密了。”

她的气吹在耳畔，轻微萦绕。朱聿恒不自然地别开头，低声道：“在人屋檐下，你准备怎么行事？”

阿南抚弄着花朵，慢悠悠说：“好难啊，卓晏也够可怜的，我得想想怎么才能让他受到的打击小一点……”

卓晏坐在空荡荡的一室缟素之中，在母亲的棺木前为她守夜。山间松涛阵阵，夹杂着廊外下人们断断续续的哭声，更显凄凉。

卓父因悲伤过度差点晕厥，被下属们强行架去休息了。

葛幼雄给妹妹上了香，叹息着坐在卓晏身边，拍了拍他的肩膀，黯然道：“晏儿，你娘去了，你爹年纪也大了，以后你可要撑起这个家了。”

卓晏跪在灵前哭了大半夜，此时眼泪也干了，只呆呆点头。葛幼雄怕他倒下，拉他起来，让他坐着休息一会儿。

夜深人静，卓晏见他一直摩挲着手边一本书，那书页陈旧脆黄，但显是被人妥善珍藏的，无残无蛀。

书的封面写着“抱朴玄方”四字，一角绘着一只蜉蝣，翅翼透明，正在天空飞翔。

卓晏木然看着，问：“大舅，这是？”

“这是葛家的不传之秘，在我们举族流放之时，怕它万一有失，便将这本书封存，交给了你娘保管。上次你娘与我匆匆一面，忘了取出来给我，现在已经是遗物了。”葛幼雄长叹一声，道，“唉，你娘当年要不是因为这本书，也不会嫁给你爹。”

卓晏哽咽道：“我娘从未跟我提起她的以前，我也一直不知道她的过往，大舅您跟我说一说？”

“你娘啊……”葛幼雄黯然摇头感叹道，“你娘从小聪明好强，五六岁时就硬要和我们几个兄长一起开蒙。她读书习字比我们都要快一筹，尤其是阴阳术数，我们用算筹都比不上她心算。可也正因为如此，酿成了大祸。”

说到这里，葛幼雄凝望着那口黑漆棺材，顿了许久，才又叹道：“到她十二三岁时候，夫子已经无书可教，葛家绝学传子不传女，雅儿又不能考取功名，她闲极无聊之下，竟打起了家传绝学的主意，潜入祠堂里偷了这本玄方，暗自学习。”

卓晏抹着眼泪，担忧问：“那……我娘学会了吗？”

“她拿了这本书后对照上面的法子，就学起了控火的手段。三年后族中一次考察，我在炼制胡粉之时突发意外，丹炉差点爆炸，幸得雅儿出手相救，才避免了一场大难。但也因此她偷学之事被察觉，押到了祠堂。当时全族老小聚集在祠堂中商议，若按族规来的话，偷窃族中重宝，要砍断右手。”葛幼雄伸出手腕，在腕骨上方比了一比，黯然道，“我们几个兄弟姐妹求族中长老开恩，可一个个把额头磕破了也没人理我们。眼看我们二伯高举着刀劈下，就要把雅儿的手剁掉之时，正逢我娘听到消息赶来，猛然分开人群冲出来，撞飞了二伯，救下了雅儿。但雅儿的手腕骨上，已经被劈开了一道深可见骨的口子。我娘当时要是迟了一瞬，雅儿的手就保不住了……”

卓晏“啊”了一声，道：“我娘那腕骨上的伤痕原来是这样来的？她总是笼着袖子，我只见过几次，可那疤痕……真是好生可怕！”

“当时你娘血流如注，周围人无不变色，可你娘性烈如火，不顾自己伤势，却问自己哪里做错了，她也是葛家后人，为什么学习祖传之术，就要砍断右手？”葛幼雄摇头叹息道，“族中长老勃然大怒，一致要将她沉潭。后来，是你外婆跪在祠堂中对着列祖列宗和族中所有人发誓，今生今世，雅儿绝不会再用《抱朴玄方》中的任何一法，否则，你外婆便暴尸荒野，死无葬身之地。”

卓晏哽咽道：“难怪我娘从不跟我提及以前的事情……”

葛幼雄叹道：“不过，你娘也算是因祸得福吧。当年卓家还没发迹，虽然上辈有亲约，但族中无人愿意去顺天这种北疆之地嫁一个军户。只因为雅儿犯了大错，所以卓家来提亲时，族中才选择将她远嫁。谁能想到，你爹娘如此恩爱，后来她又成了指挥使夫人，享了二十多年的福呢？”

卓晏叹了一口气，默然点了点头。

“再说了，我族中被抄家流放时，因怕《抱朴玄方》在路途上万一有个闪失，断了我族根本，而当时你爹已任应天副指挥使，因此我族中亦托人将此书送交雅儿处封存，也是意指不再介意她年幼无知所犯的错了。”

卓晏又问：“那……我外婆呢？”

提及此事，葛幼雄眼中噙泪，道："你外公外婆在二十年前，于流放途中双双因病去世，在道旁草草掩埋。荒村野外辨认不易，我至今尚未找到他们埋骨处。"

卓晏点着头，黯然神伤地擦拭眼泪。

眼看廊下哭着的下人们也都没了声息，卓晏担心大舅这把年纪，陪自己守夜会撑不住，便劝说他回去休息了。

窗外夜风凄厉，香烛在风中飘摇，一片惨淡。

正在此时，忽然有一声猫叫，在摇曳的烛火中传来。

母亲死于猫爪之下，卓晏现在对猫极为敏感，听到这声音后打了个激灵，抬头一看，一只黄白相间的猫，从窗外探进了头，正看着他母亲的棺木。

那猫的背上是大片匀称黄毛，肚腹雪白，正是他娘最喜欢的金被银床。

卓晏惊骇地"呼"一下站起来，正想再看看清楚这是不是他娘那只已经死去的猫时，那只猫却纵身一跃，从窗口蹿到了桌子上，然后再一跳，落在了棺木之上。

它踩在黑漆棺盖上，抬头看着卓晏，那双猫瞳在烛光下射着诡异精光，如电光一般慑人。

暗夜无声，烛光惨淡，窗外阵阵松涛如千万人在哀泣。那猫踩在棺木上不过一瞬，盯着它的卓晏却觉得后背僵直，无法动弹。

他忽然想起来自己在坊间听说的，人死后，猫踩在棺木上会诈尸的传闻。

他扑上去，想要抓住棺材上的那只猫，谁知那只猫"喵"了一声，将身一跃而起，跳到供桌上，撞倒了桌上的蜡烛。

卓晏飞扑过去，将蜡烛扶起，终于避免了一场火灾。等再抬头时，那只猫已经不见了。

正在他扶着蜡烛惊魂不定之时，门口人影一动，他冷汗涔涔地回头，却看见灯光下映出的，是阿南的身影。

她提着一个食盒，诧异地问："阿晏，你怎么了？"

"是你啊……"卓晏放开蜡烛，这一晚悲哀恐惧交加，让他感到虚脱无力，不由得瘫坐在椅子上。

"我听桂姐儿说你不吃不喝，就去厨房拿了点东西过来。"阿南从食盒中取出两碟素包子和一碗粥，放在桌上，说道，"吃点东西吧，你娘肯定也不想看到你这样折磨自己的，接下来还要替你娘操办后事，不吃东西，怎么撑得住呢？"

卓晏捏着包子，食不下咽，只呆呆看着那具棺木。

"怎么了？"阿南走到棺木边拜了拜，回头看他，"你在慌什么？"

“刚刚……”卓晏心乱如麻，艰难道，“有只猫，跑进来了，还……还跳上棺……棺盖了！”

阿南诧异地问：“猫？是你娘养的吗？”

话音未落，忽有一阵轻微的叩击声，从棺材内传来，“咚、咚、咚……”在空荡的灵堂内隐隐回响，诡异非常。

卓晏跳了起来，指着棺材，结结巴巴问阿南：“你，你有没有听到什么……什么声音？”

阿南看向棺材，神情不定：“好像是从……棺材里面发出来的？”

卓晏面如土色，声音颤抖：“难道，难道真的是那只猫？我听老人说，猫踩棺材会诈……会惊扰亡人！”

“不可能。”阿南皱眉，走到棺木旁边侧耳倾听，“鬼神之说，我向来不信的。”

她神情坚定，让无措的卓晏也略微定了定神：“要不……我去外面叫人进来？”

“先别！”阿南止住了卓晏，又说，“阿晏，我想到一个可能，你娘断气后，马上就入棺了，万一……她又缓过气来了呢？”

卓晏“啊”了一声，毛骨悚然地看着那黑漆漆的棺木，但听着那断断续续的敲击声，惊惧之中，又隐隐夹杂着一线希望：“真的吗？我娘她，可能……”

虽然说，棺中的母亲是他和父亲亲手入殓的，但毕竟是自己的母亲，这绝望中的一线可能，于他竟像是溺水时的一根稻草。

“外人一来，肯定说三道四阻止我们开棺，要不……”阿南将手按在棺盖上，低声问，“咱们把棺盖抬起来，看一看？”

卓晏只觉得自己的后背全是冷汗。哭得眩晕的头隐隐发痛。他想起刚刚那只诡异的猫，恐惧于传闻中那可怕的诈尸，但又极度希望里面是自己的母亲在求救，是她真的活过来了。

“阿晏，相信我，我见过一时闭气后，过了两三个时辰才缓过来的人。”卓夫人刚刚去世，棺木自然尚未上钉，阿南的手按在棺头那侧，盯着神情变幻不定的卓晏，等着他下决定，“救人要紧，这可是你娘啊！”

卓晏一咬牙，和她一起将手搭在棺盖上，深吸了一口气，低低说：“就算真是诈尸，我也不怕！我相信就算我娘变成了鬼，也不会伤害我的！”

阿南点了点头，抬手按上棺材。

棺内的敲击声忽然停止了，灵堂内一片死寂。

卓晏更加紧张了，两个人按着棺盖，低低地叫着“一，二，三”一起用力，将沉重的棺盖推开了半尺宽一条缝。

毫无想象中的动静，棺材内无声无息。

卓晏呼吸急促，一边擦拭眼泪，一边无措地往里面看去，可是眼前模模糊糊，什么也看不清。

眼前光芒渐亮，是阿南拿起蜡烛，往棺材内照去。

卓晏和父亲整整齐齐铺设好的锦被，已经被掀开了，棺材内空无一人。

卓晏瞪大眼睛看着，用力将棺盖又往前推了两尺，看里面依然没有母亲的踪迹，又惊又怕，狠命抓着棺盖，要将它掀掉。

阿南用力按住棺盖，压低声音道："阿晏，你冷静点！"

卓晏眼眶通红，失控喊了出来："我娘不见了！我娘……"

他声音太大，阿南眼明手快，一把捂住了他的嘴。

外面廊下有人被惊动，想要进来看看，阿南一个箭步把门关上，靠在门后盯着卓晏，低声道："阿晏，别声张！这其中必定有鬼，不然怎么你亲眼看着咽气了、被放进棺材的母亲，会消失不见呢？"

卓晏茫然惊惧，喃喃道："我中途离开的时候，我爹一直守着；现在我爹离开，可我一直在啊，怎么会……"

"难道……真的是因为那只猫？"阿南不敢置信，脱口而出。

卓晏只觉得自己身上的汗毛都竖起来了，无法自制地抓住她的衣袖，问："怎么……怎么办？难道我娘真的被……被妖猫带走了？"

"别慌！冷静下来。"阿南拍着他的手臂，压低声音道，"无非两种可能，一是诈尸，二是尸体被人趁乱盗走了。诈尸之说我始终觉得不可信，还是第二种可能性比较大！"

"是……是我爹的仇人吗？可他们没有时间下手啊……"卓晏竭力想镇定下来，可脑中一片"嗡嗡"作响，无论如何也没法正常思考，只能喃喃地问她，"阿南，你肯定有办法把我娘找回来的，对不对？帮帮我……"

阿南点头，想了想，问："你家有狗吗？"

卓晏是个斗鸡走狗无一不精的纨绔子弟，闻言立即知道了她的意思："对啊，我怎么没想到？我，我马上带着最好的细犬去！"

阿南示意他将棺盖重新推上，低声说："你娘的遗体莫名失踪，院中可能就藏着敌人内应，这事一定要严加保密。我们从后门悄悄出去，不要被人知道。"

卓晏现在又惊又怕，悲哀疲惫全都混杂在一起，心下已经大乱，只是胡乱点头，跟着她出了后门，直奔犬舍而去。

牵了一条弓腰长腿的细犬，卓晏将母亲去世前用过的汗巾取出来，放在它鼻下。

那条细犬闻了片刻，卓晏给它系好绳子，一拍它的腰，它立即箭一般蹿了出去，在院子中左转右拐，转眼就带他们出了院门。

卓晏牵着狗跑入黑暗的山间，山道崎岖，两旁是在山风中不断起伏的树影。

狗蹿得太快，阿南手中的灯笼被风吹熄了，她干脆丢在了路边，跟着卓晏深一脚浅一脚往前跑。

山间的怪声不断传入耳中，黯淡的山月照着他们面前的道路。卓晏一身的冷汗混杂着热汗，耳边风声像是穿透了他的心口，让他气都透不过来。

也不知跑了多久，细犬停下来闻嗅气味，脚步终于慢了下来。

卓晏下意识地转头看阿南，毕竟她如今是自己唯一的依靠了。

只见阿南小心地拨开没膝的草，向前走去，卓晏抬头一看，前面已到栖霞岭，稀稀拉拉的山居小屋分布在山道两侧。

此时夜深人静，万籁俱寂，其中一间屋子的窗缝间，透出黯淡的灯光，在深夜中一眼可见。

卓晏颤声问："阿南……我娘，真的会在这里吗？"

阿南在月光下竖起手指按在自己唇前，朝他做了个噤声的手势，朝着那间唯一有灯光的屋子走了过去。

卓晏牵的细犬也冲了过来，朝着那间屋子狂吠起来。

里面的灯光立即熄灭，一个尖细的声音仓皇地"啊"了一声，随即像是被人捂住了嘴，没了下文。

阿南掏出一个口笼，给狗戴上，示意卓晏牵牢它。

卓晏心下忽然闪过一个念头——这么仓促的时间，她怎么还记得从犬舍拿口笼？

但时间紧迫无暇多想，他下意识听从了阿南的吩咐，牵着狗跟着她，轻手轻脚闪到了那间屋子的门廊下，隐藏住身形。

窗户被人一把推开，借着黯淡的月光，卓晏看见开窗的人，方额阔颐，五官英挺，正是因为悲伤过度而被劝去休息的父亲卓寿。

极度震惊下，卓晏差点惊叫出来，只能抬手死死堵住自己的嘴，不让自己发出声音来。

卓寿向窗外观察了片刻，见没有任何声响，才将窗户重新关好。贴在墙边的他们，听到他的声音，在暗夜中即使压低了，也依然传到了他们耳中——

“放心吧安儿，大概是猎人打猎回家，已经走远了。”

卓晏贴在墙根，听着卓寿在屋内悉心安慰那人，咬紧牙关，悲愤交加。

他这个人人称颂的爹，和他娘做了二十多年恩爱夫妻，谁知妻子去世当晚，他就装病跑出来，和别的女人深更半夜温言软语！

阿南见他紧握双拳，脸上青筋都暴出来了，怕他控制不住冲进去打人，忙拉起他，低声道：“阿晏，冷静点！”

“冷静，我怎么冷静得下来？”卓晏正在低吼着，门被人“哗”一下拉开。

卓寿听到门外动静，一个箭步冲上来，一拳砸向蹲在门外偷听的人。

阿南反应极快，抬手抓住他挥来的拳头，一旋身将他的来势卸掉，口中叫道：“卓大人，手下留情！”

卓寿一见居然是自己的儿子蹲在门外，脸色顿时铁青，怒吼：“阿晏，你不去守在灵堂，来这里干什么？”

“我倒要问问，你不守着娘，到这里来干什么？”卓晏愤怒地跳起来，对着他怒道，“娘尸骨未寒，你就抛下她来找另一个女人过夜，你对得起娘吗？你对得起你的良心吗？”

卓寿气怒已极，一把揪住卓晏的衣襟，扫了阿南一眼，压低声音道：“你给我进来！”

卓晏挣扎着去扯他爹的手，激愤之下气息哽咽：“爹，你没良心！你知不知道娘的遗体不见了！她……”

话音未落，卓寿飞起一脚扫在他小腿上，咆哮道：“闭嘴！进来！”

卓晏被自己的爹扫得直跌入屋内，趔趄撞在里面桌上，顿时额角肿起一个包，哀叫了一声。

阿南探头想看看里面情形，卓寿却抓住门板，“砰”的一声重重关上了，将她拒之门外。

阿南忙拍门叫道：“卓大人，阿晏也是关心他娘亲，卓大人您可千万不要动怒啊……”

毕竟她与朱聿恒关系非比寻常，卓寿不看僧面看佛面，隔着门缝丢给她一句：“我卓家私隐不足为外人道，麻烦姑娘稍待片刻。”

阿南守在门外，转了转眼珠，将耳朵贴在门上。

只听得卓晏声音嘶哑哽咽，唾骂屋内那个人：“别碰我，不用你假惺惺来讨好，我……”话音未落，他后面的话忽然卡在了喉口，良久，才失神嗫嚅着：“你……你是……”

几人的声音消失了，显然是入了内间。

以阿南的手段，要进入屋内易如反掌，但她笑了笑，并不进去，只优哉游哉地走到那条狗的旁边，挠着它的下巴。

那条狗外表威武非凡，结果被她一挠下巴，立即就躺倒在地露出了肚子，贱贱地露出“快来揉我肚子”的急切表情。

阿南“扑哧”一声笑了出来，一边挠着它白白的肚皮，一边说：“咦，怎么觉得你有点像他啊，看起来凶凶的，又霸道又严肃，其实可好哄了……”

说到这儿，她再想了想，又叹了一口气：“不对，他还背着我偷咬公子呢，哪儿好哄了？我真恨不得给他也戴个口笼！”

她和狗狗玩了不知多久，那只狗开心得尾巴都快甩出残影了，然后才听到门“吱呀”一声开了，卓晏失魂落魄地走了出来。

阿南放开狗，站起身看他。

卓晏吞了口口水，勉强让自己镇定下来，低声说：“我们走吧。”

阿南牵起狗，回头看看那座小屋，面带疑惑地问：“你爹……不回去吗？”

“他，他待会儿就来。”

“那……你娘的事情呢？”她见卓晏心绪乱得一个字也说不出来，便替他找好了借口，问，“难道说，因为那汗巾上也有你爹的气味，所以狗带着咱们跑到这里来，找你爹了？”

卓晏含含糊糊地“嗯”了一声，埋头往前走，只闷闷地搪塞道：“我爹说……我娘没丢，他已经找到了，也命人抬回去了，回去如常安葬就行。”

“是吗？那就最好了。”阿南应道。

天边已经显出浅浅的鱼肚白，两人一狗，缄默地从葛岭而过，走向宝石山。

一路上，卓晏埋头一声不吭，脚步虚浮，显然内心混乱已极。

走到初阳台时，天色已经微亮，第一缕晨曦正穿破云霞，照在台上。

四周群山晦暗，只有初阳台已经被照亮。葛岭朝暾是钱塘十景之一，在万山肃立之中，初升朝阳集射于这个小小的石台上，如同神迹。

在这天地间唯一的光亮之中，一条颀长身影正站在台上，俯视着从黑暗中而来的他们。

只看那清俊端严的轮廓，阿南便已经知道他是谁。她加快了脚步，牵着狗沿着山道向他走去。

正逢旭日初升，天际一抹日光直射向这座小小的石台，照亮了上面的朱聿恒。他被笼罩在灿烂金光之中，容颜灼灼，不可逼视，如朝霞升举。

阿南像是被攫取了心神一样，盯着他看了又看，才回神移开目光，在心里暗自唾弃自己。

怎么回事，为什么会在这个太监身上，看出了一种凌驾万人的气质。

她若无其事，仰头问："阿言，你来这里看日出吗？"

朱聿恒点了一下头："葛岭朝暾果然名不虚传。"

卓晏在旁神情恍惚，朱聿恒看了他一眼，问："阿晏，你昨晚不是替你娘守灵吗？"

卓晏"啊"了一声，那悚然而惊的模样，像是如梦初醒，结结巴巴道："我，我马上回去！"

看着他落荒而逃的身影，阿南挑了挑眉，走到台上。

石桌上摆放着点心，这一夜奔波劳累，阿南毫不客气捡了个米糕就吃上了。

朱聿恒看看退避在台下的韦杭之他们，抬手给她盛了碗红豆汤，又将一碟葱包桧儿往她这边推了推。

阿南吃着香脆的葱包桧儿，侧头刚好看见群山之外冉冉升起的朝阳，穿破万山云层，笼罩在他们身上。

"这初阳台是当年葛洪所建。能将日光射程计算得如此精准，群山之中刚好寻到这一点上，难怪他被称为仙翁。"阿南赞叹着，转头又对朱聿恒一笑，"不过，主人刚刚去世，你这个客人就来赏日出，是不是不太好？"

"主人真的去世了吗？"朱聿恒淡淡地问。

阿南托腮斜他一眼："哦……原来你是迫不及待想知道真相，所以在这里等我呀。"

朱聿恒顿了顿，说："山间暗夜，你一个女子还得多加小心。"

阿南嫣然一笑："别担心，我什么大风大浪没见过？"

美景当前，美食入口，美人在侧。阿南欢欢喜喜，风卷残云，将食盒一扫而空。

只听朱聿恒问："卓寿那边如何？"

"他把阿晏拉进屋密谈，我估计这两人是对儿子坦承了。我怕打草惊蛇，真凶察觉到形迹败露后逃之夭夭，只能硬生生忍住了。"

"别急，戏台已经在布置了，现在还差个道具。只要东风一起，好戏马上就能开场。”

阿南长出一口气，说：“尽快啊，我家公子也不知道会不会被锦衣卫欺负呢……”

“没人欺负他。”

“那，你能不能疏通一下关节，让我见见公子啊？”阿南委屈地噘起嘴，“明明是你卖身给我，结果现在我这么拼命，连个奖励都没有？”

他的面容被朝阳映照得灿亮，看着她的双眸也如闪动着火光：“那你得和我先查清三大殿的起火之谜，给锦衣卫一点颜色看看，他们才会懂得通融。”

阿南用怀疑的目光看着他：“你这个神机营内臣提督，到底行不行啊？办这么点事情都费劲。”

可惜她的激将法完全没用，朱聿恒无动于衷，连眼皮都没抬一下：“你都知道是神机营了，还妄想节制锦衣卫？”

阿南翻了个白眼，气恼得不说话了。

看完日出回到乐赏园，阿南听到灵堂传来“乒乒乓乓”的声音。她拉过正在廊下扎白花的桂姐儿，询问是怎么回事。

“少爷说，夫人是恶疾而亡，老爷去请教了金光大师，得了法旨要尽早钉好棺木，以防恶果。”

阿南与朱聿恒对望一眼，都明白卓晏这是要帮着父亲将母亲的事隐瞒到底了。

朱聿恒转身往外走，说道：“我要去一趟楚元知家中。”

阿南也觉得这院子待不下去了，跟了上去：“我也去，我还想问问他在萍娘家那边有没有什么发现呢。”

楚元知为逃避是非，本来整日躲在机关阵中闭门不出，结果阿南与朱聿恒过去时，却看见楚元知在封锁门上和墙上的机关。

阿南朝坐在院中做绒花的金璧儿打了个招呼，然后问楚元知：“楚先生，怎么，机关不用了？”

“算了，没有意义。”他用抖抖索索的手慢慢拆解那些火嘴与引线，低低道，“这么多年了，我也该走出来，让我的妻儿过得好点了。”

“你能这样想，挺好的。”阿南在院中石桌坐下，问，“楚先生，昨日你在石榴巷起火现场，可有什么发现？”

“石榴巷那场火，起得比杭州驿馆那场更为蹊跷，我在被柜子压住的银票灰烬上，发现了一些东西。”楚元知说着，起身去洗了手，又到屋内拿出一个小竹筒递给他们，一边说，“这东西有毒，你们打开的时候小心点。”

阿南正带着从玉瓶中发现的那双王恭厂手套，便随手戴上，将竹筒盖子打开，轻轻倒出里面的东西。

从竹筒中滑出来的，是几片烧残的纸灰，仔细看的话，可以看到纸灰上有极为细微的一些白色粉末，附着在纸灰上面。

阿南简直佩服楚元知，连这么微小的东西都能注意到：“这是什么？”

她说话声音稍微大了一点，差点将那几片纸灰吹走，忙抬手拢住纸灰，大气也不敢出。

“这是二十多年前，我曾在罗浮山葛家看到的东西……”

听到“罗浮山葛家”几个字，阿南顿时“啊”了一声，就连坐在旁边的朱聿恒也是双眉微微一扬。

“当年葛洪出任交趾令时，途经罗浮山，见当地仙气缭绕，又有丹砂便利，便辞官在朱明洞前结庐讲学、修行炼丹，是以葛家在那边也有一脉。”楚元知细细说道，“我年轻气盛时，曾与罗浮山葛家切磋比试，侥幸险胜了几场。当时我们一群年轻人趣味相投，交流了一些新奇的东西，其中就有一种，我记忆十分深刻的东西。”

说起当年往事，楚元知脸上尽是阅尽世事的感伤，声音也迟缓了下来：“葛家是炼丹世家，世代都有人尝试各种东西混合煅烧提炼。有好事者收集了数以千斤的骨头，在炼丹炉内反复焙烧后，加石英与炭粉，便会有剧毒白烟冒出。葛家以秘法将毒烟凝结成一种浅黄色的小蜡脂，取名为‘即燃蜡’，见风则燃，必须得尽快刮取到装满冷水的竹筒里，才能得以保存[1]。”

“自燃……需要放在水里保存……”阿南倒吸一口冷气。

楚元知点了点头：“那东西制备之法极难，葛家秘不外传。我知道粗略的制法后，曾多次试验，但一直无法将其凝结收集，只能得到它燃烧后剩下的白色粉末，因此一看便知是这东西。”

说着，他倒了一些水在石桌上，又将纸灰连同上面的白色粉末丢到水中。

只见白粉一入水中，那摊水立即沸腾，连附着的纸灰都被滚成了混浊的粉末。

楚元知扯了些草将灰水抹掉，说道：“从这银票上的残留物来看，这确是‘即燃蜡’无误。只是，石榴巷这样一个穷人杂居的地方，为何会有人用这般稀有又有

1　这段描述为制取白磷的方法。

剧毒的东西引火，真令人百思不得其解。”

“葛稚雅……”阿南脸色铁青，愤恨咬牙道，“罗浮山葛家和葛岭葛家同出一脉，必定会互通有无！”

她一句话提醒了朱聿恒，他皱眉思索片刻，然后才缓缓道：“看来，我们不需要搜寻娄万了。”

“嗯……只是萍娘，死得太冤枉了。”阿南点了点头，想起萍娘之死，又是伤感又是难过，低低道，“我一定要让她，血债血偿！”

楚元知怕纸灰飞散，想用竹扦子将纸灰重新拨回去，但他的手一直在颤抖，差点把纸灰弄碎。

阿南便接过竹筒，将它利落地拨了进去。

楚元知的目光落在她的手上，看着手套问：“姑娘这双手套如此厚实，是火浣布的？”

“不，就是棉布的，这是拿来制备火药的。”这双手套给阿南略小，便脱下来放在了一边。

见楚元知点头不语，朱聿恒便问：“火浣布所制手套，能隔绝火焰，想必给王恭厂更好？”

“这可不行。”楚元知说道，“火浣布虽可隔火，但存放炸药的地方，却绝不适合。”

见朱聿恒不解，阿南对楚元知说道：“他非行内人，不懂这个。”说着，她拔下头上一支琉璃簪，抬手在他暗花罗衣袖上摩擦了几下，然后将头发撩到胸前，用琉璃簪靠近自己的头发。

还没等簪子挨到她的发丝，那乌黑柔软的青丝便在朱聿恒的注视下，一根根地飘飞起来，被簪子给吸了过去，轻轻缠附在了琉璃簪上。

朱聿恒的目光定在她飘飞的发丝上，竭力隐住眼中惊异之色。

他仿佛看见了，在十二根盘龙柱喷火之前，他的发丝与衣服下摆，也是被这样一种看不见的力量，向上轻扯飞起，诡异莫名。

“这就是火浣布不宜被王恭厂采用的原因。”楚元知说道，“王充《论衡》中有‘顿牟掇芥，磁石引针’的说法，就是指摩擦琥珀玳瑁能吸引芥菜籽之类细小的东西，磁石能吸引铁针。《博物志》中也写到过，‘今人梳头、脱著衣时，有随梳、解结有光者，也有咤声’。这世上有一种我们看不见也摸不着的东西，能产生一种力量，让两个东西互相牵引，甚至迸出火星。”

朱聿恒正在倾听楚元知的话，忽听“啪”的一声轻响，他只觉手背仿佛被针一刺，不由得缩了一下手。

原来是阿南用琉璃簪碰了一下他的手背，让他被那种看不见的力量刺了一下。

“阿言你居然这么胆小，看你吓的。”阿南把簪子插回头上，见朱聿恒惊诧地抚摸手背的模样，笑道，“别担心，刚刚刺你的那个东西啊，也就像针刺一样，有点微痛微麻而已。就和磁石与铁针相吸引一样，虽然谁也看不见，但它确确实实存在，只不过只有一点点。不过我怀疑，如果有办法将它们增强的话，这将会是一股天下最可怕的力量，毕竟，谁有办法阻挡看不见也摸不着的东西呢？”

确实如此。朱聿恒听着她的话，默然垂下眼睫，仿佛又看到了三大殿起火之时那十二根喷火的盘龙柱，那仿佛地狱业火般可怖的场景。

这世上，谁能对抗这诡异莫名的力量？

“天气干燥如秋冬时，火浣布、丝缎与皮毛这种衣服偶尔会有火星蹦出，虽然不会灼伤人体，但一旦碰到王恭厂那堆积如山的火药，便会酿成大祸。换成棉布的话，便不会有这样的情况了。”

朱聿恒恍然点头道：“难怪王恭厂的人，不允许穿丝绸衣物，铜器铁器也是严控之物……”

说到这里，他似乎又想起了什么，脸色越发难看。

直到告别楚家，上马离开时，朱聿恒依旧是心事重重的模样。

阿南催马赶上他，趴在马背向上仰视他低垂的面容，笑问：“阿言，有心事老憋着多不好啊，跟我说一说嘛。”

朱聿恒仿佛一下惊觉，面对着她盈盈的笑脸，他欲言又止，一时却又下不定决心。

阿南打量着他的神情，慢悠悠地开口道：“妖风？”

朱聿恒心口一震，没想到她已经察觉了此事。

“你能想到，我为什么想不到呢？”阿南一瞬不瞬盯着他，笑道，“三大殿起火之前你飘飞的头发和衣服，和杭州驿站起火前卞存安身上的衣物和头发，都是因此一直向上飞扬。而这两次大火之前，相同的一点都是——雷雨将来，天空蕴满雷电。”

“所以……那种可以将轻微的物品吸取的力量，与雷电肯定有相似之处？”

“对，但毕竟我们现在所想的，都只是猜测而已。”阿南抬头看看天色，说道，“等吧，等到下一次雷雨天气，我们就知道这猜想是否正确了。”

朱聿恒默然点头，却见阿南又说道：“从我的火折子被烧熔时，还有你刚看着手套的诧异表情都说明，三大殿的火灾绝不简单。来吧，原原本本跟我讲一遍。”

朱聿恒抓紧了手中青丝缰绳，缄默不语。

“你可要考虑清楚哦，楚元知身负嫌疑无法帮你探查，唯一能帮你的，就只有我了。可你要是连具体状况都不告诉我，我又怎么帮你呢？”

她目光清明澄澈，让长久以来筑在朱聿恒心口上的重防，忽然之间开始崩塌动摇。

这世上，除了她，还有谁，能懂得那些酷烈的、诡谲的、生死攸关的秘密？

她是阿南。

是黄河滩头将他从激流中捞起的阿南；是冲入火海之中拯救囡囡的阿南；是生死存亡之际与他心意相通的阿南……

“是。”他终于开了口，声音低而清晰，“三大殿的火，确实有诸多诡异之处。”

卓家如今正办丧事，自然已经不适合朱聿恒居住。

韦杭之早已命人将阿南所用的东西都送到了孤山。孤山是西湖中最大的岛屿，由白堤、苏堤与西湖两岸相接。

阿南与朱聿恒打马过长堤，前方殿宇楼阁在烟柳碧波之中掩映，恰如当年白居易所写的孤山，“蓬莱宫在海中央”。

本朝在南宋行宫遗址之上，重建了规模不大的精巧园林，拾级而上便是孤山顶麓，西湖最高处。

在寂静无人的山顶小亭中，屏退了所有人，朱聿恒将当日在殿内发生的事情，原原本本说了一遍，只略过了自己身上出现的怪病。

“这么说，你当时回头看到，那些火是从柱子上的龙口中喷出的？三大殿的柱子是怎么样的？”阿南一下子就抓住了这桩事件中最大的疑点。

“奉天殿十二根主柱，都是十八盘镏金云龙柱。”朱聿恒让韦杭之取了纸笔来，详细画给她看。

他先画的是屋檐，边画边道：“柱子削金丝楠木为底，为防腐防潮而交替上了三层麻、三层灰，施以红漆。柱子高三丈三，盘绕着铜制十八盘镏金云龙，周身是堆漆五彩云水纹。”

他于绘画十分精通，金龙口中吐出熊熊烈火的一幕惟妙惟肖，令人心惊。

阿南端详着这可怖情形，思忖道：“按理说被三层麻三层灰包裹的金丝楠木，是很难烧起来的，就算外部的漆被引燃，恐怕漆烧完了里面也燃不起来。”

“所以，看到楚家那个铁网罩能烧毁你的火折子时，我觉得，或许只有那样的火，才能让那些巨大的柱子瞬间燃烧。”

阿南点点头，思考片刻又摇摇头："就算那些铜龙是空心的，能灌上火油燃烧，可要将它们烧到足以让金丝楠木柱燃烧喷火的程度，怕是在廊下休息的人都会被灼伤，哪能不被察觉？"

"我查过了，那十二条龙都是实心的，中间绝没有任何可供倒入火油的空隙。"

"还有很重要的一个线索，妖风。只能在雷电天气出现的妖风，是否与大殿之火有关？雷电劈击虽然会引起大火，但若让十二根柱子同时着火，除非当时天上能同时降下十二道雷电来适配？"

朱聿恒道："我估计问题必定出在建造大殿的人身上，或许，他们能有机会在柱子上动手脚，利用我们所不知道的手法，让十二根柱子同时起火。"

阿南赞赏道："这想法很对，三大殿主要负责人是谁？"

"内宫监掌印太监蓟承明主掌一切工地事务，因此，我确实想过要询问他。"朱聿恒凝视着她，慎重道，"可惜，他已经死在了奉天殿那场大火之中。"

"死了？"阿南挑一挑眉，"这倒好，与自己监造的宫殿共存亡，也算是死得其所了。"

"而且他的死状，非常奇特。"朱聿恒将蓟承明当时的情况详细介绍了一遍，因为现场情形诡异，他又持笔画出了蓟承明跪着活活烧死在地龙中的诡异状况。

阿南这个古怪女人，听到此等惨剧，眼睛都亮了："既已接近生机，却不肯进入，难道前方有比被烈火活活烧死更可怕的事情？"

朱聿恒摇头道："想象不出。而且事发之后，地龙被仔细搜寻过，并没有任何阻挡他前进的障碍存在。"

"但我觉得他这个选择还有个更有趣的地方。"阿南托着下巴，笑吟吟地望着他，"用玉山子砸开地面，肯定要比砸开门窗更难吧？普通人的话肯定不会想到钻地下去的。"

"这被砸开的地龙薄弱处，自然就是蓟承明在一开始，给自己留好的后路。"朱聿恒皱眉，沉吟道，"现在想来，当时雷震不绝，也是蓟承明进言，建议我们进入奉天殿避雷的。"

"所以，你肯定已经彻查过蓟承明了吧？有没有什么发现？"

朱聿恒摇摇头，让韦杭之去取来蓟承明的档案，有三四本，堆在石桌上给阿南看。

阿南一看见这么多本，头都大了，说道："你翻几个重要的地方给我看看，这里怕不有几万字，看完都要天黑了。"

朱聿恒便翻了第一本中蓟承明的出身、第二本中如何立功被一步步提拔高升的部分给她。

阿南一目十行看着，朱聿恒记得第三本中有关于他与葛家蜉蝣的事情，便将第三本翻开，寻找那处地方。

翻书之时，夹在书页中的一张纸忽然飘了出来。朱聿恒抬手按住，见上面是不明究竟的几行无序数字，便扫了一眼那东西的来历。

是蓟承明死后，他的干儿子在他床头暗格发现的，知道朝廷在查他的事情，便送呈了上来，只是谁也不知道这是什么东西。

朱聿恒见上面写的是：左旋一，左旋三，右旋四，左旋七，右旋五，右旋二，左旋一。

这是一个渐多又渐少的数字，若排列起来的话，那个可以旋转的东西，大概类似于一个菱形，或者说……一个圆形。

一个圆形的，凹凸不平可以旋转的弹丸。

他瞥了正皱眉看着蓟承明档案的阿南一眼，竖起书册，将那张纸折好塞入了袖中。

他将书翻到蜉蝣那一页，摊开放在阿南面前，似乎察觉到什么，转头看向亭外的韦杭之，问："什么事？"

韦杭之自然会意，立即禀报道："大人，公务急事。"

朱聿恒收拾好自己那些画，起身出了亭子，快步下山。到了自己所居的屋内，他问韦杭之："从司鹫那里拿到的铁弹丸呢？"

韦杭之立即从抽屉里取出给他。

他拿在手里，等韦杭之出去了，看着上面凹凸不平的地方，略略吸了一口气，按照蓟承明那张纸上的数字，按住第一层凹凸，向左略一旋转。

第一层旋了细微的一格，轻微一顿，停了下来。

他停了停，指尖按在第二层，向左旋了三个小格。

第三层，向右旋了四个小格……

无声无息之中，他慢慢开到最后一层，左旋一。

旋转到位之后，毫无声息。他有些诧异地看着这个弹丸，须臾，试着按住上下两端，往下轻轻一按。

铁弹丸如同一枚花苞，分成八片散开，就如一朵莲花绽放于他的掌心，露出里面一个小纸卷。

在纸卷的周围，是极薄的一层琉璃，里面盛着绿矾油[1]。

朱聿恒长出了一口气，此时才微觉后怕。

若是他不知这个开启的数字，按错了次序，恐怕早已击破琉璃，绿矾油溅射而出，不仅毁了里面的纸卷，也会让他的手指骨肉消融。

托着这朵冉冉开放的铁莲花，他脸上渐渐蒙上寒意。

三大殿纵火案的重要嫌犯蓟承明，与阿南他们这一群海客，究竟是什么关系？

为何他们传递消息的方法，会出现在蓟承明床头的暗格之中？

莲花已经彻底绽放。朱聿恒定了定神，抬手抽出里面的纸卷，展了开来。

1　绿矾油：硫酸。

第十三章

灼灼其华

映入眼帘的，是竺星河那令人见之难忘的一手清隽好字：角声满天秋色里，塞上燕脂凝夜紫。

这是李贺《雁门太守行》中的颔联，这诗的第一句与最后一句更有名，分别是“黑云压城城欲摧”“提携玉龙为君死”。

看来，这是他们传递消息的法子。

有两个可能，一是竺星河在放生池悄悄传递出了消息，二是这句诗早已写好，危急时刻拿来召唤阿南。

朱聿恒又检查了一遍，确定字条上没有其他手脚后，原样卷好放回了弹丸内。

他用极厚的锦袱包住弹丸，又将一本厚重字帖放在面前以防绿矾油喷溅，再将如同莲花般的弹丸合拢。

轻微的“咔”一声，锦袱内的弹丸恢复了原样。

确定它没有问题后，他隔着锦缎，艰难地按照相反的次序，将它一点一点拨回原位。

等一切完成，他将弹丸收到抽屉中，打开熏香炉，将自己刚刚的画在其中烧毁，又拨散了灰，才起身出门。

回到山顶亭中，阿南连第三本册子都还没看完，她揉揉太阳穴，有些烦躁地抬起头，正看见朱聿恒拾级而上，在夏日光晕之中，越显清俊脱俗。

她托腮望着他，等他走过自己身边时，笑道：“阿言，你身上好香。”

朱聿恒淡淡扫了她一眼，声音波澜不惊：“专心看书。”

“是是是。”阿南应付着，继续看蓟承明的生平。

而他坐在她的对面，解着那个“十二天宫”岐中易。

夏日清风徐来，头顶鸟雀啁啾，西湖波光尽在身边。偶尔岐中易轻微敲击相撞，清脆的“叮”一声，更显静谧闲适。

阿南将最后一册看完，丢在桌上，说道：“蓟承明发现蜉蝣而大笑那里，必定也是他注意到葛家的开始。葛家所有人被流放云南，他可利用的，只有葛稚雅了。”

“但我不太明白的是，”朱聿恒略略前倾，看着她问，“当今圣上待蓟承明不薄，一再提拔擢升，直至掌印太监。这已经是一个宦官所能达到的巅峰了，他为何还要犯下如此事端？”

“可能太监身体残缺后，心态扭曲吧。”阿南说着，又“呃”了一声，补充道，“不过阿言你不一样，你高大伟岸，还有喉结，前天我好像看到你还长了点胡子，你是年纪比较大才净身的吗？我听说童贯也有胡子……”

说到这儿，她一看朱聿恒的脸色特别难看，忙改口道：“当然了阿言，你和童贯那个大奸臣肯定不一样！”

朱聿恒冷冷道：“废话少说。”

阿南吐吐舌头，有点不好意思地靠在后方亭柱上，揉着自己的脖子道：“咱们已经将这几起纵火案大致了解清楚，案情也拼凑完整了，现在只差一个证实。希望赶紧来个雷雨天，我好找楚元知做一下当时火情的还原。”

朱聿恒微觉诧异，问：“你已经全部清楚了？”

“差不多了。毕竟这事儿拖不起，我家公子还蒙冤不白呢，再说……”她又对着他一笑，“你的性命也悬在这个案子上啊，我怎么能松懈呢？”

明明她笑容明灿，可知道自己只是顺带的“也”，朱聿恒的心中，还是涌起了难言的郁闷烦躁。

似乎，还有一些自己并不愿承认的酸涩。

阿南是个急性子，用过午饭后，当即就要找楚元知探讨纵火手段的可能性。

朱聿恒命人送她到楚元知那边，阿南诧异问：“你不一起去吗？”

“我是官府的人，楚元知是嫌疑人。让他帮我们搜查火场本就已与律令有悖，你去找他可以，但我不方便与嫌疑人一起行事。”

“你们官府挺讲究啊。”阿南也不在意，抱怨了一句便纵马离去。

而朱聿恒目送她离去后，则上了一条不起眼的官船，从孤山一直向南，横穿西湖，再度前往放生池。

知道竺星河那边的人一直在关注放生池，朱聿恒在船上换了锦衣卫的服饰，诸葛嘉亦知道他不愿与竺星河见面，妥帖地递上一个拙巧阁所制的皮面具，戴在脸上如换了一个人。

刚登上绿树掩映的堤岸，便听到一阵缥缈仙音随水风而来，是一个女子在弹琴唱歌，散入此时的烟柳荷风之中，令人忘俗。

朱聿恒走到云光楼上，俯瞰下方天风阁。

竺星河身上依然系着“牵丝”，坐在廊下对着西湖品茶，迟缓的行动因为他举止优雅，反倒令人觉得有种从容韵味。

离他三尺之外，有一个穿浅碧纱衣的少女正坐在花树之下，弹着一曲《南吕·四块玉》。

她的琴弹得好，歌声更是婉转动人，唱的是关汉卿所作的《四块玉·别情》。

自送别，心难舍，一点相思几时绝？凭阑袖拂杨花雪。溪又斜，山又遮，人去也。

她低垂着头且弹且歌，绿鬓如堆云，皓腕如霜雪。

虽看不见面容，但那纤袅如烟霭的身影，柔婉如云岚的姿态，伴着她那缠绵悱恻的歌声，足以想见她惊人的美丽。

见朱聿恒打量那少女，身旁的诸葛嘉低低出声道：“她叫方碧眠，是方汝萧的孙女。”

“方汝萧？”朱聿恒端详着那个光华如月的少女，“没想到他还留下了孙女。”

靖难之后，当今圣上入应天登基。当时方汝萧是朝中文臣领袖，受命撰写登基诏书。但他当庭唾骂王爷是乱臣贼子，宁死不从，因此被凌迟处死，株连九族，女眷全部充入教坊司。

“她是遗腹子，在教坊司出生的。应天这边颇有些人同情方家，因此她虽身在教坊，但并未受过垢辱。而且她颇类祖父，诗词歌赋无不精通，也是江南一带有名的才女。”

虽然当今圣上极为痛恨方汝萧，但毕竟十七年过去了，民间对此事也不再讳莫如深，因此诸葛嘉说来随意，朱聿恒听来也并无太大反应。

“方碧眠……”朱聿恒最后再看了他们一眼，若有所思。

春水碧于天，画船听雨眠。

朱聿恒想到竺星河在弹丸中留下的那两句诗，又看着这对相映生辉的璧人，淡淡道：“很合适。”

竺星河一杯茶还未喝完，便被带到了云光楼，看见坐于几案之前的一个人。

逆光之中他神情僵冷，竺星河看出他该是遮掩了面容。但由那端坐姿态中流露出来的清贵倨傲，让他一眼便可以认出，这就是上次与他交谈的人。

竺星河缓缓在他面前坐下，问道：“多日不见，别来无恙？”

这反客为主的姿态，让朱聿恒微微一哂，说道：“我看竺公子的日子，倒是颇为悠闲自在。”

“是，此处湖光山色美不胜收，又有人悉心照料饮食起居，除了行动不便，长居于此也未尝不可。”他说着，抬手取过案上茶壶，斟了两盏茶，推了一杯给他，笑道，“虎跑水龙井茶，堪称天下一绝，我当年在海上可没有这样的好茶。”

“既然如此，那便多住几日吧。”朱聿恒闻着茶香，淡淡道，“你在此间，外面也有人甚是想念，让我代为慰问。”

“是阿南吗？我以为她有了好归宿，已经忘却我们这些旧日伙伴了。”竺星河微笑道。

朱聿恒并不解释，只问：“上次所问，幽州雷火与黄河弱水之事，你可想明白了？究竟你在其中，做了何种手段？”

“我上次亦已回答过了，只不过是心有所感，在祭文上偶尔一写而已。我一介凡人，与如此灾难能有何关联？”

“别再妄图遮掩了，你与这两桩灾祸牵扯甚深，朝廷已经了如指掌。”朱聿恒冷冷道，“蓟承明蓟公公的干儿子庞得月，已经出首证明，他曾见你们接触。”

竺星河神情平淡道：“这确是有的。蓟公公营建新都采购颇多，永泰行自然要前去拜会。”

“他是否对你提起过三大殿的事情？”

“三大殿在建时，蓟公公便找永泰行订过紫檀、苏木等，账目清晰，阁下一查便知。”

依旧是滴水不漏的回答，铁板一块的态度。

朱聿恒垂眼看着手中茶盏，声音更沉了几分："竺星河，你是海外归客，朝廷念你心系故土，衷心华夏，因此对你礼遇三分。但这是恩典，并非你可仗恃之事。"

竺星河笑容温润，道："是，多谢朝廷恩典。"

"你若再不识抬举，锦衣卫自有一万种手段从你口中撬出需要的东西来，只怕到时候，你会追悔莫及。"

"锦衣卫的手段我也多有耳闻，只是我确实不知，究竟我身上有什么东西，值得朝廷如此大费周折？"

"别装糊涂。"朱聿恒缓缓道，"你可记得这些数字？左旋一，左旋三，右旋四，左旋七……"

竺星河的神情，终于微微变了。

朱聿恒抬眼，僵冷的面具亦挡不住他的威势："你以为自己与蓟承明传递消息的途径足够机密，却不知早已被我们截获，你在顺天这场灾变中的所作所为，我们已经了如指掌！"

袅袅茶气飘在他的面前，让竺星河神情有些恍惚不定，难以看清。

"另外，阿南也亲口对我提及，你在黄河决堤之前，准确预测出了该段堤坝坍塌之事，命她前往。我问你，你究竟如何得知天灾发生的时机，从而借助其力量，兴风作浪为祸人间？"

"阁下何出此诛心之言？"竺星河终于略略提高了声音，道，"为祸人间一词，竺某怕是担当不起。"

朱聿恒冷冷地看着他："哦？"

"事到如今，我不得不如实相告。我曾在海外习得'五行诀'，可推算山海岛屿走势，行经顺天时，发现山川有异，恐宫内会有灾祸。我人微言轻，恐被说妖言惑众，因此向蓟公公传递了消息。但蓟公公似乎并未在意，我亦不知自己的本事在陆上是否能奏效，因此未敢再多言。"竺星河说到这里，似是十分悔恨，顿了一顿才继续说，"后来宫中大火与我所料不差，因此我急命阿南去黄河边，希望能挽救万一，可惜她毕竟身上有伤，无力回天，最终功亏一篑，真是时也命也！"

"如此说来，阁下倒是怀着为天下黎民的拳拳之心？"

"天地可鉴！"

"那么……"朱聿恒将手中茶盏轻轻搁在几案上，缓缓问，"下一次的天劫，会出现在何时、何地？"

竺星河不假思索道："不知。"

朱聿恒略眯起眼，盯着他。

“顺天与黄河，都是我偶尔经过之时，观察山川河流而发现的。天下高山大川数不胜数，我如何能一一踏遍，寻找踪迹？”竺星河说着，又抬头直视他道，“再者说，如今天下太平，百姓安定，你又如何认为会有下一次天灾呢？怕是多虑了吧。”

窗外水风骤起，花影在风中起伏不定，落红扑在窗纱上，如斑斑点点的血迹。

看着那些血色痕迹，朱聿恒收紧十指，在膝上紧握成拳，双唇紧抿。

明知道竺星河必定还有重大隐瞒，但他又如何能将自己身上那与天灾一起出现的两条经脉，示之于人？

这是他最隐秘的伤痛，也是最可怖的境遇。

面前这人，是否知晓天灾发生之时，也是他身上经脉紊乱之刻？是否知道他只剩十一个月的性命，与此息息相关？

在结论尚未得出之时，他绝不能吐露半分。

因此他停了许久，缓缓地，用近乎冷漠的语调，吐出了几个字：“八月初，或许会再有一场。”

“哦，有何凭据？”竺星河略一挑眉，“顺天是四月初，黄河是六月初……所以你认为按照时间来推算，下一次是八月初？”

朱聿恒没回答，只冷冷道：“而且，灾祸怕是多半会发生在要害之地，这样算来的话，你的范围该缩小许多。”

“还是不行。我的五行诀，还需要一个助力。”竺星河缓缓坐直身躯，与他相对而视，“五行诀运算极难，如今又不知具体地址，必须有人相助。”

“这倒不难。”朱聿恒随意道，“朝野上下乃至拙巧阁，你要哪一个，我去调遣。”

“阿南。”竺星河的声音，清晰而确切。

夏日风来，湖水拍岸，花树摇曳。在这动荡凌乱的声响之中，朱聿恒审视他的目光，带着犀利的意味：“她不行，换一个。”

“山河走势运算极难，毫厘之差便是天地之别。我与阿南磨合十年方能成功，其他人，无法弥补这十年默契。”

“非她不可？”

“非她不可！”

楚元知家后院的废墟中，已运来了一根足有两丈长、一围粗的楠木。工匠按照吩咐，在上面交替包裹了三层麻、三层灰，如今正在小心烘干外面的灰麻。

阿南在这种事上很有耐心，和楚元知一起调整空心铁网罩，将它改成上下均等的十八盘模样，围在楠木之上。

等一切做完，工匠们在楠木上系好绳子，四面施力渐渐拉起，让它竖立在废墟之上。

万事俱备，工匠们离开，阿南与楚元知一起在屋檐下喝茶，看着面前这根巨大的楠木，端详上面十八盘的铜管。

楚元知问她："以你看来，这两日会有雷电吗？"

阿南肯定道："应该会有。我以前在海上，一年四季雷电不断，对它们熟悉得很，一看这天色就知道八九不离十了。"

"姑娘从海上来？"楚元知诧异地问，"海外居然也有人对机关阵法如此精通吗？"

阿南随意笑道："二十年前公输家有一脉下了西洋，我是他们的传人。"

"姑娘孤悬海外，眼界审度还能如此深远，实属不易。"

"在海上也没什么不好。我家公子一统西洋之后，我在满剌加[1]海道最狭窄的地方设了个关卡，无论是从东边去往西方的船队，还是西方往东而行的，都得从我的地盘过。所以，西方那些精巧的玩意儿，玻璃镜、自鸣钟，尤其是他们的书，大都落入我手中了。讲实务的书最好看，测量、水利、天文、术数……为了看这些书我还学了各国语言，没日没夜读，真的好看！"

看着她那津津乐道的模样，楚元知握着茶杯苦笑，心说，劫书也算劫，你这占据地形打劫来往客商，不就是女海盗吗？

女海盗的心里，当然放不下海盗团伙。

安排好一切事宜，告别楚元知之后，阿南顺便甩脱了那几个盯梢的人，去吴山探望石叔。

石叔性命已无忧，只是还需好好休养。而司鹫伤才好就活蹦乱跳的，看见她便急不可耐问："阿南阿南，你打探到什么消息了没有？我们什么时候去救公子啊？"

"公子应该是落在锦衣卫手中了，但，我也不敢确定。"阿南仔细考虑了一下自己对阿言的掌控，发现并无太大把握。

毕竟，那张卖身契一点都不能让他听话呢……

---

1 满剌加：马六甲。

一向不太听话的司霖，依旧阴阳怪气：“依我说，打探什么消息？阿南你不是挺能耐吗，怎么现在离了大海，变得畏首畏尾的，拙巧阁在水里布个什么破阵，你都不敢闯进去了？”

阿南瞄了他一眼，转头问常叔冯叔他们：“司霖说的，大伙儿觉得有道理吗？咱们该不该去闯一闯？”

冯胜正要脱口而出赞成，但被旁边人手肘微微一碰，他看着阿南脸上的表情，迟疑改口道：“南姑娘，之前公子不在的时候，都是你拿主意，现下你先说说，你怎么看？”

“我不敢妄自决定，只希望大家和我一样，能揣度一下公子的想法。”阿南照例往正中的圈椅坐下，扫视堂上所有人，“今日若换成公子在这里、我在放生池，我想他必定不会赞成硬碰硬。毕竟，如今拘押公子的是官府，咱们可以杀进去将公子抢回来，但抢回来之后呢？从此成为朝廷钦犯，一群人流亡天涯？”

司霖冷冷道：“怕什么，大不了重回海上，过咱们逍遥自在的好日子去！”

“那么，公子这几年创下的基业，都不要了？若就这样轻易放弃，咱们当初又为什么要从海上回归？”阿南反问。

常叔点头道：“南姑娘说得是啊，咱们洗脚上岸，好容易有了今日的局面，若是与官府撕破脸，那过去一切努力付之东流，能甘心吗？”

司霖低头，悻悻道：“可公子在那边，万一出事了……”

“这点倒不必担心，公子被抓捕的原因我已知晓。我看神机营与锦衣卫因为抢夺公子的功劳，如今颇有矛盾，所以正与他们合作，希望能借此机会，帮公子洗脱冤屈，尽早接他回家。”

此话一出，众人都是如释重负。司鹭喜笑颜开道：“真的？我就知道阿南最厉害了！司霖你现在知道了吧，阿南和官府混在一起是有正事要做的，你别再瞎琢磨了！”

见众人再无异议，阿南一锤定音道：“那就这样。能光明正大走的路，一定得优先选择，和官府对上是最坏的打算，不到万不得已，咱们不能走这条路！”

西湖两岸山上，保俶塔与雷峰塔一北一南遥遥相望。

保俶纤瘦如美人，雷峰沉稳如老僧。

阿南坐一叶扁舟横渡西湖，抬头看见雷峰塔矗立于峰巅，巍峨镇守整座西湖。

前朝末代时雷峰塔毁于火灾，只剩赤红如火的砖砌八角塔心，在夕照山上苍凉古朴。如今恰逢盛世，江南士子纷纷捐资，重修雷峰塔。

阿南从苏堤上岸，一路向着雷峰塔而行。走到塔下仰头上望，只见朱聿恒正由寺内一众高僧陪着，在参观佛塔。

阿南一身艳丽服饰，自觉与那群和尚格格不入，便也不上前，只打量这座新落成的雷峰塔。

这塔高达二十四丈，用楠木在原来的砖砌塔心上穿插搭建出外面的塔身，加上塔身周围的回廊，使得整座塔更像是一座八角形的楼阁，雄浑古朴。

如今塔顶尚蒙着红布，等待开光大典。

她目光下移，看见站在殿阁之上的朱聿恒，他的目光也正落在她的身上。

他一身珠灰紫越罗，以暗金绣带紧束腰身，金紫色更衬得他贵气不凡，令此时阴暗的天气都明亮起来。

只可惜，他那居高临下的凛冽气场，带着一种生人勿近的气势，让寻常人不敢接近。

当然，阿南不是寻常人。所以她朝他露出灿烂笑意，用力挥了挥手。

朱聿恒的目光在她身上略停了停，虽觉不合适，但还是排开了众和尚，快步出了塔阁，向她走去。

"带我看看这戏台，搭建得怎么样了？"阿南笑道，"毕竟，马上就要演一出大戏了呢。"

"这……佛塔尚未开光，女子进入是否合适？"见朱聿恒要带着阿南进内，和尚们打量着她，有些迟疑。

阿南抱臂笑道："听说这塔是钱王为皇妃所建，怎么女人反倒进不得了？再说了，里面有个女子比你们更早住在里面，你们一群男人进去，反倒不合适呢。"

和尚们面面相觑，一个年轻沙弥忍不住道："女施主切勿妄语，我佛门清净地，哪会有女子在里面？"

"白娘子呀，她不是被镇压在里面几百年了吗？"阿南笑嘻嘻道，"人家虽是女妖，可修炼成人还会生孩子呢，你敢说她是男人？"

沙弥闹了个大红脸，一时无言以对。

住持毕竟见过大世面，十分给面子地对朱聿恒合十道："世间万物有灵，白蛇青鱼皆能化人，追究男女是着相了。既是檀越所邀，二位请便。"

和尚们鱼贯离去，阿南开开心心地踏进塔内，抬头便看见巨大的楼梯围绕着塔心盘旋而上。那楼梯上都饰以金漆，正如一条金色巨龙箍住中间的塔心，宏伟非常。

阿南不由得赞叹，说道："这设计可真是绝妙。"

"嗯。塔心虽是砖制，但历经百年风雨，早已有多处开裂。如今正好借楼梯将其束紧，既能承受在其上搭建巨大楼阁的重压，又能借此攀登至塔顶。"

"塔心是实心的吗？"

朱聿恒唇角微扬，道："不，空心的。里面如今插满了搭建楼阁的木头，都凭此借力。"

"是吗？这戏台简直完美！"阿南惊喜不已，连上十来级台阶，敲了敲连接在塔心上的巨大木头，喜滋滋地靠在栏杆上对下面的朱聿恒道，"只需要几道雷电劈下来，就能重演三大殿那些柱子喷火的场景——不，肯定比喷火的巨龙更为恢宏，毕竟这可是巨大的楼阁在瞬间化为火炬的奇迹啊！"

朱聿恒无奈斥道："别在佛塔内胡说八道。"

阿南笑着按住楼梯扶手，轻捷地跳下，说："抓捕区区一个葛稚雅而已，当然不会这么下血本啦。"

"楚元知那边，安排好了吗？"

"我亲自出马，你还信不过？"阿南说着，又问，"卓寿那边呢？你准备怎么搞？"

"栖霞岭一直在我们的监视中，到时候来一场引蛇出洞即可。"

万事俱备，阿南再细细端详了雷峰塔内的陈设一番，对四壁的佛龛彩绘毫无兴趣，只对那楼梯越看越喜欢。朱聿恒都怀疑再不把她拉走，她今晚就要睡在这楼梯上了。

离开雷峰塔，阿南和朱聿恒骑着马沿苏堤往回走，因为心情愉快甚至还哼起了小曲。

朱聿恒与她并排而骑，零星听得她低低的歌声送入耳中："我事事村，他般般丑。丑则丑，村则村，意相投。则为他丑心儿真，博得我村情儿厚。似这般丑眷属，村配偶，只除天上有……"

她唱的是兰楚芳的一曲《四块玉·风情》。

一个姑娘家，唱这种荒诞滑稽的曲儿。幸好午后炎热，苏堤上没有什么人，不然这行径，怕不是要引一路侧目。

朱聿恒扫了一眼竭力绷着脸免得嘴角抽搐的韦杭之，有些无奈地听着阿南的歌，忽然想起在放生池的天风阁内，方碧眠为竺星河唱的那一首《四块玉》。

明明是一样的曲儿，方碧眠唱的是"一点相思几时绝？凭阑袖拂杨花雪"，而阿南她唱的，却是这种词。

丑则丑，村则村，意相投……

她仿佛很喜欢这一句，低低地、反复地唱了几遍。

她歌喉并不婉转，嗓音也没有方碧眠那种甜柔，但朱聿恒听着她口中吐出的愉悦嗓音，却觉得绕过耳畔的热风都带着一种令人愉快的气息，仿佛沾染上了她的开心。

她唱着歌，骑马走到苏堤尽头，却不向着孤山而去，反倒侧头向朱聿恒一笑：“咱们引蛇出洞去？”

朱聿恒了然，拨过马头便向着栖霞岭而去，一边随口吩咐韦杭之，把卓寿找来。

上了栖霞岭山道，朱聿恒忽听到阿南说：“阿言，你真是天下第一的好男人。”

朱聿恒转过目光看她，因为这突如其来的由衷赞扬，感觉自己的心口某处略微一颤。

“跟你合作太愉快了，不用说话、不需看我，就能与我默契配合的人，你是这世上第一个。”

“心有灵犀一点通吗？”朱聿恒坐在马背上，回看她眉开眼笑的模样。

他懂得这种感觉。在楚家的地窖杀阵之中，他曾与她共同进退，彻底托赖彼此的能力与想法，契合无间。

阿南点头，补充道：“第一眼看见你的手，我就知道你肯定很好。”

他怔了一怔，心上那点温热渐褪。

所以，对她来说，他的意义就是当她的双手，代替她当年那双完美的手；当她的分身，在关键时刻多一个共同进退的伙伴；当她的算筹，在必要的时候替她计算一切……

那么——这样的好，算是对他的肯定吗？

这样的心有灵犀，又有何用？

朱聿恒狠狠一拨马，越过了她，向着前方山岭奔去。

灼热的风从他耳畔擦过，在这心绪极度紊乱之时，他耳边忽然响起了，竺星河那确凿无疑的语气——

非她不可。

当时他没有明确回答竺星河，只说，会与阿南商议。

毕竟他不知道，竺星河是想要她，还是需要她。

那么，对竺星河来说，阿南又算不算是一个，好用的女人呢？

卓寿心急如焚，赶到栖霞岭的小屋内时，发现朱聿恒正坐在屋边，解着一串岐中易，而阿南则坐在门口，慢悠悠地用草叶折着一只螳螂。

“指挥使大人来了。”阿南看见他后，丢开了手中草叶，殷勤起身招呼道，“我前几日陪着阿晏来这边，冲撞了卓大人与里面那位大叔，此次特来向你们赔个不是。”

卓寿脸黑得跟锅底似的，明知道她是来找事的，但见朱聿恒在旁边，也只能强行按捺着先与朱聿恒见礼，然后忐忑惶恐地看向屋内。

敞开的房门内，一个面白无须的瘦小男子正惶惑不安地站在桌边，看见卓寿到来，他又急又激动，却不敢出声，只能用那双眼角微挑的凤眼可怜兮兮地看着他。

卓寿正想开口求情，阿南已经走到他身后，问：“卓大人，不介绍一下这位大叔吗？这可是您夫人去世当夜，您都要赶来见面的朋友，想必与您关系匪浅吧？”

卓寿面色铁青，从牙缝间挤出几个字：“他是我昔日旧友，年少时我曾蒙他救过一命，是生死之交。”

“原来如此。”阿南打量着里面的男子，对他点头致意，微微而笑，“外面阳光好热啊，能进屋讨口水喝吗？”

那男子迟疑地看向卓寿，见他勉强点了一下头，便从橱柜内拿出杯子，又提着旁边的水壶，放在桌上，然后畏畏缩缩地就要离开。

阿南却一抬手抓住了他的右手，惊讶地叫出来：“咦，好巧哦，怎么你的右手腕上，也有个伤疤啊？”

她开始唱戏了，朱聿恒自然要跟上。扫了手腕一眼，他开口问：“怎么，还有别人的手腕上，也有伤疤吗？”

男子面色仓皇，竭力想要缩回自己的手，可阿南力气颇大，而他枯瘦无力，一时竟挣不脱她的钳制。

“我记得卓夫人的右手，还有王恭厂的卞公公，都有这样的伤痕呢。而且伤疤还好像哦，都是又深又长的陈年旧伤，这得多严重的伤才能造成啊！”阿南看着他的手，那一惊一乍的夸张模样，让朱聿恒都无奈地使了个眼色，让她收敛点。

卓寿木然捏着手中茶杯，看着阿南演戏，又不敢发作，手背青筋直暴。

男子终于抽回了自己的手，转身就要向内躲去。

“等等啊，这位……”阿南叫住了他，想了想，又转头向卓寿笑问，“卓大人，这位大叔怎么称呼啊？”

卓寿从牙缝间挤出几个字：“他姓安。”

阿南笑问："安……卞存安的安？"

那男子大惊失色，脚一软就靠在了墙上，面色苍白。

卓寿勉强道："平安的安。"

"这不就是同一个安吗？"阿南笑道，"话说回来，上次提到卞存安，卓大人还说不认识呢。"

卓寿心下猛提一口气，偷眼看朱聿恒，见他脸色和缓，才硬着头皮道："当时突然提起此人，我确实忘记了，后来才想起来，如果是王恭厂的那位卞公公的话，二十一年前，我们确实在徐州驿站有过一面之缘。"

"卓大人记性颇好啊，在驿站的一面之缘，也能记得如此牢固？"

她这步步逼问的架势，若是在平时，卓寿早已怫然而怒，但皇太孙就坐在她的旁边撑腰，他也只能强忍她的狐假虎威，回答道："毕竟当晚那场大火，幸存者只不过我们三人，我事后也耳闻了卞公公的姓名。"

"真的吗？"阿南笑意盈盈，用再平常不过的口吻，问出了石破天惊的一句话，"难道不是因为你在大火中砍了他一刀？"

卓寿霍然而起，手指骤然一紧，手中那个粗瓷的杯子应声而碎。

那个一直委顿靠墙的男子，面色一片惨白。

阿南脸上笑意不减，因为满意卓寿的反应，声音更加清朗："卓大人，你想不到吧，当年的火海之中，有人正好在屋顶上，居高临下看到了你行凶的一幕，如今我们已经寻访到他，他对我们证实，确确实实看到你抓着卞存安——"

说到这里，阿南回过头，朝着那个面容惨白的清秀男子看了一眼，慢悠悠道："一刀砍了下去，血流如注。"

卓寿咬紧牙关，死死握拳，手中残留的碎瓷片割破了他的手，鲜血顺着他指缝流了下来。

"然而我对照当时驿站的档案，觉得百思不得其解。毕竟上面只写了卞公公躲在水井中逃过一劫，幸存后养好身体，被送往了应天宫中服役。如果卓大人你当时真的砍了他一刀，而且又是这么严重的伤势，档案上怎么会没有写呢？"阿南说着，走到那男子的身边，"直到我想到，您当时的未婚妻葛稚雅的手上，也有一个可怖的大伤口，那是她年少时偷学家族绝学，而被族人砍的。"

说着，她一把拉起男子的右手，将他的衣袖拉起，展示给卓寿和朱聿恒看。

男子的右手背与手腕相接处，一道既深且长、极为狰狞的旧伤，顿时展露无遗。

"毕竟，脸可以假装被火烧伤毁容，手上的伤痕却不可能会突然消失呀，所以这一刀，无论如何都不能不砍下去的。”阿南冷冷丢开男子的手，任由他体若筛糠，瘫倒在地上。

卓寿看着地上的男子，脸上急怒交加，说道：“他只不过是与家妻一样，凑巧手上也有一道伤口而已，姑娘何至于想这么多？我大舅子过来时，亦不觉他妹妹有何异常！”

“是啊，妻子换了人，要瞒过家人千难万难。幸好葛家全族流放，无人来探亲，你又费尽心思在宝石山建了园子，因为葛家被流放了，按律他们是绝不可以回到杭州故居的，这里算是天底下最安全的地方了。谁知道，你们没出事，葛稚雅出事了。她被卷入了一件重大要案当中，朝廷开始追查她的身份来历，所以她不得不仓促南下，找你们商议如何解决。

“恰在此时，葛幼雄回来了。于是二十一年来他们第一次换回了身份，让真的葛稚雅与哥哥见面，来坐实都指挥使夫人就是葛稚雅一事，企图掩盖二十一年来的荒谬罪行。谁知道院中那只‘金被银床’最怕火药味，嗅出了葛稚雅手上的气味，扑上来便抓了她一把，让被屏退到院中的众人都进来查看，所以这场会面只能匆匆结束。

“而那只猫刚好让卓夫人有了借口，以恐水症的名义在数日之内暴死。而卞公公，也就是真正的葛稚雅呢，则早在几日前，就在驿站被‘烧死’了，你们以为，死无对证，这下朝廷想查，也绝不可能查得到当年的一切。可谁知道，卓晏会因为担心母亲尸身出事而开棺查看呢？而我，又很不巧地刚好就在旁边。”

阿南说完，一拂裙角在朱聿恒身边坐下，朝着僵立的卓寿微微一笑：“二十一年来，全天下都赞颂卓大人是个爱妻如命的好男人，从一而终，不肯纳妾，对烟花柳巷更是毫无兴趣。却没人知道，这是因为，卓大人对情爱根本没兴趣。”

卓寿脸色晦暗铁青，因为牙咬得太紧，太阳穴上青筋暴露，却是一个字也说不出来。

朱聿恒一直安坐倾听，等阿南将这一番陈年旧事彻底抖搂出来，他才波澜不惊地点了点桌子，示意卓寿坐下，说道：“卓指挥使，你们三人当年的事情，朝廷已尽在掌握，你可还有何话说？”

卓寿听着他的话，呆呆望了委顿在地的男子许久，终于叹了一口气，松开自己已经满是血痕的手，拜倒在地：“卑职……鬼迷心窍，罪该万死！”

见他终于开了口，阿南轻舒了一口气，笑着对朱聿恒挑挑眉。

“详细说说吧，从头至尾，说清楚。”朱聿恒神情和缓道，“说一说你当年在徐州驿站，为何会突然起意，让未婚妻和一个太监交换身份？”

“是……”卓寿又呆呆顿了片刻，才像是懂得了从何说起，开始讲述，“卑职出身军户，自小随父母在顺天周边戍守。安儿他家是屯军，常年在边关屯田，他从小就爱跟我玩，我们一起上山摘果、下河摸鱼，渐渐长大。后来……我十七岁、他十三岁那年，我们偷跑到营堡外猎兔子，结果遇上了乱匪。我被匪徒射伤，安儿为了救我，跑往相反方向把他们引开，然后就再也没回来……”

说到这里，卓寿圆睁的眼睛仿佛看到了当年情形，眼眶通红：“我一直以为，安儿因救我而死了。直到三年后，我父母告诉我，我们卓家和葛家上代有亲约，让我去杭州葛家求亲。我本无意此事，但我家人丁单薄，这一代更是只剩我一个，自然得结婚生子。我动身南下，葛家商议后，选择让葛稚雅远嫁……但我没想到她是个那么难对付的女人，她和我想象中乖巧听话的江南女子完全不一样，执拗又强硬，而且太过聪明，实在不是个当妻子的好人选。”

阿南听到这里，忍不住点了点头，插嘴道：“而且冷血无情，下手狠辣，是个干大事的人，灶台和后花园怎么可能困得住她？”

朱聿恒知道她指的是葛稚雅杀害萍娘的事，也没说什么，只瞧了她一眼，示意她好好听下去。

“六月初二，我永远记得那一日。黄昏时分，我来到徐州驿馆，正牵着自己的马去喂食，穿过前院时，发现有个人一直在看我，于是我一回头……”

说着，卓寿也缓缓回头，看向坐在地上的卞存安。

卞存安已经满脸是泪，他抬手掩住自己那双狭长的凤眼，无声地哭泣着，不敢看卓寿。

“我没想到安儿没死，更没想到，与他重逢时，他竟然已经成了……成了一个即将被送去应天服劳役的小太监。”卓寿的声音，开始颤抖起来，几乎破碎不成句，“他那时刚刚净了身，虚弱得只剩一把骨头，见我看向他，他张着嘴，虽然没发出声音，可我看得出，他像我们以前一样，偷偷喊我，阿哥……”

阿南默然地看着这个四十多岁的男人，过去了这么多年，当年那种悲恸绝望仿佛还在他们的面前。

“我偷偷和安儿见面，知道了他失陷乱军后的遭遇，抱在一起痛哭了一场。我知道，安儿活不了了！刚进宫的太监，要干最粗重的活，受最凶残的打骂，他又是被从乱匪中抓来的，宫里没人会庇护他，被折磨死了也是他的本分，而我……这辈子连替安儿收尸的机会也没有……

“我失魂落魄地回到后院，坐在房内，想着安儿此生如此不幸，悲从中来，不觉呜咽出声。就在这个时候，门被人一把推开，葛稚雅站在门口，嘴角带着讥嘲的笑，抱臂问我：‘男子汉大丈夫，哭什么哭？你舍不得那个小太监，去救他不就行了？’”

“救他？我怎么才能救他？”

陷在绝望之中的卓寿，当时无望地问葛稚雅。

葛稚雅抬起下巴，示意院中道：“我看这徐州驿站的地势，很容易就能改成我家的斗火阵。我问你，你真想救那个小太监，豁出一切，一辈子无怨无悔吗？”

卓寿略一迟疑，随即重重点头，咬牙道：“我这条命是安儿救的，就算为他死了，也是一命还一命，值得！”

“那就好。”葛稚雅一扬眉，说道，“你要是真想救他，我就帮你一把。今晚我会在院中放一把火，到时候利用浓烟火光遮掩住所有人视野，你就可以趁乱带着小太监逃走了。只是逃出去之后，你们就只能亡命天涯了。”

卓寿自然知道，登记在册的太监于押送途中失踪，肯定会遭到搜捕。本朝自太祖以来，对户籍管理极严，他又是军户身份，军中搜查最严格，卞存安自然也不可能瞒天过海，跟着他回去生活。所以救了卞存安之后，他们两人唯一的出路，只可能是一辈子躲藏在深山老林，不见天日。

但，想到卞存安那枯瘦的身躯、气息虚弱的模样，卓寿毫不犹豫便道：“好！天下之大，我总能找到一个地方，和安儿隐姓埋名地生活！”

葛稚雅嘴角一扬，说：“那就好，希望以后我们的人生，都无怨无悔。”

卓寿这才想起，这是自己的未婚妻。他迟疑着问：“你……为什么要帮我？”

“我不想嫁人，更不想嫁给你这样的男人。”葛稚雅靠在门上，望着驿站之外高远的天空，嘴角撇了一下，露出不屑的笑意。

“但我也不会回葛家。我想试试去找个活儿干，一个人好好活下去，最好是王恭厂、神机营之类的地方，我喜欢火，也很擅长。”

“那不可能的。”卓寿忍不住说，“你是个女人。”

葛稚雅抬起自己的右手，盯着上面那个狰狞的伤口，冷冷地说：“是啊，我为什么是个女人？”

然而，他们没想到的是，当天晚上，驿站的火势失控了。

在葛稚雅布置好的火阵尚未发动之前，四面八方传来了闷雷声，随即天摇地动，楚家六极雷与葛家的斗火阵相激相促，整座驿站化为火海。

住在后院的人狂奔逃窜，却没有任何人能逃出这座修罗地狱。

熊熊烈火之中，卓寿终于在满院哀呼的小太监中找到了卞存安。他拉着卞存安，顺着葛稚雅指引的方位奔去时，却看见她呆呆地站在浓烟烈火之中，盯着院中不知道在想什么。

卓寿上前推了她一把，急道：“快走，来不及了！”

她声音颤抖，问：“他们……都死了吗？”

“估计是逃不出来了，你再不把火势收一收，说不定咱们也都要死在这里！”

“我收不了，火势已经失控了，我只能竭力辟开一条通道，把你们送出去。”

虽然他们避在湿气最重的角落，但浓烟弥漫之中，葛稚雅还是被呛到了。她捂着嘴咳嗽，说的话却让卓寿无比心动：“卓寿，我……喀喀，忽然有个想法……你和卞存安不必逃了。你们不必受到官府追捕，甚至可以带着他供养父母。而我，也不必再当个女人了。”

卓寿扶着奄奄一息的卞存安，疑惑地看着她，不知道她在这样的烈焰之中，忽然说出这样的话，是什么意思。

“他们都死了，这世上，知道卞存安和葛稚雅的人，只有你了。”烈火照得她的脸忽明忽暗，浓烟让她的神情带上一种扭曲的怪异，只有她的眼睛，因为亢奋而亮得吓人，“所以我变成这个小太监，或者这个小太监变成我，又有谁会知道呢？”

“你疯了！”卓寿下意识脱口而出，“你怎么变成太监？”

“我自有办法。相比之下，这个小太监假扮我，可能还要你帮他多遮掩一下。”葛稚雅带着些微的癫狂，冷笑道，“太监的身份很合适，这是上天送到我面前的机会。而你们呢，我劝你不如也赌一把，顺天卫所天高皇帝远，大不了事情败露时，你们逃到大漠去不就好了，放羊放牛，逍遥自在，怎么都比你们从中原腹地逃亡强！”

卓寿呼吸急促，吸进去的烟尘又似在他的喉管与肺部灼热燃烧，让他也被葛稚雅那种狂热所传染，在这无数人哀号的火中，他咬一咬牙，狠狠说：“你说得对，怎么都比在这里开始逃亡强！”

见他终于下定决心，葛稚雅抬起手，向他比画了一下自己的手腕：“虽然不太可能遇见那些嫌弃我的亲人了，但，最好还是做个差不多的伤痕吧，至于脸，只能说被火烧毁容了，常年戴面纱。”

说话间，火焰终于烧到了他们这个隐秘的角落。

葛稚雅快步走到坚实的围墙前，匆匆埋了几个竹管。卓寿架起虚弱无力的卞存安，焦急地问："你这……能行吗？"

"我查看过了，只有这里是最薄弱的地方，但我携带的炸药分量不够，需要火力烧过来才能相助……来了！"她翻身避开扑面而来的火焰，卓寿挡住卞存安，不让火焰侵袭到他。

火力猛烈冲击，伴随着隐隐雷声，她埋下的竹管齐齐爆裂，下方正被火焰烘烤的砖块顿时碎裂。

不需葛稚雅再示意，卓寿用尽全力踢踹那片被震碎的砖墙，终于听到"哗啦"一声，出现了一个足以容纳人通过的墙洞。

卓寿抱着卞存安，看向葛稚雅，问："你准备怎么逃？"

"你别管，我自己会安排的。"葛稚雅说着，向着火海倒退了两步，甚至抬起手，向他和卞存安挥了挥，不无嘲讽地说道，"祝你们得偿所愿！"

"那之后，我再也没有见过葛稚雅。靖难之役中我爹与我因军功而步步擢升，但每升一级，我心里的害怕恐惧就更深一层，因为我知道……我离抛下一切与安儿去塞外放牧的可能性，也越来越远，渐至不可能了……"

二十一年前的这场大火，火焰早已被扑灭，死者也早已从人们的记忆中逐渐消退，可卓寿与卞存安惨然相望，却似那片火海一直蔓延在他们的心上，无法熄灭。

"而葛稚雅，她成了卞存安之后，确实一直隐藏得很好，直至她成为王恭厂的厂监，我才真正地佩服起这个女人来——她用了二十一年，终于站在了自己当初想要的位置之上。而且，还能将自己保护得彻彻底底，没有一个人关注怀疑。"

"确实。"就连朱聿恒，也不得不承认葛稚雅的机敏绝伦。他曾多次与葛稚雅接触，却从未察觉到她是个女人，甚至，因为她刻意营造别人对她的厌弃，他连探究她的念头都没有过。

而阿南看着面前这有二十多年交情的两人，有些同情地问："对了卓大人，其实我一直想问，卓晏是谁的孩子？"

卓寿木然道："我和安儿回顺天不久，就被派往边境小卫所戍守。那里不过寥寥几十个守军，要瞒过别人耳目是很简单的。我在偏远的村里花钱找了个女人，勉强让她怀上了，十个月后生下一个男孩。我爹娘见卓家有后，大喜过望，等晏儿稍大点二老便接回顺天亲自抚养，把他宠成了那纨绔习性……"

"阿晏挺好的，个性单纯善良，他会平平安安的。"阿南说着，看向朱聿恒，似是在期待他的回答，"你说呢？"

朱聿恒见她眼中尽是期待，便低低地“嗯”了一声。

见他居然应了，卓寿忙拉着卞存安，一起向朱聿恒磕头，说道：“多谢提督大人恩典！”

朱聿恒道：“你虽犯下大错，但这些年来对朝廷忠心耿耿，功劳赫赫，究竟如何处置，相信朝廷自有公断。也希望你能与共犯抓住机会，将功抵过，我定会请圣上善加考虑。”

一听可以立功补过，卓寿喜出望外，斩钉截铁道：“请提督大人示下，卑职赴汤蹈火，在所不辞！”

雷峰塔落成开光大典，选在六月廿八。

杭州城的百姓，提前几天沸腾了。因为在六月廿五那一天，应天都指挥使要护送夫人棺椁进入雷峰塔，让大德高僧先行念经祈福三日。

而沾了这个光，其余大户人家，若有未安葬的亲人，也是纷纷寻找门路，想要送灵位祈求入塔，沾沾佛光。

阿南上街打探消息，果然听到无数人的话题围绕着这事打转。

“哎，这位卓夫人不是全江南女子都艳羡吗？嫁过去不久公公就封了侯，丈夫步步高升不纳妾，儿子听说也进京当官了！”

“可惜啊，听说她死于冤鬼索命，死相可惨了！卓大人这般爱妻的人，自然怕她在泉下受难，因此恳求金光大师开了善门，在雷峰塔做一场大法事消厄解难。”

阿南最爱热闹，一见众人讲到这些神怪之事，当即就点了盏红豆渴水，坐在茶棚听起八卦来。

“所以说女人啊，嫁对了人就是一辈子享福。”卖茶的婆子听客人们说得热闹，一边捣红豆一边插嘴道，“这排场，啧啧，金光大师率众在雷峰塔念三天三夜的佛经超度！这别说区区恶鬼了，地藏王菩萨怕都可以成佛了！”

“别说卓夫人了，就连她父母也跟着鸡犬升天啦！”有消息灵通者，神秘兮兮地向大家宣布，“听说啊，卓夫人的父母，在流放途中双双去世，葛大始终没能找回来。卓大人一听，当即命手下将当年埋骨的山头彻底深挖了一遍，终于在土中筛出了葛夫人的耳环，找到了他们的遗骨。你说，要没有这样的好女婿，那葛家二老，不就是暴尸荒野的命吗？”

众人听得这过程，个个咋舌不已：“好家伙，那二十年的荒山野尸，怨气也不小啊。”

“手下把遗骨带回来时，夫人也不幸去世了，卓大人自然将亡妻连同岳父岳母的遗骸也送进雷峰塔去了，希望佛法能消厄解难，超度他们早登西方极乐。”

又有人笑问：“卓大人这么厉害，怎么不干脆把他们三人的骨殖埋进塔里去？那才叫千秋万代啊！”

“你这嘴怎么这么损啊？雷峰塔是镇妖的，你家愿意先人被压在塔下，永世无法入土为安？”

在热闹的议论声中，阿南喝完了渴水，和朱聿恒起身离开。

“卓寿说葛稚雅就躲藏在杭州，这满城纷纷扰扰的，应该能传到她的耳中吧？”

朱聿恒确定道：“就算不能，卓寿为了立功，也会想办法的。”

“希望他不要让我们失望。”阿南心情颇好，牵着头顶垂柳玩来玩去，“说起来，阿言你还真厉害，你是神机营提督，可卓寿也是应天都指挥使啊，又不受你的管辖。结果你一开口说话，这个怒目圆睁的将军当即就拜倒在你面前了！”

“他心里有鬼，因此怕事。”朱聿恒心口咯噔了一下，不知她是否察觉到了什么，便只以平淡的口吻答道，“而且我是天子近臣，与他这种远在南直隶的外臣不一样。”

“难怪呢，卓寿听你说，能为他在皇帝面前说说话时，他那神情顿时就不一样了，好像立马看到活路似的。”阿南笑眯眯地端详着他，拖长了声音，“所以阿言你放宽心啦，不要整天心事重重的。这案子马上就可以落幕啦，你就瞧我的吧！”

正在此时，眼前忽有一道微亮划过天际。

他们抬头倾听，一声远远的炸雷，自山外隐隐传来。

守候已久的雷电暴雨，来了。

第十四章

塔影夕照

六月廿五，宜祭祀、动土、斋醮。

坐镇于夕照山上的雷峰塔，八角七层，朱漆亮瓦，整个杭州城都可以望见它的宏伟身姿。

许多虔诚的信众提前来膜拜雷峰塔。外表的宏伟壮丽已让他们惊叹，等进入大门，看到中间箍塔心的那条金龙，全铜镏金，上连塔尖金顶，下接三百六十五根横梁，一气盘旋贯通二十四丈，无人不震惊失语，久久仰望。

雷雨欲临，瞻仰的人群被全部请出了塔门，应天都指挥司的士卒们护送三具棺椁，肃穆地送进了新落成的雷峰塔内。

塔内香烛燃起，照亮按班次跏趺于塔内念诵经文的和尚们。

金光大师声音洪亮，带着众沙弥齐颂《地藏菩萨本愿经》。

伴着声声佛偈，阿南拿着三炷线香，向塔身正中的如来佛像敬拜。

朱聿恒与她一起上香，说道："原来你也敬畏神佛。"

"不管怎么说，在人家地盘上行事，总得给点敬意。"阿南说着，扫了一眼身边的楚元知，他正持香虔诚向佛祖祷祝。

她偷偷将朱聿恒拉到一边，悄悄问："话说回来，上次在楚家发生险情，我看韦统领都要以死谢罪了，这次他怎么不拦你？"

"不入虎穴，焉得虎子。"朱聿恒淡淡道，"何况葛稚雅身负绝学，此番抓捕必定十分艰难，我如何能置身事外？”

“哎，本来也不会太难的，我和楚元知商量好了，针对葛家的火阵，将楚家六极雷稍加改造，直接就能手到擒来。结果你们又要抓人又不能让这座塔受任何损害，投鼠忌器，太麻烦了！”

听着她的抱怨，朱聿恒抬头环视这宏伟的高塔，说道：“毕竟，这新落成的雷峰塔耗费了太多人力物力，万一有个闪失，你怎么对得住捐资建塔的善男信女？”

“好吧好吧……所以我最怵你们官府了，事儿特别多。”阿南说着，瞥了后方紧张板着脸的韦杭之一眼，笑嘻嘻地走过去，打招呼道，“韦统领，怎么啦，脸色这么不好看？”

韦杭之看着她，阳刚硬汉的脸上，居然被她看出了一缕似有若无的哀怨：“南姑娘，我看你们布置的这又是火又是雷的，万一大人有个闪失，我们所有护卫兄弟的身家性命，都要保不住……”

“放心啦放心啦，我和楚先生的手段，你还信不过？”阿南轻松地说着，朝朱聿恒一抬下巴，“但是，你家提督大人是这次抓捕葛稚雅的行动中，最重要的一环，没有他的话，我可没把握能生擒对方。”

韦杭之抿紧下唇，一脸不情愿又无奈的模样。

“一晚上！”阿南竖起一根手指，信誓旦旦，“就借你家提督一晚上，保证全须全尾还给你，别担心！”

韦杭之看着她那模样，良久，才看着朱聿恒道：“我的职责是守护大人安全，若有危险，我会以身代之！”

阿南竖起大拇指，给他一个钦佩的眼神，走回朱聿恒身边，想了想又凑到他耳边道：“放心吧阿言，万一出事，还有我这个主人在呢！我一定为你做好万全准备。”

天色渐渐黑下来，雷峰塔每层窗前悬挂的铜灯被一一点亮。只是灯火被风吹得忽明忽灭，让人时刻担心它会熄灭。

雨迟迟不下，雷电越发密集起来，劈在雷峰之上，塔顶一丈高的金顶被照得光耀四方。

整个杭州城都被惊动，众人顾不上眼看要下起来的暴雨，跑到西湖岸边，关注这座刚刚落成的雄伟高塔。

雷电的每一次劈击，都让金顶陡然一亮。甚至有好几次，金顶上火花迸射，火光直冒，令人胆战心惊。

“难道……难道是白娘子要出世，这塔要遭受雷殛了？”

看着那似要遭受雷殛的高塔，百姓们议论纷纷。

毕竟，雷峰塔倒，西湖水干，便是白娘子摆脱囚困之时。当年白娘子可以水漫金山，如今新塔落成，说不定她正召唤伙伴，要雷劈夕照，水淹杭州。

话越说越多，几个吃斋念佛的老人已经跪下叩拜，求白娘子开恩了。就在杭州万千百姓的注视下，一个巨大的紫色炸雷忽然朝着雷峰塔凶猛劈下。

在紫雷映照下，平地卷袭来一阵巨大狂风，八角十三层、一共一百零四盏佛灯齐齐翻覆熄灭，整座雷峰塔骤然陷入黑暗。

眼看着原本被佛灯照亮的雷峰塔陡然一暗，西湖岸边的人群不由得都错愕恐慌，面面相觑。

塔内的和尚们，即使雷电震得塔身摇晃，他们还能跟着金光大师念诵佛偈，此时塔内尽成黑暗，诵经声顿时被此起彼伏的惊呼声打断。

唯有金光大师和一众高僧，心志坚定，还能继续诵念经文，不曾停息。

雷峰塔第二层处，韦杭之正守在楼梯口。

看见塔内忽然陷入黑暗，他心下一紧，立即冲上第二层楼阁，低声急唤：“大人！”

却见一片黑暗之中，一个隔板推开，幽幽荧荧的微光照出了里面的阿南与朱聿恒。

阿南伸出手指，朝着他做了个“嘘”的手势。

周围太过黑暗，光线又太过黯淡，韦杭之看不清他们在做什么。但他身负重责，见塔外雷殛不断，塔内又陷入黑暗，不由得极度焦急，单膝跪地道：“事态紧急，不如……随属下出塔，切勿陷于险地，以防有失！”

朱聿恒还未来得及回答，阿南抢着说道：“韦统领你少安毋躁，这算什么紧急？好戏刚刚要开场呢。”

说着，她抬起手，在下一道雷电劈击下来，天空骤亮、塔身微震之时，猛然拉动了手边一根绳索。

只听得下方黑暗中，原本窃窃私语的和尚们，忽然齐齐仰头朝着上方，惶恐大哗——

黑暗的高塔之内，那条紧箍住赤红砖塔心的巨龙，居然光芒大盛。

而湖岸边围观的人群，远远近近尽是惊呼声。

只见黑暗的雷峰塔内，忽然冒出大团火光，从内至外，照射得塔身通透明亮，如一座琉璃宝塔，照彻了西湖南岸。

而在塔内看来，情形更为诡异。

炽烈的火光陡散，那条似乎从天而降的巨龙最上端的龙头已经开始幽幽发亮。

黑暗的塔内，高悬的龙头，灼亮地映照出上方八角围攒的屋檐，而站在下方黑暗之中仰望龙头的人，却恍如置身深渊地狱。

正在瞬间沉默仰望之际，忽然有人惊叫一声，跳了起来。

只见龙口中忽然有灿亮的龙涎滴出，带着火光向下坠落，正滴在那个和尚的脸颊上。

那龙涎正在燃烧，灼烫无比，“哧”的一声，烧得那和尚直跳起来，当即抬手去擦脸上那滴龙涎——

只听“嗷”的一声，他叫得更响了，那龙涎沾到了他的手上，不但脸上的没有灭掉，连他的手指也开始燃烧起来。

见此恐怖情形，塔内所有的和尚都惊吓得弃了蒲团，跳起来冲破了塔门，蜂拥而出。

龙涎还在断断续续往下滴落，有几人陆续被烫到头发和衣服，身上立即着火，又扑打不灭，只能带着身上的火往外狂奔，一头扎进草丛打滚，狼狈灭火。

原本安坐于香花高台上的金光大师，也被两个弟子搀扶着，仓皇逃出了雷峰塔，一直跑到山下放生池，才停住脚步。

陷入黑暗的雷峰塔，再无人敢接近，只有最顶上幽幽的光芒还隐约透出窗棂。

好好一场佛门盛事，鬼哭狼嚎。

众人正惊魂未定，夕照山道之上，忽然有人指着塔身，喊道：“快看，那些红绸子！”

众人赶紧看去，那诡异的场景让他们个个震惊不已，张大了嘴巴。

因为尚未开光，每一层塔檐下都披挂着红绸缎，蒙住门窗与栏杆。此时在雷电光芒之下，所有人都一眼就看到了，红绸全部向上翻起，朝着塔尖金顶的方向，倒翻紧附在了屋檐之上。

这其中，唯有曾在杭州驿站打杂的那个中年妇人，不由自主地脱口而出：“妖风！”

“不要靠近那些铜丝。”

黑暗的雷峰塔内，阿南指着屋檐下布置好的铜丝，又叮嘱了朱聿恒一句：“这是楚元知引下雷电，拿来制造妖风的道具，触到了非麻即晕，重者立毙。”

朱聿恒望着那些翻覆倒卷的红绸，再转头看看上面还在向下滴落火龙涎的龙头，不由得开口说："你黑火油加多了。"

"没办法，为了让龙头亮得快一点，只能下狠手了。"阿南不好意思地吐吐舌头，在黑暗中朝他一笑，"谁叫你有求必应，给我搞了这么多火油呢？不用白不用……"

话音未落，朱聿恒忽然道："低声！"

他们坐在黑暗的二楼栏杆之后，正对着大门，居高临下看见下方黑暗之中，有条纤瘦的身影，从和尚们仓皇逃窜后未曾关闭的塔门，闪了进来。

三人屏息静气，都看出这条瘦小的身形，正是卞公公——或者说，葛稚雅。

只见葛稚雅一身黑衣，脸蒙黑巾，进入雷峰塔后，抬头看了看上方的龙头，又谨慎地四下观望，直到确定塔内已空无一人，才将塔门一把关上，加快脚步，直奔置于佛座前的三口黑漆棺材。

楚元知略显紧张，看看外面的铜丝，又看看那三口棺材，低声道："怕是要糟糕，她来得太快，我不知道是否已有足够的雷电……"

"急什么，我们有准备啊。"阿南话音未落，下方黑暗中果然传来了轻微的"咻咻"声。

因为要活捉葛稚雅，所以四面八方射出的并不是普通箭矢，而是一种前头带叉钩、后头系着三尺皮绳、皮绳上又拴着倒钩的猎箭。

朱聿恒不知道阿南特别要求赶制的这种东西是什么，便着意看了看。

只见黑暗之中，偶尔有前后相连的亮光一闪，向着葛稚雅密集飞扑而去。

葛稚雅身形急闪，挥着手中那条准备用来撬棺盖的扁头铁棍，想要拨开这些怪异的东西。

但随即，她的手就被叉钩挂住了衣袖，稍一借力，后方的皮绳便借助惯性弹起，轻微的"啪啪"连响声中，瞬间旋转缠缚上葛稚雅的身躯，最后尾部倒钩飞起，瞬间钩住她的衣物，将她系缚得严严实实。

若只是一根皮绳，葛稚雅或许还能挣脱，但此时几十上百条密密匝匝飞速而来，又在瞬息间缠上她的身躯，如疽附骨，她就算再怎么跳跃挪移，最终全身缠绕着严严实实的皮绳，如一条正在吐丝的蚕，失去平衡倒在了地上。

眼看下面陷入一片沉默的黑暗，只剩葛稚雅沉重的呼吸声，蹲在他们身后的韦杭之有些诧异，脱口而出："这么快？属下去看看？"

"别，再等等。"阿南抬起手，示意他不要轻举妄动。

还没等她的手放下，塔底的地面上，忽然火光一红，葛稚雅全身忽然燃起无数簇细小火焰，诡异跳动。

跳动的火焰转瞬间闪遍了她的全身，细长的皮绳在火焰的炙烤之下，立即根根崩断。

葛稚雅挥落一身的铁制钩叉，目光冷冷地向上面看来。

她身上还有两三簇小小的火焰尚未熄灭，却似乎毫不惧怕，开口问："是何方小贼，躲在这里装神弄鬼？"

她的声音清亮稳定，早已不是假装太监时那副口舌僵直、拙于言辞的模样。

见她已经发现了他们的藏身处，阿南也无意再隐藏，一旋身跃上栏杆，朝下方的葛稚雅一笑，说道："卞公公，你现在的声音不是挺好听的吗？二十年来天天口含麻核过日子，可真是辛苦你了！"

"我不知道你在说什么。"葛稚雅冷冷道，"我不过是经过此处，想进新落成的雷峰塔看看，什么公公不公公的，从何说起？"

阿南"哦"了一声，问："既然只是路过，为何要带着铁棍，穿着黑衣，藏头露尾？"

"我一个女人走夜路，自然要带个防身的东西，遮掩着点儿，难道这还犯法了？"

"这倒也是，寻常女人当然得小心点。"阿南说着，挥手间流光闪现，她从栏杆上直跃而下，笑吟吟说道，"可你这样独行天下无所畏惧的女人，就不一样了……"

话音未落，她右手急挥，雪亮流光向着葛稚雅直扑而去。

葛稚雅挥手疾挡，可她的动作怎敌得过那光华一闪。

尚未看清扑来的那点光亮是什么，她脸颊已然一凉，脸上的蒙面巾已被阿南扯掉。

塔内光线阴暗，门又被关上了，本来极为黑暗，但此时窗外雷电劈过，光线透过门窗，陡然让塔内一片明亮，照出了葛稚雅的容颜。

阿南离葛稚雅不远，清楚看到她皎洁的面容，眉眼甚为清秀，身材娇小玲珑，年轻时想必也是个动人的少女。

阿南收起臂环，朝她一笑："哎呀，姐姐你长得不丑呀，整天假扮太监，不觉得太浪费了？"

葛稚雅见她如此难缠，又察觉塔内必定还有她的同伙，转头就走，脚步迅捷地扑向塔门。

"别走啊，让我好好看看你手腕上的伤——"阿南立即扑上去，声音陡然变冷，"就是萍娘送你桃子时，看见的那道！"

葛稚雅扑向塔门，想要逃出雷峰塔，耳后风动，阿南臂环中的丝网已经激射而出，向她罩去。

上次在楚元知家中，她为脱困而拆解了丝网，此时虽已装了回去，但依然是丝带形状。只见二十余条雪练激射而出，如同条条灵蛇缠上葛稚雅的四肢与身躯，将她那本已扣在门上的手一把卷住，扯了回来。

葛稚雅见机极快，趁着她一拖一拽之际，身体斜倾，左脚蹬在沉重塔门上，在阿南将她拖拽回来之时，反客为主回身疾扑，那被捆缚住的手臂猛然颤动，点点火光再次自她身上跃现，甚至还因为她前扑的姿势，驱使散乱火点顺着精钢丝带向阿南蔓延扑去。

眼看雪练在灼烧之中将成火蛇，阿南不得不抬手撤掉精钢丝，那上面全是火焰，已经无法收回。她疾退两步，左手在臂环上一卡一拍，只听得哗啦啦声响，二十三条带火的钢练全部脱离臂环，落在了地上。

但在扯动葛稚雅手臂的一瞬之际，阿南早已看清了她手上的疤痕。

那是一道狰狞的陈年旧伤疤，和卞存安手上的一样，横劈过腕骨上方，甚至连手腕内侧都有伤口。

可以想见，当年若没有她母亲在关键时刻拦下，这只手绝难逃掉一刀两断的下场。

阿南的左手按在臂环上，冷冷看着她，说道："葛稚雅，乖乖束手就擒吧，别再做无谓的挣扎了！"

"哼，你说抓我就抓我？"葛稚雅一抬手，又是一片火花落在青砖地上，青蓝的妖火轰然绽放，"年纪不大，口气不小，我倒要看看你有没有这个本事！"

阿南闪身避过她袭来的火花，冷笑道："杀人全家还敢拒捕，我看你的本事也不小。"

"小姑娘，无凭无据，可不要随便污蔑别人啊！"葛稚雅猱身扑上，身上携带着明灭的诡异火光，向着阿南逼近。

硫黄气味扑面而来，阿南知道她手中必是硫火弹之类的东西。葛稚雅应该是穿了火浣布所制衣物，是以不惧火烧，但阿南可没有，唯有侧身避开。

硫火弹落地，只见朵朵火花落地即黏附在青砖上，而且燃烧得凶猛且持久，大片蔓延。

随着葛稚雅每一次抬手，青砖地上都会绽放出一朵火花。片刻之间，雷峰塔内已经遍地蔓延出艳蓝火花，如佛前青莲满池，诡异又艳丽，照亮了整个塔底。

眼看火焰迅速席卷了地面，阿南退无可退，在遍地硫火之中，以流光钩住了上方二楼的栏杆，借以飞渡火海，准备寻找落脚之处。

楼上忽然传来朱聿恒清冷而平稳的声音：“东南方三尺二寸。”

阿南目光落在那边，还未看清，身体已经按照他的指点，收回流光，跃了过去。

在飞跃的途中，她看到了那块地方的情况，不由得心里咯噔一下。

那明明是一块正燃烧着熊熊火苗的地方，甚至因为葛稚雅在相连的两处都投了硫火弹，那处火苗正向她要踏脚的地方聚拢，眼看就要冒起大簇火花，将落下来的她吞没——

阿言，关键时刻，你要害死我吗？

可她去势已老，身体在空中根本无法再调整方向，只能一手再度射出流光钩住上方，一脚踏向那旺盛的火苗，祈祷自己能一跃即起，不要被这些妖火沾到。

然而，就在她的脚踏向那些青蓝火花之时，那两簇原本应该合并的火苗，在相撞的下一刻，却忽因火力相斥而分开了。

就像两股相同的磁力碰撞，两股火焰之间硬生生出现了一个空档，让她刚好将足尖踏下，间不容发地在两蓬烈火之间缓了一口气，然后再度借助流光拔地而起，攻向葛稚雅。

外面是电闪雷鸣，塔内骤然被照亮，又骤然陷入黑暗。在这忽明忽暗之中，只有一地妖异的蓝色火光，照亮葛稚雅和阿南的身影。

朱聿恒站在二楼，一瞬不瞬地盯着下方阿南的身影。她一身湘妃色窄袖轻罗裙，在幽蓝色的火光之上，显得尤为艳丽夺目。相比之下，穿着一身黑衣的葛稚雅，则像是要隐藏进明灭幽火之中，略难分辨。

风火蔓延，火借风势，风助火生，在这幽闭的塔内，她们身影的腾跃成为唯一的气流来源。满地的火光艳烈，因为气流来源的单一，便在朱聿恒的眼中化为了无数有形的波浪。

群火彼此急湍相激，碰撞又离合，相融又相斥，相互压制、相互攀缘，成为极端庞杂却又确实可以计算的起伏浪潮。

“西南，二尺五寸。”

“北略偏东，六尺半。”

……

就如言出法随，他每一个方位报出，阿南便在流光的帮助下，随即落在那个方位。

每一次踩踏，都是稳落实地，在火花四下分散或者最为式微之时，阿南步步踏在实地之上，立即有了底气，随着朱聿恒的指点，逐渐欺近火焰正中的葛稚雅。

二楼之上，韦杭之目瞪口呆地看着他家殿下，不敢置信地想，殿下是什么时候学会预知术的?

楚元知则比他更为震惊，他扶着栏杆，看向楼下乱窜火苗中阿南那抹飘忽的身影，再抬头看向站在栏杆旁毫不迟疑吐出一串串方位的朱聿恒，在心里暗自想，可能觉得阿南是女煞星的他，一直搞错了——

说不定，面前这个男人，才是阎罗啊。

不过片刻间，下面的局势已经陡然变化。阿南的身影在乱火之中渐渐趋近，眼看就要擒住葛稚雅。

葛稚雅见阿南仗着流光身形迅疾，极其难缠，自己想逃脱而不可得。上面又有人出声指点，步步进逼，已经绝难靠操纵火势而击败对方。

她心下焦躁起来，抬头瞥向上方朱聿恒的身影，虽觉黑暗中影影绰绰有些熟悉，但事态危急也管不得许多。

她脸色阴沉，几步跨过火海，抬手拍在那旋转栏杆之上。

她所戴的手套也是火浣布所制，携着妖异火光拍下，朱红油漆见火即着，顿时腾起炽烈火光，向着二楼的栏杆旋转蔓延而上，就如一条火蛇，向上飞速直蹿，转眼便灼烧到了朱聿恒面前的栏杆上。

朱聿恒下意识后退，烟焰遮掩了他俯瞰下方的视野，给阿南的指点顿时断了。

韦杭之立即抽出佩刀，挡在朱聿恒面前。但刀子对火根本无能为力，他忙乱地脱衣服，想用衣服去扑火，却见楚元知抬起脚，竭力去踩旁边一个木扳手。

楚元知身体虚弱，踩了两下不奏效，朱聿恒示意韦杭之去帮他一把。

韦杭之焦急无比，只想拉着殿下赶紧逃离，可见他站在栏杆边稳如泰山，丝毫没有离开的意思，也只能无奈按照他的示意，帮助楚元知踩踏那木头。

没踩几下，轧轧声连响，上方传来“哧哧”的声响，随即大片水雾从天而降，弥漫笼罩了他们身前这一块地。

火苗立即被水雾压下去，火蛇消弭于无形，韦杭之惊喜不已，抬头看头顶，原来他们头顶盘着数根钻了一排排小孔的竹筒，正是早已做好准备对付葛稚雅的控火之术。

韦杭之猜测，这大概是以筒车车水的原理，将下方的水汲取上来，但如何加压使水喷出成为水雾，则估计是只有阿南他们才懂的加压方法了。

他探头看向下面，急问楚元知：“楚先生，那能不能将水力加大，把下面的火也扑灭？”

“不行，下面我们另有机关，专门为葛稚雅量身定制的，不能见水。”楚元知摇头，“阿南只嘱咐我务必保护好提督大人，其余的，都是她的事情。”

朱聿恒默然，抿唇看向下方。

因为上方的指点被葛稚雅阻住，阿南一时找不到落脚之处，只能仗着流光暂时栖在佛像面前的供桌上，又在葛稚雅的进逼下，跃上那三口黑漆棺材，躲避对方手中袭来的扁头铁棍。

韦杭之急道：“我去帮她！”

“不必，你无处借力，躲不开那些火。”朱聿恒否决道，“阿南既然这样安排，必有她的用意。”

“那……那殿下赶紧给阿南姑娘指路啊！”韦杭之忙道。

可他已经想到的事情，葛稚雅哪有想不到的。她自然不会给朱聿恒指点的机会，抬手一扬，手中暗绿光焰弥漫，向着阿南挥去。

那些光点带着炽烈白烟，哧哧爆裂，比地上妖蓝的火焰更为可怖，尚未落地便已笼罩了佛像与三口棺材的区域。

阿南闻到淡淡的蒜臭味，心知肯定不对，立即翻身脱离，宁可用流光飞掠下方火海，落在对面的窗上。

果然，还未等她站牢，楚元知的提醒已经传来：“南姑娘，这是即燃蜡，毒性极剧，千万不要吸入毒烟！”

阿南记得楚元知上次演示这东西时，说过就连烧剩下的灰烬都有剧毒，便立即以手肘捂住自己的口鼻，飞身闪离。

烟气弥漫到上空，为防吸入，朱聿恒亦屏住呼吸，无法再开口为她指点方位。

可阿南不管不顾，离毒烟稍远一些，便立即开口，大声叫道：“葛稚雅！你有没有看到，你身后的冤魂？”

葛稚雅放出磷火毒烟，也不敢呼吸，只捏住了鼻子，站在一地妖火之中，冷冷地看着她。

“你用这歹毒的手法害死萍娘，还想害死我们？你看她死得多惨啊，为了救自己女儿，她全身都烧焦了，你不回头看看被你害死的这个冤魂吗？”

绿色的磷火与白色的毒烟围绕在身边，葛稚雅深知毒性剧烈，即使阿南逼她开口，她也听若不闻，只缓缓地抬起头，看向上方。

那盘绕在塔心上的金龙，红色的光亮已经渐渐蔓延到了颈项下方，而且，似乎还有继续向下延伸的趋势。

她将目光下移到阿南的身上，唇角勾起一抹冷笑。

塔外传来“沙沙”的声响，是雨点声敲打在屋檐与墙壁上。这场酝酿已久的大暴雨，终于下了起来。

在雷霆霹雳与倾泻雨声中，葛稚雅的身影终于动了，却不是冲向阿南，而是踏着一地火焰，直奔楼梯，要上二层。

韦杭之长刀出鞘，守住楼梯口，不让她进犯。

可葛稚雅仗着自己一身妖火，根本不惧他，翻身踏上楼梯栏杆，抬手在他飞速砍来的刀上一弹，那冒着蓝光的火焰便顺着他的刀直烧上去。

韦杭之一见刀上染火，立即退到水雾喷涌之处。可刀身上的火焰见水后，虽然火苗熄灭，却冒出了炽烈白烟，不知是否有毒。

韦杭之立即学着阿南的样子，撒刀丢下楼去，任由它被下方妖火吞噬。而他身材伟岸，赤手空拳挡在朱聿恒面前，亦是毫无惧色。

葛稚雅眼角余光瞥见阿南已经用流光飞渡到栏杆上，眼看要追上来。她不及多想，拧身腾起，想要绕过韦杭之，制住朱聿恒——至少，要以一身妖火毒烟，瓦解这个可怕的助力。

韦杭之迎上前去，不管她身上的剧毒烟火，誓要与她拼死一搏。

后方，阿南正追上来，与韦杭之前后夹击。

然而，就在这几乎不可能有机会出手的时刻，葛稚雅却如翩飞的蝙蝠，纵身跃起，带着火焰的手套直向韦杭之抓去。

明知她的力道比自己要弱许多，但韦杭之不敢以肉掌去碰她手上的火，唯有抬手肘去格挡来势。

被她手套上的妖火一触，韦杭之衣物立即消融，异常的灼烫如刺骨髓，在“哧哧”声中，灼烧过的皮肤顿时焦黑。

就在韦杭之因痛极而身形略微一顿之际，葛稚雅翻身越过他，向着后面的朱聿恒扑去。

朱聿恒抬眼看着面前飞扑而来的葛稚雅，眼眸略略一沉，右手斜挥，圣上所赐的那柄龙吟已经抓在他的手中，向她横击而去。

见他还敢和韦杭之一样，用武器对抗自己的火焰，葛稚雅扬起一抹冷笑，手中火焰炽盛，劈向他挥来的剑身。

然而火焰燃起之时，她才发现朱聿恒这柄短剑并未出鞘。火焰吞噬剑柄上的宝石与金饰的刹那，朱聿恒反手将剑一翻，沾染了火焰的刀鞘随即脱落，里面雪亮青湛的剑身光芒炽盛。

在弥漫妖火的映衬下，寒光如水波般在两人之间转了一转，周围的黑暗刹那间被光芒划破。

雨声越发密集，击打在整个世界，喧哗又急促。

但葛稚雅后翻坠落的身影，却显得异常缓慢。她摔伏在地上，捂住左肩的伤口，痛得大口喘息。

她已经处于水雾之下，身上妖火毒烟尽灭，此时纤细的身躯趴伏于地，更显瘦弱。

朱聿恒垂眼看着她，冷冷道："葛稚雅，你好大的胆子。"

窗外电光劈落，透过塔身的窗棂门洞，照亮他的面容。

葛稚雅抬头看着他瞬间被照亮的面容，终于认出了他是谁，惨然一笑，低低道："想不到殿下竟纡尊降贵，亲赴险境来抓我这……"

说到此处，她恍然惊觉，咬一咬牙，抵死不认地挣扎站起来，回身看着追上来的阿南。

阿南的目光若有所思地从朱聿恒身上掠过，定在葛稚雅身上，开口道："葛稚雅，你如今身受重伤，有什么花招也使不出来了，束手就擒吧！"

"受伤又……怎么样？"葛稚雅勉强提起一口气，冷笑道，"这辈子，我要做的事情，还从没有……办不到的！"

说着，她提着一口气，猛然跃起，向着那正在喷水的竹筒狠狠劈去。

尚未明白她的用意，但阿南流光已经疾闪，阻止她的动作。

但葛稚雅以搏命之势所劈下的这一棍，她的流光又如何能阻止得住。仅只略略缓了一缓，竹筒终于还是受击，捆扎悬挂的绳索脱落，光滑的竹身依照惯性向着前方冲去，眼看就要狠狠撞在那条缠绕塔心的金龙之上。

竹筒上的小洞内，水花四溅。

"水会引雷！"阿南脱口而出，流光挥斥，缠上竹筒前端，硬生生地将它死死拉住。

千钧一发之际，竹筒在距离金龙不到一尺半的地方被阻止了下来，但那上面已经被引上来的水却一时无法停止，还在不断倾泻而出，堪堪要喷到龙身上。

阿南竭力拉住竹筒，可楼梯是向下倾斜的，竹子又十分光滑，搭在楼梯上一直要向下滑，而她双手有伤，怎么可能将这么长一根，里面又灌满了水的竹筒从下面拉回来？

"留神点啊，小姑娘。"葛稚雅捂着再度崩裂的伤口，因为疼痛，笑容有些扭曲，"水确实能引雷，这雷峰塔的金龙连通上头的金顶，只需一个雷劈下，马上就能被引导至此。你们将二楼弄得全是水，现在只要一道电光，这满地的水便会将雷电扩散开，你们全都会被震得非死即伤！”

在她得意的笑声中，阿南死死拉着即将滑落的沉重竹筒，咬牙问：“引雷下行，这就是你，烧毁三大殿的手段？”

葛稚雅没有理她，只“哼”了一声，转身趔趄奔向塔身另一边。

来不及阻止她，朱聿恒与韦杭之立即上前，帮阿南将竹筒拉回。

谁知他们刚帮阿南拉住那根灌满水的沉重竹筒，正要将它从楼梯上挪开，以免撞上遍布雷电的塔心时，那边葛稚雅高挥手中扁头铁棍，纵身一跃，又将另一根竹筒踹下来，同样向着塔身的金龙撞去。

阿南这边刚腾出手，由韦杭之将竹筒拉住，那边又有一场大难。她不得不射出流光扯住那一根竹筒，而且因为距离太远，她只能抱住柱子，倾斜身体，死死拉住无法松手。

楚元知立即向那边赶去，可他双手已废，虚弱无力，竟无法帮阿南拉回来，只能勉强用脚踹开竹筒的一点角度，不让它直撞上金龙，以免引雷到二楼。

无法将这两根灌满水的竹筒迅速拉回，他们只能屏息静气，慢慢往回拉扯，以免竹子滑落，充满水的整个二楼被雷电劈击。

葛稚雅得意地冷笑，匆匆撕了块布用牙齿咬着，将自己肩上崩裂流血的伤口给包扎好，然后扫了还在竭力使竹筒不要滑下去的四人一眼，快步下了楼。

踏过一地已经烧得暗淡的妖火，她奔到佛像之前。

三口棺材并排而放，她对那口最大的黑漆棺木视而不见，只抬手抚了抚相同的那两口红漆棺材，然后抬头看向雷峰塔上方。

一片黑暗中，只出现了一个蜿蜒亮起的龙头，下面有一截金龙已尽成亮红，足有一丈来长的赤焰，亮得几乎可以照亮塔顶攒檐。

然而，攒檐已经看不见了，因为上方已经只剩一片被太过灼烫而烤出来的焦黑。

就在她抬头查看的这一瞬间，被亮红色的龙身缠住的那一截木柱，终于一声爆响，燃烧了起来。

那骤然出现的火光，熊熊照亮了塔内。

二楼的四人，也不由得全部抬头向上看去。

朱聿恒看到砖制的塔身最顶上，栏杆的尽头收为朱漆圆木，缠绕着耀眼金龙，撑起整座高塔与宝顶。

而现在，那向上喷发的烈火，正如从金龙的口中吞吐而出，直喷向塔尖最高处。

这绝望又雄浑的气势，诡异又瑰丽的情形，与他那日在熊熊燃烧的三大殿之前回头相望的，一模一样。

火焰烈烈，塔内被火光照亮，一层夺目血红。

葛稚雅却视而不见，她从腰间解下一个绢袋抖开，然后操起自己那柄扁头铁棍，就要去撬棺材盖。

阿南在上方，竭力拉着竹筒，却阻止不住它慢慢下滑的趋势。她咬着牙，冲下方的葛稚雅问："难道你只要抢出父母尸骨，其他什么都不管吗？"

"怎么管？我管不了。"塔内火光与塔外电光交织，葛稚雅抬头瞥了她一眼，那忽明忽暗的面容比她手中的生铁还要冷硬，"怪只怪设计这座塔的人，不懂雷电的可怕之处！"

说完，她一脚蹬在架棺材的凳子上，将铁棍上扁头的那处卡进棺盖缝隙之中，略微左右晃了晃，让它松动一点之后，就要起棺。

阿南在上面继续大声问道："怎么，你这是真不打算让你娘入土为安了？她当初救你的时候，曾发过誓，要是你用了偷学的东西，她就死无葬身之地，你这是要帮她应誓吗？"

"我就是要让我娘入土为安！"葛稚雅吼出这一句之后，才惊觉失言，承认了自己的身份。

但事已至此，她咬一咬牙，也不再隐瞒，只放低了声音，像是在宽慰自己一般，喃喃道："我没有错！所以我娘更不应该为我承担罪孽，我不能让她在这里付之一炬，永远无法安息！"

说罢，她再也不顾周围一切，任由雷电与火光照耀着自己，在整个天地间急促繁杂的暴雨声中，用力撬开了红漆棺盖。

就在棺盖被她撬起、狠狠推开的一刹那，她那状若疯狂的动作忽然停住了。

棺材里面，只有满满一汪混浊的水，而她握着的铁棍，已经没入水中。

还没等她反应过来，一股巨大的麻痹感直冲入她的手掌，随即传遍全身。只僵直了一次心跳的时间，她两眼一黑，当即翻倒在地上，浑身肌肉都在震颤抽搐，无法停止。

地上的火势已经减小，但尚未熄灭，她一倒下去，身上虽因穿了火浣布而没事，但头发已经被烧掉大半。

身体的剧痛，让她无法动弹，许久，才感觉眼前的黑色渐退，但依旧金星直冒，面前一切尽是恍恍惚惚。

她看到阿南丢开了那一直在竭力维持的竹筒，一跃而下跳到她面前，笑嘻嘻地蹲下来翻了翻她的眼皮。

阿南的声音，像是从很遥远的地方传入葛稚雅的耳中，听来如在梦境："没死吧？楚先生说浓盐水可以暂时储存天上引下来的雷，但为了让她不要对棺材起疑，只从棺内接了几根铁丝通往塔外引雷，威力究竟多大我也不知道。"

"没死。"韦杭之摸了摸葛稚雅的脉门，说，"不过这女人太危险，还是赶紧绑起来吧。"

阿南见葛稚雅的目光还僵直地盯着上面那截燃烧的金龙看，便笑了笑，站起身将墙壁上一条混着钢丝的麻绳松开，示意韦杭之慢慢放下来。

先下来的是用楚元知家中的铁网罩改造成的绕柱金龙，里面那截木头的火正在熊熊燃烧，毕剥之声不断。然后是巨大的彩绘火浣布。

"你有火浣布，我们也有啊，还让巧手匠人在上面绘了一模一样的图案，遮护住上面真正的塔顶，毕竟这么黑又这么高，你绝不可能看得出，这是真的还是画的，更看不出来，这个燃烧的龙头，其实并不是悬在最高处。"阿南笑着，又捡起她脱手落地的铁棍，敲了敲那龙头，说，"空心的，中间灌了火油才烧起来呢。你以为我们不知道，铜铁通雷电的一瞬间，会产生巨热，那螺旋中间的炽热足以将三大殿的巨柱都焚烧殆尽？"

葛稚雅咬着牙，看向撤掉了伪装后，黑暗一片的塔心，从牙缝间艰难地挤出几个字："为什么，这个铜龙，不……不会引雷？"

"因为，就没有铜龙啊。"阿南抱膝蹲下来，认真地对她说，"实不相瞒，雷峰塔靡费巨大，哪有余力造二十四丈铜制巨龙？这龙是木头的，外面金漆彩绘而已，所谓的铜龙绕塔心啊、妖风啊、塔心受热着火啊，都是我们造的假象，骗你的。"

葛稚雅此时全身麻痹，趴在地上，只能木然任由韦杭之捆绑自己，唯有一双眼睛，死死盯着阿南，满怀恨意。

"别这样啊，我可是够给你面子了。刚刚你设计让我拉竹筒的时候，我真的有点累呢，毕竟砖木的塔心绝不可能引下雷来，我真的好想松手算了。但为了引你入瓮，我还是演到了最后。"阿南揉着手腕，笑对她的怒火，"怎么样，以其人之道还治其人之身，你应该心服口服了吧？"

韦杭之将葛稚雅捆好提起，想起刚刚她喊殿下漏了嘴，顺便把她嘴巴塞住了。

打开塔门，外面倾盆大雨中，诸葛嘉正带着神机营一干士卒守候在廊下，个个被风雨打湿了下半截身子。

见犯人已经就范，皇太孙殿下也完好无损，诸葛嘉才松了一口气。又见塔内二楼在滴水，一楼青砖地上大片火烧痕迹，还有未灭的火光，赶紧叫人进去清理，又忙着向朱聿恒问安。

阿南在塔内捡拾起自己弃掉的精钢丝网，一条条理好，又把捡到的“龙吟”外鞘递给了站在外面的朱聿恒。

朱聿恒见鲨鱼皮的剑鞘上全是灰尘，上面的宝石金饰也被熏黑了，便转手交给了韦杭之，让他拿去清理。

阿南打量那把剑身的湛青光华，唇角扬起一抹笑意，说道：“阿言，你这剑，难道是传说中的龙吟？”

见她已经认出，朱聿恒便淡淡“嗯”了一声。

“我记得，这可是天下名剑，据说是当今圣上心爱之物。”她笑着凑到他的耳边，低声问，“你一个小小太监，圣上居然把心爱的武器送给你，而你，还敢如此对待御赐之物？”

第十五章

急雨繁花

她戏谑的问话，让朱聿恒的心口，微微一跳。

他不确定，当时在仓促之间，她是否听清了葛稚雅对自己的称呼，以至于起了疑心。

但他面上神情无异，只淡淡瞧着她，说道："圣上将这柄短剑赐予我，是期望我用它来为朝廷办事的，而不是供在家中落满尘灰。"

阿南笑眯眯地点头，说："阿言，你说话总是很有道理的模样。"

"为人臣子，自当兢兢业业，如履薄冰。"

说了等于没说。阿南吐吐舌头，又貌似不经意地说："我刚才听到葛稚雅对你说，想不到你现下竟纡尊降贵，亲赴险境抓她……你之前和她有过恩怨吗？"

韦杭之一听阿南居然将葛稚雅的"殿下"听成了"现下"，不知该惊还是该喜，他竭力板着脸，只偷偷打量着朱聿恒的神情。

"没有。"朱聿恒声音依旧波澜不惊，只垂眼望着她询问的神情，回答道，"大概她觉得，这种事更适合诸葛嘉吧。"

"也对，你可是当今皇帝的宠臣，能赐下'龙吟'，还能让卓指挥使都恭恭敬敬。"阿南打起雨伞，脚步轻快地与他一起顺着山道往下走，"对了，说起王恭厂，我记得你之前看到葛稚雅的手套时，好像想到什么？"

"嗯，当时王恭厂发生了一次大爆炸，蓟承明手下的太监常喜在那边被炸死了。

葛稚雅说，是他来讨要火药时，拿铁锹挖火药，结果火星引燃将他自己炸死了。”

“骗鬼呢。”阿南笑道，“火药堆积之处，为了防止火星迸射，秋冬时连丝缎衣物都不该穿的，铜器铁器更是严控之物，那太监居然能拿得到铁锹，想必是葛稚雅安排好的。”

“所以她手上，人命可不少。”朱聿恒肯定地点头。

“这次捉拿葛稚雅，破获大案，阿言你总算没有辜负圣上的期望。”阿南笑嘻嘻道，“努力啊，要像三宝太监一样，做一个功彪史册的大太监！”

朱聿恒面无表情地别开脸，打量了一下周围。

幸好诸葛嘉早已带着神机营一干人押送葛稚雅离开了，韦杭之也只远远跟在身后，山道之上，只有他们二人。

“不可能。”朱聿恒神情平静，回答道，“三宝太监功勋卓著，非寻常人能比。”

“不要妄自菲薄嘛，至少阿言你的手，三宝太监绝对没有。”阿南微笑的面容隔着闪闪发亮的雨丝，略显朦胧。她甩着伞上的雨珠，说道：“走吧，赶紧回去洗个澡，我都要被火烤焦了。”

孤山行宫内，从顺天与应天送来的待处置公文堆积在案上，等待批示。

雷峰塔内一场劳累，夜已深了。朱聿恒沐浴更衣完毕，坐在案前迅捷地处理完一干军国大事后，抽出一份空白折子，提笔在上面写下了几行字。

陛下龙体圣安，孙儿聿恒再拜。

应天潮热，暑气濡侵，孙儿日前已至杭州府颐养，暂居西湖孤山。湖光山色颇益身心，孙儿身体已大好，与常日无异。伏愿陛下切勿挂怀。若惹陛下担忧挂怀，则孙儿之罪莫大于此，难辞其咎。

写到这里，朱聿恒停笔顿了许久，然后又继续多添了几句。

三大殿火灾一案已有进展，首恶于今日落网，近日当押送京师问罪。孙儿观其背后或与蓟承明有牵扯，望三法司能早加详察，以备届时问审。

聿恒再拜，敬愿陛下万寿无疆，康健常乐。

朱聿恒将折子又看了一遍，等上面墨迹干了，用火漆封好，快马加鞭送往顺天。

这一夜他熬到现在，已经十分疲惫。

塔内惊心动魄的一场大战，水火交加侵袭，让即使是一向精力充沛的他，也是心力交瘁。

但他远眺窗外被急雨笼罩的西湖，并没有太多睡意。

面前的一湖清波，在夜雨中有千万点银光闪动。对面的远山之上，雷峰塔已经重新燃起了一百零四盏佛灯，塔影映照在湖面上下，笼罩于氤氲水汽之中，如老僧入定，悲悯孤寂。

它在悲悯的，是什么呢？

二十年人生中，即使在知道自己寿命将尽之时，也从未曾迷惘过的朱聿恒，此时举起自己的双手，放在眼前长久凝望着。

天地浩渺，这一刻他在逆旅人生之中，静静凝视着她最喜欢的、属于他自己却让他感到嫉妒的这双手，在这方西子湖畔，在这急促纷繁的雨声之中，不管不顾地，贪恋起了这一份奢侈的迷惘。

骤雨初歇，鸟雀啁啾，第二日是个晴好天气。

阿南睡到日上三竿才醒来，觉得昨晚那场折腾，让自己全身的骨骼还在隐隐酸痛。

“唉，一把老骨头，不比当年了。”她揉着肩膀懒洋洋地爬起来，看看外面寥落的院子，忙抓住给她送水盥洗的侍女，问，“宋提督在哪儿？”

侍女问：“那位提督大人吗？他已经去杭州府衙门了，给姑娘留了话说，他先过去审讯，让您什么时候醒了，什么时候过去。”

阿南听她这样说，倒也不急了，吃了早餐后，去马厩挑了匹马骑上，出了孤山。

站在白堤之上，她勒马向着南面望去。

西湖的晴岚波光之中，放生池寂静而葱郁。

明明就在她的眼前，距离她不过一泓碧波，可她却不知道，那上面的人，究竟过得如何，是否安好。

不过，三大殿的案子告别在即，她与他重逢的机会，也已近在咫尺了。

她打马向东而去，越过重重桃树柳荫，耳边却又响起葛稚雅的那一声“殿下”。

她的心往下沉了沉。即使她故意假装听错，可也改变不了阿言的身份。他不是太监，不是神机营提督，更不是她可以凭借一个赌局收为己用的家奴。

殿下……

哪一位殿下，能让卓寿这个应天都指挥使恭谨敬畏，让诸葛嘉这个神机营提督鞍前马后，让身为一厂之监的葛稚雅说出“纡尊降贵”这个词来？

驰出白堤，炎炎夏日笼罩在她的身上，炎热让她心下焦躁，只觉得有什么东西堵在自己心口，吞不下去，也吐不出来。

但，就算他真是她猜测的那个人，又能怎么样！

阿南狠狠地一甩马鞭子，催促着胯下马急速奔驰。

灼热的风擦过她的脸颊，她恨恨地想，终究，他输给了她，所以他的手、他的脑子、他的人，这一年都得属于她。

他说过要和她一起为公子洗清冤屈的，就得履行承诺，不然的话，她这段时间为三大殿起火案的奔波劳累，肯定要找他讨还！

所以葛稚雅说的，只能是“现下”，而不是“殿下”。

所以他不能是殿下，只能是她的家奴宋言纪。

就算掩耳盗铃，她也得在达到目的之后，再与他算总账。

杭州府衙门口，早已有人在等候，见阿南来了，立即延请她到正堂。

阿南进去一看，几个穿着官服的大员站在堂外，大气都不敢出，其中甚至还有卓寿和卞存安。而葛稚雅正跪在堂上，旁边一个文书在录口供，前面只坐了朱聿恒，正在问话。

“这算不算私设公堂啊……”阿南暗自嘟囔着，又想，把衙门官员都赶出来了，一个人占用了衙门正堂，这私设的排场还挺大啊。

她向卓寿点了点头，在众人错愕的目光中，带着惯常的笑容往里走。见朱聿恒所坐的几案旁边已经摆好椅子，便无比自然地坐下，贴着椅背懒洋洋地瘫着。

朱聿恒见她来了，示意旁边的文书将口供送给她过目。

阿南翻了翻，见卓寿与卞存安的口供都在上面，连葛幼雄都被传召来了，显然葛稚雅的身份已昭然若揭。

只听朱聿恒问：“葛稚雅，你的共犯卓寿与卞存安都已从实招供，你的兄长葛幼雄也指认了你的真实身份，你对自己二十一年来冒充太监卞存安、隐瞒身份混入宫闱一事，还有何话说？”

“我……认罪伏法。”事到如今，葛稚雅无从抵赖，不得不应道。

“你为何要借徐州大火，冒充太监？”

葛稚雅这一夜在州府大牢显然并不好过，面容枯槁憔悴，似比她这个年岁的人更显苍老："我……自小在家中耳濡目染，身边所有姐妹们、姑嫂们，出嫁后大都不幸，因此我不愿成亲嫁人！"

阿南听着，目光落在葛幼雄的供词上。

葛家是大族，葛稚雅这辈有十二个兄弟姐妹，上头有三个姐姐，下面一个妹妹，她在家中排行第十。

葛家大姐嫁的是官宦子弟。葛家事发后，对方怕被牵连，一纸休书将她扫地出门。娘家夫家都回不去的大姐，走投无路撞死在了夫家门柱上。

五妹出嫁后三年未曾生育，备受公婆嫌弃，因不堪使唤毒打，跳河轻生了。

八妹倒是嫁了个温文尔雅的读书人，可惜生孩子时血崩，一尸两命就此撒手人寰。

十一妹在家变时年纪尚幼，匆匆许给了一个商户，与家人断了音讯。多年后葛家四处寻访，才知道男方是骗婚的，她被卖到了窑子里，早已香消玉殒。

家中一干姐妹都遭际凄惨，只有葛稚雅仿佛前世烧了高香。但现在看来，这也全都是虚假的，葛家这一门，确实没有幸运的女子。

"我凭什么要伺候陌生的公婆姑嫂，凭什么要将一辈子埋葬在锅灶之间，凭什么要由别人掌握我的命运！草木一般随意朽烂的人生，绝不是我葛稚雅想要的那一种！"

阿南默然听她说完，掩卷长长出了一口气，没有附和，也没有反驳。

而朱聿恒则道："女子为阴，以坤柔立身，虽很难像男子般做出一番事业，但相夫教子，抚育后代，如孟母、岳母，也是名垂青史。是以为人妻可以兴一家、为人母可以兴一代。你若选择这条路，也未尝没有顺遂人生。"

"可我不要这样的路！我走不来，也不愿意走。"葛稚雅神情惨淡，唯有眼中燃着炽热的光，像是神志在灼烧，"或许天底下多的是人甘之若饴，可我，我十四岁，在宗祠里差点被剁掉右手的那一刻，我就对自己发誓，葛稚雅，今生今世一定要超越家族里那些庸碌无为的男人，让他们看看，什么叫继承家学，什么叫发扬光大，让他们看看他们瞧不起的女人，最终会有多大的成就！"

阿南默然点头，道："确实，葛家如今的荣光，只剩你一人了。"

葛稚雅扬起下巴，唇角一抹冷笑："是。我有天分，又肯努力，虽懒得图谋钻营，但踏踏实实做事，如今也是王恭厂的厂监了。比之葛家那些当初轻贱我的男人，我毕竟强了一截，你们说是不是？"

阿南说道："何止强了一截？你千倍百倍胜于他们。"

葛稚雅听她称赞自己，脸上闪过一丝快意的同时，也有怨毒恨意："可惜都是水月镜花。就算我精研数十年，那也只是因为我是太监，才能走到这里——你看，就算残缺的男人，也是有机会的，而葛稚雅在这个世上，没有任何机会。”

“你不是没有机会。”阿南盯着她，嗓音转冷，“葛稚雅，我深知你一路走来十分艰难，如果在以前，我肯定会帮你。可为了保全自己，你毫不犹豫对无辜之人下手，那时候，你给过他们机会吗？”

“对人下手？我对什么人下手？”葛稚雅面露不解之色，道，“多年来我兢兢业业，唯知埋头于手头事务之中。我二十年来谨言慎行，唯恐露了形迹，又怎么可能犯下不法之事，引火上身？”

“就是因为你怕露了马脚，所以才要拼命隐瞒自己的身份，而知晓你秘密的人，估计谁也逃不过吧。”阿南冷冷道，“比如说，好心好意帮你，却被你毫不留情杀害的萍娘！”

葛稚雅脸上的迷惘之色更深：“萍娘？那是谁？”

见她负隅顽抗，朱聿恒便示意文书将案卷与手套呈送上来，放在案头，说道：“葛稚雅，你看看这是什么？”

葛稚雅看着那双手套，坦然道：“这是王恭厂的手套，我遗失在卓家的。”

“当时你大哥葛幼雄回乡，所以你与卞存安交换回了身份，与他相见。但这双手套太过厚实，夏日衣衫单薄，塞在怀袖中很显目，于是你便将它随意塞入了堂上的玉瓶中。事后因为你要与卞存安在内室仓促换回衣服，因此这双手套也没有机会回收，就此留在了玉瓶内，是不是？”

葛稚雅略一思忖，此事无可辩驳，承认后与其他事情也似并无关联，于是便答道：“确实如此。”

朱聿恒又道：“但卓家有只讨厌火药味的猫，因为你手上的气味而抓挠了你。所以卞存安也在自己的手腕上伪造出了一个猫抓痕迹——就像当初卓寿砍他手腕，伪造那个伤痕一样。”

刚刚阿南还在指责她杀人，现在皇太孙殿下却从容说起这些，让葛稚雅一时猜不透他的用意，又不敢不答，只能点了一下头：“是……”

“可惜，伤痕可以伪造，却不可能消除，病情也一样。你从小不吃桃子，因为碰触桃毛便会皮肤麻痒红肿。而年少时伺候过你的萍娘送桃子过来时，发现你这位‘太监’也有这样的毛病，便用她记得的方法帮你缓解。但她不应该帮你拉起衣袖，以至于看到了你的手腕上，当年的旧伤，和现在的新伤。”

朱聿恒说着，目光落在了葛稚雅手上，那上面，尽是常年与火药和硝石为伴，而难免留下的灼烧与火烫伤痕。

“当时萍娘说‘你的手’时，我本以为她指的是你手上的这些伤痕，可事后想来，她是认出了你二十多年前的旧伤。怕桃子、手上的伤、刚被猫抓过……这几个要点结合起来，她再笨也能察觉到，面前这个太监，就是她伺候过的葛家十小姐、现在的卓夫人。

“可卓夫人为何会成为太监呢？萍娘那般慌乱地回家，丈夫娄万肯定会询问。而这个赌徒贪得无厌，他一听到此事，肯定会趁着去驿站送桃子的机会，去找你勒索一笔。”朱聿恒说到此处，显然是想起了当初娄万来勒索自己的情形，略略瞥了阿南一眼。

阿南靠在椅背上，若无其事地揉着自己的指尖朝他略一挑眉，仿佛娄万当晚来勒索的事情，她一无所知。

朱聿恒回头，盯着葛稚雅道：“可惜娄万不知道，自己这一举动，为他，还有萍娘，招来了杀身之祸！”

“大人，无凭无据，您这样断言，我不服。”葛稚雅终于开口，沉声回答道，“或许萍娘二十多年前确曾伺候过我，但我早已忘记她了，她替我洗手时我也未曾想起她是谁。至于她丈夫找我勒索什么的，更是子虚乌有。”

“那么，死在杭州驿站的，让我们误以为是你的那具尸体，是谁？”

“或许是个小毛贼，或许是驿站打扫的人。毕竟我当时早已离开，怎知是谁在我的房间？”

“可驿站的人证明，她看见你在房间内引发了异象。试问你若要离开，为何要引下雷电来？显然，你是要对付房内另一人，而那个人，自然就是当时去找你的娄万。”朱聿恒说着，抄起驿站的卷宗，丢在葛稚雅的面前，“你可以好好瞧瞧驿站的记录。驿站进出的人都有记录在案，当日入住的人，除你之外，便是神机营的将士，并无身材矮小者。而外来者中身材矮小的，只有一个送桃子过去的娄万。也就是说，除了他，没有人能成为你房间里，那具与你身材差不多的焦尸！”

葛稚雅看了看面前的卷宗，垂首道：“可这上面也有那男人出门的记录，如果他真的死在我房中了，那么出门的人是谁？冤魂吗？”

“确实，娄万晚上回了家，也给妻子送了钱，但送的，却不是铜钱和碎银，而是一卷银票。”朱聿恒见她心防如此强大，都到这地步了依然矢口否认，问询的声音开始变冷，“一卷，被水打湿了的，大额银票。”

葛稚雅神情微微一僵，抿紧了下唇。

“一个底层船夫，拿回家一卷银票，而且还是湿的，岂不奇怪？”朱聿恒冷冷盯着她，清楚明白道，“直到，我们在那残存的银票上，验出了‘即燃蜡’的灰烬——正是你们葛家研制出来的手法，而且，那制作手法，就收录在你家的《抱朴玄方》之中！”

葛稚雅的脸色终于变了，她动了动双唇，却终究无法说出什么话来辩解。

“即燃蜡，必须要储存在冷水中，一旦稍遇热气就会自燃。而这个打湿银票的手段，则更为毒辣，将它涂在了银票之上。”朱聿恒的声音略略提高，厉声道，“夜深人静，萍娘睡眼蒙眬地起来，摸黑开门，看见有个身材差不多的人，穿着丈夫的衣服，自然以为是他回家了。可‘他’只给了一卷湿银票就走了，在这个时候，正常人都不可能安心睡下的，萍娘也一样。她只会做一件，正常人都会做的事情——

“点起灯火，将打湿的银票烤干。”

即使在常温处也会自燃的“即燃蜡”，在遇火之时，立即轰然着火，喷射出炽烈火焰，迅速引燃了屋内一切。

萍娘抱着女儿，想要逃离火海，可门窗都已被人从外倒插住，她无法逃离，唯有用自己的身体护住女儿，期望她能活下来。

回想火海中那一幕，一直在旁边听朱聿恒审讯的阿南，终于再也忍耐不住，跳起来指着葛稚雅怒道：“姓葛的，你好狠的心！你自己也是女人，当年你陷入绝境时，是你娘全力庇护住你，可现在，你却设毒计将那对无辜母女活活烧死！你知道萍娘是怎么把女儿救下来的吗？她全身都被你烧焦了，还死死趴在缸口，就因为，里面藏着她的女儿！”

葛稚雅垂下头，那一直倨傲挺直的背脊，此时也终于略微佝偻起来。

朱聿恒冷冷道：“葛稚雅，证据确凿，你无须再狡辩。你是京中来的太监，驿站的人自然关注你，但当日他们却都说没有看见你出去过。出去进来都有记录在案的娄万，至今踪迹全无。而众人都没看到出去的你，现在还活生生站在我们面前。这唯一的答案，不是已经呼之欲出了吗？”

说着，他又将案头另一份卷宗拿起，丢在她的面前，清晰而残酷地说道：“其次，现场那具被烧焦的尸首，无任何外伤，唯有双手被掉下来的横梁砸烂了。这些天仵作在现场细细筛查，已经将他的手骨基本拼凑完整，唯有一根右手小指骨，至今还未找到。而娄万，前些日子正因为赌博而剁下了一根手指，正是仵作们遍寻不着的，右手小指骨。

“最后，也是你聪明反被聪明误的一点，你在驿站的门窗上，留下了半个‘楚’

字，想要将我们的目光引到擅长雷火的楚家身上。可惜，因为楚元知当年曾在火海之中撞见过你和卞存安的秘密，导致你连二十年前的事情都暴露了，再也无法隐藏你的罪恶，甚至，连你在设计焚烧三大殿的时候，同样为了陷害楚家而埋下的似是而非的六极雷，都因此而联系起来，成了你犯案的证据！”

“三大殿”三字，让葛稚雅悚然而惊。她深知此事至关重要，立即辩解道：“我虽是个女子，但冒充卞存安二十一年来，在宫中兢兢业业，从未行差踏错，甚至在修筑紫禁城、统率王恭厂时，还得过朝廷嘉奖，为何大人将这个罪名扣在我的头上？”

阿南冷眼看着这个即使有大堆证据拍在面前，依旧面不改色的女人，几乎有点佩服她。

昨晚那一场大战，让她腰背至今还酸痛。她挪了挪双腿，蜷在椅圈内，轻轻揉着自己的脖子，等待朱聿恒的证据狠狠打她的脸。

果然，朱聿恒接下来平平淡淡的一句话，就让葛稚雅的脸色变了。

“正月初九，蓟承明发现了蜉蝣是葛家的标记；正月十三，蓟承明打探到葛家全族流放，只剩一个女儿。所以我们预测可知，元宵节前后，你冒充卞存安的事情暴露。考虑到蓟承明在起火前早已给自己留了一条逃生地道，那么他胁迫你做的，必然是三大殿纵火案。”

葛稚雅面色惨淡，咬紧牙关，不肯开口。

“你确实是用火奇才，预设好机栝招引天雷，让奉天殿十二根盘龙柱同时起火，使三大殿化为灰烬。但蓟承明已经知道你的秘密，你又怎会让自己继续受制于人，所以在预设天雷引火时，你还动了另一个手脚——”

朱聿恒说着，示意文书将旁边的一个匣子取过，拿出里面一本残破不堪的册子，展示给葛稚雅看：“还记得这东西吗？”

葛稚雅声音低沉迟疑，却又不得不认：“这是……常喜死后，身上那本被炸烂的册子。”

“正是奉天殿的工图册。常喜认了蓟承明为干爹，是木班的工头，所以，榫卯梁柱之类，自然在他管辖范围内。”朱聿恒将这本被炸得破烂的册子抖了抖，指着其中一处绽线的地方，说道，“直到我发现因为工图册太多，工人装订仓促，并不严密，而且因为纸张薄脆容易洇墨，只能画一面，即使拆开装订线，将其中某一页颠倒装订，也绝对无人能注意到。”

葛稚雅的脸色渐显青白，但她个性倔强，直到此时，依然矢口否认：“大人，就算工图可以颠倒，工人们看见颠倒的梁柱和檐椽，难道就不会看出来？”

阿南也有此疑问，转头看向朱聿恒。

“那是梁柱等大构件。有些零部件比如榫卯，因为简单，所以只绘出了它们和梁柱结合的那一部分。而图上肯定只注重榫卯是如何让梁与柱相接的，谁会去画柱子上的纹饰，用来区分上下呢？所以即使画面颠倒，也轻易看不出来。”朱聿恒抬手向文书，接过了第二个匣子，打开来，“而你需要的，只是买通工匠，把最小的一个部件，颠倒一下。”

那里面，正是一个被烧得焦黑、弯如新月的千年榫。

阿南于榫卯极为精通，当即“啊”了出来，脱口而出：“倒装千年榫！”

听到阿南的话，葛稚雅的身体下意识微颤了一下。

朱聿恒缓缓点头，说道：“蓟承明被烧死在地龙坑道时，身边留着这个完整的千年榫。我一直将它和三大殿之前的那阵妖风联系在一起，以为是那种牵扯向上的力量变得巨大，从下至上将整个屋顶掀卷而起，才会使这个千年榫完整地脱出。可其实，还有一种方法，能让三大殿在受到震动的时候整座坍塌，形成六极雷那种天火与地震的效果！”

说着，他将上弯的千年榫倒了过来，冷冷瞧着葛稚雅：“千年榫弯角向上时，角不断裂则梁柱永固。可它若弯角向下，被连接在一起的梁柱，则无法承受任何压力，只需要轻轻一压……”

他的手顺着千年榫向下的弯角，利落地滑了下去，没有任何阻滞。

“你买通的工匠，就是常喜吧？这个趋炎附势的小人，认了蓟承明做干爹，可这么多年也才当上个小小的木班工头，必定早已对他怀恨在心。而你身居王恭厂高位，完全可以对他说，当年在内宫监时被蓟承明欺负，现在要报复，让常喜在奉天殿这个日常并不使用的冷僻大殿中，给一根横梁动个手脚。常喜要做的手脚也很简单——作为木班工头，他只要将自己那本工图册中的某一页倒过来，然后亲自按图施工，将那处横梁的千年榫倒装即可。

“就算事后横梁坠落，一来三大殿坚实无比，掉一根横梁根本不会出什么大事；二来蓟承明是内宫监掌印太监，殿中出事他身负主要责任；三来就算在三大殿的几百个工匠中查到了常喜，他手上还有倒装的工图册，到时尽可说自己拿到手的图册就是反的，再将所有责任推到蓟承明身上。”

说到此处，朱聿恒神情微冷地看向葛稚雅，说道：“然而常喜没想到的是，事后他找你讨要好处时，你不仅没有给他，反而干脆利落地将他和怀中的图册一起炸烂，和三大殿的千年榫一样，不动声色便消灭了证据。”

即使深恨葛稚雅，阿南此时也不由得击掌赞叹：“好计策啊！你与蓟承明既是同谋，自然早已与他商议好逃生通道，因此，你选定倒装的千年榫，正是蓟承明逃生通道上方那一对。蓟承明推倒玉山子砸开地道之时，上方的千年榫陡然受震，横梁立即下坠。因为坑道狭窄，所以除非蓟承明在砸开坑道的一瞬间就扑进去躲好，不然的话，那根粗大的梁必定要砸在他身上。”

“从现场状况看，蓟承明的反应已经很快了，他甚至已跳入坑中，只可惜露在外面的半身依然被砸到，整个人受重击后跪倒在坑道中，再也无力行动，只能维持这个姿势被活活烧成焦炭。但在临死之前，他在坍塌的大殿内，抓到了那个完整滑落的千年榫，刻下了一个记号。”朱聿恒说着，指着千年榫上的浅刻，问葛稚雅，“你觉得，他刻的，是什么？”

葛稚雅死死盯着那浅刻。

上面一个“×”，下面一竖，歪歪斜斜，刻镂无力，但那呼之欲出的答案，她就是无法开口。

“怎么了，又不是第一次见，你之前不是还有拓印吗？”阿南在旁边看着，出声提醒道，“仔细一看，这好像是葛家的蜉蝣，又好像是一个变形的……‘卞’字！真巧啊，葛家是你，卞存安也是你，你选哪一个呢？”

这一番推论绵延下来，竟无任何可辩驳的地方。葛稚雅没有回答，苦苦思索良久，终究脸色铁青地冷笑出来，一扬脖子朗声道：“是我，那又怎样？”

阿南还以为像她这样冷静又缜密的罪犯，会一直负隅顽抗到底的，见她忽然放弃辩解，坦然认罪，不由得与朱聿恒交换了一个诧异的眼神。

“蓟承明发现了我的真实身份，胁迫我帮他在三大殿设下火阵，我当时不知是为什么，为了保守自己的秘密，只能照他的吩咐去做。后来才知道，他是算好了时间要烧死圣上。”葛稚雅略微仰头，脸色的苍白亦掩不住她眼中炽烈的火光，“不过因为我动了手脚，圣上安然无恙，蓟承明也已死在那场火中，我这算不算功过相抵？然后是那个常喜，我略施小计，让他提个铁锹帮忙挖点火药，火星一蹦出来，这个蠢货当时就没命了！还有那个娄万，连我是谁都不知道，就敢来勒索我。可一旦这对夫妻把我的秘密说出去，整个葛家都要覆灭，所以他们都不能留！”

阿南冷冷看着她掩不住的得意，问：“你有没有想过，手上这么多条人命，是要偿还的？”

“还？我不需要还。因为我掌握了一件关乎天下的秘密，朝廷上下，都得保住我。”葛稚雅扬着下巴，惨白的脸上是掩不住的得色，“你们猜，为什么蓟承明不用玉山子砸开窗户或者墙壁，而是去砸地道？起火的时候，他为什么要往地下钻，他真觉得那狭窄的地龙能保住他吗？他作为内宫监掌印太监，筹措迁都十多年，在皇宫的地底下布置了什么，你们知道吗？”

朱聿恒的脑中，忽然闪过蓟承明的那颗弹丸。

一直冷静审讯到现在的他，不由自主地，缓缓站了起来。

葛稚雅紧盯着朱聿恒，用不容置疑的口吻说道：“我需要朝廷给我一个承诺，赦免我，还有葛家所有的罪，让我们族人回到葛岭故居，安然度日。”

阿南笑道：“葛稚雅，一个秘密就想换这么多，你的胃口可不小啊。”

“不，用我区区葛家，换整个朝廷、京城，乃至我朝的安定太平，这笔交易很划算。”葛稚雅的唇角，甚至流露出了一丝冷笑，“谁叫蓟承明布下的，是一个足以令整个天下倾覆的死局呢？”

从杭州到顺天，再怎么紧急赶路，也要半个多月。

进城之时，暴雨正下在顺天府的黑夜之中，整个天地失了轮廓，唯余一片繁急雨声。

时近午夜，一行人叩开城门。冒雨打开沉重城门的将士正想抱怨，一眼看见披着油绢衣在马车前引路的人，顿时吓得个个埋头推城门，生怕被他们看见。

等到马车和护卫们都进去了，士兵们才悄声问守将：“那不是神机营的诸葛提督吗？这凶神在替谁引路？”

守将毕竟见多识广，抬手就挥斥他们：“去去去，诸葛提督算什么？另一个人是谁你们不认识啊？东宫的韦副指挥使！”

“东宫……”众人一听无不惊喜，“这么说，是皇太孙殿下终于回京了？朝中那群大官的救星终于来了！”

诸葛嘉护送阿南与楚元知、葛稚雅前往驿馆下榻，而朱聿恒则转道向北而去。

阿南站在驿站门口的灯下，看着朱聿恒的马车消失在黑暗之中，问诸葛嘉：“明天我要找阿言的话，该去哪儿呢？”

诸葛嘉丢下一句：“需要的话，提督大人自会派人召唤你。”然后便打马追赶前面马车去了。

阿南气鼓鼓地看着他们离去，暗自嘟囔了一句“奴大欺主”。

楚元知和葛稚雅也陆续从马车上下来。这对结怨二十一年的仇家，如今一起北上，一路上竟没讲过半句话。

阿南也懒得调解，拎起自己的包裹便进了房间。

“下雨天，我真讨厌下雨。”阿南揉着酸痛的手肘，往窗下一坐，推窗通风。

顺天驿站狭小，天井对面就是另一个屋子，里面的人也正开窗散气，赫然正是葛稚雅。

阿南懒洋洋看了她一眼，打开自己带的药膏，挖了一坨，蜷在椅子上揉自己的手指。

葛稚雅隔着雨丝看着她，闻到那掩不住的栀子花香，语带讥诮问：“就这手，还值得保养？”

“对我们这种人来说，手比命还重要，你不对它好点？”阿南说着，瞥了葛稚雅那双满是烧伤痕迹的手一眼，“好吧，就你这手，没救了。”

“乌鸦笑猪黑。”葛稚雅看她拿药膏揉搓自己那双布满了大小伤痕的手，冷冷道，“听说你的手废了啊，还妄图恢复？”

阿南朝她笑一笑，说道：“对呀，要不是手废了，在雷峰塔抓你也不必那么费劲。”

葛稚雅冷哼一声，目光却还是停在她的手上。

看了许久，这个强硬的女人忽然开口道：“放弃吧，你这辈子靠男人算了，他前途无量。”

“哪个男人呀？”阿南懒懒问。

“那个手比你强、脑子比你好的男人。”她抱臂倚在窗上，打量着阿南的手，“我看他挺喜欢你的，你就跟着他，吃香喝辣一辈子吧。”

“是吗？你太监当久了，这方面可真不懂。”阿南朝她扯起嘴角，露出个似笑非笑的表情，“别人能轻易给你的，也能轻易收走。这世上的东西，不握在自己手里，哪能一辈子稳妥？”

葛稚雅挑挑眉，没说什么。

“况且，阿言神神秘秘的，也不肯对人交心呢，比如说——”阿南拉长声音，问，“你之前叫他提督，指的是什么提督？”

葛稚雅张了张口，觉得把“三大营提督”说出口，似乎很是不妥，于是又闭上了口。

“被警告过了，不许提及他的身份？”阿南笑嘻嘻地扫她一眼，继续按压自己的手指，“无所谓。你不敢说，我也不敢问。”

葛稚雅有点恼怒，“砰”一声关上了门窗。

阿南的手指终于停了下来。盯着窗外的雨发了一会儿呆，她皱起了眉，喃喃地自言自语：“是吗？挺喜欢我的？”

暴雨自天幕倾泻而下，高大的红墙在深夜中如深黑的高障，任凭风吹雨打依旧岿然不动。

朱聿恒在宫门口停了停，终究还是吩咐马车绕过宫墙往北而去，回到太岁山居处。

瀚泓早已激动地守候在门口，马车一停，他便立即打起一把油纸大伞，为下车的殿下遮蔽风雨。

一路在闷湿的马车内，自南至北一路奔波，朱聿恒颇觉疲惫。瀚泓早已贴心地备下热水，伺候他沐浴更衣。

朱聿恒在屏风后沐浴，瀚泓捧着新衣，站在屏风外与他说着京中最近发生的大小事情。

“京城大大小小的官员都急等着殿下回来呢。圣上最近心绪不佳，时有雷霆震怒，满朝战战兢兢，就指着殿下赶紧回来，替圣上分忧呢。”

朱聿恒问：“圣上为何事烦心？”

“正是不知啊，所以只能指望殿下了。”

瀚泓手脚极快，但等收拾完毕，也近子时了。

朱聿恒屏退了所有人，独自站在等身镜前。

二十四盏光华柔和的宫灯照亮这雨夜深殿，薄纱屏风筛过浅淡的光，漏在他的身上，让他整个人似蒙着一层淡薄的光晕。

他凝视着镜中的自己，将胸前的衣襟解开，看着那两道一直被自己妥善隐藏的血线。

在柔和的灯光下，血线也显得不那么刺目了。他盯着它们看了许久，觉得倒像是已经习惯了它的存在。

就在他有些恍惚之时，猛听“砰”的一声，有人将门一把推开，外面的风雨迅疾吹了进来。

朱聿恒立即拢好衣襟，转出屏风，看向外面来人。

暴雨骤急，直侵檐下，那人自雨中大步跨入殿中，身披明黄连帽油绢衣，帽檐遮住了他的上半张脸，却遮不住他那自尸山血海之中拼杀出来后，二十来年君临天下的气势。

朱聿恒既惊且喜，没料到祖父竟会在半夜到来，而且还冒着这般暴雨。

朱聿恒扣上领纽，迎上前去，恭谨地向他请安：“孙儿恭请陛下圣安！”

皇帝甩掉了外罩的油绢衣，一把扶住了他，抬手示意所有人都退下。

殿门关闭，所有的风雨声都被屏蔽在外，只余朦胧声响。

朱聿恒见祖父的目光一直定在他的身上，那里面有急切的打量，也有深浓的关怀，更有一丝他看不懂的悲怆。

他张了张嘴，正想询问，皇帝已经伸出手，抓住他的衣襟，猛然撕扯开来，让他的上半身彻底暴露。

螭龙珊瑚钮坠落于金砖上，摔碎一地如鲜血般艳丽的猩红。

他苦苦隐瞒这么久的秘密，在这一刻，彻底呈现在他的祖父面前。

朱聿恒不知该如何反应，但见祖父垂头看着他身上的伤痕，脸上的肌肉微微抽搐，他唯有站在祖父的面前，一动不动，咬紧了下唇。

“这是，三大殿起火那日，出现的？”

祖父抚上那条纵劈过他胸膛的血线，像是怕让他听出自己的情绪，声音压得极沉。

“是……”朱聿恒亦沉声道。

他又指着横缠过腰腹那条，问：“这是，黄河溃堤那次？”

朱聿恒抿紧双唇，点了一下头。

皇帝盯着他年轻的身躯看了许久，长长出了一口气，退了两步在椅中坐下。

“你接连两次陷入昏迷，给你诊治的魏延龄又突然出事，朕就知道，你肯定……出事了。”

宫灯晕黄的光笼罩在他身上，这位一向刚猛酷烈、令朝臣百姓畏惧胆寒的帝王，面容也似蒙上了一层黯然昏黄。

朱聿恒喉口似被堵住，什么也说不出来。

其实他早该知道，就算他瞒得过全天下，也不可能瞒得过祖父的，毕竟，全天下都在他的掌控之中。

“聿儿……”过了许久，皇帝才开口，声音有些低哑，“魏延龄已经死了。”

朱聿恒心下一惊，说道：“孙儿的病如此诡异，魏院使无力回天，罪不至死。”

“心慈手软，能成什么大事？”皇帝瞪他一眼，眼中满是腾腾的杀气，适才那一瞬间的萎败仿佛只是朱聿恒的错觉。

“你可以容忍他躺上一年苟延残喘，朕无法容忍！因此我去了他家，把他那个号称尽得家传的儿子抓过来，让他把他爹给弄醒。他儿子说，若强行施针弄醒，他爹就只能活片刻了——哼，片刻也够朕问清事实了，否则，朕抄了他全家！”

朱聿恒心知当时魏家肯定是人间惨剧。若魏家长子让父亲醒来，等于是他亲手终结了父亲的寿命。可若不让父亲醒来，魏家满门都要死。

他知道祖父一向手段残酷，可这次是为了他，他实在无法进言劝告，只能黯然静听。

“聿儿。”皇帝抬起手，示意他到自己身边来。他抬手握住朱聿恒的手，将他的掌心摊开来，放在自己面前仔细地瞧着。

“你的命线还这么长，怎么会只剩下一年时光？朕绝不相信那个庸医的判断。”祖父包住他的手，让它紧握成拳，而他握着孙儿的双手，紧得仿佛永远不会松开。

“这个天下，将来朕总得交到你的手中。就算倾尽举国之力，不论付出任何代价，朕也要让你，好好活下去！”

第十六章

幽燕长风

活下去。

好好活下去。

长久以来的颠沛奔波、对前路的迷惘、对即将来临的死亡的恐惧，都在这一刻，因为祖父的话，而化为乌有。

朱聿恒喉口一哽，只觉得一股温热冲上眼底，让他的眼眶热热的。

他勉强控制自己的失态，低低应了一声："是。"

皇帝轻轻拍了拍他的手背，对外面喊道："高壑！"

门应声而开，常在御前伺候的大太监高壑，弓着背捧进来一个匣子，奉在皇帝手边，又立即退出，将门稳妥带上。

"看了你的信之后，朕命人将蓟承明所有遗物都筛了一遍，发现了一些值得注意的东西。"

朱聿恒打开推到自己面前的匣子，一眼便看见了里面那颗铁弹丸。他拿起来，考虑到那张开启的纸便是从蓟承明的暗格中拿到的，便将这颗弹丸按照之前的顺序，左旋一、左旋三……依次按了下去。

只是在所有步骤都完成后，他掀起桌布，用厚重的锦缎包住弹丸，然后按了下去。

弹丸轻微"啪"一声，缓缓打开。

依然是分成八片散开的铁莲花，绽放在金红锦缎之中，被绿矾油包围的琉璃之中，也塞着一个纸卷，如一点洁白莲心。

皇帝诧异地看了他一眼，抬手取过纸卷，展开来。

纸卷不大，上面赫然是蓟承明的字迹，写着密密麻麻几行蝇头小楷——

微贱之躯叩首再拜：蓟某以此残躯奉匪首而偷生，非怕死而贪生也，只图一死以报旧恩。一甲子之期将至，顺天城下死阵待发，届时全城尽化齑粉，天下大乱正是可乘之机。以我辈微躯祭献火海，伏愿我朝一脉正统，千秋万代！

这张字条仓促写就，没有落款也没有称呼。

“一甲子之期……”皇帝思忖着，抬眼看向朱聿恒。

朱聿恒略一沉吟，说道：“当年，关大先生北伐，攻陷前朝之日，距今正好六十年。”

不必再明言，皇帝也已想起，近年在山东有愈演愈烈之势的青莲宗。

“登莱各州逆乱不断，难道这蓟承明竟私下信奉青莲宗，与乱军勾结，企图重建六十年前的朝堂？”皇帝冷哼一声，眉宇间暗带杀气，“顺天城下的死阵又是什么意思？”

“此事，正是孙儿此番仓促回京的原因。”朱聿恒将葛稚雅所说的话复述一遍，然后又道，“由此看来，蓟承明定是在修建皇城之时，寻到了关大先生当年针对前朝所设的机关阵法，因此移花接木，欲利用当年旧阵，来颠覆如今的顺天城。”

“关大先生……”皇帝沉吟片刻，才徐徐道，“他当年统领北伐军，一路北上直击前朝官军之时，朕尚在襁褓之中，太祖皇帝亦只占据南方一隅。关大先生正是当时青莲宗敌首最为倚重的左膀右臂，他率中路军连下前朝三都，纵横万里攻无不克。可这样的人物，终究也战死六十来年了，又能留下什么东西，足以撼动京城？”

朱聿恒想着阿南与葛稚雅、楚元知等人的阵法，只觉祖父的轻视十分不妥：“孙儿看蓟承明对此事十分有信心，或许这京城之下，确实藏着当年关大先生用来对付前朝的阵法。一甲子正是干支循环之期，若确在近期发动，必对朝廷不利。事关社稷安定，宁可信其有，不可信其无，望陛下不可忽视。”

见他这样说，皇帝便问：“那你说说，该如何处理？”

“此次孙儿回京，带了几位帮手，应能作为主要力量。蓟承明安排阵法之事，葛稚雅了解最深，而且她欲为家族和自身赎罪，必然要走这一遭。楚元知出自雷火世家，蓟承明既然有‘祭献火海’与‘尽成齑粉’之语，想必与火药霹雳有关，自然有用到他的地方。此外，诸葛家阵法独步天下，此次也得让诸葛嘉跑一趟。”

皇帝听他说完，又问：“那个叫司南的呢？”

朱聿恒心知自己在调查阿南的第一天，或许祖父就已经接到消息了，自然也不奇怪他为何知道阿南的事情。只是，他不知该如何解释阿南的身份，踌躇道：“她是海客，又身份未明。这地下机关，怕是与她有一定关系，孙儿还在考虑要不要让她也前去。”

皇帝皱眉端详着他的表情：“哦？有什么关系？”

“她所奉的公子竺星河，与蓟承明过从甚密，而且，孙儿怀疑，在大殿起火之前，竺星河曾潜入殿内，孙儿当时发现的檐下白衣人，就是他。”

“此人确实大为可疑。”听朱聿恒说起竺星河在灵隐寺所书写的字句，皇帝立即断定，“事先潜入殿内窥探，事后又以此等天灾人祸为祭，与蓟承明勾结甚密，又到处网罗能人异士，必是青莲宗妖邪！”

朱聿恒默然点头，又道：“他是海外归客，孙儿已经命人下西洋打探，但路途遥远，尚未有具体消息。”

“六十年前，青莲宗敌首溺毙，其妾室刚刚诞下龙子。当时群雄并起，中原逐鹿，那对母子为求生渡海而去。难道说，六十年了，他的后人还妄图纠结信徒，以此来兴复？”皇帝冷笑道，“纵然他们青莲宗纠集乡间大堆痴夫愚妇又有何用！当年的敌首本就是冒名的皇族后裔，如今天下皆知其为假货，但凡有点见识的，谁会奉他为帝？”

朱聿恒深以为然，只是提醒道：“但，前朝疆域辽阔不可一世，太祖从一介布衣起事之时，亦托以青莲宗麾下的白衣军。如今我朝虽盛世太平，但天下之大，总有饥馑灾荒之处，民变不可不防。”

“你不必忧心这个，丢给朝中那群家伙去办。”皇帝将话题拉回来，道，“所以，这个司南，也是青莲宗之人？你是否想过，她与你同行，或许也是经人授意？”

对于此事，朱聿恒并无确切把握，但他还是说道：“孙儿自会留意，但阿南，未必是青莲宗的人。”

皇帝的目光落在他的面容上，像是在审视他的内心。

但见朱聿恒神色坚定，一意庇护阿南，他便也放过了，只问：“那么，你准备如何处置那个竺星河呢？”

这事，朱聿恒确实没想好。见他迟疑，皇帝说道：“世间所有难决断之事，都只需一个字。”

朱聿恒心知他下一刻吐出来的便是个“杀”字，便道：“他与孙儿的病情有关，以后或许有托赖于他的五行诀之处。”

皇帝停了一停，问：“为何？”

“魏延龄诊断我的奇经八脉每隔两月会断裂一条，八条尽断之时，便是我无力回天之日。但，孙儿这两月来，发觉自己的脉象，并不是莫名发作，而是，会与灾祸一起发作。”

皇帝抚须点头，肯定了他的想法：“第一次，三大殿火灾；第二次，黄河水患。”

“因此，孙儿相信，这怪病必是有人秘密下毒所为。此人用心险恶，将孙儿的怪病与天下灾祸相连，怕是要借此来打击孙儿、朝廷甚至天下民心。因此孙儿一直隐忍不发，就是担心此事泄露后，徒增流言，引发朝野不安。”

“此等装神弄鬼的把戏，正是青莲宗最擅长的把戏！”皇帝拍案而起，怒不可遏，“聿儿，难得你如此识大体，朕心甚慰。只是以后如此大事，你定要首先告知祖父，别再一人独扛。”

“是。”朱聿恒垂首应了，又道，“孙儿一开始知道自己时日无多，也是茫然无措。但这些时日以来，渐渐考虑清楚，既然对方设了如此之局，我们何不反客为主，扭转乾坤？他要以孙儿的病情来攻讦我朱家，那我们亦能以此作为钥匙，利用这几条即将溃乱的经脉，寻找灾祸发生地并将之破解，打开平息祸患的安定之门！”

皇帝错愕地瞪大了双目，盯着朱聿恒，久久不开口。

六十余年人生，二十来年帝王生涯，他早已喜怒不形于色。可在这一刻，看着面前这个面容上写满坚定信念的孙子，他下巴的胡子，微微颤动了几下。

他想说什么，但终究，在长久的沉默之后，皇帝只是拍了拍自己挚爱的孙子的肩膀，说：“好，我朱家儿孙自当如是！人生天地间，刚强执烈方是立身之本，若有忤逆作乱者，必当迎头痛击，绝不委曲求全，苟且偷生！”

夏日的雨，来得快，去得也快。

阿南醒来时，推窗看见外面高远的天空。北方的天似乎比南方要更高一些，那蓝色也更耀眼。

瞥了一眼葛稚雅窗外，几个护卫站得笔直，也不知道昨晚几点轮班的，怎么精神还这么好。再一想，阿言说还有几个女暗卫盯着葛稚雅，阿南不由得又揉了揉自己的手肘。

“同在客栈，你们彻夜盯人，我一夜睡到天亮，真是羞愧。”

用过早膳，阿南见楚元知正站在门口，一直向外看，便顺着他的目光看去，顿时笑了。

原来是一个捏糖人的老头，此时一大早哪有生意，正闲极无聊捏着小猪小羊。

阿南见楚元知一脸馋样，便笑着走过去，买了两支糖猪，回来递了一个给楚元知。

楚元知一脸尴尬，忙摆手道：“我一个大男人，吃这种东西干什么。”

“别装了，走之前你家小北都告诉我了。”她咳嗽一声，装出小北那小大人的口吻，说，“南姐姐，悄悄告诉你一个秘密，我爹偷吃我的糖！他什么甜的都爱吃，连芦苇芯子都要拔出来嚼一嚼！”

楚元知顿时狼狈不堪，嗫嚅道：“小孩子……就爱说笑，我这么大的人了偷吃他的糖干什么？”

“不吃吗？不吃我丢掉了。”阿南作势要把给他的糖猪扔地上去。

“啊……这怎么可以糟蹋东西呢？给我吧……”他赶紧接过。

旁边传来一声冷笑，两人回头一看，葛稚雅一身利落打扮，面无表情地束紧衣袖：“多吃点吧，毕竟，去了不一定有命回来。”

阿南笑问：“什么龙潭虎穴啊，这么可怕？”

葛稚雅冷冷道：“六十年前，关大先生在前朝都城设下的机关。”

“关大先生？”阿南觉得好像听过这名字，便转头问楚元知，“你知道吗？”

楚元知有些诧异：“你居然不知道关大先生？六十年前他带着几万人，凭着九玄阵法转战万里所向无敌，甚至传说他的阵法能移山填海，翻天覆地。九玄一脉百年来奇才辈出，他是最传奇的一个！”

“原来是他！制定了十阶准则的关大先生，当年我们练习的时候，好多人都恨死他了……”阿南这才想起来，“好啊，这回虽然见不到六十年前的传奇人物，但能见识见识他留下的阵法，也算和他过过招了！”

“有志气。”葛稚雅瞧着她，面带讥嘲，“朝闻道，夕死可矣。”

阿南转向楚元知：“什么意思？”

“就……”还没等楚元知解释，后边马蹄声响。

阿南回头看朱聿恒从马上下来，立即上前问：“阿言，那个机关在哪里？我们什么时候去看看？”

“马上。”朱聿恒简短地回答，纵身下马，示意她跟自己往里面走。

阿南见他和后面的诸葛嘉都是脚步匆匆，知道事态必然紧急，忙走到前厅。

朱聿恒已经打开了手边一个匣子，将里面的一张小册页给他们看。

见上面全都是复杂的天干地支与星辰方位，阿南瞥了几眼便道："看你这么紧急，长话短说吧，这上面究竟是什么？"

"这是蓟承明这些年来，推算六十年前关大先生设阵的时间和方位。"朱聿恒指着那上面的时辰，说道，"当时由于其他几路北伐军都败退了，无法巩固防线，所以他们退出了大都。但在退出之前，关大先生倾中路义军之力，在地下设了一个足以覆灭整座都城的阵法，只要义军势力再起，便能在反掌之间让前朝化为乌有。只可惜，他一路北上，竟未能再回到这里。"

"难道说，这个阵法一直埋藏在地下，持续运转，以一甲子的时间为循环，现在……时限就要到了？"

朱聿恒点了一下头："幸好我们及时赶到，又幸好，今天早上，我从蓟承明那堆遗物中，发现了这本册子。"

阿南急问："所以，究竟是什么时候发动？"

朱聿恒指着上面的星辰排列，神情凝重，一字一顿道："今夜子时。"

坍塌的三大殿，断壁残垣未加清理，皇帝也没有重建的意思，任由焦黑的废墟占据了皇宫最前端的大片地方。

朱聿恒踩着满地瓦砾，率众走上被烟火熏黑的殿基，走向后殿仅存的半个墙角。

那里正是蓟承明选定的逃生通道，此时已有一群太监在挖掘下方的地龙坑道，黑洞洞的一片。

上次朱聿恒来此视察时，第一次见到葛稚雅，当时她还是卞存安的身份，趴在地上无比认真地撮土，研究，或者说消除现场留下的痕迹。

这女人身上有一股男人都比不上的狠劲，所以才能隐藏二十一年，无人察觉。

阿南走到坑道边，朝下看了看，问朱聿恒："下面情况如何，你有底了吗？"

朱聿恒点了一下头，说："地形并不复杂，只是阵法似乎颇有诡异之处，看蓟承明的描述，似是绝不可能破解。"

"绝不可能？"阿南眼睛顿时亮了，立即道，"那我非得下去看看不可！"

见她如此兴奋，朱聿恒默然望着她，说道："下面很危险。"

"再危险的阵法，也得有人去破啊，我千里迢迢跟着你跑到顺天来，一听说是关大先生设的阵法，吓得转身就跑回去了，这像话吗？"阿南扬眉朗声道，"再说了，难道要我们眼睁睁看着顺天城被毁掉，近百万黎民家破人亡？"

朱聿恒抿唇不语。阿南又问："地下空间如何，大吗？能容纳多少人？"

"具体未知，但应该无法让太多人进入。"

"可不是吗？"阿南蹲在地道口看了看，说，"而且时间这么紧迫，仓促间也无法制定更好的办法了，那就咱们几个人先下去看看情况。"

她抬手指了指楚元知和葛稚雅，又比了比自己与他。

朱聿恒正要说什么，只听她又道："别担心，行就行，不行咱们就跑。实在破不了，子时发动之前，咱们逃出去。"

一直站在后面听着的诸葛嘉，此时插话道："圣上已经吩咐了，提督大人不能下去。"

阿南回头看他一眼，道："那可不成，若下面机关复杂的话，我需要他帮我。"

"这是圣旨，难道你还敢抗旨不成？"诸葛嘉眉眼锋利，冷冷道，"此次探阵由我领队，已经选定了几个好手，到时候你们配合我即可。"

"好吧。"阿南对着朱聿恒做了个无奈的表情，悄悄凑到他耳边笑道，"看来，皇帝舍不得你呢！"

她的气吹在耳边，话语中的不明意味让朱聿恒心口微动。正抬眼想看看她的神情，她却已经笑嘻嘻地退开了两步，对诸葛嘉做了个招呼手势："那就走吧，诸葛提督。"

她一向喜欢鲜艳的衣服，今日樱草色衫子配艾绿罗裙，腰与袖收得极紧，身形利落又高挑。

走到地道入口，阿南转头朝他笑了笑，便纵身一跃而下，如一枝花在春风中的姿态，一闪即没。

朱聿恒走到地道口向下看去。被挖开的洞口，泥土尚未清理干净，黑洞洞的入口冒出微微凉风，扑开此时的炎热天气，侵向他的肌肤。

她已经消失于黑暗之中。

楚元知和葛稚雅跟着阿南相继跃下。朱聿恒抬起头，诸葛嘉带着自己选定的几个得力下属，向他抱拳辞别，也跳了下去。

地洞下方六尺处，便是一个斜斜向下的洞口，只能容纳一人勉强弯腰通行。

诸葛嘉与下属身形高大，到最狭窄的地方，只能将松明子咬在口中，趴下往里面爬了一段。

幸好地道并不长，不多久眼前一亮，已经到了一个较大的空洞内。虽还没有活动空间，但至少不必弯腰站着了。

阿南一身颜色鲜亮，首先呈现在他们的火光之下，然后是站在她身边的楚元知。一身黑衣的葛稚雅，正靠在洞壁上冷眼旁观。

诸葛嘉见阿南拿着火把一直照着洞壁，便上来仔细看了看，脸色顿时沉下来。

这是一扇看来怪模怪样的木门，门上没有锁，只有纵横两根木头呈“十”字，附在门上，卡住上下左右，将门嵌在土壁之中。

在木“十”字交叉的正中间，是一副嵌套式的空木壳，下方挂着木刻的“一”“二”“三”“四”“五”“六”“七”“八”“九”“十”“百”“千”“万”十三个字。数字间不相连的笔画由细绳固定，看来端正整齐。

按大小来看，木壳当中正好可以容纳四个木字并排放入。

“看来，是个数字排列锁。”诸葛嘉拿起那几个木字，看了看说道，“要从这十三个木字中选出正确的四个字，然后按顺序排列好，推进木壳，就能打开门上的暗锁。”

“对，但现在的问题是，”阿南抬手在木壳上轻敲，说，“我们不知道应该选哪四个木字，更不知道这四个字的顺序。”

“十三个字，按照概率来说，排列可能性成千上万，我们如何能知道？”诸葛嘉放下那些木字，口气强硬，“反正没多少时间一一尝试，这扇门并不牢固，干脆，我们直接把它拆了！”

“想拆的话……”阿南微抬下巴，示意楚元知，“你先问问那位楚先生吧，他家的院门设置，与这扇门原理大致相同。”

诸葛嘉回头看楚元知，楚元知依言走到门边，将门与土壁连接的地方指给他看：“这门的四面有上百根火线与内壁相接，火线上垂坠着无数特制的小石块，或大或小，靠着彼此重量的牵制，维持着精妙的平衡。当你将四个字按照正确的方式嵌套好推进去之后，正确的火线被扯动，门便能安然打开。可如果你拉错了一条线，或者擅自去动这扇门和旁边土层的话……”

楚元知用受过伤的手，颤抖地顺着门框，往旁边的土壁指去：“一根线扯动，便会引发所有彼此牵系的火线瞬间联动。而火线一旦牵动，上面的石子便会全部落地。石子落地，机栝启动，地道必被炸塌封闭，我们都将活埋在这土层之下，绝无生还的机会！”

诸葛嘉脸上的肌肉微微一跳，收回了按在门上的手。

他身后几个下属都是见过大风大浪的人，但此时也是神情凝重，盯着那扇门不敢出声。

“那如果……”诸葛嘉想了想又问，“我们换个方向，从别的地方开挖下去，是否能行？”

“第一，你怎么知道除了这个入口之外，其他地方没有设置机关？到时候我们只知道方位，挖下去时碰到机关，说不定比这个更麻烦。”阿南揉着低久了有点酸痛的脖子，反问，“其次呢，你们不是说，今晚子时，里面的杀阵就要启动了吗？哪还有时间找方位往下挖？”

诸葛嘉皱眉思索，久久不语。

阿南见他这样，转身便往外走，说：“你先慢慢想吧，和数字有关的问题，我知道找谁最合适！”

大火焚烧了巨木大殿，却未能毁掉殿外日晷。

朱聿恒站在废墟之中，没有离开。身后的太监们替他撑起黄罗伞，遮蔽出一片阴凉。

而他却只一动不动站着，看着日晷的影子，以肉眼无法察觉的速度，缓慢转移到他的面前。

距离午夜子时，不过四个时辰。

而他却只能眼睁睁看着，无力折断那即将西沉的金乌翅膀，让那注定到来的黑夜延迟一刻。

昨日与祖父的对话尚在耳边。他誓要扭转乾坤，利用身上的怪病，寻找灾祸的来源。可圣上一声令下，他明知这个地下杀阵与自己关系匪浅，火灾中第一次出现的这场大病，很可能就要从这地下寻找根源，却依旧只能待在这里，等待着别人为他寻找最终的答案。

阿南……现在在地下，走到哪里了呢？

他看向自己的脚下。焚烧后的废墟，早已被野草野花入侵。盛夏时节，所有的砖缝间都有杂草拼命钻出来，开出米粒大的点点黄花，执着地在这焦黑废墟中繁衍下去。

这金黄与深绿，让他眼前又出现了那抹樱草色的身影，义无反顾投入黑暗之前，她转头朝他微微一笑，云淡风轻。

她每次为公子奔赴前方的时候，是不是也会这样朝竺星河露出笑容？仿佛前方等待她的，是春风，是秋水，是皎洁的月与馨香的花，而不是稍一疏忽就永远埋葬了她的凶险之地。

曾经说过，不会让一个女子挡在自己身前的他，现在与竺星河，又有什么区别？

他屏退了周围所有人，在烈日下，一步步登上城台马道。

高台之上，大殿高临虚空，下方是紫禁城的护城河，粼粼映着湛蓝的高天。

朱聿恒看到大半个京师在自己的面前铺陈。近百万人居住于此，这座在古老的幽州城上重建的宏伟城池，楼阁屋宇街衢巷陌无不气象俨然。

此时此刻，夏日闲适的午后，大街上并无多少人。倒是小巷内许多人在树荫下乘凉，摇扇的汉子，下棋的老人，玩闹的儿童……卖瓜卖水的贩子被人围住，热闹的讨价还价声传不到高高在上的他耳中，却依然可以从那攒动的人群中感受到一二喧闹。

他站在皇宫的至高处，俯瞰着这座天下最壮丽也最宏伟的城市，看着日光洒在各街各巷上，明暗鲜明地勾勒出棋盘一般纵横交错的京城。

日光还在缓慢转移。

那即将来临的子夜，那在地下埋藏了六十年的杀阵，将把他面前这座百万人繁衍生息的城市，毁于一旦。

心口忽然有一种难以抑制的血潮，疯狂地涌过他的胸臆。

他转过身，快步冲下了高台，向着奉天殿废墟奔去。站在三层玉石台阶上的太监们，不知所措地望着他，不知道该阻拦，还是该跟上去。

而他大步走到地道入口处，只顿了一顿，便翻身跃了下去。

眼看殿下居然抗旨，跳入了那等险境，瀚泓吓得面无人色，忙趴在地道口，朝里面喊：“殿下，殿下您……”

黑黢黢的地下，只传来朱聿恒略带回声的一句：“我去看看，马上回来。”

瀚泓呆呆望着再无声息的洞口，茫然想起，这是二十年来，殿下第一次违逆圣上的旨意。

阿南举着手中的火折子，正弯腰弓背往地道外走时，忽觉面前的黑暗中，有些异常动静。

她立即朝着对面照去，然后便看见了，因为手长脚长所以在狭窄地道里走得艰难的朱聿恒。

他弯着腰，抬头看她。在松明子跳动的火光下，阿南看见他脸颊上擦了一块土，发髻也有点歪了。

他的手里，握着一个已经熄灭的火折子。

“阿言，你来了？我正要去找你呢。”她惊喜不已，晃晃自己手中那明亮的铜火折，照亮了他的同时，她也笑了出来，说，“你看你，没事长这么高干吗，钻地洞多不方便呀！”

他没说话，只看着她在火光下灼眼的笑意，心口那些涌动的热潮，也渐渐地平息了下来。

因为那难抑的冲动而跳入险境，他只能用火折子照着前方的路。火折子烧完的时候，他不知道前方还有多少路，是该继续往前走，还是该退回去。

就在这黑暗之中、进退两难之时，忽然像梦境一样，她携着明亮的光芒，出现在他的面前，一如既往戏谑的表情和不正经的话，却让他感觉无比踏实安稳。

“走吧，这段路最狭窄，前面就宽敞了。”阿南用火折子照着脚下，带着他走出最黑暗狭小的一段。

前方开始宽敞，是一段上坡路。

“这个火折子啊，在楚家烧坏过一次后，修复好也没有以前亮了。”阿南随口说着，见脚下全都是凹凸不平的石头，便站在高处的石头上，一手照着地下，另一只手下意识去拉他。

握住他手掌的那一刻，阿南才想起来，阿言不是太监。

虽然都是阿言，可是，握太监的手，和握男人的手，区别是很大的。

不知怎么的，就有一种怪异的热气，从他们相握的手掌，渐渐沿着她的手肘往上延伸，一直烫到胸口去。

所以，她将他拉上石头后，便别扭地想要抽回来。

可他的身体却晃了一下，差点从石头上滑下去。阿南只能再拉了他一把，照着脚下的坑坑洼洼，无奈说：“毕竟是走惯了平坦大道的人，石路都不会走了。”

他没回答，只是沉默地握着她的手，在她手中光芒的映照下，牵着手直到出了那一段，才松开了她。

轻咳一声，她示意他跟自己往下面走，一边说：“蓟承明留下了一个门锁，我们目前摸不透，你在他的遗物中，有查出过什么关于开门的线索吗？”

“有。”

朱聿恒的回答简单利落，却让阿南顿时一喜：“真的？说什么了？”

朱聿恒沉吟片刻，终究没有告诉她，自己昨晚彻夜搜查了蓟承明的东西。

但，起因是那个铁弹丸。

与她的同伙给她传递消息时，一模一样的弹丸。蓟承明是个聪明人，不至于记不住打开弹丸的那七个步骤。那他为什么要留下开启的字条，以至于最终在他面前泄露了呢？

“唯一的可能，他这次在三大殿，是抱着必死之心而去的，因此，他还需要将一些消息传递出去。而传递消息，或者延续在宫里的耳目，必然需要选定一个继任者，接替自己。”

他当时是这样猜测的，也这样对祖父说。

祖父深以为然。他用雷霆手段，一夜之间将宫中所有与蓟承明有过接触的人都筛查了一遍，锁定了可疑目标后，再用了两个时辰拷打。最终，一个毫不起眼的太监，承受不住残酷手段，在日出不久后，招供了。

他略过了所有过程，只简短地说：“我拿到了入口的地图，就是现在这条地道及后面布局的地图。还有一句话。”

“什么话？”

若有阻碍，尽在弹丸之中。

但朱聿恒没有把这句话说出来。毕竟，这弹丸与阿南，也有关系。尽管他在祖父面前，替她保证与青莲宗无关，可在他还没掌握所有真相之前，他不会傻到对她全部吐露。

阿南见他没说话，正想再问，眼前豁然一亮，地下通道拐了个弯之后，已经到了门前。

正站在门前研究那些数字的诸葛嘉，见朱聿恒居然真的下来了，顿时惊诧不已，忙与几个属下一起向他见礼。

“不必了。”朱聿恒示意他们，不用在这种地方多礼，然后便走到门前，看向那十三个数字。

“一、二、三……百、千、万。”他思索着，这与蓟承明留下的那句“尽在弹丸之中”，究竟有什么关系。

思索片刻，没有头绪，他拿起被系在木套下方的几个木字，又看了片刻。

“一”字最简单，就是一根横着的木条。

“二”“三”“六”等字，因为中间笔画是分开的，所以需要一根细线连接拴住。

其他的数字都很简单，唯有“万”（萬）字最为复杂，但木工师傅雕工不错，中间透雕干净利落，绝无任何地方有缺笔与断裂。

在所有的字体之中，只有“五”字被雕得略有残缺，中间一横断了一个缺口，笔锋犹在，让人忍不住想补全那一丁点大的断口。

朱聿恒看着那个小缺口，轻轻出了一口气，抬头看向面前盯着自己的众人，缓缓道：“这个锁，我知道怎么解了。”

“果然能解吗？”阿南听到朱聿恒说的话，朝他一扬眉，“性命攸关呀阿言，你要是放错了一个字，别说破阵了，我们所有人都会立刻死在这里。”

朱聿恒顿了顿，肯定地说：“信我。”

见他毫不犹豫，阿南便立即将木壳的盖子打开，示意他开门。

朱聿恒抬手拿起那些木字，仔细端详着，再确定了一次自己的想法后，缓缓吸了一口气，先拿起“一”字，放在空着的木套最右。然后又拿起了那个“五”字。

众人都屏息静气以待，等他将这个字也放进去。谁知他却将手中那个带着缺口的“五”字翻了过来，展示在众人面前。

中间一横的右边有个小缺口的“五”，在翻过来之后，变成了一个“正”字。

阿南“咦”了一声，脱口而出：“这不是数字？”

“对，这其实是蓟承明在误导我们。他将‘正’字的缺口做得很小，又故意将这个字反转放置在其他数字之中，于是我们就会自然而然地认为，这肯定是五字无疑。但其实，它是一个文字，而不是任何数字。”

而蓟承明所说的“弹丸之中”，其实应该是“弹丸之终”，他写在绝笔信的最后一句话——

一脉正统，千秋万代。

但这是朝廷秘事，朱聿恒当然不会对着众人说出。

他下手极快，将“一”“正”“千”“万”四个木字依序拼在木壳套之中，朝着阿南点了一下头。

阿南朝他一笑，以惯常的轻快口吻道：“你来开吧，反正已经全部交托给你了。”

狭窄的空间内，阿南紧贴着朱聿恒站在窄小的门前，身后诸葛嘉和神机营的四个将士相护。

葛稚雅后退了两步，紧盯着朱聿恒的手。而楚元知则躲得远远的，贴在土壁上一脸心惊胆战。

黑暗与寂静压在他们身上，令所有人的心跳都显得沉重无比。

而朱聿恒那双白皙修长的手，在火光下闪耀出淡淡光彩。既已到了此时此刻，他再不迟疑，利落地拉下盒上的盖子，将那四个字压住，固定在盒子之中，然后缓缓地按住木壳套的盖子，将它往后推去。

轻微的“咔咔”声中，木壳套带着四个字，沉入了门后。

就在这一瞬间，所有人的心都吊到了嗓子眼，提着一口气，连呼吸都暂时停顿了下来。

四个字推进去，“咔咔”声响起，随后停止，所有人屏息以待。

仿佛只过了一瞬间，又仿佛过了很久，然后，那扇门轻微一震，有石头在上面轻轻碰撞了一下，随即再无声息。

定了定神，朱聿恒抬手，在门上轻轻一推。

木门应声而开，后方，是开阔平坦、继续向下的一条黑色通道。

众人不约而同地松了一口气。诸葛嘉这种一贯冷心冷面的人，也不由得脱口而出：“大人英明神武！”

朱聿恒虽有成竹在胸，但毕竟这是性命攸关的事情，他一举开门后，心下也漾出一丝轻松，不由自主地看向阿南。

松明子光线跳跃，而阿南的笑容灿烂得几乎压过周身的火光：“阿言好厉害！我就知道和术数有关的事情，找你就对了！”

朱聿恒朝她略点了一下头，没说什么，唯有唇角微扬。

阿南转头朝门内看了看，后方依旧是黑黝黝的地道。她问朱聿恒：“你要回上面去吗？”

朱聿恒摇头道：“来都来了，一起下去看看。”

顺着门后的斜道一直向下，越走越是深广。呼吸倒是还顺畅，松明子也燃烧得稳定，让人略感安心。

一路洞壁上残留着久远的水纹痕迹，看来，这里本应是条地下水道，只是千百年前河水枯竭，而河道则一直保留下来，被关大先生利用上，改造成了地下阵法的一部分。

地下水系纵横交错，河道错综复杂。幸好朱聿恒之前已将地图交给诸葛嘉，此时他与那四个下属举着松明子，一边对照着地图，一边向着前方缓缓前进，警惕地边走边查看四周。

周围一片寂静，无声无息的地下，只有他们窸窸窣窣走路的声音。偶尔，相通的地下河道彼端，会有悠长的风吹来，诡异地拉出“呜啊”的一声轻响，然后又消失无踪。

时间紧迫，他们加快了脚步。

唯有楚元知，在行走途中还不忘抬手在墙壁上轻抚，查看石壁上渐渐出现的乌黑纹路，渐渐落在了后面。

阿南看了看墙上，诧异道："这里的岩石中居然夹杂着煤层。楚先生，你看煤炭干什么？"

楚元知在后方敲着煤层道："真没想到，顺天地下居然有这么多煤，可惜埋得太深，恐怕开采不易。"

诸葛嘉久在军中，一看便说道："这要是被顺天兵器作坊看到，岂不是几十年的炭料都不愁了。"

他的下属倒是不太清楚，便问："诸葛大人，这是何物？"

沿着黑色的矿脉往前走，诸葛嘉解释道："这煤炭又称石炭，是地下土石所生之炭，拿来炼铁铸刀远胜普通木炭，因此各地兵器作坊多用此炭。如今顺天兵器坊所用都是从大同等处挖掘运送过来的，谁知顺天城底下就有，而且这么多。"

楚元知点头道："苏轼当年有诗：岂料山中有遗宝，磊落如磬万车炭……为君铸作百炼刀，要斩长鲸为万段。这煤炭燃烧比寻常木炭更为持久，也更炽热，铸出的武器自然更为锋利。"

葛稚雅听着，"哧"一声冷笑，道："都什么地儿了，还掉书袋。"

一路谈论，他们脚下不停，已到了地下通道的出口。

前方是广阔平坦的一处凹地，周围许多干枯河道汇聚于此。显然这里当初本是多股地下水交汇之处。如今泥土已被冲刷走，河水也干涸退去，只留下一个巨大的黑色煤洞。

踏过干枯河道，他们走入了大片的黑色煤炭之中，就如几只蚂蚁踏上了黑色的陶盘，微不足道。

楚元知抬头望向四周，感叹道："这位关大先生可真是奇才啊！煤炭所生之处本该闷热难当，瘴疠众多，但他居然能借助地下水道，让这边气流保持如此通畅，简直鬼斧神工！"

在不知多广也不知多厚的黑色煤层之中，松明子的光也显得微弱起来。周围略带光亮的煤层在他们周身泛着微光，脚下是厚厚的风化煤渣和碎屑，微风卷起细碎的粉末状煤灰，在他们身边飘荡回旋。

葛稚雅见松明子的油吱吱冒出，便对诸葛嘉道："别让火油滴到地上，万一把碎煤渣给引燃了，后果不堪设想！"

众人深以为然，神机营的两个士卒将自己的衣服下摆撕了，缠在松明子下方，防止滴油。

几人站在黑色凹洞边缘，诸葛嘉拿出地图看着，又抬头环顾四周，面露迟疑之色。

朱聿恒问：“怎么？”

诸葛嘉将地图递到他面前，指着上面的线路道：“地图上画了此处，可……这标记不知是何意思？”

听他这么说，阿南便凑过去，看向那张地图。

这是蓟承明交给继任者的地图，是一张厚实的桑皮纸卷，因为年岁久了，边角已经泛黄。

但上面所绘的内容确实无误。先是顺着通道弯弯曲曲走下来，有窄道有上下坡；然后是阻挡道路的密门，画这道门的墨迹较新，显然是新近建造后，在地图上补加的；然后是干枯的河道汇聚于圆形凹处，显然，就是他们此时置身之处。

在这圆形的旁边，标注着一个小小箭镞印记，不知是何用意。箭镞的前方，也就是更后面一点，则是一个旋涡图标，看起来令人不安。

阿南看了片刻，忽然“咦”了一声，见这箭镞与旋涡都是灰黄色，那运笔又类似于薄薄膏体，便抬手刮了刮，放在鼻下闻了一下。

朱聿恒正关注着她，见她捻着手指沉吟，便问：“这是什么？”

“这个你可绝对猜不着。”阿南笑着抬手，弹掉了上面残留的粉末，“是胭脂，陈年胭脂。”

在一个太监留下的地图上，居然会残留着胭脂，朱聿恒略觉错愕，问：“确定？”

“十分确定，你看刮掉了表面之后，下面露出的颜色。”阿南将纸卷靠近松明子，在火光映照下，朱聿恒清楚看到，那灰黄的陈年痕迹中心，确实依稀还残留着淡淡红色。

“这胭脂有点年头了，应该不是蓟承明的。”阿南道，“地图和胭脂都已陈旧，我想，这应该是设阵的人留下的。”

朱聿恒深以为然，道：“蓟承明是内宫监掌印太监，十几年来主持营建皇城，但我不认为他能有余力设置这么长的地道。他大概是拿到地图之后，找到了入口，并偷偷将它与地龙挖通。唯一动的手脚大概是在入口处设置了那扇门，以防有人闯入其中，误触引发阵法。”

阿南点头，思忖片刻又问：“我有个问题，既然蓟承明已经掌控了这个阵，又知道就算没有提前去开启，它也会准时启动的，为何非要在四月初八那日动手呢？”

“毕竟，圣上忙于政务巡视，经常不在宫城。而且迁都之事也是力排众议才得成，圣上以后在两京轮流执政的可能性也不小。蓟承明虽是宫中大太监，但也无法控制圣上行踪，因此为了避免阵法落空，他必须要抓住时机。而四月初八那场雷雨，大概让他以为自己找到了最好的机会。”

“上方雷火，下方死阵，蓟承明借了我的力，又借了关大先生的力，大概以为自己这万全之策，不可能有失手的可能性。”葛稚雅冷笑道，“可惜啊，他不应该威胁我，以至于未入地道就被我干掉了，根本没机会去发动地下死阵。”

阿南朝她笑了笑，说：“看来，你还是朝廷有功之臣？”

葛稚雅傲然道：“至少，你们现在还活生生站在这里，都要感谢我。”

阿南正想反讽一句，谁知耳边忽然传来“砰”的一声响。

她立即抬头看去，原来是诸葛嘉见地图上看不出端倪，便拾起地上一块人头大的黑色煤石，向着凹洞的中间砸去。

煤块落地，“砰”一声响，然后在地上滚了两下，停止不动了。

地下空洞，又是凹聚的形状，他们站在旁边只听得那撞击声久久回荡在洞中，“嗡嗡嗡”响成一片。

后方因为研究煤带而落后的楚元知，在“嗡嗡”声中停下脚步，倾听了一瞬后，立即大叫：“快跑，退回来！”

话音未落，还未等他们行动，只见头顶上亮光忽闪，无数支箭从四面八方的黑暗中射出，带着破空声向他们袭来。

诸葛嘉与几个下属立即拔出腰间长刀，团团围住朱聿恒，用刀拨开面前射来的箭矢。

可箭如飞蝗，哪是这么轻易可以全部避开的，只听得两声低呼，有两个士卒已经中箭。

“原来……箭矢的意思是这里有暗箭埋伏！”诸葛嘉一边说着，一边示意士卒背起受伤的同袍，向后撤退，顺着干涸的河道奔回。

几人退出黑色的凹地，“咻咻”声依旧不绝于耳。

他们躲在河道之中，一个士卒撕下衣摆，按住伤者的箭杆，一下拔出，然后倒上伤药，替他包扎。

在旁边的葛稚雅一眼瞥见那伤口，立即将士卒的手打开，用松明子一照伤者臂上伤口，闻到那隐约的臭味，顿时脱口而出：“箭上有硫黄硝石，这是火箭！”

仿佛在验证她的话语，那些从天而降的箭矢虽然开始零散下来，但它们落在地上之后，擦着黑色的煤层划过，白烟随之燃起。

脚下有些地方煤粉松散，火苗落地不久即燃烧起来，周围簇簇火苗腾起，映照得周围如同幽火地狱。

朱聿恒对诸葛嘉道："把受伤将士送出去，立即救治。"

"是！"诸葛嘉自然不会离开，吩咐下属背起受伤的士兵往外撤去，又请示朱聿恒，"我营左军有熟知地下岩层之人，属下已让他们出去后立即召其进内。其余或有需要的，还请提督大人示下？"

朱聿恒看向阿南，想问问她要准备什么东西。

却见阿南脸色忽然大变，转过身竟向着起火的中心点奔去。

朱聿恒一把拉住她的手臂，急道："危险！"

"不能让这些火引燃煤炭！"阿南一指面前这蔓延无边的黑色煤矿，面罩后传来的声音有些沉闷，却掩不住其中仓皇，"这些箭射下来，不是为了杀我们的，而是，要引燃这大片的地下煤炭，使上面整座顺天城，化为焦土！"

森冷的汗，从所有人的背后冒出来。

一个人，可以布置下什么样的阵法，让一座近百万人的城市，须臾间化为乌有？

在进入地道之前，甚至就在那些箭矢射下来的前一刻，他们都还不相信，这世上会有哪个阵法，拥有这样的力量。

但如今，他们看着滚滚的大片浓烟，看着已经开始灼烧的煤屑，相信了。

这地下的煤炭深厚如海，绵延不断，怕不有亿万石之多。这么多的煤一旦被引燃，必将持续燃烧几年，甚至几十年，顺天城将就此化为一座火窟，再也无法保留任何生机。

"让伤员们立即出去。"朱聿恒盯着面前腾起的火苗，那一向淡定沉稳的嗓音，也在面罩后显出一丝微颤来，"上去后，禀告圣上，尽快疏散京城所有人，一个也不能留！"

诸葛嘉早已无法维持那清冷的眉眼，他看看那已经开始烧起来的火，再看看朱聿恒面罩后决绝的面容，单膝跪地拜求道："请提督大人先行离开，此地交由属下等应付！"

朱聿恒没回答，转头便朝着火海而去，一边走一边脱下自己身上的锦缎华服。

诸葛嘉起身追上去，声音失控，以至于听来有些嘶哑："提督大人，此等险地，万万不能久留！"

"下来之时，我就已抱了必死之心。"朱聿恒的脚步顿了一顿，声音反倒沉下来了，"人固有一死，但至少，可以选择死得有价值些。"

“可您肩负重任，还要为圣上分忧、为社稷谋福啊！”

“圣上会理解的。”朱聿恒说着，抡起手中银线暗花的锦衣，扑打向离他最近的一簇火苗。

望着他毅然决然的身影，诸葛嘉只能令下属立即带着伤员出去求援，然后他也学朱聿恒的样子，脱掉外衣，扑打地上的火苗。

下面的火在燃烧，周围的箭矢依然根根射下。

朱聿恒刚刚灭掉一簇火苗，火光中只见一点锐光闪现，一支箭正向他迅疾射去。

朱聿恒正弯腰拍火，根本无法调整身体来躲避箭矢，仓促间只能抡起衣服，要将它拍落。

可那疾劲的暗箭，怎么会害怕区区一件衣服，眼看就要穿透锦缎，直插入他身上。

只听得破空声响，流光乍现，是正在关注他的阿南，抬手间以流光将那支箭钩缠住，倏忽间将其撩开，反手一挥，射回了岩壁去。

朱聿恒转头看向她，而阿南朝他点了一下头，说：“安心，这些箭交给我！”

她手中的流光快捷如风，将射向他和诸葛嘉周身的箭矢一一钩住甩出。

见此情形，就连一直缩在河道边的楚元知，也脱下了自己的外衣，开始帮他们扑打火苗。

毕竟是六十年的机栝，射不多久，箭矢数量开始零落，势头也早已大减。但煤洞如此巨大，她能护住的仅是他们身边一部分，更远的地方，即使已经燃起半人高的火焰，也无力顾及了。

而葛稚雅，看了看上头还在零星下落的箭矢，又看看那些顽固的火焰，站在河道边冷笑道：“白费工夫。煤炭燃的火，可比普通的火热多了，你们这点小打小闹成什么气候？”

听她这么说，阿南收了手，回头盯了她一眼。

朱聿恒知道她不是好脾气的人，以为她会和冷嘲热讽的葛稚雅动手，谁知他刚停手，便听阿南说道：“你说得对，这样做不成。”

说完，她几步跨过来，抓过朱聿恒手中已经破掉的衣服，一把扔掉：“衣服烧完了，人也累死了，不能用这么笨的办法。”

几人上到干枯河道中，眼看一停手后，扑灭的火又渐渐燃起来，顿觉疲惫不堪。

楚元知直接脱力地跌坐在地上，也不管烫热了，问：“南姑娘，接下来可怎么办？”

“就算现在勉强能控制火势，可蓟承明说子时此阵发动，到时候这地下，必定还有其他变化。”阿南咬住下唇，转头对诸葛嘉说，“你把那张地图，再拿出来给我瞧瞧。”

诸葛嘉把地图展开给她看。她的手指顺着众人所处的圆形凹洞一直向前而去，在那个旋涡的标记上重重点了点，说道：“这个旋涡，不知道是什么意思，但肯定，是午夜之时就要发动的，那个最核心的机关。”

这一点，众人都是深以为然，毕竟，最终的路途通向那边，那里必定是整个阵法的关键。

“我怀疑，这个旋涡，代表的是水。”阿南的手指定在那个旋涡之上，思忖道，“这里尽是干枯的地下河道，那么原来的水去了哪里呢？或许那旋涡的标志，就是指水改道去了那边。”

“你这推断未免太过荒唐了。”葛稚雅抱臂看着他们这群一身煤灰的人，嘲讽道，“人人皆知水火不相容，关大先生布下的是火阵，他为何要在机关的尽头给你留一片水，来破自己的阵？而且你说这是旋涡就是吗？在我看来，说不定是雷纹呢。”

“无论是与不是，我们都得过去。”阿南一指上方，说道，“我不信这就是关大先生设下的杀阵。地下煤炭起火虽然可怕，但燃烧到地面并非一时一日，地面只会逐渐成为焦土。我认为，我们应该要破的死阵，指的绝不是这里。”

朱聿恒望着面前的地下煤洞，看见在黑色的凹地上，亮起的一片片红斑，就如一匹黑缎，被火星灼出星星点点的破洞。

等到这些小小的破洞连在一起，灼烧成大洞，一切，就再也回天无力了。

“凭我们的力量，已经无法控制火势了，煤炭已开始复燃。”在这闷热的地下，朱聿恒的声音，却越发冷静与果断，“既然此处已无力拯救，我们唯一的机会，就是去核心机关那里，赌一把。”

阿南见他毫不犹豫选择相信自己，心下愉快，朝他点了一下头，将地图卷起来，握在了手中。

朱聿恒见她不将地图交还诸葛嘉，马上便知道了她的用意。他转头对诸葛嘉道：“诸葛提督，你留守此处，等援兵进来，立即组织人手灭火，千万不得有失。”

诸葛嘉见他们要继续往阵法腹心而去，顿时大急，冲口而出：“提督大人，属下誓死追随您左右！”

“你是朝廷官员，一切应以大局为重。”朱聿恒拍拍诸葛嘉的肩，说道，“等援手到来，你须得好好调度，尽快扑灭煤火。此事你责无旁贷，若有闪失，地下火焚烧顺天城，后果不堪设想！”

诸葛嘉看着周围腾起的熊熊火焰，终于咬牙低头道：“是，属下……遵命！”

穿过燃烧的煤层凹洞，他们跟着地图的指引，选定了道路，迅速赶往前方。

进入地下已经多时，这一路黑暗之中曲折环绕，也不知道自己进入了多深的地底。

这里已再不是空旷河道，空气流通不畅。远离了起火的煤炭之后，他们继续在黑色的矿层中疾行，只觉得闷热压抑。

“地下或有毒气，而且煤层之中见明火极易爆炸。”楚元知从随身包袱中掏出几条蒙面巾，一一分发给众人，示意大家系上，“拙荆缝制的，里面有我调配的防毒炭末。”

众人一一接了，最后一个发到葛稚雅时，楚元知停了停，终究还是将手伸入了包中。

却听葛稚雅冷哼一声，从怀中掏出一个厚实的蒙面布罩，套在了口鼻之外，说：“我葛家防火防毒的面罩，比你这种货可强多了。”

楚元知扭过头，不再理她。

阿南示意众人灭掉火把，免得下面存了瘴疠之气，被明火引燃。

葛稚雅踩灭了火把，问：“我们待会儿就在黑暗中摸索前进？”

“我带了夜明珠[1]，勉强照着行走吧。”阿南说着，从怀中掏出一块鸡蛋大的石头。那石头在黑暗中发着荧荧绿光，只能照亮身边三尺地方。

朱聿恒看着，说：“我有颗更亮的，下次拿给你吧。”

“好呀，我在海上寻了这么久，最好的也就这样了，看来我以后要靠你了。”阿南朝他一笑，耳边却忽然想起葛稚雅那句嘲讽的话——

“靠男人吧，他挺喜欢你的。”

碧光幽微，她看不清身旁朱聿恒的面容和神情，只分辨出他俊逸的轮廓剪影，和一双凝视着她的眼眸，黑暗亦难掩里面的清湛光彩。

心口微跳，一种自己也不明白的紧张，让她赶紧回过了头，举着夜明珠走在最前头，照亮周围的狭窄洞壁。

楚元知身体最弱，渐渐落在了后面，有时候不得不小跑几步才能跟上他们。

他不敢跟朱聿恒商量，只能小声叫着：“南……南姑娘，我们要不……坐下来

1　夜明珠：这里指萤石。部分萤石具备磷光效应，能自发光。

休息一下？”

阿南听着他急促的喘息，略迟疑了一下，见前方不远处有一块略微宽阔的空地，便示意众人走到那边后，停下了脚步，松懈下来靠在了土壁之上。

楚元知如释重负，顺着洞壁滑坐在地上，喘了几口气。

“废物。”葛稚雅冷笑一声，看着他道，“一个大男人，这就撑不住了。”

“那是因为你刚刚袖手旁观，没有和我们一起救火。”阿南自然站在楚元知这边。

葛稚雅冷冷道：“我可不像你们，白白做无用功，浪费时间又浪费体力。”

“你怎么知道是无用功？我们当时将大半火苗都已扑灭了，等援兵赶到时，至少不必再面对回天无力的场面。”

葛稚雅翻了个白眼，没再说话。

楚元知打开自己的包袱，将里面几个干饼子拿出来，掰开来分发给阿南和朱聿恒。

在地下折腾这么久，阿南确实饿了，拿过来在手中看了看，笑问：“这该不会是你夫人在杭州做好，你一路带过来的吧？”

“不不，我昨天在路边买的，又干又硬，扛饿。”楚元知对阿南露出一个苦笑，“但是我背不动水，就这样吃吧。”

几人身上都是煤灰，掰开的饼子上自然也都留着手印。但到了此刻，就连朱聿恒都没嫌弃，拉下面罩，把饼子上面的黑灰刮了刮，也就吃了。

只是地下闷热，饼子干硬，吃起来确实艰难。阿南一边嚼着，一边换了只脚支撑自己的身子，把另一只脚抬起来撑在墙壁上，缓解疲乏。

就在脚蹬上洞壁的时候，她感觉到有点不对劲，便转过身，将手中夜明珠用力摩擦了几下，以求更亮一些，再照向后方土壁。

在珠光照耀下，后方壁上闪烁着一片金光，夹杂在黑沉沉的煤炭层之间，煞是迷人。

葛稚雅没有饼吃，正站着发呆，此时看见金光闪烁，便问：“那是什么？煤炭中夹生金子？”

“是黄铁，很多不识货的人确实会认成金子。”阿南道。

葛稚雅“哼”了一声，别开了脸。

朱聿恒见阿南一直盯着墙壁看，便走到她身旁，问：“怎么？”

“笛子……”阿南将珠子靠近墙壁，说道。

朱聿恒顺着她的目光看去，果然看见在黑色的煤层之中，夹杂着一长条的黄铁矿，形状与竹笛一般无二。

而最令人诧异的是，笛身上还有七个均匀分布的孔洞，用金丝缠绕的扎线。

阿南抬手摸了摸，说：“笛身是天然形成的，但这七个孔洞和扎线是后来刻的。”

朱聿恒则看向了旁边的一行字，低念了出来：“春风不度玉门关。”

这是王之涣《凉州词》中的一句，上一句是——羌笛何须怨杨柳。

“这笛子看起来……有点熟悉啊。”阿南说着，与朱聿恒对望一眼，都不约而同地想起了，从楚元知家的天井中取出的那柄金色竹笛。

那孔洞的分布、绕笛身的金丝，几乎都一般无二。

两人都不由自主地回头，看向葛稚雅。

葛稚雅瞥着那墙壁上金色的笛子，却没什么反应。阿南忍不住问：“葛稚雅，你还记得当初嫁妆中的那支笛子吗？”

葛稚雅嗤之以鼻，说：“嫁妆？我当时等于是被家里赶出去的，嫁的卓寿也不过是个边军小头头，能有什么值钱的嫁妆？”

她说着，又看了墙壁上的笛子一眼，皱眉道：“这么说的话……当时我的嫁妆中似乎是有一支笛子。但那笛子不过是三四十年前的旧物，因为我娘会吹笛子，还教过我，所以族里开仓库让我选嫁妆时，我也不屑拿什么贵重东西，顺手就拿了几样不值钱的过来凑数。后来它应该和其他嫁妆一起，在徐州驿站被烧掉了吧？”

楚元知埋头吃饼，一声不吭。

阿南则若有所思：“当时三四十年的笛子……到了现在，那就是五六十年了。”

“与这机关的时间，差不多。”朱聿恒说着，又示意她将珠子往旁边移了移。可惜土层风化，这一处尽是新塌的断口，看不出原来是否有什么东西。于是阿南再将夜明珠移向右边，他们终于看到了另一个图案。

朱聿恒脸色微变，碧绿的珠光在他的睫毛上略微一颤，让他眼中满是阴郁。

阿南看着那上面的图案，也是错愕不已。

那上面的煤层，被刮去了一部分，修成了几座黑色山峦形状。而那山峰之中，黄铁矿正生成金色怒涛，冲击着黑色的山峰。

旁边也有一句诗，刻的是“咆哮万里触龙门”。

这是李白《公无渡河》中的一句，上一句是——黄河西来决昆仑。

而那被修出来的黑色山峦，朱聿恒与阿南，都无比熟悉——

那正是开封暴雨之中，河堤坍塌的一段。

阿南顿了一顿，立即快走一步，向着更右边走去。

在黄河的旁边，是黄铁矿中的巍峨城池。金色的黄铁被人用利器辟出如火般的形状，将整座城包围在其中。

“这是……顺天？”阿南看着那城池，声音略有干涩。

朱聿恒摇了摇头，说：“不，这座城池没有北垣，西北也未缺角。这是前朝旧都。”

在这焚城的图像旁，也有一句诗，写的是杜甫的“风吹巨焰作”。

阿南立即高举手中的夜明珠，寻找四壁其他的图像。

可惜，不知是由于六十年来四壁风化，还是因为一开始就没刻上，只有这三幅图。

“至少这里，原来肯定有一幅。”阿南指着黄河与竹笛中间，煤层新剥离的地方，恨恨道，“如果顺天这个阵与黄河那次都与这个关大先生有关，那么，下一次还会有一场我们所不知道的灾难，而下下次，就是这个笛子代表的那一场！”

第十七章

混沌荒火

朱聿恒的手，不由自主地抬起，轻覆住自己咽喉的下方。

在那里，有一条狰狞血线，正纵劈过他的身躯，让他的人生，即将走到尽头。

顺天、黄河……玉门关。

若按魏延龄所说，他每隔两个月发病一次的话，那么下一条血线的出现已经迫在眉睫。可如今那条线索，已经残缺了。

“阿言？……”阿南看着他脸上的神情，带着隐约的担忧，“你没事吧？”

朱聿恒勉强镇定下来，别开了头，低声说：“没事。我只是担心，以后还会有更多的灾难，涌现在神州大地之上。”

“出现就出现，那又怎么样。”阿南将两边墙壁和头顶都照了一遍，确定再也没有其他图案后，朗声道，“刀对刀，枪对枪，兵来将挡，水来土掩，世上哪有解决不了的事？”

她的声音清朗坚定，让此刻一时迷失恍惚的朱聿恒，似是回了神：“你真的，能解决？”

“上次我在黄河边未能破解那个阵法，以至于酿成大错。接下来就看对方还设了什么花招，我非要各个击破不可！”她斩钉截铁道，“就算我一人能力有限，不是还有你嘛，再加上楚先生他们，我不信那关大先生是大罗神仙！”

说到这，她低头看了看他的手，语调又转为轻快，道：“所以阿言，你一定得好好练自己的手啊，以后我做不到的事情，都要靠你了。”

朱聿恒看向前方未知的黑沉通道，又回头看向后方，也不知道那些遍燃的火苗是否已被扑灭。

他心下想，以后，他是否还有以后呢？还有多久的以后呢？

而她拉上面罩，手捧明珠，为他照亮前路：“走吧，时间紧迫，不能再耽搁了。”

一路在黑沉沉的煤层之间穿行。道路有时开阔如高轩，有时狭窄得只够手脚并用爬过去。若没有地图指引，他们怕是在这些地下空洞中绕个十天半月，都未必能走得出来。

离那个旋涡越来越近，但预想中的水声却并未出现。

预想落空，阿南的心下越发不安。

通道尽头，面前的黑暗一片死寂，空间却很大。阿南手中夜明珠的光被无边无际的黑暗吞噬，只能模糊照亮她自己的身影，周身所处的环境，却全都看不清楚。

这旋涡所在的地方，似乎只是一片广袤无垠的空间。面前的黑暗一片死寂，空间却很大。

“看来，要和诸葛嘉一样，投石问路了？”阿南口中开着玩笑，脸上的神情却丝毫不敢松懈。

楚元知有点迟疑：“这……贸然试探，会不会像前边一样，让机关提前启动？”

阿南便转头问朱聿恒：“现在大概是什么时候了？”

朱聿恒略略算了算，面色严峻：“亥末了。”

“亥末，那不是马上要到子时了吗？”阿南看着面前似乎没有边际的黑色，又问，“你之前说，死阵会在今晚子时发动？”

“是蓟承明留下的推论，但这毕竟是一甲子之前设下的阵法了，不知道是否精准。”

话音未落，仿佛要验证他的话，黑暗中忽然传来悠长的风声，随即，“咔——吱——”的声响在他们耳边响起。

四人都听出来，这是机关启动的声音。

子时，已经到了。

周围情形未明，他们立即聚拢，警惕地观察四周，以应对可能突如其来的暗袭。

一片漆黑之中，一点明亮的火光忽然升腾而起，照亮了这片黑暗。

是一根海碗粗、一丈长的青铜火炬，自地下冉冉升起，它上面显然是安装了火石，越过地面时火星撞击，上端顿时燃起火焰。

火炬光芒之下，他们终于看清了自己身处的环境。

这是一个巨大的岩石空洞，煤层至此已经所剩无几，只在头顶还有一部分，如一条条黑色的带子飘在穹顶之上。

石洞如同一个巨大的蛋壳，将他们包裹在其中。幸好在空间的边缘，有十二根巨柱撑起这个空间，四周又有许多大大小小的孔隙与通道，送了风进来，破除了被整个浑圆包围的窒息感。

见这里煤层稀少，又有火光燃起，想必外面空气没问题，众人都拉下了面罩。

楚元知走到柱子旁边，看了看柱子，有点心惊地对阿南道："南姑娘，这些柱子是煤炭堆琢而成，里面还混杂了硫黄硝石，遇火则必会爆炸燃烧。"

阿南环顾四周，说道："看来，我们得防备中间的火炬，毕竟这里的明火只有它。"

众人看向中间的火炬，火光照亮了火炬上刻的花纹。那是飞鸾图案，刻法线条十分利落，寥寥几笔便刻出了青鸾飞舞的形象。

顺着火焰向下看去，火炬上的青鸾，尾羽曳向地面。那地面上的煤层，被人工打磨得平整如镜，只在炬身周围三尺内，刻出一些羽毛凹线，仿佛青鸾的尾羽拖曳在了地上，而乌黑平整的地面让它仿佛站立在水面上，几乎可以看出倒影。

"九玄门……"楚元知看着那鸾鸟花纹，喃喃道。

朱聿恒看向阿南，阿南知道他对这些并不了解，便低声解释道："九玄门，传说是黄帝时崛起的上古门派，创立者是个女子，因传授黄帝兵法战阵而被尊为九天玄女。不过九玄门一脉绵延数千年到现在，早已式微，如今后人都难寻了。但这一脉的标志确是青鸾，而且阵法宏大精妙，善于利用山川河流天地造化。看起来，这位设阵的关大先生，应该是九玄门的传人。"

阿南说着，绕着光滑的圆形镜面边缘走了几步，观察那根燃烧的火炬，试图了解它的用意。

怕直接踏足地上会有机关启动，因此阿南考虑片刻，抬手先射出流光，在炬身上轻触一下。

"叮"的一声轻响，毫无反应。

阿南收了流光，正皱眉思索，身后朱聿恒却道："你再敲一下。"

阿南依言，叮叮当当朝着那火炬飞快敲了数十下，从上至下都敲了一遍，才收了手，说："里面藏着东西，好像是铜铁类的东西。"

朱聿恒说道："里面应该是套着的空心铜管，一个叠一个，依次相套，一共有四层。"

"四层套管……"阿南向楚元知看了一眼，问："楚先生，你知道这是干什么用的吗？"

楚元知摇了摇头，葛稚雅却在后面突然出声，指着斜上方道："你再敲击那里试试看。"

阿南看了她一眼，依言试着将流光射向上方高高的穹顶，却发现它的精钢线不够长，无法触到顶端。

阿南朝旁边看了看，踩住旁边的凹洞，跃上一个稍高的通道，站在通道顶端又射了一次。

这次距离顶端不过半尺，却依然够不着。

正在阿南皱眉之际，却见朱聿恒也踩着凹洞翻了上来。

通道顶端狭窄，站两个人相当勉强。阿南竭力给他腾出站脚的位置，贴着他站着，问："你上来干什么？"

"我送你上去。"他说着，抬手托住了她的腰身，将她举起向上抛去。

就如那一夜在楚家的地窖中，他送她跃上高处一般。

阿南纵身而起，抬手向上方射出流光。

"铛"的一声，是金铁相击的声音，清脆地在这圆洞内回响，久久不散。随即，上方落下一撮混杂着金色的煤屑。

阿南大惊，落回朱聿恒怀中，因为站脚的地方狭窄，他抬手接住她后身体失去平衡，两个人一起翻坠下来。

朱聿恒刚扶着她站定，旁边已经传来葛稚雅的声音："怎么样？是黄铁矿吧？"

阿南点了点头，皱眉道："这一路走来，只有那一处煤层中，夹杂着黄铁矿。"

葛稚雅抱臂道："而且很巧，就在我记得的那一处。我认方向很准的，一路走来，我们其实是向下绕了一个大圈。"

那张地图，在画出了正确的通道之时，也在误导看图的人。图上一直向前延伸的路，其实有着不易察觉的向下弧度。而葛稚雅因为没有看那张地图，所以凭着自己的感觉，察觉到了真实的地形。

"所以我们现在，是在那个起火的凹洞下方？"朱聿恒立即明白过来，他看向中间那熊熊燃烧的铜火炬，只觉不寒而栗，"所以，这火炬装置的用意是……"

"子时快到了，火已经点着。它将焚烧这支撑空间的十二根巨柱，再引燃煤层，让下面与上方空洞在焚烧中同时坍塌，到时候整座顺天城将在瞬间塌陷火海！”饶是阿南这些年见过无数风浪，此时也忍不住声音微颤，勉强控制住自己的惊骇。

“比我们预想的，顺天城因为地火而化为焦土还要可怕一万倍。地下焚烧变热，还有足够的时间逃离，顶多是废弃掉这座城市。可坍塌于火海，只是一瞬间！”

他们看着面前这座正在燃烧的火炬，仿佛看到一头在地下蛰伏六十年的巨兽，正徐徐开启双眼，准备张开血盆大口，将上面整座城市，连同可能正在仓促逃离的人群，一口吞没。

“谁也逃不掉了……我们都逃不掉了……”楚元知举拳敲击着身旁的柱子，面露绝望道，“这青鸟的尾羽连着火线，通过地下，正在慢慢燃向这撑起穹顶的十二根柱子。顶多只要一两刻钟，这十二根柱子爆炸起火，这个岩洞将彻底燃烧坍塌！”

虽然在下来的时候，已经做好了回不去的打算，但一想到自己即将葬身火海，尸骨无存，朱聿恒的脸色，还是顿显苍白。

阿南亦是呼吸急促，然后立即道：“看来，我们唯一的办法，只有推倒火炬，阻断地下火线，保住这几根柱子了！”

说罢，她也没时间再去管那被打磨得如同平镜般的地上有没有机关了，一步踏上圆形地面，向着中间的火炬疾奔而去。

朱聿恒下意识便跟了上去，想要与她一同前去。

然而就在阿南踏上地面之际，那圆形的平滑地面陡然一震，那根看似牢牢站立在地面中的火炬，竟似折断一般，轰然倒下了大半截。

那倒下的铜管，被青鸟的双足撑住，横悬在离地一尺半的地方，而在倾倒的一瞬间，那里面套着的铜管因为惯性而从外管的中间冲了出来，带着熊熊火焰，旋转着直击向正踏上光滑地面的阿南。

阿南翻身跃起，避开袭来的厚重铜管。就在她刚刚翻转过去的刹那，铜管的尽头，又冲出另一层铜管，轰然燃烧的火焰直扑向她。

在煤层中跋涉这么久，阿南身上的樱草色衫子早已黑一块灰一块。饶是她反应极快，避过了第一根铜管，又在第二根冲出来之际仓皇一跃而过，但罗衣翻飞之时，火焰骤然冒出，裙摆顿时被烧掉了一块。

“小心！”朱聿恒话音未落，只听“铮”的一声，第四层铜管也已从第三层中滑出。

四截一丈长的铜管，第二截连在第一截的尽头，第三截则连在第二截的尽头，第四截又连在第三截的尽头，首尾相连又彼此万向旋转，半悬在光滑如镜的地面之上，燃着炽烈的火，彼此牵扯又各自拥有旋转轨迹。

一时间整片被打磨成镜面的地上，全都是形迹诡异的火影，阿南闪过第三根火管，第四根就以完全不可能的角度从后方旋转了过来，从她唯一能落脚的地方扫过。

眼看那燃烧着火焰的沉重铜管向她旋转击来，阿南被逼无奈，不得不退了回来，脱离那些火焰与铜管的范围。

“是混沌计法啊……”楚元知颤声道，“二连混沌就已经无人能预料其轨迹了，如今我们面前的，是四连混沌！”

“混沌计法又怎么样？”阿南咬一咬牙，说道，“拼上一条命，我就不信冲不破这场混沌！”

朱聿恒看着面前那些燃烧翻滚的、似乎完全无序的铜管，只觉得面前一片全是火光，灼眼得厉害。他强自镇定心神，问阿南：“什么叫混沌计法？怎么算？”

“没法算。混沌计法，是阵法中最不讲道理的攻击方法。两根可以随意旋转的棍子相连，那么我们根本无法预计第二根的旋转方向和行动轨迹。而再接上第三根，因为第二根已经无法计算，第三根角度变换的可能性又多了亿万倍，所以，发力点从何处而来，攻击要往何处而去，全都是不可能预判的。”时间仓促，阿南一指那些不断无序旋转的火管，道，“而这是四连混沌，所以除非是神仙，否则没人能算出这四根铜管的行动轨迹！”

楚元知急问：“或许我们……可以去搬几块大石头来，卡住这些铜管？”

阿南看了看被打磨得如同镜面的地板，又转头看向外面的通道，摇了摇头。

楚元知奔出去，一看外面通道，顿时内心一片冰凉。

显然设阵的人也早已料到此事，通道中空空荡荡，竟没有半块稍大些的石头。

朱聿恒抿唇看了看面前那片无序的火海，低声说：“我来算。”

“你算不了，混沌是无解的。”阿南咬牙道。

“就算无解，反正都到最后一刻了，我们总得试一试。至少，我一定会在混沌火海中，帮你找到落脚的那一点！”朱聿恒说着，向着后方的高处奔去，抬脚踩住凹洞，翻身便上了最高点。

看着他的背影，阿南深吸一口气，抬手紧绾自己的发髻，转头就向着中间的混沌火冲去。

火光照耀出她的身影，在四根无序旋转攻击的火焰铜管之下，她如同扑火的飞蛾，向着最中心的机关枢纽而去。

朱聿恒站在高处看着她，在刺目的火光之中，他紧紧盯着那个身影，就像在雷峰塔的莲花火海中一般，在疯狂涌动的火焰之中，争取一个可以让她堪堪避过攻击的空隙。

“东南方，二尺三寸……”

话音未落，他的喉口忽然哽住，竟发不出任何声音。

剧痛撕裂了他的身躯。那条从小腿直上咽喉的血线，在蛰伏了两月之久后，忽然间剧痛起来。

如同一把刀正顺着阴维脉，硬生生劈开他的半身，他眼前昏黑一片，捂住自己的喉头，跌靠在了后方的土壁上，连呼吸都难以继续。

他苦苦隐藏了这么久的秘密，在这最重要的一刻，却毫无预兆地爆发出来，再也无法隐藏。

朱聿恒竭力倚贴在壁上，不让自己从高处坠落。

眼前一片昏黑，火焰的光芒在瞬间黯淡下来，只在他的眼前如一条条乱舞的金蛇，怪异地扭曲着。

可，阿南还陷在火海里，等待着他的指引。

在火海之上，还有近百万人的生命，系在他的身上。

他的指尖死死掐住身后的土壁，咬破舌尖，强迫自己恢复一点清醒神志。

面前模糊的光亮之中，阿南的身影，也已经难以分辨。他在一片昏黑中，凭借着对上一次她落脚点的记忆，寻找那些狂舞的光点之中，可以让她稍避凶险的空隙。

“西……稍偏北，四尺一寸……”

他的声音断续破碎，那声嘶力竭的嗓音，让下方原本紧张关注阿南的楚元知心头一惊，赶紧回头看他。

见他面色惨白地贴在高处土壁之上，身躯颤抖，冷汗涔涔，楚元知“啊”了一声，问：“大人，您……怎么了？”

他没有回答。在依稀模糊的昏黑视野之中，他看见那抹极淡的身影，没有落在他指定的地点。

她反身跃了回来。

背后那无序旋转的燃火铜管，忽然从斜后方划了个诡异的弧线，向她背后袭去。

阿南听到耳后风声，立即向前扑去，以求脱离攻击范围。

然而她的行动终究没有那些呼啸而来的铜管那么快，只听得“哧”的一声，她的绿罗裙已经被扫中，燃烧起来。

幸好阿南见机极快，在铜管扫来的那一刻，她的右手在地上一撑，双腿已经旋过那重重一击，卸掉了大部分力量。

饶是如此，她的左腿依然被扫到了，“砰”的一声，重重摔在了地上。

楚元知这下不仅是双手，连身体都颤抖起来。他看看面色惨白痛苦不已的朱聿恒，又仓皇回头看摔在地上的阿南，绝望地闭上了眼。

燃烧的机关已经深入地下，他们再也无法阻止已经步步逼近的死亡。

而阿南迅速打滚，灭掉自己裙上火苗的一刹那，不顾小腿的剧痛，爬起来奔向朱聿恒。

一脚踩踏在墙壁孔洞之上，抓住上面突出的石头借力，她翻身跃到他的身边，一把抓住朱聿恒的手，急问：“怎么回事？”

朱聿恒瞳孔涣散，她的面容在火光下化成模糊一片，金色橙色或者是血色的影迹，在他面前晃动，就像死亡来临，冰冷又恍惚，炫目又迷离。

他再也无力撑住，整个身子倒在了她的怀中。

高处的空间太过狭小，为了不让他掉下去，阿南伸出双臂抱紧了他，仓促间回头瞥了那在机关的驱动下，依旧狂乱划出刺目弧线的混沌荒火一眼。

小腿上那灼热的焦痛，已经变成锥心的刺痛。怀中抱着的朱聿恒，已经失去了神志。

难道，她真的要死在这里，无能为力地化为焦灰，让头顶上的百万性命，也因为她的无能而永坠火窟？

“阿言，你怎么了？”阿南抱住朱聿恒，试探了一下他的鼻息，见他呼吸紊乱，立即掐住他的人中。

可怀中的朱聿恒却毫无反应。

楚元知在下方掏出伤药，丢给她：“南姑娘，你的脚……”

阿南一把接住药瓶，胡乱在自己的脚上涂抹了一下，抬头见下方打磨得光滑无比的黑色煤层之上，混沌荒火呼啸而过，但那些刺眼的火光已隐藏不住下面隐约的十二条红线。

那是楚元知所说的火线，如同殷红的血，正从青鸾的尾部，渐渐蔓延向那十二根柱子。

“阿言，你快点醒来，你得帮我进入混沌中心，把机栝停下，阻断那些火线……”

可朱聿恒毫无反应，只是呼吸灼热急促。

他的外衣早已在扑火时脱掉，阿南见他呼吸不畅，便抓住他中衣的衣襟，将它扯开。

她的手触碰到他咽喉处的血线，正在他的皮下剧烈跳动，似要突破皮肤而出。

阿南愣了愣，然后将他的上衣一把扯开。

那条纵劈过他半身的血线，顿时呈现在她的眼前，在此时凌乱变幻的火光之下，显得更为狰狞可怕。

“这难道是……《山河社稷图》？”她抬起手，抚在那条血线之上，脸色骤然变得惨白，似是不敢相信，又似是同情怜惜，抚摸他胸膛的手微微颤抖，“谁弄的？是蓟承明吗？”

朱聿恒已经陷入昏迷，他当然无法回答。

下方忽然传来凌乱的脚步声。阿南抱着朱聿恒，转头看去。

煤炭的引燃，比木炭要慢得多，但，他们无法停止混沌荒火去阻止它们，便只能眼睁睁地看着那红色的线延烧而去。

就像被绑在床上的人，眼睁睁看着刀子一丝一丝挪动着刺入自己眼中一样，比一触即爆还要可怕千百倍的煎熬，死死扼住了他们的喉咙，让他们深陷恐惧。

下方的楚元知因为受不了这种压抑，正跌跌撞撞地向着出口奔去。

葛稚雅依然是那种冷冷的口吻，但那声音也已经变调了，显得有些扭曲：“跑什么跑？死在过道和死在这里，有什么区别！”

她的话，让楚元知更加绝望，“扑通”一声跪倒在地，泣不成声地问：“我……我死了不要紧，可璧儿怎么办……北淮怎么办？”

按照葛稚雅的个性，平时肯定会讽刺几句，可此时此刻，听到他失控的哭叫声，她竟也没再说话，只是面色铁青地看着那些逐渐蔓延的火线，不知道在想什么。

“怕什么，我们还有希望！”阿南在上头终于出了声，蒸腾的火焰与一路疲惫让她声音干涩嘶哑，但依旧沉稳坚定，“只要阿言，快点醒来！”

她的目光从那些暗红的火线上收回，转回头死死盯在朱聿恒身上那些赤红的血线上。

但，也只是犹豫了一刹那。她抬起手，狠狠撕开了朱聿恒的衣襟，让他的胸膛彻底袒露在自己的面前。

她的手，按在他咽喉血线的末端，然后顺着那条殷红的线，一路向下，摸索着一寸一寸移了下去。

从咽喉，一直摸过胸口，再探到腰间，她却一直没摸到自己想要的那种触感。

她只能扯开他的腰带，想顺着血线，继续从他的腰间摸到小腿。

但一扯开腰带，她便看见了横贯过腰腹的那第二条血线。

“原来……这不是刚发作。”阿南只觉心口一阵冰凉，一种绝望感袭上心头。

阿言说，查不清三大殿起火案，他会死。

原来，是真的会死。

不是皇帝要他死，而是他身上的《山河社稷图》，要让他在剩下的时日里备受折磨，眼睁睁看着自己一步步走向生命的终点。

这一刻他们面临死亡的恐惧与绝望，阿言却每天都在面对着、承受着。

这日复一日的沉默隐忍，她不知道他究竟是如何做到的。

“我不知道能不能有效，但……都到这份上了，咱们就当你中毒了，死马当活马医吧！”她一咬牙，抓起他随身的龙吟拔出，抵在了他的咽喉处。

定了定神，她抬起手，猛然划了下去。

鲜血迅速涌出，朱聿恒的身体陡然一震。

但阿南丝毫不为所动，下手极稳地将那条血线又挑开了一些，用力去挤压里面深红的瘀血。

可是瘀血黏稠，冻在皮下，她竟无法挤出。阿南把心一横，俯下身去，将自己的唇凑在伤口处，用力将那些瘀血吸出来。

从咽喉到胸腹的血线被她吸出后，她吐完口中瘀血，喘息了几口气。

身边朱聿恒的躯体猛然一震，她转头看他，他已经微微张开了眼睛，正用没有焦距的眼睛盯着她。

“醒了啊……看来，是有效的。”她说着，深吸一口气，举起龙吟，用尖端再度挑开他腰上的血线。

朱聿恒在蒙眬的视线中，感觉到腰间微痛，然后她俯下身，挑开自己腰间的血线，以口相就，将血一口口吸走。

他失神地望着她，又是茫然，又是惊惧，还带着些许不明所以的震撼。

阿南没有理他，径自撩起他的衣服下摆，极为准确地顺着那条蜿蜒血痕划下来，然后再次将涌出的血吸走。

等到他身上瘀血已清，她才吐干净口中鲜血，抓起他的手，示意他一手按住自己胸前的伤口，一手按住腿上伤口。

“没办法，我只能这样临时先帮你缓一缓。”仓促以手背擦去唇边鲜血，她低头盯着朱聿恒，问，“看得见我吗？”

朱聿恒只觉得太阳穴一阵阵针刺般的疼痛，胸口和腿上的伤处正在剧烈抽痛。但他确实听到了阿南的话，看到了阿南的脸。

他艰难地嚅动双唇，竭力开口：“阿南……”

听他声音还算清晰，阿南略微松了一口气，朝下面喊：“楚先生，金疮药！”

楚元知毕竟是有家室的人，那包袱看似不大，东西准备得十分停当，当下就抛了伤药上来。

时间紧迫，阿南飞快沿着朱聿恒的伤处撒了一遍，然后将他衣服下摆撕了，在胸口和腿上紧紧包扎好。

她抬手指着面前的混沌荒火，问：“看得清吗？”

朱聿恒靠在她怀中，顿了片刻，等待眼前的阴影过去，才点了一下头：“可以。”

“没时间了。无论如何，为了顺天的百万人，阿言你必须撑住，知道吗？”阿南站起身，不管左腿上的剧痛，抓起他的龙吟一跃而下。

下方，楚元知看看高处的朱聿恒，又紧紧盯着她，目光惊惧中又带着些绝望的企盼。

就连葛稚雅，也站直了身子，似在等待她的指令。

“阿言已经没事了。我们这次，一定要冲破混沌阵，将机关枢纽停下来，这样才能打破地面，将火线阻断。”阿南看着面前两人，以不容置疑的口吻说道，“事到如今，逃也是死，躲也是死，我们唯一能活下来的机会，只有干掉这机关！”

楚元知眼圈通红，看向那诡异莫名的混沌荒火，颤声道：“可是……可是这四重混沌火，这世上，从没人能破解……”

“就算从来没有，我们也得做开天辟地的第一个！”阿南目光锐利地盯着他，反问，“你这一辈子，活在徐州那场大火的阴影下，成了现在的模样，难道不想拼一把，当一回拯救百万人的大英雄？”

楚元知张了张嘴，终究什么也没说出来，只重重点了一下头。

“葛稚雅，我知道你与我们不是一路人，但，”阿南又看向葛稚雅，声音干脆利落，“今日大家待在同一条船上，要是船底漏了水，黄泉路上谁也逃不了。帮我就是帮你自己，你说呢？”

葛稚雅瞧着她，说话依然僵硬，但目光却不再那么冷了：“说吧，要我做什么？”

都是聪明人，不需废话。阿南满意地指着周围的一圈柱子，说道：“柱子是削煤而堆成，中间掺杂了易燃物，火线一烧过去，十二根柱子必定会同时爆燃。你们对于火药都是大行家，能处理吗？”

楚元知立即道：“能！”

葛稚雅瞧了瞧柱子，又看了看地面，说：“行，我负责右边六根柱子。但是南姑娘，就算我们把火线截断了，这层地面是煤炭打磨而成，也会慢慢被引燃。到时候停不下机关处理不掉地面，这里全部化为火海，顺天整城湮没，都要算在你的头上！”

“放心，要是我们死在这里，下辈子我给你们当牛做马！”阿南深吸一口气，义无反顾地朝着混沌荒火跃了进去。

楚元知紧张地看着她的身影，却听到身旁的葛稚雅喃喃道：“当牛做马就不必了，下辈子……我倒是挺想当一个你这样的女人。”

楚元知愕然看着她，不知道她是什么意思。

她却已经转过身，大步走向右边的柱子。

混沌荒火依旧呼啸着，疯狂无序地乱摆。

在黑色的镜面上，上下相映的火光在阿南面前一剪而过，那狂暴的力量，仿佛能将世间任何事物卷缠入自己的攻袭范围内。

如乱云，如激流，如迷雾，如旋涡。

关大先生早已在地图上标明了，这是旋涡。世上最可怕的旋涡，任何接近的人，都将被卷入其中，撕得粉碎。

阿南脚步不停，扑入了这火焰旋涡之中。

“正东，二尺八寸。”

朱聿恒的声音虽然喑哑，却十分稳定。无人看到，他的指甲深深嵌入胸口，强行对抗那乱扎太阳穴的刺痛。

他要让自己更冷静一点，要看得更清楚一点，要算得更准确一点。

要让阿南的落脚点，更安全一点。

“西稍偏南，三尺整，弯腰。”

阿南的身影，扑向他所说方位的同时，弯下了腰。

呼啸而过的铜管，带着灼热的火气，恰好从她的头顶转了过去。

“北偏东，一尺六寸。”

阿南翻身落地，在一纵即逝的空隙之中，堪堪落脚，然后听到朱聿恒的另一声指引，又一个起落，欺入了阵法内围。

楚元知那双满是死气的眼中，终于燃起希望。他一边加快了手下处理火线的动作，一边死死盯着阿南，就像是溺水的人盯住岸上人抛来的浮木，不敢有一瞬分神。

然而，因为铜管的摆动距离，在最外围，能攻击到阿南的只有最外面连接的那第四根铜管，而越接近内部，能袭击到她的铜管也就更多。等到了最中心，她便到了被四根火管笼罩住的范围。

本来就艰难的计算，此时陡然以千万倍增，朱聿恒只觉得扎在太阳穴的那些钢针刺痛，已经变成了一把锥子，深深扎入他的脑中，让他头颅剧痛的同时，也变成了混沌一片。

混沌，不可计算，无法预测。

一生二，二生三，三生万物。每一根铜管的旋转，每一簇火苗的跳动，甚至是阿南裙角的细微翻飞，那些最细微的力量与气流，会顺着第一根、第二根、第三根铜管的放大，从而在第四根燃烧的铜管上变成巨大的逆转摆幅，重击回她的身上。

太阳穴的疼痛越来越剧烈，身体的抽痛却清晰无比，阻碍了他的呼吸，也让他无法再清醒地计算那海量庞大的数字。

他的声音开始迟疑缓慢，每一次都只能让阿南堪堪从攻击边角避过。而中间，已经再也进不去。

葛稚雅身手利索，此时将第六根火线截断，然后站在混沌荒火边缘，盯着阿南。

她几次接近最内围，却又几次被迫退出，让葛稚雅脸色铁青，一脚踏进了那镜面上，又在火焰袭击过来时，猛然缩回。

楚元知也正从左边第六根柱子下直起身，急切关注着阿南的情况。见葛稚雅半只脚踏进阵法中，立即问："你想干什么？"

"他能精准计算的，只有三层。"葛稚雅看着阿南翻飞险避的身影，声音在此时火焰之前，却显得格外冷静，"所以她只能进入三层混沌，而第四层中心，神仙也算不出、攻不破的。"

楚元知自然也看出来了。但他们都无能为力，毕竟，没有人的计算能超越朱聿恒，也没有人的身手能比阿南利落。

他们只能看着地下绵延的火线，向着那些柱子越燃越近，红得触目惊心，却无法阻止，无能为力。

"大概……"楚元知喃喃道，"我们真的要死在这里了。"

"不然呢？难道你还期望自己这样的升斗小民，真的能变成救世英雄？"到了这地步，葛稚雅依旧尖酸刻薄，对他嗤之以鼻。

楚元知已经不再介意这些了，他恍惚道："死有轻于鸿毛，亦有重于泰山，我……至少尽力了。"

葛稚雅盯着机关的最中心，冷冷道："哼，你死在这里，就是轻于鸿毛。"

楚元知反问："你难道不会死？"

"我本来就是将死的人。焚烧三大殿，又杀了那么多人，就算我把蓟承明的阴谋告知朝廷，可现在也没法立功挽回，皇帝老儿会放过我？”葛稚雅反问。

楚元知想了想当今圣上的酷烈手段，摇了摇头，心想，说不定你死在这里还算是好事，不然，凌迟腰斩剥皮都难说。

“但，我还是想搏一搏。”葛稚雅低低说着，回头看向上方的朱聿恒。

她看着他越发惨白的面容、青灰的双唇、布满血丝的双眼，明白他已经到了濒临崩溃的边缘，无法再支撑下去了。何况再进一步，突破那以恒河沙数计的第四层混沌，是绝不可能的事情。

“我要让我娘入土为安，要让那些厌弃我的族人亏欠我的大恩，世世代代祭拜我，要把我的名字，留在那本《抱朴玄方》上！即使我注定要死，但……只要我把他保住，这些我做不到的事情，就都能实现！”

楚元知不理解她说的是什么，只顺着她的目光，看向朱聿恒，喃喃问：“他……能算出来吗？”

“不可能。人力总有穷尽之时，他毕竟也是人，破不了最后一层混沌。”葛稚雅说着，转头朝着楚元知扯起一个她惯常的冷笑，然后一步迈入了混沌阵中——

“但我，能把四层混沌降到三层，让他足以算出来！”

前方的铜管，正以迅疾的速度袭来。葛稚雅却并不闪避，反而扑了上去，将它紧紧抱住。

她常年穿着防火的衣服，此时抱住燃烧的铜管，只将脸偏了一偏，任由上次在雷峰塔被灼烧过半的头发，此时再度卷曲成灰。

她仿佛毫无察觉，仗着自己身穿火浣衣，竭力爬到第四根铜管与第三根铜管相接的地方。

机栝极为强劲，但毕竟铜管上多了一个人，旋转攻击的速度略微放慢了。葛稚雅趴在上面，从怀中掏出一个瓶子，咬掉软木瓶塞，将里面的东西一股脑倒在手套上，死死按在了相接的万向钮上。

为了让旋转灵活自如，那铜钮并不粗大，只以手指粗的精钢相扣。而葛稚雅死死按在上面，手中冒出炽烈的白色火光与浓烟。

楚元知惊骇得大叫：“葛稚雅，你疯了！”

他的声音，甚至盖过了朱聿恒指点阿南闪避的声音，阿南凭着下意识的判断，险险避过那攻击而来的铜管，自然也看见了铜管相接处的葛稚雅，还有她手上的炽火浓烟。

“即燃蜡！”阿南脱口而出，而葛稚雅从她身旁转过去的刹那，忽然摘下了自己的面罩和一只火浣布手套，丢给了她：“戴上！”

阿南下意识地接住，看着她被身下的机栝带动，飞速远离了自己。

“西偏南三分，二尺二寸！”

她的身体本能地跃起，落在朱聿恒指点的地方，仓促戴上面罩，回头再看葛稚雅。

即燃蜡的烟火已经燃完，而葛稚雅却仿佛丝毫不惧这些毒烟毒火，她伏在铜管上，抬起火浣布手套，看着上面残留的白灰，然后毫不犹豫地将它们全部按在精钢的链接钮上，抬起了自己的手。

她入阵之前，早已抓了一块尖锐的煤块，此时她狠狠地将尖端朝着自己的手腕劈了下去。

十四岁时的那个狰狞旧伤再次被划开，鲜血喷涌而出，洒在即燃蜡的灰烬上，顿时沸腾起来，甚至还可以听到“哧哧”的声响。

无论多么精炼的钢铁，都难以对抗这么剧烈的腐蚀。

铜管的火已经灼烧她的全身，火浣布也无法抵挡这么长久时间的火焰。但她却状若疯狂，仿佛感受不到自己皮肤正被火烧得焦黑。她举起手中的煤块，用尽最后的力量，狠狠向下砸去，一次，两次，三次……

钢钮终于出现了一个凹口，在她的击打下，扭曲变形。

她最后一次重重砸下去，煤块碎在她的手中，崩裂四散。

后方的铜管，飞旋击来，重重砸在她瘦小的身躯之上。她口中鲜血喷出，扑倒在第四根钢管上。没有戴手套的手抓住管沿，被火烧得皮肉焦烂，却死都不松手。

直到下一次失控旋转，铜管猛然震动，她的手狠命向上一提，连接处的钢钮终于跳了一下，那个她豁命砸出来的凹口，断裂了。

机栝还在继续，第四根铜管带着她，急速横飞出去，重重砸在了墙壁之上。

就连身处混沌中心的阿南，都清楚听到了她骨骼碎裂的声音。但这个狠绝的女人，在阿南看向她的时候，只用最后的力量，朝着她张了张嘴，想说什么，却已经没有力量发出声音，那血沫子从口中涌出，便气绝身亡了。

但，阿南已经看到了，葛稚雅说的是，找回我娘！

她眼眶一热，但随即便咬牙回过头去，在朱聿恒嘶哑微颤的声音中，在尚存的三根火管之中纵横起落，渐渐接近了最中心。

到了如今，她实在已是强弩之末。脚上的剧痛，身体的疲累，胸口被火焰的灼烧，全都可以压垮她。

但，凭着最后一口气，她终于站到了混沌的最中心。

驱动摆臂的机栝，就在青鸾的尾羽之下。

阿南将葛稚雅的手套戴在右手上，盯着那混乱旋转的机栝，竭力让自己冷静下来。

“西北偏西，二尺五！”她听到朱聿恒的提醒，知道后方已经有铜管袭来了。

但她紧盯着的机栝，就在这稍纵即逝的一瞬，出现了左旋右转之间唯一的空隙。

她没有听从朱聿恒的话，只抓住龙吟的剑柄，毫不犹豫地朝里面刺了进去。

熊熊烈火之中，精钢的名剑分毫不差地卡进空隙之中。

刺耳的“轧轧”声尖锐响起，剑身被机栝绞了进去，扭曲成了一坨废铁，但也死死卡住了这个机栝。

正从她身后袭来的第三根铜管，在飞击途中陡然被停止的机栝拉扯，旋转着改变了方向，从她的耳畔飞速越过，劲急的火风在她的脸颊上剐出一道红肿，呼啸远去。

阿南起身，在朱聿恒的指点中疾退而出。

中心机栝被卡死，混沌荒火失去了驱动力，速度终于慢了下来，直至停止。

就在阿南脱离危机，终于从混沌阵中撤出的一刻，朱聿恒那一口勉强悬着的气，终于松懈了下来。

阿南没事了，所以，后面的事情都可以交托给她了。

他靠在壁上，任由眼前的昏黑将自己淹没。

他不知道自己昏昏沉沉睡了多久。

在黑甜梦乡之中飘浮着，蒙蒙眬眬间，他听到一个人在低低唱着一支小曲儿——

“我事事村，他般般丑。丑则丑，村则村，意相投……”

唱歌的女子嗓音低哑，这首戏谑的歌被她唱得断断续续。她模糊地哼唱两句，停顿一下，又哼唱两句，漫不经心。

明明全身都疼痛无比，纵划过胸口与左腿的那条阴维脉伤口一直在抽痛，昏沉的头颅还像是有针尖偶尔在扎入。但朱聿恒还是觉得周身暖融温柔，无比平和。

“阿南……”他还没睁开眼，先喃喃地念了一声。

那不成调的歌声停下了，她凑过来，嗓音低哑，尾音却是上扬的：“阿言，你醒啦？”

朱聿恒睁开眼，在松明子跳动的光芒下，他发现自己还躺在黑洞洞的煤炭之中，面前是阿南被火光照亮的容颜，染着橘黄色的晕光。

见他一直盯着自己看，阿南便抬手摸了摸脸，说：“哎呀，我的脸破了，是不是很丑？”

他竭力弯了弯唇角，说：“不会，挺好看的。”

“骗人，我觉得你现在满脸煤灰，可丑了。”阿南说着，忽然想起自己刚刚唱的那一句“我事事村，他般般丑”。

丑则丑，村则村，意相投。

她只觉得心口一种莫名的情绪涌过，甚至让这么厚脸皮的她都有些羞怯。

她偏过头，拢了拢头发消除尴尬，抬手从旁边取过一个水壶，打开凑到他唇边，说：“喝点水吧，不过只能一点点，不能多喝。”

他“嗯”了一声，但全身的疼痛让他动一动也难。

她便将他的头抱起，搁在自己的膝上，然后倾斜水壶，喂他慢慢喝了两口，沾湿他干裂的双唇。

两人都十分疲惫。她倚坐在土壁上，他躺在她的膝头，安安静静靠了片刻，都没说话。

但也不必再问了，朱聿恒知道他们都没事了，顺天城也没事了。

所以他只与她闲聊：“哪来的水？”

“诸葛嘉这个事后诸葛亮送来的。我们这边都搞定了，他终于灭了前边的火，带人赶到了。不过前面最狭窄的通道那里，缚辇出不去，所以他让人去挖宽一点，再把你抬出去。”

听她这么说，朱聿恒才转头看了看旁边，果然看见不远处的通道内，站着几个士兵，远远关注着这边。

他又问：“后来地下那些火，你们怎么解决的？”

“别提了，你是晕过去了，楚元知和我可累死了。我们用铜管把地面砸开，把下面已经燃烧的煤块铲出来，彻底隔绝火种，总算把火给灭了。幸好楚元知最懂怎么控火。”阿南说着，瘫在土壁上一脸疲惫，“出去后我要睡个七天七夜！”

朱聿恒微微笑了出来。他躺在她的膝上，从下面仰视她。她的脸脏兮兮的，头发也乱糟糟的，歪着头靠在墙壁上的姿态也实在不太好看。

但他就是不自觉地看了她许久。困了，他合上眼，但大脑还是清醒的，听着她鼻息轻微，枕着她双膝柔软，久久无法入眠。

他睁开眼再看，发现她已经睡着了。

他便不由自主又看了她一会儿，直到在橘黄跳动的火光下，世界变得一片温柔模糊，才和她一起沉沉睡去。

尾声

昔我往矣

时隔三月，顺天依旧是熙熙攘攘热热闹闹的景象。

阿南穿着薄薄的衫子，抱着一兜杏子，艳衣靓饰招摇过市。走到胭脂巷，相熟的姑娘们看到她，惊喜不已地围上来：“阿南，可好久没见你了呀，上哪儿去了？”

阿南愉快地给大家分杏子吃，说：“去了一趟江南，又回来了。”

“得亏你最近不在，哎呀前天夜里啊，京中大批官员和有钱人都往外跑。我们姐妹天快亮了才知道消息，还以为是瓦剌打来了，匆匆忙忙收拾好东西正要逃出去，结果你猜怎么着……”穿红衣的姑娘嘟起嘴，气恼道，“还没出城，那些人又回来了，说是虚惊一场！这一场瞎折腾，你说气不气人啊！”

阿南笑嘻嘻地吃着杏子，说：“那也是为了以防万一嘛，还是稳妥点好。”

“对了，你去江南干什么啊？现在江南好玩吗？”

“江南很美，我还遇见了绮霞，她的笛子在杭州也挺受追捧的。”阿南笑道，“至于我嘛，说起来你们不信，我这两个月奔波，干了件大事呢！”

姑娘们嘲笑道：“你能干什么大事呀，不会是钓了个金龟婿吧？那你怎么还一个人在街上闲逛？”

阿南没法说自己为顺天做了一点微不足道的贡献，正笑着吃杏子，身旁叽叽喳喳的姑娘们忽然都闭了口，个个看着她的身后，露出意味深长的笑容。

阿南转头一看，身着朱红罗衣的朱聿恒，骑在高大的乌黑骏马上，正向她行来。

日光斑晕透过树荫在他身上辗转流过，光华滟滟。

这个男人，难怪能迷倒坊间无数姑娘。

阿南的脸上流露笑意，朝着他挥了挥手，叫道："阿言！"

朱聿恒纵马来到她身边，从马上俯身下来，问她："来这边，是要去看你之前住的地方吗？"

"对呀，我仓促离开，还没来得及赔偿房东呢。"阿南笑道，"我得回去看看。"

"不用了，神机营已经按照市价赔偿过了，他们正在盖新房子呢。"

"那我的东西呢？"

"我派人去清理过了，现在东西应该在……"朱聿恒回头看向韦杭之，韦杭之板着脸回答："屋子塌陷后，是刑部的人来收拾的，他们熟悉清理这些。如今应该在他们的仓库中。"

阿南斜睨着朱聿恒，说："没找到什么罪证吧？没有就快点把我的东西还给我！"

理亏的朱聿恒只能避而不答，示意身后人腾出一匹马给阿南。

阿南随手把杏子整兜送给姑娘们，翻身上马，在姑娘们"就知道你钓到金龟婿"的艳羡目光中，无奈地朝她们挥挥手。

夏日午后，柳荫风动。

"对了阿言，"打马前行时，她回头看看韦杭之，笑着凑到朱聿恒耳边，低声问，"怎么韦副统领的脸色，好像不太好看？"

"我下地道之前，把他支去办事了，因为知道他肯定会阻拦我。"朱聿恒压低声音，不让其他人听到，"所以这几天，他一直这副模样。"

"这还得了，这是给你脸色看啊提督大人！"阿南"扑哧"一声笑出来，用鞭子敲敲他的马背，"对了对了，我这次出生入死，立了这么大功，朝廷对我有没有赏赐啊？"

朱聿恒侧过脸朝她微扬唇角："我已经向朝廷提交，目前还在审议中。"

"哎，不用这么麻烦啦，其实吧，你们把一个人交还给我就行了。"

朱聿恒当然知道她口中所说的那个人是谁。他略一沉吟，说道："你是你，他是他。此次你虽然立下奇功，但拿你的功抵他的过，没有这样的道理。"

阿南嘟着嘴道："什么叫抵他的过？现在案子都水落石出了，公子和三大殿起火案没有半点关系，你还不赶紧去打锦衣卫的脸，把公子放出来？"

朱聿恒顿了一顿，问："你陪我出生入死，奋不顾身，都是为了你家公子？"

“阿言，你说这话好没良心啊。”阿南反问，“你要查清三大殿的纵火犯，我也要为公子洗脱嫌疑，咱俩不是刚好一拍即合吗？而且现在也造福百姓拯救顺天了，不是最好的结局吗？”

他没有回答，神情渐渐地冷了下来。

“果然如此……”他低低地说着，然后抬眼看她，嘴角轻扯，露出一抹自嘲的笑。

那火海中出生入死的相随，那不分彼此心有灵犀的配合，那不顾生死将他的毒血吸出的行为……

终究，全都是他一厢情愿，自以为是。

太阳穴上青筋跳得厉害，他不想与她就这个问题纠缠下去了，只以公事公办的强硬语气道：“就算竺星河与此事无关，但朝廷也不能因此而罔视流程。到时候自会查验释放，你何必心急。”

阿南噘起嘴，两腮鼓鼓地瞪着他。

见这边气氛不对，韦杭之拨马过来，站在旁边不敢出声。

朱聿恒避开阿南的逼视，转头问他：“怎么了？”

“圣上急召，让大人立即到宫内觐见。”

朱聿恒便将随身的令牌解下来交给侍卫，说：“你带阿南姑娘去刑部跑一趟。”

阿南眼看着他快马加鞭离去，气恼地嘟囔了一句：“说到正事就跑，怎么回事啊！”

令牌一亮，刑部最深一进院落内，墙壁最厚、门锁最坚固的那间证物房，就为阿南打开了。

守卫询问了她要找的东西，带她走到贴着“短松胡同”四字的柜子前，打开柜门让她自行寻找。

阿南打开一看，里面有摔坏的提灯、破掉的瓶瓶罐罐、缺腿的柜子……甚至连她买的绢花和衣衫都在。

拿起那盏提灯，阿南想起自己与阿言初遇时那一场大战，不由得笑了出来。

幸好初遇的那一夜，她收住了手中流光；幸好黄河激流时，她在混浊泥水中看见了他的手；幸好在春波楼，她一掷定乾坤，让他留在了自己身边。

否则，她这辈子也不可能有与阿言一起经历的这一切。

翻了翻东西，其他都在，就是没有那只遗失在神机营的蜻蜓。

“奇怪……”阿南思忖着，难道说，因为是丢在困楼内的，结果没有一并送到短松胡同这边来？

“看来，得再让阿言去神机营找找了。”她自言自语着，正要出去，一眼瞥到旁边的柜子上贴着“蓟承明”三个字。

阿南一时有些好奇。不知蓟承明是怎么发现关大先生的地图和地道的呢？此人也是个厉害人物，潜心设计二十来年，最后虽功亏一篑，但是差点掀翻了这个朝廷啊……

她转头看门外，见带她来的侍卫正和库房守卫在门口闲聊，心想，他们怎愿多事帮她打开呢，还是自己来吧。

她把外面短松胡同的柜门敞开着，挡住自己的身影，然后从臂环里抽出一根尖细的钩子，插进蓟承明柜子的锁孔，慢慢地控制着手指，寻找锁芯的压力。

手指的灵活度终究还是比不上以前了，以至于她用了十来息的时间，才将这个锁打开。

里面也是整整齐齐摆放着东西。阿南飞快翻看那些个人杂物，都是些平凡物事，又翻了翻他的手札之类，也全都是无关紧要的宫中账目和杂事。

想来也是，这人心机如此深沉，怎么会轻易留下把柄让人抓住。

阿南正想将柜门关上，目光瞥过角落，发现有个不起眼的小盒子，便随手打开一看，然后猛然皱起眉头。

那是一个表面凹凸不平的铁弹丸。

这东西，她自然再熟悉不过，因为是她亲手制作的。

他们内部拿来传递机密信息的东西，打开的方法也只有寥寥数人知道。为什么，它会出现在这里？

阿南毫不犹豫，抬手拿起它，用指尖熟稔旋转，再一按一压，不过弹指间，它便打开了。

她抽出里面的纸条，看到了上面的字。

“哇，简直胆大妄为，居然敢说当今皇帝是匪首，啧啧啧，真是我辈中人……”阿南低呼着，又看下去，一直到最后那句“以我辈微躯祭献火海，伏愿我朝一脉正统，千秋万代”，她才脸色骤变。

后背有微汗沁出，她呼吸滞了片刻，然后才回过神，立即将纸条重新卷好，塞回弹丸之中，然后将它关闭如旧，放回原处。

悄无声息地锁好蓟承明的柜门，她抄起旁边柜子内那盏已经砸得不成样子的提灯，走出库房，展示给守卫看：“我要拿走这个。”

等守卫登记好后，她才告别了带自己来的侍卫，提着那盏破败的灯，纵马离去。

盛夏午后，槐树荫浓，知了远远近近的叫声，传到耳边无比嘈杂。

远离了刑部之后，她勒马站在树荫下，捏紧了手中的灯把。她强迫自己平静下来，将这骤然被自己发现的秘密，理了一遍。

公子与三大殿的起火案，有关联。

蓟承明是效忠于他的宫中眼目，纸条正是传给公子的。

阿言说过公子曾在起火当夜潜入三大殿，看来，是真的。

阿言看过这张纸条，所以才会知道地道密语是“一脉正统，千秋万代”中的“一、正、千、万”四个字。

无论她立下多大的功劳，朝廷都不可能释放公子。不是幽囚一辈子，就是被秘密杀害。

因为，他们已经知道，公子的真实身份了。

她用微微颤抖的手，死死捏住手中提灯柄，掌心被硌出深深红印，却仿佛没有知觉。

难怪……难怪阿言一直不肯答应释放公子，甚至宁可一再欺骗她。

原来她一直是与虎谋皮，白费心机!

刹那间心绪混乱，气恨与惊惧填塞了她的胸臆，她恨不得立即冲到宫里去，把阿言揪出来，狠狠质问他。

但，令她气昏头的潮热很快过去了，阿南深深地吸气，又长长地出了一口气，强迫自己镇定下来。

事到如今，气愤又有何用。

她唯一能弥补过失的办法，是尽早将公子救出，以免他遭遇不测。

朱聿恒骑马入宫门，看见圣上正站在三大殿的殿基前，背手沉思。

废墟已经清理完毕，但圣上没有重建的意思，只任由三座空荡荡的云石平台排列在红墙之内，长出稀疏的青草。

朱聿恒下马上前，见过祖父。

祖父带着他，走到那已经被彻底封存的地道入口边，低头看了看，说：“聿儿，你此次救了整座顺天城，可谓厥功至伟，朕该如何嘉奖你才对啊？”

“孙儿不敢居功。此次顺天危在旦夕，是阿南在生死关头挽救的，葛稚雅更是因此殒身，义行可嘉。”

圣上点点头，若有所思地问：“阿南，是那个你一路追到杭州的女海客？”

朱聿恒应道：“是。”

“是那批海外归来的青莲宗众首领之一？”

朱聿恒看到祖父眼中的锐利神色，立即道：“也是她在危急关头救治了孙儿。孙儿认为，她并非那种妖言惑众的作乱分子。”

“你确信？”祖父若有所思地端详着他的神色，“这女子来历不明，举止不端，你切莫因为短短几日的接触，而受她蛊惑。”

朱聿恒坚定道：“阿南几次三番救我于水火之中，为了无亲无故的小孩、为了顺天近百万民众，她都能奋不顾身赴汤蹈火。就算她举止荒诞，与世上所有女子迥异，但孙儿相信，她确是心地善良、大节无亏。”

祖父看着他眼中无比笃定的神情，沉吟许久，终于缓缓抬手拍了拍他的肩，说道：“她是有功之臣，朕怎么会不念功劳呢？既然如此，她便全权交由你吧，朕随便你怎么处置她。”

朱聿恒谢过了祖父，又苦笑着想，是谁处置谁，还不一定呢。

祖父又看了看他衣领下的脖颈，问：“你说，她在危急关头救治了你？她是如何救治的？”

朱聿恒将当时情形说了一遍，又将衣领略略扯开一些。

他身上的血线，依然萦绕在身，触目惊心。

“孙儿醒来后曾问过阿南，她说，这应该是九玄门的《山河社稷图》。但九玄门早已湮没在战乱之中，阿南也只在古简中见过记载。据说奇经八脉依次崩裂如血线，待到八脉尽断之时，便是中术之人……殒命之时。”

“魏延龄临死前，也是这么说的。但他只在年少时见过，他师父无法救治，断为绝症，因而他也束手无策。”圣上面沉似水，又问，“那个阿南，是否知道如何解救？”

“不知。之前那阵法发动之时，引动我这两条血线，阿南只能在仓促间帮我清掉瘀血，让我清醒过来。但之后很快血线又再度生成，显是治标不治本的法子。”朱聿恒沉重摇头道，“至于九玄门在何方何处、是否还有后人，我们都无从知晓。”

圣上一掌击在玉石栏杆上，怒问：“那为什么每次你身上的异变，都与天灾人祸有关？顺天如此，黄河如此，必是有人借机兴风作浪！”

朱聿恒想起地下通道那些利用黄铁矿制作的壁画，只觉心头尽是寒意：“此次在地下，我们亦有了些微线索，猜想第四次或许是在玉门关，只是都尚待验证。”

圣上看着面前风华正茂的朱聿恒，又想着他如今身负的沉重未来，不由得长叹了一声。

“去吧……去找那个阿南。”他拍了拍孙儿挺拔如竹的脊背，说道，“既然是六十年前青莲宗留下来的东西，那么六十年后，我们也得从这里下手。”

朱聿恒强抑住胸口翻涌的气息，默然点了点头。

“聿儿，为了朕和你的父王母妃，为了天下百姓，为了这必将由你扛起的山河社稷，你得不惜一切，不择手段，活下去！”

杭州。

从京城南下的船，慢慢地顺着运河驶进杭州城。

阿南独自趴在船舷上，望着岸边鳞次栉比的房屋，一直在发呆。

直到船靠了涌金门，阿南走上岸，想起上一次坐船入杭州时，萍娘划船、囡囡听她讲故事的情形。

不过两三月时间，物是人非，变化真快。

阿南记得囡囡的二舅就在涌金门这边的，便向路边大娘打听着寻摸过去。

刚到巷子口，便看见几个孩子踢毽子的身影。阿南抬眼一看，其中一个穿着小花布衫、扎着两个小鬏儿的女孩子正是囡囡。

她的脸似乎圆了一些，脸颊红扑扑汗津津的，在树荫透下的阳光中闪闪发亮。

阿南站在巷子口，不由得笑了，释怀又感伤。

“先别踢啦，来帮我剥莲子。”她的二舅妈招呼孩子们过来，三个孩子一起坐在门槛上剥莲子，她自己则坐在旁边剖着菱角，说：“今天做个莲子炒菱角，你们都爱吃鱼，我刚在河边买了两条鲫鱼，又肥又大……囡囡，你那颗莲子真嫩，尝尝看甜不甜？”

囡囡把手里正在剥的那颗塞到嘴巴里，笑了出来：“甜！”

“我这颗也甜！”“我这颗也是！”囡囡两个表哥竞相吃起来。

“别吃了别吃了，待会儿没菜下锅了……”

阿南正看着，身后忽然传来一个熟悉的低沉声音：“囡囡现在过得不错，你可以放心了。”

阿南怔了怔，回头看去。逆光中对方轮廓清俊，正是朱聿恒。

她心下不禁涌起一阵惊喜，但随即又抿住了唇，一声不吭地离开巷子走了两步，板着脸问他：“你怎么也来杭州了？”

“我还没有问你，为什么要不告而别，突然离开？”

说到这个，阿南顿时一肚子气：“三大殿的案子不是已经结束了吗？你又不肯履行承诺释放公子，我不走难道还赖在顺天吗？”

“你误会了，其实我一直在向圣上争取。只是竺星河身份特殊，目前朝廷一时难以决断。”朱聿恒解释道，“只要他愿意帮我，我一定会保住他的性命。”

“是吗？”阿南抬起眼皮，朝他笑了笑，“可惜啊，死罪能免，活罪难饶？”

她一击即中，朱聿恒默然不语。

“你之前不是也答应过葛稚雅的交换条件吗？她用蓟承明的死阵，交换赦免她和葛家一族之罪。但你看她还不是清楚地知道皇帝肯定不会放过自己，因此宁愿死在地下。”

朱聿恒道：“葛家的罪，已经被赦免了。如今圣旨已下传云南，他们全族很快都可以结束流放，回归葛岭。”

阿南抱臂靠在身后树干上：“那是因为葛家的人死得差不多了。如果是葛稚雅还活着呢？”

“事情已经发生，你又何必做如此假设？”朱聿恒自然知道自己祖父的脾气，葛稚雅就算逃得一死，后半生也必定活得凄惨无比，因此避而不答。

“呵……”阿南翻了个白眼，“把我的蜻蜓还给我，我们两清了。”

朱聿恒顿了一顿，道：“蜻蜓在应天，我到时找出来还给你。”

“这可是我第三次问你了，你一直只说让人找找。”阿南转身就走，只撂下一句话，“事不过三，食言而肥啊提督大人！”

朱聿恒默不作声，跟着她向巷子外走去。

阿南回头看他：“跟着我干什么？”

他有点别扭地转开脸，避免与她对视：“一年之期未到，我确是不能食言而肥。”

阿南转头看他，唇角一抹他看不透的笑意：“对哦，提督大人还给我签了卖身契呢，看来……我不带着你不行了？”

他哪里听不出话中的嘲讽意味，但也不愿与她正面交锋，只转了话题，说道：“我命人带了葛稚雅的骨灰回来，正要送往葛岭，你与我同去吗？”

阿南心情郁闷，转过身去，本想一口回绝，但一低头却看见水面之上阿言的倒影。

他站在她的身后，在她本该看不见的地方，深深凝望着她，一瞬不瞬。

心里那些厚厚筑起的恼恨，终究在这一瞬间松动了。

她迟疑着，许久，叹了一口气，点了点头，说：“我也承了她的救命之恩，那就……一起去吧。”

去往葛岭，必然经过宝石山。

骑马从山下经过时，阿南不觉仰头看向颜色赭红的山顶，仿佛能看到自己借居过的乐赏园。

朱聿恒便说道：“卓寿被削职为民，阿晏的祖父也被剥夺了爵位，官位降了好几级。”

“阿晏呢？”她问。

“他本就因丁忧而离开官场了，朝廷也就没追究。”朱聿恒淡淡道，“欺瞒朝廷、藏匿宦官是大罪，卓家本该流放边关，能得如此处理，已经很幸运了。”

阿南斜了他一眼道：“看来，你在皇帝面前说话，果然很有用啊。”

朱聿恒垂眼催促马匹，说道：“倒也不是因为我，卓家毕竟有从龙之功，我只是将原委说清楚了，圣上自有斟酌。”

阿南嘴角一撇，没说什么。

葛家全族流放，葛岭故居早已荒废，葛幼雄回来后，只清扫出了老宅的一间屋子，暂时住下。

阿南和朱聿恒去找葛幼雄时，他正蹲在后山的祖坟堆里，拿着镰刀割草。山头荒墓成片，有老坟有新坟，眼看着不是一两日可以清理完毕的。

见他们过来，葛幼雄丢下镰刀，忙不迭带他们进屋。

废宅之中无酒无茶，还是韦杭之带人取了山间泉水，用小茶炉扇火烹茶。

阿南看看后方山头，问：“葛先生，那几个正在筑的新坟是？”

“哦，是我爹娘和十妹的坟墓。唉，这么久了，我爹娘的遗骸终于找回来了。”葛幼雄说着，抬手抹了抹眼角泪花，“天恩浩荡啊，此次我葛氏全族蒙恩获赦，爹娘落叶归根，真是上天垂怜！”

阿南听他这样说，忍不住道：“这可不是上天垂怜，这是你的十妹葛稚雅立下不世功勋，朝廷看在她的分上，才赦免你们全家的。”

葛幼雄忙点头道：“是啊，朝廷颁恩旨的时候，也提到了雅儿。我已经让人给她做好了灵位，到时全族回归，祠堂大祭，她是唯一享祭的女人，我们葛家有史以来第一个！”

说到这里，他又疑惑地试探道：“但我十妹……她不是恐水症去世的吗？何况她一介女子，如何能为朝廷立功啊？”

“她之前凭着自己的才能，为朝廷颇出了些力。”朱聿恒一笔带过，转头示意侍从们送上一本册子。

“这是葛稚雅的遗物，这些年她研究的方子都记录在案，有成功的也有失败的，葛家可以去芜存菁，录在你们家传的《抱朴玄方》上。”

“咦，是她这些年的心得吗？”见册子放在桌上，阿南有些惊喜，拿过来翻了翻。

孔雀石研粉甚为贵重，但以铜入醋所制之铜青，实与孔雀石粉无异。服之有毒，可以蛋清解之。

雷火灼热，胜过凡火百倍。以铜线水瓶似可引而用之，但散逸亦极快，指尖触之辄受重击身麻，鸡鸭可立毙。

军中各营所用之火药系先贤所配，为芒硝一斤、硫黄一两、炭四两。试将芒硝用量稍增一两，减炭用量一两，发射似更为爽利，铳管留存药烬更少，或可改进。

……

凡此种种，从头看到尾，全是这些零散的记载。

阿南掩上书卷，想起二十年间她心无旁骛、埋首其间的情形，有些叹息，又有些羡慕。

她想起与葛稚雅交手时的情形，道：“我也见识过她的一些绝技，都记着呢，到时候添到你家绝学上去。”

葛幼雄听他们这样说，便开了柜门锁，取出那本陈旧发黄的《抱朴玄方》给他们看，为难道：“这是我葛家历代先辈总结的经验，代代相传，每五十年增删一次，加入杰出子弟的成果，删掉不足不验之方。没有族中长老主持，我哪敢擅自动手？”

阿南撺掇道：“我看这书这么旧，距离上一次也该有四五十年了吧？如今你也改进了火炮，兄妹俩对葛家全族都有巨大贡献啊，这书此时不修更待何时？”

听她这么说，葛幼雄显然也是颇为心动，但还是踌躇道：“然则，这是葛家传男不传女的绝学，如今竟添上女人的方子，以后族规可怎么写呢……”

“还要这种族规干什么？你们葛家就是被族规害了，不然你十妹或许可以学得更多，成就更辉煌。”阿南心怀不满，说话也不太客气了，“你十妹从小就是你们族中顶尖的人才，若光大你们家学，岂不比现在你们葛家零落成这样好？”

她这几句话，顿时顶得葛幼雄面红耳赤。

毕竟，葛家如今流放云南，日服重役，确实人才凋敝。他已经算是际遇最好的了，用二十年的努力给自己洗了罪行，也只谋到个八品的卫所知事，葛家沦落至此，已是日薄西山了。

“可是姑娘，女子出嫁后就是别家的人了，我族中机密，怎可流传外方？”

“我听说，蜀中唐门的机巧之术，便是由诸葛家后代女子带入唐家，如今发扬光大，为朝野军民所用，也是好事一桩。”朱聿恒终于开了口，劝道，“如今时移世易，只要于国于民有利，又何必因循守旧，以至于折损你家族中大好人才？依我看，以后若是你们族中有聪慧灵透的女子有志于此，也不必再阻拦其学习家学了。”

葛幼雄见他一番话说得立场如此之高，又代表朝廷旨意，迟疑半晌后，终于点头道：“既然是朝廷的意思，我葛家自然谨遵，待族中长老回归后，我们定会商议确定。”

阿南抬眼看着不远处正在修建的新坟，想起当年葛稚雅的母亲将女儿救下时，当众发誓，女儿以后若是用了家学，她便死无葬身之地。

但葛稚雅，她既要钻研家学，也要让母亲入土为安。

如今，她都做到了。

葛幼雄起身，将那本陈旧的《抱朴玄方》与葛稚雅的手卷一起放进柜子。

瞥到柜子内的一个卷轴，他想了想便拿出来，打开给他们看，说：“这是大姐出嫁时，我们这一辈几个姐妹的画像。你们看，这就是雅儿，当时她十四岁。”

垂柳依依之下，几个姐妹或站或立，个个都是笑吟吟的模样，但如今，都已经不在人世。

十四岁的葛稚雅，穿着鹅黄的衫子，倚着栏杆手拈菡萏，面容清秀稚嫩，唇角含着一丝天真笑意，看起来，是再普通不过的少女。

无人知道，她那时已经选择了最为艰难的一条人生道路，从此生死再未回头。

告别了葛幼雄，他们骑马沿葛岭迤逦而行。

前方林间树下，挑出一幅青布，是路边一间茶棚。天气炎热，阿南进去问老板娘有备什么果蔬，点两盏时新渴水。

闻着新鲜瓜果的香味，阿南正凑到柜前选果子，耳听得轻微的“叮”一声。

她回头看向朱聿恒，发现他端坐在树荫中，手中正在解着自己给他做的岐中易。

他如今已能灵活地单手解十二天宫了，那手指在金属圈环之中翻飞，不假思索，毫无凝滞之感。

无论如何，他的手还是让她心情愉快。

端着两盏西瓜渴水回来，她问："手练得怎么样了？如果效果不错的话，你可以试着将手和计算能力相连配合了。只要理出规则，说不定你破解岐中易的速度可以赶上公子呢。"

"他很快吗？"朱聿恒轻扣住那个岐中易，抬眼看她。

"'五行诀'最擅解析各种繁复错综的情况。我给他设置的岐中易，他解得可能比我做得还快。比如说……"阿南指了指他手中的十二天宫，"按照流传已久的手法来导解，脱出第一步的三角环，便需要六十四步，而且每一步都有口诀，每一句口诀都需要结合勾连主环的情况。但公子经过推算后，总结出了一个方法，只需二十五步便能成功。"

"二十五步？"朱聿恒举起手中繁复勾横的那些圈环，双眉微扬，道，"这未免，也太多了吧。"

"初生牛犊，不知深浅。"阿南嗤笑一声，正要跟他摆道理，结果一看他已经抬手开解，立即抬手去阻止他，"别乱扯，懂不懂岐中易怎么解？你这样完全不符合《知岐解易》中的步法规矩，到时候越走越乱，缠在一处，各个环都要被你弄变形的……"

朱聿恒目光平静地盯着她，将手略微收了收，避开她伸过来的手。他没有去看那副岐中易，手却一直未停。

纤长白皙的手指，以不可思议的动作穿插，似乎完全无视关节和筋络的束缚。他的手指顺着各个圆圈的弧度滑动，以中间的扁长椭圆为心，旋转紧扣着的三角与圆形。一步，两步，三步……

推索关联、预设后路本就是他的专长，每步之后便可以往下再推九步，所以不需要看这十二天宫，但所有步数都已经在他的预计之中。

毫不迟疑，手指迅捷，十二个圈环在他的带动下，以不可思议的角度互相穿插，旋转盘绕。

十几步后，只听得轻微的"叮"一声，纠结在一起的那几个钩环陡然一松，赫然脱出了第一个三角形的环，静静被他捏在双指中。

他唇角微扬，抬起手，将三角环放在她的手心，说："二十三步。"

阿南托着那个三角环，目光恍惚地盯着他，几乎连呼吸都忘记了。

岐中易的声响还在继续，金属的碰撞声叮叮咚咚轻微悦耳。很快，他将第二个椭圆摆在了她的面前，然后是第三个、第四个……

随着最后一个拆解动作的完成，只听到“当啷”声连响，五个大小圈环齐齐跌坠于桌面。

与那些圈环一起落下的，还有他的双手。

他将自己的手轻轻搁在桌上，抬眼看着面前的阿南，一言不发。

头顶是夏日暑热，薄薄的热气笼罩在他们周身。在热气蒸腾之中，世界变得有些虚妄，如在梦境之中。

阿南盯着他的手看了很久很久，目光才从他的手上慢慢抬起，望向他的眼睛，说道：“阿言，假以时日，说不定你能超越传说中的三千阶呢。”

“但我已经，没有时日了。”朱聿恒听出了她话中的期待，却毫无喜色，只低低道，“若魏延龄预测得不错，我的奇经八脉两月要崩溃一根的话，距离我第三次发作，已经迫在眉睫。”

“那又怎么样？”阿南蛮横道，“那就顺着你的病，反摸过去，把关先生的阵法给一一破掉啊！”

她毫不犹豫的话，让朱聿恒呼吸一滞。

祖父所说的话言犹在耳，与她今日对自己所说的，一模一样——

既然对方设了如此之局，我们何不反客为主，扭转乾坤？

他死死盯着阿南，而阿南，还以为他不相信自己的话，便又道：“背后的敌人可以害你，但反过来，你也可以利用它，寻找灾祸发生地，对不对？”

原来这世上，真的有人和他一样，不服输，不认命，宁折不弯，永远执着地跋涉于人生逆旅之上。

而这个人，就在他的面前。

望着阿南明湛的目光，在得知自己时日不多后的朱聿恒，终于第一次，发自内心地笑了出来。

仿佛发誓一般，他斩钉截铁，一字一顿道：“对，我不会逃，更不会死。我会把幕后黑手揪出来，破除他所有的鬼蜮伎俩，然后，狠狠地予以反击！”

【司南・神机卷 完】

图书在版编目（CIP）数据

司南．神机卷 / 侧侧轻寒著．
—武汉：长江出版社，2021.5
ISBN 978-7-5492-7672-1
Ⅰ．①司… Ⅱ．①侧… Ⅲ．①长篇小说—中国—当代 Ⅳ．① I247.5
中国版本图书馆 CIP 数据核字（2021）第 082348 号

司南·神机卷 / 侧侧轻寒 著

出　　版	长江出版社 （武汉市解放大道 1863 号）
选题策划	林　璧
市场发行	长江出版社发行部
网　　址	http://www.cjpress.com.cn
责任编辑	陈　辉
特约编辑	林　璧
印　　刷	北京盛通印刷股份有限公司
版　　次	2021 年 5 月第 1 版
印　　次	2021 年 6 月第 1 次印刷
开　　本	700mm × 1000mm　1/16
印　　张	22
字　　数	440 千字
书　　号	ISBN 978-7-5492-7672-1
定　　价	49.80 元